杏坡漢詩集

李龍兌 著

李章佑 · 李升發 · 朱東一 · 南玉珠 共譯

明文堂

서 문

한자가 차츰 잊혀 가는 시대에 한시를 쓴다는 것은 쉽지 않은 일이다. 학교 정규 교육에서 한자를 가르치지 않는 잘못된 정부의 어문정책으로 말미암아 일반 매스컴에서도 한자를 접하기 어려운 세상이 되었다. 우리가 쓰는 일상의 문장에서도 한자어가 차츰 줄어들어, 사용하는 어휘량이 크게 줄어들었다. 이에 따라 이제 한시를 쓸 수 있는 사람은 극소수에 불과한 현실이 되었다.

한시를 쓰려면 운자韻字가 주어지고 한자의 사성四聲에 근거한 평성平聲과 측성仄聲의 배치가 규격에 맞아야 한다. 더욱이 율시律詩에서는 평측平仄의 성조 배열뿐 아니라 앞뒤 시구간에 평측과 대구對句가 잘 맞아야 하니 제대로 된 한시를 쓴다는 것은 매우 어려운 일이다. 이런 어려운 한시를 행파杏坡 이용태李龍兌 박사는 그냥 대화하듯이 잘 엮어내는 대단한 재능을 가지고 있다. 한시에 주로 네 줄로 된 절구絶句와 여덟 줄로 된 율시律詩가 있다. 한시를 처음 짓는 사람은 아무래도 절구부터 시작하여 율시로 발전하는 것이 일반적이다. 그러나 행파는 한시의 첫 작품부터 율시를 지었다.

행파와 나는 1987년부터 '난사蘭社'라는 이름의 시사詩社의 동인으로, 우리는 매달 한 번씩 모여 각자 지어 온 한시를 서로 평가하고 다듬으면서 완성하는 과정을 함께 해왔다. 이렇게 30년 넘는 오랜 세월 읊은 한시를 모으고 우리말로 번역하여 한 권의 한시집漢詩集으로 출판하게 되었다.

행파 이용태 박사는 영남 유학의 명문인 재령 이씨 영해파의 종가인 충효당의 19대 종손이다. 퇴계 선생 종가의 종녀宗女와 결혼하여 가정을 이루고 북한산 자락에 우거하면서, 두 분은 구순九旬이 되도록 건강하여 지금도 때때로 뒷산에 오르며 여러 수의 한시를 읊었다.

이박사는 퇴계退溪 선생을 존경하여, 선생의 학문과 사상을 계승 발전시키기 위한 활동도 많이 하고 있다. 퇴계학연구원의 이사장직을 맡아 이 사업을 물심양면으로 도왔으며, 전국적인 유림儒林을 모아 조직한 박약회博約會 회장을 맡아, 매년 전국을 순회하는 총회에 참석하여, 그때마다 그곳 회원들을 위해 한시를 지었다.

얼핏 생각하면 공맹孔孟의 가르침을 벼리로 하는 유림을 조직하는 일을 하는 진부한 사람이라는 느낌을 줄 수도 있으나, 이박사는 이 나라의 최첨단산업인 정보통신산업을 싹틔우고 발전시키는 데 선도적인 역할을 한 주인공이기도 하다. 1980년대와 90년대에 걸쳐 인터넷 보급을 앞장서 이끌면서 인터넷 박약회를 조직하고, 이 모임의 휘보彙報를 정기적으로 발간하기도 했다. 정보통신기술 확산에 힘쓰면서, 정보통신 기업을 직접 설립 경영하여 중국에 진출해서 그곳 정부 인사와 한시로 교관交款하며 신뢰를 쌓기도 했다.

그뿐만 아니라 이 나라의 미풍양속이 나날이 쇠퇴해 가는 현실을 안타까워한 나머지, 이를 바로잡고자 전국적인 인성교육人性教育을 앞장서서 이끌고 있다. 인성교육을 위한 몇 권의 교재도 개발하고, 앞장서서 전국을 누비며 열성적인 강연을 해온 결과, 100명 이상의 열성 자원봉사자들을 만드는 성과도 이루었다. 이들을 길러내어 그들이 인성교육에 앞장서서 인성교육이 전국적으로 확산하는 성과를 거양하기도 하였다. 구순을 앞둔 노구임에도 불구하고, 전국 방방곡곡을 누비며 강연 활동을 하면서, 이런 성과를 여러 편의 한시로도 남겼다.

이박사는 대인관계에서도 그 인품과 덕성으로 사람들을 끌어당기는 특유의 매력을 가진 분이다. 대화하면 저절로 즐거워지고 타인을 위한 배려는 몸에 배어서, 이박사와 한번 만난 사람은 그와 계속 교우하기를 원한다. 이박사는 이런 인간관계를 가끔 한시에 담아 그의 달필로 일필휘지一筆揮之하여 건네줌으로써 상대방을 감격하게도 하는데, 이런 한시들 수십 편이 이 한시집에 녹아있다.

최근 그의 아우이며, 영남대학교 중문학과 명예교수인 반농半農 이장우李章佑 교수가 이와 같은 이박사의 많은 작품을 모으고 우리말로 번역하여 출간함에, 난사蘭社 사우社友의 한 사람으로서 졸필로 축하의 뜻을 보내는 바이다. 이박사의 한시 작품들이 더욱 빛나게 될 것을 확신하며, 작품 활동이 계속되기를 바란다.

2021年 立春節

前 韓國電力 社長 **少南 李宗勳**

[저자 자필 원고]

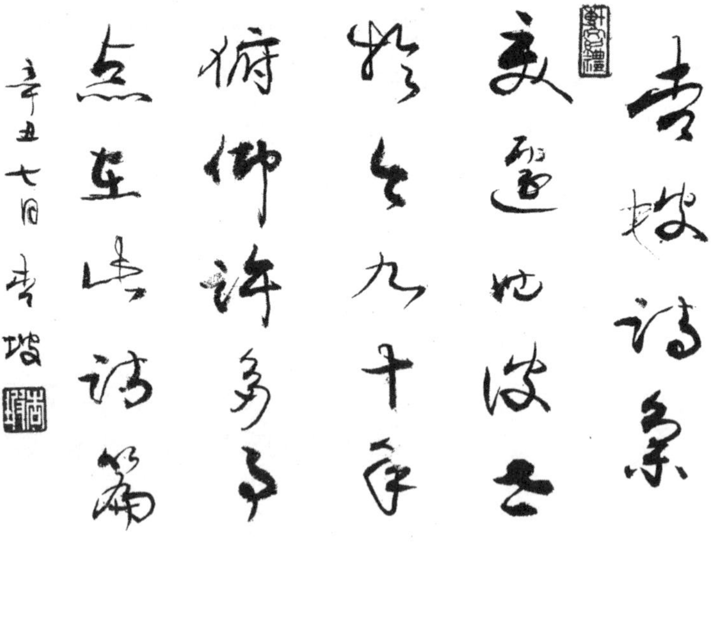

杏坡詩集 (脫草와 譯文)

變遷四波世
於今九十年
俯仰許多事
點在此詩篇

辛丑七月 杏坡

행파시집

제 4의 물결로 변해가는 세상을 살면서、
이제 보니 벌써 구십 년이 흘러갔구나。
쳐다보고 내려다보니 허다한 일、
이 시들 가운데 점 찍혀 있구나。

신축 7월 행파

杏坡漢詩集

차 례

■

■ 제2부 난사시집 제2집　121

▩ 제3부 난사시집 제3집 169

■ 제5부 난사시집 제5집 357

■ 제7부 난사시집 외 563

제1부

蘭社詩集 第一輯

1.1. 訪芝軒於浦項工大[1)]
지헌의 포항공대를 방문하다

[1987-05-10]

遠望巍巍白石堂 원망외외 백석당 에
우뚝우뚝 솟은 흰 대리석 건물은 멀리서도 바라보이더니,

來聽決決小溪長 내청결결 소계장 이라
졸졸 흐르는 작은 물소리 이어짐은 들어와서 듣게 되었네.

招邀四海諸名碩 초요사해 제명석 하고
온 세계의 여러 이름 높은 석학 교수들을 초대하여 맞이하고,

呼聚三韓衆少郞 호취삼한 중소랑 이라
온 남한의 젊은 학생들을 두루 불러 모았다네.

朝暮絃歌東海靜 조모현가 동해정 하며
아침저녁으로 즐거운 분위기 동해에 조용히 울려 퍼지며,

春秋花葉北山香 춘추화엽 북산향 이라
봄가을로 피는 꽃들은 북산에 향기롭구나.

芝軒創業事如意 지헌창업 사여의 한데
지헌이 포항공대 창업하는 일 뜻하는 바와 같이 되고 있는데,

何乃奔忙尙若狂 하내분망 상약광 고
어찌하여 그대의 바삐 서둚은 오히려 미친 것 같은가?

---

1) 지헌芝軒: 물리학자 김호길金浩吉(1933~1994)의 호. 안동 지례 출신. 서울대학교 문리대학 물리학과 졸, 영국 버밍엄대학 이학박사, 미국 메릴랜드대학·버클리대학 교수, 포항공과대학 설립, 총장 역임. 저서로 수상집隨想集『자연법칙은 신도 바꿀 수 없지요』등이 있다.

1.2. 遊雪岳
설악산을 유람하며

[1987-06-13]

春晚香爐霧似煙 춘만향로 무사연 하고
늦은 봄 향로봉에는 연기처럼 안개가 피어오르고,

兩三村老鋤閑田 양삼촌로 서한전 이라
두세 시골 농부는 한가로이 김매는구나.

千重翠登携雙屐 천중취등 휴쌍극 하고
겹겹이 쌓인 푸른 산골짜기는 두 발로 올라가고,

萬頃蒼波見隻船 만경창파 견척선 이라
한없이 넓고 푸른 바다 배 한 척 바라본다.

南望市墟人不斷 남망시허 인부단 하고
남쪽을 바라보니 시장에는 사람이 끊이지 않고,

東臨湖海水相連 동림호해 수상련 이라
동쪽을 내려다보니 호수는 바다와 이어져 있네.

無緣長住名山裡 무연장주 명산리 하니
연고도 없이 명산 속에 오래 머무르니,

奔走塵埃又一年 분주진애 우일년 이라
분주하게 살아온 세상 또 한 해가 지나갔구나.

1.3. 憶故園
고향의 동산을 생각하다

[1987-08-23]

翼峰遠對玉溪流 익봉원대 옥계류 한데
나라골 뒷산은 멀리 옥 같은 시냇물 흐름을 대하고 있는데,

山下吾家五百秋 산하오가 오백추 라
그 산 아래 우리 가문은 오백 년을 지내왔네.

烏竹林前棲舊館[1] 오죽림전 서구관 하고
오죽 수풀 앞에는 죽리관[2] 오래된 별관 있고,

書川江上倚高樓 서천강상 의고루 라
서당골[3] 물길 곁에는 충효당 높은 건물 섰다네.

紅顔戱嘻昔時樂 홍안희희 석시락 하고
어린 날 장난치고 놀던 일은 지난날의 즐거움이 되어 버렸고,

衰鬢別難今日愁 쇠빈별난 금일수 라
귀밑머리 세어갈수록 타향살이 번거로움 오늘날의 근심거리 되었구나.

却羨古人閒歲月 각선고인 한세월 하고
도리어 옛 어른들 세월을 한가하게 보내신 일 부러워하노니,

更憐瑣事自爲囚 갱린소사 자위수 라
다시 자질구레한 일에 스스로 갇혀 버린 것이 안타깝구나.

---

1) 오죽烏竹: 대나무의 일종으로 높이는 2~20m, 지름은 5~8cm이다. 약 60년을 주기로 꽃이 피고, 열매를 맺은 후 말라 죽으며, 성숙한 것은 죽세공의 재료로 쓰고 관상용으로 재배한다.

2) 죽리관竹裏館: 왕유王維의 별장이 있는 망천 12경輞川十二景 중의 하나로, 죽림 속에 건물이 있었다는 뜻. 나라골에도 죽리관이 있음.

3) 서당골: 사투리로 사당골로 부름.

1.4. 聽澗亭夜[1]

청간정의 밤

[1987-08-23]

聽澗亭西聽澗流 청간정서 청간류 하니
청간정 서쪽에서 산골 물 흐르는 소리가 귀에 들어오니,

忽聞促織已迎秋 홀문촉직 이영추 라
문득 귀뚜라미는 이미 가을을 맞이하고 우는 소리임을 알겠구나.

閒窓高臥凉風至 한창고와 양풍지 하니
한가히 창가에 누워 시원한 바람 맞이하니,

疑是故園忠孝樓[2] 의시고원 충효루 라
이것이 고향 동산 충효당 높은 마루인가 의심스럽구나.

---

1) 청간정聽澗亭: 저자가 강원도 속초에 있는 별서를 청간정이라 이름 붙였다.

2) 충효루忠孝樓: 영해 나라골의 충효당을 가리킴.

1.5. 訪慕何於樂喜雙樓1)
모하를 럭키 쌍둥이 빌딩으로 방문하다

[1987-10-31]

巨樓雙立夕陽輝 거루쌍립 석양휘 하니
나란히 서 있는 거대한 쌍둥이 빌딩에 저녁 햇살 밝게 빛나니,

樂喜殿堂名不違 낙희전당 명불위 라
럭키 전당 그 명성에 어긋남이 없구나.

白柱紫門連石壁 백주자문 연석벽 하고
건물 흰 기둥에 자줏빛 문은 석벽으로 이어져 있고,

紅衫藍袴擁羅衣 홍삼람고 옹라의 라
직원들은 붉은 적삼 남색 바지에 비단 옷치레했네.

韓康藥市身雖在2) 한강약시 신수재 나

---

1) 모하慕何: 이헌조李憲祖(1932~2015)의 호. 의령 출신. 서울대학교 철학과 졸, 럭키금성사 사장, 한·인도네시아 경제협력위원회 위원장, LG전자 대표이사 회장 및 고문, LG인화원人和苑 회장 역임, 2010년 사재 80억 원을 출연해 실학사상의 계승발전을 위한 학술연구 및 지원 사업으로 재단법인 실시학사를 발족하였고, 우수논문을 대상으로 '모하실학논문상'을 수여하고 있다. 저서로 『이헌조경영담론집李憲祖經營談論集』, 『붉은 신호면 선다』가 있다.

2) 한강韓康: 후한後漢 때 은사隱士로 자는 백휴伯休이며 경조京兆 패릉霸陵 사람이다. 그는 일찍이 명산을 유람하면서 약을 캐다가 장안長安의 시중市中에 가져다 팔았는데, 30여 년 동안 값을 두 가지로 불러본 적이 없었다. 한번은 한 여자가 한강에게 약을 사러 왔다가 약값을 깎아 주지 않는 것을 불쾌하게 여겨 말하기를 "공이 바로 한백휴입니까, 그래서 값을 두 가지로 하지 않습니까?公是韓伯休邪 乃不二價乎." 라고 하자, 한강이 속으로 탄식하기를 "나는 이름을 피하려고 했는데, 지금 하찮은 여인들까지 내가 있다는 것을 다 알고 있으니, 약을 팔아서 무엇하랴我欲避名 今區區女子皆知有我 何用藥爲." 하고는, 마침내 패릉의 산중에 들어가 은거하면서 조정에서 징소徵召가 연달았으나 끝내 나가지 않았다고 한다. -『後漢書 卷83 逸民列傳 韓康』 한국고전

한강처럼 약 파느라 몸은 비록 도시에 머물고 있지만,

子美詩鄕心願歸 자미시향 심원귀 라

두보처럼 시의 고향으로 돌아가고 싶은 마음이겠구나.

笑道浮榮都是夢 소도부영 도시몽 이라

웃으며 말하네, 뜬구름 같은 부귀영화 모두 한 조각 꿈 같은 것이라고,

長江回首白雲飛 장강회수 백운비 라

고개 돌려 보니 긴 한강에는 흰 구름 날고 있구나.

DB 각주 정보 인용. 여기서는 회사 경영에 종사하는 모하 이헌조 씨를 비유함.

1.6. 大關嶺早朝
대관령의 이른 아침

[1992-07-28]

嶺高上上近天關 영고상상 근천관 한데

대관령 높은 고개 높디높아 하늘의 관문과 가까운데,

風與浮雲共我還[1] 풍여부운 공아환 이라

바람과 뜬구름은 더불어 나를 감싸도네.

朝陽未覺遲遲睡[2] 조양미교 지지수 한데

아침에 해 뜬 것조차 깨닫지 못하고 느긋하게 자고 있는데,

群鳥和鳴四面山 군조화명 사면산 이라

뭇 새들 사방 골짜기에서 장단 맞추어 지저귀네.

---

1) 공아환共我還: 함께 나에게 와서 내 주변을 선회한다. 이때는 '한 가지 공共'자는 원래는 동사이지만 뒤에 '돌아올 환還'자라는 [주]동사가 또 나오기 때문에, 전치사[부동사]로 바뀌어 '나에게로'라는 뜻으로 변한다. 이 시구는 바람과 뜬구름이 주어가 되고, '한 가지 공'자가 술어동사이며, '나 아我'자가 목적어인데, 다시 '돌아올 환'자 한 자가 더 추가되어 구조가 좀 복잡해진다. 이렇게 복잡해지는 구조를 전문 용어로는 '바꾸어 가면서 이어 나간다'라는 뜻으로 '체계식遞繫式'이라고 부른다. - 심경호 역 『당시개설』 136쪽 참고. 또 '돌아올 환'자는 '고리 환環(동사일 때는 돌다, 선회하다)'자와 같은 뜻일 수도 있고, 또 '맴돌 선旋'자와 뜻과 발음이 상통하기도 함.

2) 미교未覺: 꿈을 깨지 못하다. 꿈을 깬다고 할 때는 '교'로 읽음.

1.7. 甲日有感 - 五首
갑일 느낌 - 5수

[1992-12-23]

1) 少年 소년

翼洞少時兒輩多[1] 익동소시 아배다 하고
어린 시절에 나라골 살 때 친구 많아서,

共遊同學與高歌 공유동학 여고가 라
함께 놀며 같이 공부하며 소리 높여 노래하였네.

可憐戰火東西散 가련전화 동서산 하고
가련하구나, 전쟁의 포화 속에 동서로 흩어지고,

萬苦千辛渡世波 만고천신 도세파 라
많은 괴로움과 숱한 고생으로 세상 파도 건넜다네.

2) 學究 학문 탐구

負笈上京食率多 부급상경 식솔다 하고
책가방 메고 서울 오니 따르는 식구가 많아서,

青春未及酒筵歌 청춘미급 주연가 라
젊을 때 술자리에서 노래할 틈 없었다네.

1) 익동翼洞: 마을의 지세가 낙동정맥의 한 봉우리인 칠보산을 거쳐 등운산으로 이어져, 온 산줄기가 마치 학이 날개를 펴고 날아가는 형국으로 마을을 감싸고 있고, 앞으로 송천이라는 하천이 흘러가는 길지吉地이므로, '나래골', '익동翼洞'으로 부르기도 하고, 또 옛날 부족국가의 도읍지였다는 전설이 있어 '나라골', 국동國洞이라고도 씀. 지금의 행정구역 이름은 인량리仁良里이다.

妙玄物理難窮盡 묘현물리 난궁진 이나
오묘한 물리학은 끝까지 파고들기에 어려웠지만,

注力擠來第三波 주력제래 제삼파 라
밀려오는 제3의 물결에 온 힘을 다 바쳤다네.

3) 做事 사업 경영

後進元來應事多 후진원래 응사다 하고
후진국에서는 원래 꼭 하여야 할 일 많은지라,

不能擊壤共娛歌 불능격양 공오가 라
함께 어울려 격양가2) 부르며 태평세월 노래할 수는 없었다네.

晩來汨沒工商巷 만래골몰 공상항 한데
늦게야 상공업에 뛰어들어 불철주야 골몰하였는데,

超海飛山萬折波 초해비산 만절파 라
바다 건너, 산을 넘어 다니며 온갖 풍파 겪었다네.

4) 家族 가족

高堂鶴髮春秋多 고당학발 춘추다 하고
어른께서는 백발노인으로 장수하시고,

堂下群孫頌舞歌 당하군손 송무가 라
슬하에는 여러 손자들이 춤추며 노래하네.

三女二兒俱得所 삼녀이아 구득소 하니
2남 3녀 모두 제 자리 얻었으나,

---

2) 격양가擊壤歌: 옛날 중국 요堯임금 때 늙은 농부가 땅을 치면서 천하가 태평한 것을 노래한 데서 온 말.

每思慈母淚如波 매사자모 누여파 라

늘 돌아가신 자상하신 어머니 생각하니 눈물 흐르네.

5) 願望 바람

六十平生疾病多 육십평생 질병다 나

육십 평생 살면서 괴로움과 병도 많았으나,

家中不絶太平歌 가중부절 태평가 라

집안에는 태평가가 끊이지 않았다네.

始知自適持心遠 시지자적 지심원 이

비로소 알았다네, 유유자적하며 마음을 원대하게 갖는 것이,

超絶娑婆千萬波 초절사바 천만파 라

속세의 천파만파도 뛰어넘는 것임을.

1.8. 咸安茅谷高麗洞紫微花[1]
함안 모곡의 고려동 자미화

[1993-01-18]

高麗舊蹟至今傳 고려구적 지금전 한데
고려의 옛 유적이 지금까지 전해져 오는데,

墻內古碑尙歷然 장내고비 상력연 이라
담 안에 옛 비석은 오히려 뚜렷하구나.

忠節高風人不問 충절고풍 인불문 이나
충절의 높은 풍속 사람들은 묻지 않으나,

紫微花發此村先 자미화발 차촌선 이라
자미화는 이 마을에서 가장 먼저 핀다네.

---

1) 자미화紫微花[백일홍 혹은 배롱나무]: 재령 이씨 모은공茅隱公 이오李午는 고려왕조에 충절을 지키고자 함안으로 내려갔다. 고려왕조의 멸망을 슬퍼하며, 자미화가 아름다운 골짜기에 담을 치고 고려동이라 부르며 평생을 보냈다. 이후 자미화는 재령 이씨를 상징하는 꽃이 되었다.

1.9. 黃永祚傳承孫基禎[1)2)]
황영조가 손기정을 잇다

[1993-01-18]

孫翁快事未承傳 손옹쾌사 미승전 한데
손기정옹의 정정당당한 승리가 아직 제대로 전하지 못하였는데,

幸得黃君資卓然 행득황군 자탁연 이라
다행히 황영조 군 자질이 매우 탁월하구나.

粉骨碎身千百日 분골쇄신 천백일 하고
뼈를 깎고 몸이 부서지는 고통으로 많은 날을 노력하여,

長途走破在人先 장도주파 재인선 이라
긴 거리를 남들보다 먼저 달리게 되었구나.

---

1) 황영조黃永祚(1970~): 경주대학교 문화재학과 재학 중, 1992년 바르셀로나 하계올림픽 마라톤 경기에서 한국인 선수로서는 1936년의 손기정 이후 56년 만에 금메달을 획득했다. 대한민국 정부 수립 이후만 따지면 사상 첫 금메달이다.

2) 손기정孫基禎(1912~2002): 일제 강점기 시대에 활동한 육상선수로, 1936년 8월 1일 베를린 올림픽 마라톤에서 금메달을 수상하였다. 우승한 손기정의 유니폼에 달려있던 일장기를 지워 버린 사진을 몇몇 신문사에서 신문에 실었다. 결국 이에 대한 일제의 탄압으로 동아일보는 무기 정간을 당하였고, 뒤이어 조선일보와 중외일보(중앙일보)도 휴간되었다.

1.10. 松石臺春景[1)]
송석대의 봄 풍경

[1993-02-26]

前山處處百花濃 전산처처 백화농 하고
앞산 여기저기 많은 꽃 흐드러지고,

樓上和鳴絃管鐘 누상화명 현관종 이라
누 위에는 관현악 소리 새 울음소리와 화음을 이루네.

雨歇雲收春滿洞 우헐운수 춘만동 한데
비 그치고 구름 걷히니 봄이 산어귀에 가득 찼는데,

來歸群鳥澗邊松 내귀군조 간변송 이라
골짜기 물가 소나무 가지로 뭇 새들 돌아오는구나.

---

1) 송석대松石臺: 저자의 서울 평창동에 있는 이층집.

1.11. 三角山暮景[1]
삼각산의 저녁 풍경

[1993-02-26]

三角峰頭雲霧濃 삼각봉두 운무농 하고
삼각산 꼭대기 봉우리에는 안개가 가득하고,

一仙寒寺不聞鐘 일선한사 불문종 이라
쓸쓸한 일선사에는 종소리도 들리지 않는구나.

登山客去山寥寂 등산객거 산료적 한데
등산객이 다 떠나 버린 산은 고요하고 적막한데,

只有層岩對古松 지유층암 대고송 이라
다만 층층이 쌓인 바위가 늙은 소나무 마주하고만 있구나.

---

1) 삼각산三角山: 북한산의 핵심을 이루고 있는 산봉우리로 백운대白雲臺(836.5m), 인수봉仁壽峰(810.5m), 만경대萬景臺(787.0m)로 이루어져 있다.

1.12. 雪岳早春
설악산의 이른 봄

[1993-03-22]

蔚岩層起勢堂堂 울암층기 세당당 하고
울산바위는 층층이 그 기세가 당당하고
白雪滿山松獨蒼 백설만산 송독창 이라
흰 눈은 온산에 가득한데 소나무만 유독 푸르구나.
澗水解氷氣尙冷 간수해빙 기상냉 이나
시냇물에 얼음 녹지만 그 기운은 오히려 차가우나,
可憐柳眼稍舒長 가련류안 초서장 이라
어여쁘구나! 버들눈 차츰차츰 피어남이.

1.13. 訪美國舊居
미국에 살던 옛집을 방문하다

[1993-04-29]

鹽湖伊昔數年居 염호이석 수년거 한데

이 앞서 이 소금호수[1] 가에서 몇 해를 살았는데,

今夕歸來十載餘 금석귀래 십재여 라

오늘 저녁 돌아와 보니 십여 년이 지났구나.

佇立舊門如昨日 저립구문 여작일 한데

옛 살던 집 문 앞에 우두커니 서서 보니 어제 같은데,

曾從此案讀家書 증종차안 독가서 라

예전에 이 책상에서 집에서 온 편지를 읽었다네.

---

1) 소금호수(鹽湖, Salt Lake): 미국 서부의 유타주(State of Utah)에 있는 길이 112km, 너비 48km 되는 호수로, 호숫가에는 두꺼운 소금층이 얼음처럼 덮여 있다. 유타주의 면적은 남북한 총면적의 약 96%이며, 주도는 솔트레이크시티이다. 저자는 유타대학에서 3년 동안 유학하여 박사학위를 받았고, 몇 년 뒤에 다시 가서 명예박사를 받았다.

1.14. 故里文杏樹[1)]
고향의 은행나무

[1993-06-29]

其齡何許測難知 기령하허 측난지 하고
　그 수령이 얼마나 되었는지 추측하여 보아도 헤아리기 어렵고,
百尺依依千萬枝 백척의의 천만지 라
　백 척 높은 키에 옛날과 똑같이 천만 가지 거느리고 있구나.
風雨雪霜多歲月 풍우설상 다세월 을
　비바람 눈 서리에 오랜 세월 동안을,
悠然老杏不言衰 유연로행 불언쇠 라
　유유자적 이 늙은 은행나무는 노쇠함을 말하지 않는구나.

---

1) 문행文杏: 은행나무. 한漢나라 사마상여司馬相如의 「장문부長門賦」에, "목란을 조각하여 서까래를 만들고, 은행나무를 꾸며서 들보를 만들었네刻木蘭以爲榱兮, 飾文杏以爲梁兮."라고 하였다.

1.15. 加那陀盤布公園夏景[1] [2]
캐나다 밴프 공원의 여름 풍경

[1993-07-28]

氷壁環湖如畵屛 빙벽환호 여화병 한데
얼음벽이 호수를 둘러친 것이 병풍 속의 그림 같은데,

伏炎猶冷少蚊螢 복염유랭 소문형 이라
삼복더위에도 오히려 시원하고 모기 반딧불조차 드물구나.

氷磨深谷三千尺 빙마심곡 삼천척 하고
빙하에 깎인 깊은 계곡은 삼천 자나 되고,

天近山高可摘星 천근산고 가적성 이라
산은 높아 하늘 가까우니 별도 딸 수 있겠구나.

---

1) 가나다加那陀: 캐나다의 한자 표현.

2) 밴프 공원(盤布公園, Banff National Park): 캐나다 서부의 가장 오래된 국립공원으로, 로키산맥에 1885년 설립되었다. 이 공원은 앨버타주 캘거리에서 서쪽으로 110~180km 지점에 있는데, 수많은 빙하와 빙원을 포함하여 6,641㎢의 산지이다. 盤布는 班芙로도 표기함.

1.16. 頌經洲華甲[1)]

경주 형의 회갑을 기리며

[1993-08-26]

一

壽筵窓外蝶雙飛 수연창외 접쌍비 하고
회갑 잔치하는 창밖에는 쌍쌍이 나비 날고

膝下兒孫舞彩衣 슬하아손 무채의 라
무릎 아래 자손들은 고운 옷 입고 춤추는구나.

年壯靑臺曾輔國 연장청대 증보국 하더니
젊을 때는 청와대에서 나라 도우다가,

飄飄白首舊家歸 표표백수 구가귀 라
흰머리 나부끼며 옛집으로 돌아왔구나.

二

柳村水谷鶴高飛 유촌수곡 학고비 하고
류씨 마을 수곡[무실 마을]에 학이 높이 날아,

丹頂淸眸皓白衣 단정청모 호백의 라
붉은 이마 맑은 눈동자 흰옷이 빛나네.

誤落紅塵超穢濁 오락홍진 초예탁 하고
이 티끌 세상에 잘못 떨어졌어도 더러움과 혼탁함을 초월하고서,

今春華甲灑然歸 금춘화갑 쇄연귀 라
이번 봄 회갑에 이렇게 깨끗하게 돌아왔구나.

---

1) 경주經洲: 류혁인柳赫仁(1934~1999)의 호. 언론인, 정치인. 안동 박실 출신으로 서울대학교 문리대학 사회학과를 졸업. 동아일보 정치부 정치부장, 청와대 대통령비서실 비서관(1973~1979), 공보처 장관 등을 역임하였다.

1.17. 頌芝軒華甲
지헌[김호길] 박사의 회갑을 기리다

[1993-10-28]

一

芝村自古巨才生 지촌자고 거재생 한데
　지례 마을은 예로부터 큰 재목들 태어났다는데,
君襲秀翁擧世鳴[1] 군습수옹 거세명 이라
　그대는 수산 어르신 뒤를 이어 세상에 크게 이름을 날리는구나.
西技東文無不涉 서기동문 무불섭 한데
　서양 기술이든 동양 학문이든 이르지 못한 것이 없었는데,
其中物理達縱橫 기중물리 달종횡 이라
　그중에서도 물리학의 이치는 자유자재로 통달하였다네.

二

好將工學育諸生 호장공학 육제생 하니
　좋구나! 공학의 여러 학도를 육성하니,
浦項名門一世鳴 포항명문 일세명 라
　포항의 명문이라 한 세상에 이름 울리는구나.
誰料海隅荒僻地 수료해우 황벽지 에
　누가 생각하였으리오? 거칠고 외진 바다 한 귀퉁이에,

---

1) 수옹秀翁: 수산秀山 김병종金秉宗(1870~1930). 지헌의 조부로, 한말 경북을 대표하는 유학자의 한 분임. 저서에 『학림통록學林通錄』, 『수산집秀山集』 등이 있다.

巨樓高塔翼然橫 거루고탑 익연횡 이리오
커다란 건물 높은 상아탑이 이렇게 펼쳐지듯 들어설 줄이야.

三

壽筵華屋紫雲生 수연화옥 자운생 하니
회갑 잔치하는 화려한 집은 자줏빛 구름이 일어나고,

群舞兒孫奏樂鳴 군무아손 주악명 이라
여러 아들, 손자들은 춤추고 악단은 연주하며 노래하는구나.

鶴髮兩堂唅笑見 학발량당 함소견 한데
백발의 부모님 내외분은 미소를 지으며 바라보시는데,

芝君醉步陶然橫 지군취보 도연횡 이라
지헌 군 거나하게 취한 걸음 비틀거리는구나.

四

壯矣吾君此一生 장의오군 차일생 이
장하구나! 지헌이여! 이 한 일생이!

春秋六十錚錚鳴 춘추륙십 쟁쟁명 이라
연세 육십에 그 명성이 쟁쟁하구나.

福如東海壽如岳 복여동해 수여악 하고
복은 동해와 같이 넓고 수명은 높은 산과 같이 높아져서,

氣宇軒軒天下橫 기우헌헌 천하횡 이라
기개氣慨와 도량度量 헌칠하고 헌칠하게 천하를 가로지르게나.

1.18. 於寒棲菴敬慕退溪先生[1)]
한서암에서 퇴계 선생을 기리다

[1993-12-08]

先賢垂老作幽棲[2)] 선현수로 주유서 하니
선현께서는 늙어가시면서 그윽한 은둔처 마련하시니,

望重名高身處低 망중명고 신처저 라
명망 자자하고 명성 높았으나 몸은 낮은 곳에 거처하시었다네.

秋月晶明懷古聖 추월정명 회고성 하고
수정처럼 밝은 가을 달은 옛 성현을 생각나게 하고,

更從寒水步山溪 갱종한수 보산계 라
다시 퇴계 마을 시원한 물길 따라 산골의 시내 길 걷고 있다네.

---

1) 한서암寒棲菴: 도산의 퇴계 종택 동쪽에 세워진 기와집으로 된 정자 이름. 퇴계 선생께서 50대에 이 마을로 들어와서 터를 잡고 살기 시작하면서, 가족들이 사는 기와집으로 된 살림집과는 별도로 초가로 된 정자인 한서암을 짓고, 독서, 작시, 손님 접대를 주로 여기서 하셨음. 그 이름을 따와서 지금의 종택 곁에 같은 이름의 정자를 세운 것이나, 건물의 모습은 퇴계 시에 자주 나오는 조촐한 모습과는 판이하다.

2) 수로垂老: 늙음이 가까워지다. 당나라 두보杜甫의 「늘그막에 이별함垂老別」에 "온 세상 고요하지 못한데, 늙어가면서 안정을 찾을 수 없구나四海未寧靜, 垂老不得安."란 시구가 있다.

1.19. 訪印度有感
인도 방문 유감

[1994-01-31]

去年暮, 余訪印度首都, 空氣甚濁, 呼吸不便. 人畜共棲, 其慘狀, 目不忍見.

지난 연말 나는 인도 수도 뉴델리를 방문하였는데, 공기는 매우 탁하여 호흡하기가 편치 않았다. 사람과 가축이 한곳에 거주하며 그 참혹한 상황은 차마 눈으로 볼 수 없었다.

印度天地莽塵煙 인도천지 망진연 하고
인도의 하늘과 땅은 매연으로 가득하고,

濁濊川邊陋屋連 탁예천변 누옥련 이라
혼탁하고 더러운 강 주변은 볼품없는 집들이 이어져 있네.

億萬衆生何忍見 억만중생 하인견 고
많고 많은 중생들을 어찌 참고 볼 수 있을 것인가?

犬猫人子路中眠 견묘인자 노중면 이라
개나 고양이나 사람들도 길 가운데서 잠을 자는구나.

1.20. 閑日
한가로운 날

[1994-01-31]

爐壁木香溫暖烟 노벽목향 온난연 하고

벽난로에는 나무 타는 향기와 따뜻한 연기 피어오르고,

看來不厭久留連 간래불염 구류련 이라

볼수록 싫지 않아서 오랫동안 머물러 있었네.

窓前點點蘭花好 창전점점 난화호 하고

창 앞에는 몇몇 송이 난초꽃 아름답고,

閑讀唐詩漸入眠 한독당시 점입면 이라

한가로이 당시 읽다가 스르르 잠이 들었네.

1.21. 盆栽蘭花始開
화분에 키운 난에서 처음 꽃을 피우다

[1994-03-31]

寒窓風雪夜蕭蕭 한창풍설 야소소 한데
차가운 창가에는 바람 불고 눈 내리니 밤은 쓸쓸하기만 한데,

紫黑叢花發一朝 자흑총화 발일조 라
검고 자줏빛 꽃떨기 하루아침에 피어났다네.

十載待君今始見 십재대군 금시현 한데
십여 년간 그대를 기다렸더니 오늘에야 처음 피어났는데,

淸香滿室不求饒 청향만실 불구요 라
맑은 난초 향기 온 방 가득하니 더 구할 것이 없구나.

1.22. 病床有感
병상 유감

[1994-04-26]

晩冬寒疾不知收 만동한질 부지수 하니
늦겨울 추위로 감기에 걸려서 쉽게 낫지 않으니,

看雪移床萬疊愁 간설이상 만첩수 라
눈을 보며 입원하니 온갖 시름이 겹치는구나.

身從向衰心欲壯 신종향쇠 심욕장 하야
몸은 설령 쇠하여지나 마음은 씩씩하기를 바라니,

回思屹立白山頭 회사흘립 백산두 라
흰 산꼭대기에 우뚝 섰던 일 회상하게 되는구나.

1.23. 挽芝坡 一
지파[김호길]를 애도하다 1

[1994-06-04]

一

人人悲淚素帷開 인인비루 소유개 하니
빈소 차려진 곳에서 사람마다 슬퍼하며 눈물 흘리니,

萬思千言酒一杯 만사천언 주일배 라
수많은 생각과 여러 말들 술 한 잔 대신하노라.

儀表卓然眞傑出 의표탁연 진걸출 한데
우뚝한 모습 참으로 뛰어난 사람이었는데,

嗚呼此後不歸來 오호차후 불귀래 라
오! 슬프도다, 이제 다시 볼 수 없게 되었구나.

二

忽然聞訃萬山秋 홀연문부 만산추 하여
갑자기 부고 듣고 온 산천도 근심에 싸여,

暗雨遠雷天亦愁 암우원뢰 천역수 라
멀리 천둥소리 들리고 어두운 비 내리니, 하늘도 또한 슬퍼하는구나.

周覽少時漫四海 주람소시 만사해 하니
젊어서는 온 세계를 두루 유람하였고,

歸來不惑樂青邱 귀래불혹 낙청구 라
불혹을 넘어서는 돌아와 우리나라를 즐겼다네.

慕風負笈英才集 모풍부급 영재집 하고

그대 풍도 사모하여 많은 영재들 배우러 모여들었고,

懷德還邦名士留 회덕환방 명사류 라

그대의 덕망 생각하여 허다한 석학들 귀국하여 머무르게 되었다네.

六十交情如夢裡 육십교정 여몽리 니

육십 년 사귄 정이 한바탕 꿈과 같이 되고 말았으니,

嗚呼別淚滿巾流 오호별루 만건류 라

아! 슬프구나, 이별의 눈물은 온 수건을 적시는구나.

1.24. 登山
산에 오르다

[1994-07-16]

綠滿山途疊石危 녹만산도 첩석위 나

녹음이 우거진 산길에는 층층이 바위가 위태롭기는 하나,

淸吟相和路遲遲 청음상화 노지지 라

맑은 시 서로 화답하니 걷는 길 느긋하고 느긋하기만 하구나.

峰頭遙望靑天外 봉두요망 청천외 하고

아득히 바라보이는 산봉우리는 푸른 하늘 밖으로 솟았고,

雲馬奔馳數萬騎 운마분치 수만기 라

분주하게 달려가는 말 떼 같은 구름, 수많은 기병이 달리는 것 같구나.

1.25. 秋日偶成
가을날 우연히 짓다

[1994-11-18]

霜葉紅黃蔭四隣 상엽홍황 음사린 하고
울긋불긋 서리 맞은 단풍잎은 온 사방에 그늘 드리우고,

風淸氣冷淨無塵 풍청기랭 정무진 이라
바람은 맑고 기온은 차가우니 먼지 하나 없이 깨끗하구나.

煮茶對菊香盈室 자다대국 향영실 하니
국화꽃 바라보며 차를 끓이니 향기가 온 방 안에 가득하니,

不羨桃園往古人 불선도원 왕고인 이라
옛사람들이 찾고 싶어 하던 무릉도원이 부럽지 않구나.

1.26. 博約會
박약회

[1995-03-31]

博約會會於安東市民會館，千餘人雲集，相賀盛況．初日聽講演，翌日巡訪，祠宇遺蹟，環境蕭條．多有人力未到處，可嘆可惜，今日世態板蕩．仰思先賢儀範，不禁慚愧之心．

박약회 모임을 안동 시민회관에서 하니，천여 명이 구름처럼 모여 서로 축하하며 성황을 이루었다．첫째 날은 강연을 듣고，다음날은 사적지 순방을 하기로 하였는데，사당과 같은 유적은 분위기가 쓸쓸하고 조용하였다．사람의 힘이 미치지 못한 곳이 많아서 한탄스럽기도 하고 안타깝기도 하니，오늘날 세태가 흐려진 것을 반영하는 것이리라．옛 훌륭한 어르신의 훌륭한 법도를 우러러 생각하며，부끄럽고 부끄러운 마음，금할 수 없었다．

雲集千人大會成 운집천인 대회성 하니
천여 명이 구름처럼 모여서 대회는 성공적이고,

相逢故友起歡聲 상봉고우 기환성 이라
옛 벗을 서로 만나니 기쁨의 탄성을 지르는구나.

院祠寂寂風猶冷 원사적적 풍유랭 하나
서원과 사당은 적적하고 적적하여 바람이 오히려 차갑기만 하나,

遺訓昭昭萬世明 유훈소소 만세명 이라
남기신 교훈은 밝고 밝아서 만세토록 환하게 빛나는구나.

1.27. 新聞推擧少泉京尹[1)]
소천 선생 서울시장에 추천되었음을 새롭게 듣다

[1995-03-31]

讀誦多年學大成 독송다년 학대성 하고
읽고 외우기를 여러 해 계속하여 학문을 크게 이루었고,

經綸千日振名聲 경륜천일 진명성 이라
오랫동안 나라를 다스리는 경륜 명성을 떨쳤다네.

良材正合擡頭望 양재정합 대두망 하니
훌륭한 인재로 아주 적합하여 시민들 고개 들어 바라보니,

一鶴高飛彩翮明 일학고비 채핵명 이라
한 마리 학처럼 높이 나니 고운 빛깔 날갯죽지가 빛난다네.

---

1) 소천少泉: 조순趙淳(1928~) 선생의 호. 강릉 출신, 서울대학교 상과대학 전문부 졸, 미국 버클리대학교 경제학박사, 서울대학교 상과대학 교수, 경제기획원 장관, 한국은행 총재, 서울시장을 역임. 저서로 『경제학원론』(1974), 『The Dynamics of Korean Economic Development』(1974), 『창조와 파괴』(1999) 등이 있다.

1.28. 芝軒小祥[1) 2)]
지헌[김호길]의 소상

[1995-04-27]

洪恢氣宇逸英材[3)] 홍회기우 일영재 나
넓고 광대한 기개와 도량에 영특한 재주 넘쳐났으나,

研學雄心未半摧 연학웅심 미반최 라
학문 연구하던 웅대한 포부, 미처 반도 못 이루고 꺾어졌구나.

海曲千花如昨日 해곡천화 여작일 한데
바다 구비 천 송이 꽃 지난날과 같은데,

嗚呼不見一香梅 오호불견 일향매 라
오! 슬프구나, 오늘은 향기로운 매화 한 송이 찾을 수 없구나….

---

1) 지헌芝軒: 김호길의 호.
2) 소상小祥: 사람이 죽은 지 1년 만에 지내는 제사.
3) 기우氣宇: 금도襟度, 도량, 마음씨.

1.29. 少泉當選爲市長
소천 선생 서울시장에 당선되다

[1995-07-05]

皓皓鬚眉召命身 호호수미 소명신 하니
희고 흰 눈썹 빛나는 어른, 나라의 부름을 받은 몸 되었으니,

陣頭奮戰似靑春 진두분전 사청춘 이라
앞장서서 지휘하고 현장에서 분투하실 일 청춘과 같으시리.

山靈還俗爲何事 산령환속 위하사 오
산신령 같은 분이 속세로 돌아옴은 어떻게 된 영문인가?

今世<u>包公</u>此一人[1] 금세포공 차일인 일세
지금 세상의 포청천이 바로 이분이기 때문일세.

1) 포공包公: 포증包拯(999~1062). 북송 때의 강직한 법관으로, 수도인 개봉開封 시장 역임. 푸른 하늘과 같이 깨끗하다고 하여 '청천靑天'이라는 별명이 붙은 청백리의 표상. 관직 생활 중에 뇌물을 받지 않고 엄정하게 판결하니 귀족과 환관들이 모두 그를 꺼렸고, 심지어 어린아이나 부녀자들까지 그의 이름을 알고 염라대왕에 빗대어 '염라포로閻羅包老'라고도 불렀다고 함.

1.30. 歡迎中國代表
중국 대표단을 환영함

[1995-10-13]

西風送客漢城東 서풍송객 한성동 하니
서풍은 불어서 손님을 동쪽 한양성으로 보내니,

野滿金波谷滿紅 야만금파 곡만홍 이라
들판 가득 금빛 물결 넘실거리고 계곡에는 단풍 붉을 때로구나.

今日韓中初對面 금일한중 초대면 이나
오늘 한국과 중국이 처음 대면했으나,

綿綿半萬誼相通 면면반만 의상통 이라
면면히 이어져 온 반만년의 우의가 서로 통하겠구나.

1.31. 歸鄕初夏
초여름 고향에 돌아오다

[1995-10-13]

故里吾家我獨回 고리오가 아독회 하니
옛 고향 내 집에 홀로 돌아오니,

空庭寂莫滿青苔 공정적막 만청태 라
빈 정원은 적막감이 감돌고 푸른 이끼만 가득하구나.

多情舊友皆京洛 다정구우 개경락 하니
다정했던 옛 벗들은 모두 서울 등지에 있으니,

盡日開門不一來 진일개문 불일래 라
하루 종일 문 열어 두어도 한 사람도 오지 않네.

1.32. 機上斷想
비행기 안에서 토막생각

[1995-10-13]

飛翔萬丈越山河 비상만장 월산하 하야
하늘 높이 날아 산과 강을 건너,

雲海無邊颺白波 운해무변 양백파 라
끝없는 구름바다 흰 파도 일렁이네.

呼酒暫求天上樂 호주잠구 천상락 이나
잠시 술을 달라고 하여 하늘 위의 즐거움을 누리려 하나,

還憐想念俗情多 환련상념 속정다 라
도리어 생각 속에 속된 생각 많음이 안타깝구나.

1.33. 鹿邨先生詩[1)]
녹촌[고병익] 선생의 시

[1995-12-26]

詩愁滿腹鹿邨公[2)] 시수만복 녹촌공 은
보는 것마다 시를 지어 보려는 생각 가슴에 가득한 녹촌 공은,

隨處隨時作古風 수처수시 작고풍 이라
어느 장소 어느 때이든 예스럽게 시를 짓는구나.

居世悠然無積滯[3)] 거세유연 무적체 하니
세상을 유연하게 살면서 쌓여서 막힌 것 없이 자유자재이니,

仰思俯述樂其中 앙사부술 낙기중 이라
고개 들어서는 생각에 잠기었다가 고개 숙여서는 바로 적어 내니 그 가운데 즐거움이 넘치시리.

---

1) 녹촌鹿邨: 고병익高柄翊(1924~2004)의 호. 역사학자로 서울대학교 동양사학과 교수와 서울대학교 총장, 한국정신문화연구원 원장, 고전번역원 이사장 등을 역임. 녹촌은 그의 고향 마을인 문경의 '녹문鹿門'에서 취한 것임.

2) 시수詩愁: 보는 것마다 시로 표현하고자 하는 의욕이 넘침. 송나라 소동파「유명 화가 곽희의 가을날 광활한 평야 그림을 보고서郭熙秋山平遠」, "나뭇잎 떨어지면 우수에 찬 시인들은 가을을 원망하기 시작하고, 평원한 산수화를 대하면 시 지을 생각 견디지 못한다네木落騷人已怨秋, 不堪平遠發詩愁."

3) 유연悠然: 침착하고 여유가 있음.

1.34. 太平洋上機內聞交響曲
태평양 상공 비행기 안에서 교향곡을 듣다

[1995-12-26]

來往平洋萬里程 내왕평양 만리정 에
가고 오는 태평양 상공 만 리 여정에,

飛翔雲上一天淸 비상운상 일천청 이라
구름 위로 솟구쳐 오르니 온통 하늘은 푸르구나.

玉京距此無多遠 옥경거차 무다원 하니
옥황상제 사는 하늘 궁전이 여기서 그리 멀리 떨어져 있지 않으니,

疑是神仙奏樂聲 의시신선 주악성 이라
아마도 이것이 신선의 연주인가 의심스럽다네.

1.35. 壽川丈喜壽宴[1)]

수천 어르신의 77세 희수연

[1995-12-26]

秋天明月送淸風 추천명월 송청풍 한데

가을 하늘에 밝은 달은 맑은 바람을 불어 보내는데,

堂上輝煌燈燭紅 당상휘황 등촉홍 이라

마루 위에는 휘황찬란한 붉은 등이 켜져 있네.

鶴髮仙容尙氣壯 학발선용 상기장 하니

백발에 신선 같은 용모는 오히려 그 기운이 씩씩하니,

天長地久福無窮 천장지구 복무궁 이로다

하늘과 땅처럼 오래도록 변함없이 복록이 무궁무진하리라.

---

1) 수천壽川: 정수창鄭壽昌(1919~1999)의 호. 두산그룹 회장을 두 차례 지낸 한국의 대표적인 전문 경영인이었다. 저자와 동향인 영덕 출신으로 대한상공회의소 회장, 한국정신문화연구원 이사장, 아시아 태평양 상공회의소 연합회 회장, 한·아랍 경제협력위원회 위원장 등을 역임하였다.

1.36. 東海路上聞曺秀美歌曲[1]
동해안을 따라 올라가는 길에 조수미의 가곡을 듣다

[1995-12-26]

余昨日來自寧海至江陵，是日天高日晶，山有紅葉，路有野菊，旅趣頗好．車內適有曺秀美音盤，擴大音量而聽，音質淸美，情感橫溢．若天上仙人，爲余而歌．於是自然之樂，人間之興具矣，故余戱作四句．

어제 영해에서 강릉으로 왔는데, 이날 하늘은 높고 해는 밝으며 산에는 붉게 단풍 들었고, 길에는 들국화 피어 있으니, 여행하는 맛이 좋다. 차 안에 마침 조수미 음반이 있어서 소리를 크게 하여 들으니 음질이 맑고 아름다우며 감정이 풍부하게 넘친다. 마치 하늘의 선녀가 나를 위해 노래하는가 싶어졌다. 이에 자연의 즐거움과 인간의 감흥이 두루 갖추어졌다. 그래서 내가 장난삼아 네 구절을 짓는다.

---

1) 조수미曺秀美(1962~): 한국의 리릭 콜로라투라 소프라노(lyric coloratura soprano) 성악가로, 서울대학교 성악과 학과 개설 사상 최고 실기 점수로 수석 입학. 1983년 이탈리아로 유학을 떠나 로마 산타 체칠리아 음악원에 입학해 5년제 학교를 2년 만에 초고속으로 졸업. 1986년 트리에스테의 베르디 극장에서 「리골레토」의 '질다' 역으로 첫 주연 데뷔했다. 1993년 이탈리아 최고 소프라노에게만 준다는 황금 기러기상을 수상, 2008년 이탈리아인이 아닌 외국인으로는 처음으로 국제 푸치니상을 수상했다. 2019년 이탈리아 정부로부터 기사급 친선 훈장인 '오르디네 델라 스텔라 디 이탈리아'를 받으며 세계적인 성악가로서 한국과 이탈리아 간 예술적 교류에 이바지한 공을 크게 인정받았다. 저서로 『노래에 살고 사랑에 살고』(1994), 『조수미의 아름다운 도전』(2007)이 있다. 작품으로는 「아리아리랑」·「디어 아마데우스」·「비르투오조 아리아」·「카르나발」·「베스트 오브 조수미」 등이 있다.

驅馳東海海邊程 구치동해 해변정 에

동해 바닷가로 차를 몰고 달리는 여정에,

紅葉千山大氣淸 홍엽천산 대기청 이라

온 산에 단풍 들고 공기는 맑구나.

此地秋天天上景 차지추천 천상경 한데

이 지구의 가을 하늘은 천상의 경치와 같은데,

玉音秀美亦仙聲 옥음수미 역선성 이라

구슬 같은 조수미 목소리는 역시 천사의 음성이로구나.

1.37. 五臺山秋景
오대산의 가을 풍경

[1995-12-26]

余曾聞, 五臺山小金剛勝景, 今日與二三子傲遊, 路九折羊腸, 左右楓樹闊葉, 適値秋陽, 其紅欲然, 天高無雲, 風順氣和, 自然之美, 可謂極致. 諸友閑詠秋蟲伴奏, 此時感興, 不可無一首.

내가 일찍이 오대산 소금강의 아름다운 경치에 대하여 들어왔는데, 오늘 두세 사람과 더불어 재미있고 즐겁게 여행하니, 길은 아홉 굽이 굽어 있고 좌우에는 단풍나무와 활엽수가 우거졌는데, 마침 가을 햇볕을 받아서 그 붉음이 타오르는 듯하고, 하늘은 높고 구름 한 점 없이 맑으며, 바람은 순하고 날씨는 화창하니, 자연의 아름다움이 이보다 더할 수가 있을까? 여러 벗들이 모두 한가롭게 흥얼거리는데 가을 벌레가 장단을 맞추어 반주하는구나. 이때 감흥이 일어남을 한 수의 시로 짓지 않을 수가 없다.

九折羊腸百里程 구절양장 백리정 에
아홉 굽이 구불구불한 산길 백 리 여정에,

楓紅松翠澗流淸 풍홍송취 간류청 이라
붉은 단풍나무 푸른 소나무 우거지고 시냇가에는 맑은 물 흐르는구나.

炎天暴暑今無處 염천폭서 금무처 하고
찌는 듯한 삼복더위 이제 흔적도 없이 물러가고,

五岳山川蟋蟀聲 오악산천 실솔성 이라
오대산 온 산천에 귀뚜라미 노랫소리 한창일세.

1.38. 和慕何述懷[1)]
모하[이헌조]의 술회에 화답하다

[1996-02-14]

吾友慕何, 本來讀書人, 自少時從金星社業, 四十多年, 寄與於產業發展之功甚大. 然君奔忙之中, 常念歸田園友松菊, 近日補任人和苑長. 余聞此地閑遠, 養賢之暇, 庶可樂自然之美, 冀從此, 嘉句瓊辭湧出焉.

나의 벗 모하는 본래 공부하던 사람이나, 젊은 시절부터 금성사 업무에 종사하여 사십여 년 많은 세월을 산업 발전에 기여한 공이 참으로 컸다. 그러나 모하는 그 바쁜 와중에도 늘 전원생활로 돌아가서 소나무와 국화를 벗 삼고자 하였는데, 최근에는 인화원장〔금성사 그룹〕 직을 맡았다. 내가 들으니 이곳은 매우 한가한 곳이라고 하니, 어진 후진들을 키우는 여가에 자연의 아름다움을 즐길 수가 있을 것이니, 이제부터 여기서 아름다운 구절과 구슬 같은 표현이 용솟음치듯 솟구쳐 올라오게 되기를 빈다.

瘁精產業不知休 췌정산업 부지휴 한데
정신을 산업에 다 쏟아부어 쉴 줄도 몰랐는데,

偉績堂堂四十秋 위적당당 사십추 라
사십 년 동안 쌓아 올린 큰 업적, 당당하구나!

自有胸中泉石病[2)] 자유흉중 천석병 하니

---

1) 모하慕何: 이헌조李憲祖. 앞 1.5 주) 참조.

2) 천석병泉石病: 천석고황泉石膏肓. 마치 고질병 환자처럼 산수山水에 중독되어 결코 빠져나올 수 없다는 뜻으로, 자연의 승경勝景에 대한 지나친 애착심을 표현할 때 쓰는 말이다. 전유암田游巖이 당 고종唐

스스로 가슴속에는 자연을 그리워하는 병이 깊었던지라,

閑雲野鶴助詩愁 한운야학 조시수 리라

한가한 구름과 들판의 학들이 시심 어린 마음을 위로해 주리라.

高宗에게 "신은 물과 바위에 대한 병이 이미 고황[가슴 깊은곳]에 들고 연무煙霧와 노을에 고질병이 들었는데, 성상의 시대를 만나 다행히 소요하고 있습니다臣泉石膏肓煙霞痼疾, 旣逢聖代, 幸得逍遙."라고 말한 고사에서 유래한 것이다. -『舊唐書 卷192 田游巖傳』

1.39. 慕何不應經總會長之任
모하가 한국경영자총회 회장직을 거절하다

[1996-03-26]

全財界希望, 慕何之任經總會長, 慕何竟不起. 今日數千人士, 欲爲國會議員, 焦心勞思, 彼此可謂好對照矣.

전 재계에서 모하가 경총 회장직을 맡아주기를 바라는데, 모하는 끝내 사양하였다. 오늘날 수많은 사람이 국회의원을 하고 싶어 하여 노심초사하는데, 그러한 사람들과 이 사람을 비교하면 좋은 대조가 된다고 할 것이다.

許多人物忘其分 허다인물 망기분 하고
많은 사람들이 그 분수를 망각하고,

虛載功名上白雲 허재공명 상백운 이라
헛되이 공명심 품고서 뜬구름 위로 올라가려고 하는구나.

休道於今無逸士 휴도어금 무일사 하라
말하지 말게나! 지금 세상에 이름 숨기는 선비 없다고,

萬千衆望莫徵君 만천중망 막징군 이라
수많은 사람이 희망한다 하여도 그대를 다시 불러내기 어렵다네.

1.40. 芝軒大祥有感[1]
지헌 대상의 느낌

[1996-04-17]

滄海青松如舊容 창해청송 여구용 한데
넓고 큰 바다 푸른 소나무는 옛 모습 그대로인데,

梅花散盡遠香濃 매화산진 원향농 이라
매화 꽃잎은 다 떨어져도 향기는 멀리까지 진하게 풍기는구나.

居諸荏苒陽春返[2] [3] 거저임염 양춘반 하니
여러 날 여러 달 하염없이 흘러 다시 따뜻한 봄날은 돌아왔는데,

白鶴昇天不再逢 백학승천 부재봉 이라
흰 학 하늘로 올라간 뒤에 다시 만날 수 없구나.

---

1) 대상大祥: 사람이 죽은 지 2년 만에 지내는 제사. 만 2년이 되는 두 번째 기일에 행하는 상례喪禮 의식.

2) 거저居諸: 일거월저日居月諸로, 세월이 흘러가는 것을 말한다. 『시경詩經』, 「패풍邶風 일월日月」에, "해와 달이 하토를 굽어본다日居月諸, 照臨下土."라고 한 말에서 나왔다.

3) 임염荏苒: 세월이 천연遷延하는 모양. 세월이 덧없이 지나감.

1.41. 霧島春日[1]
기리시마산의 봄날

[1996-07-12]

陰三月，余往日本九州鹿兒島之霧島，此地以柰花有名，花已落盡不能賞玩. 然月光淸淨遠山鮮明，曾聞此地有韓国岳[2]群峰之中，不知何者是.

음력 3월에 나는 일본 규슈의 가고시마에 있는 기리시마산에 갔다. 이곳은 벚꽃이 유명하지만, 벚꽃은 이미 떨어져 없어, 그 아름다움을 감상할 수 없었다. 그러나 달빛은 맑고 고요하며 먼 산은 밝고 선명하였다. 일찍이 듣기로 여러 봉우리 중에 한국악이라는 산이 있다고 하는데, 어떤 것인지 알 수 없다.

九州三月日溫和 구주삼월 일온화 하여
규슈의 삼월은 날씨가 따뜻하여,
落盡名花不見他 낙진명화 불견타 라
유명한 꽃은 다 떨어지고 다른 것은 볼 수 없다네.
霧島乍晴千里朗 무도사청 천리랑 이나
기리시마산에 잠시 비가 그치니 천 리까지 잘 보이나,
箇中韓岳不知何 개중한악 부지하 라
그중에 한국악이 어느 것인지 알 수 없구나.

---

1) 기리시마(霧島): 기리시마산(霧島山). 일본 규슈(九州)에 있는 산으로 성층 화산이며, 활화산으로 국립공원으로 지정되었다.

2) 한국악韓国岳(가라쿠니다케)]: 규슈 미야자키(宮崎)현과 가고시마(鹿児島)현에 걸친 화산. 무도화산군霧島火山群의 최고봉으로 해발 1,700m 이다.

1.42. 汝矣島新社屋竣工
여의도 삼보 신사옥 준공

[1996-07-12]

九六年三月, 新社屋落成, 七月二日擧行竣工式. 諸友同慶, 多送祝賀花盆, 二十三層會長室, 香氣充滿.

1996년 3월에 신사옥이 완성되어 7월 2일 준공식을 거행하였다. 여러 벗이 함께 축하하며 화분을 많이 보내오니 23층 회장실에 향기로 가득하다.

高樓百尺向天長 고루백척 향천장 하고
높은 누각은 백 길이나 되어 하늘을 향하여 높이 솟았고,

樓下淸江耀日光 누하청강 요일광 이라
빌딩 아래에는 맑은 한강 햇볕이 밝게 빛나는구나.

十五星霜艱苦後 십오성상 간고후 에
15년 세월 동안 온갖 어려움과 힘든 고생 뒤에,

完工大廈滿花香 완공대하 만화향 이라
큰 건물을 완공하니 꽃향기 가득 찼구나.

1.43. 雪岳山神仙溪谷
설악산 신선계곡

[1996-08-23]

無主溪山對碧空 무주계산 대벽공 하고
주인 없는 설악산과 그 계곡은 푸른 하늘을 마주하고,

清泉白石萬年同 청천백석 만년동 이라
맑은 샘물의 하얀 돌은 수많은 세월 동안 변함이 없구나.

塵區俗客渾忘語 진구속객 혼망어 하고
속세에서 온 나그네 (물소리에) 할 말을 잊었고,

仙境翛然此谷中[1] 선경소연 차곡중 이라
신선 세계의 자유 자재로움 이 골짜기에 있구나.

1) 소연翛然: 어디에도 얽매이지 않는 초탈한 모양.

1.44. 憶故里
고향을 생각하며

[1996-10-16]

處處鳴蟬處處鴉 처처명선 처처아 하고
곳곳에 매미 울고 곳곳마다 까마귀 노닐고,

山山水水總佳花 산산수수 총가화 라
온 산과 온 물에도 언제나 아름다운 꽃이 피었지.

牧童日暮乘牛返 목동일모 승우반 하고
목동은 저물녘에 소 타고 집으로 돌아오고,

夕食蒼煙掛草家 석식창연 괘초가 라
저녁 짓는 푸른 연기 초가지붕에 걸려 있었지.

1.45. 歸家見菊
집으로 돌아와 국화를 보다

[1996-11-11]

窓前舊菊散淸香 창전구국 산청향 하고
창 앞의 옛 국화는 맑은 향기 널리 흩어지고,

盡意今年滿發黃 진의금년 만발황 이라
온 뜻을 다하여 올해도 노란 국화를 활짝 피웠구나.

却喜開門迎我笑 각희개문 영아소 한데
기쁜 마음으로 문을 여니 나를 미소로 반겨주는데,

花容玉態映秋陽 화용옥태 영추양 이라
아름다운 그 자태 가을 햇살에 밝게 빛나네.

1.46. 臺灣電腦展覽會奉贈果云先生[1)]
대만 컴퓨터 전람회 과운 선생께 받들어 올립니다

[1996-12-18]

今日臺灣爲世界電腦生產中心，每年十二月展覽會，歐美亞洲電腦專家與商人雲集，可謂一大盛事．此非偶然之事，又非但企業家努力之故，實有領導者，始終推奬而能發生，如此奇蹟，果云先生，卽是領導者之一人．

오늘날 대만이 세계 컴퓨터 생산 중심이 되어 해마다 12월에 전람회를 여는데，유럽과 미국，아시아에 컴퓨터 전문가와 상인들이 구름처럼 모였으니，일대 성사라 할 만하다．이것은 우연한 일이 아니고，또 비단 기업가들의 노력의 결과일 뿐만이 아니라，실제로 영도자가 있어서 처음부터 끝까지 추진하고 밀어주어 이와 같은 기적을 이루었으니，과운 선생이 곧 그러한 영도자 가운데 한 사람이다．

展會人波熱氣濃 전회인파 열기농 하여
전람회 사람이 넘쳐 열기가 대단하여,

西歐北美亦來東 서구북미 역래동 이라
서구와 북미서도 오고 또한 동양에서도 왔구나.

臺灣電業冠天下 대만전업 관천하 는
대만의 전자산업 천하의 으뜸임은,

正賴高名有果公 정뢰고명 유과공 이라
바로 고명한 분에게 의지하였는데 과공 같은 분이 계셨다네.

---

1) 과운果云: 타이완의 전산 산업을 육성한 지도자, 퇴역 장군.

1.47. 泰國布島有感
태국 파타야 섬의 느낌

[1996-12-18]

名花綽約草香濃[1] 명화작약 초향농 하고

이름난 꽃 아름다운데 풀 향기가 진하게 풍기고,

白鶴飛西鵲叫東 백학비서 작규동 이라

백학은 날아서 서쪽으로 가고 까치는 동쪽에서 지저귀네.

畵裏江山千古色 화리강산 천고색 하니

그림 같은 강산은 천고의 옛 모습을 띠고 있으니,

風光元不換三公[2] 풍광원불 환삼공 일세

이 아름다운 풍광 즐김을 원래 삼공의 벼슬과도 바꾸지 않을 만하다네.

---

1) 작약綽約: 아름다운 모습을 나타내는 의태어. 『장자』「소요유逍遙遊」에, "막고야 산에 신인이 살고 있는데, 피부가 얼음과 눈처럼 희고, 곱기가 처자와 같다邈姑射之山, 有神人居焉, 肌膚若氷雪, 綽約若處子." 라고 하였다.

2) 불환삼공不換三公: 전원에 은거하며 유유자적하게 살아가는 흥취는 정승 자리와도 바꾸지 않을 것이라는 말이다. 송宋나라 대복고戴復古가 후한後漢의 은사 엄광嚴光의 고사를 소재로 읊은 시「조대釣臺」에, "어떤 일에도 욕심 없이 오직 하나의 낚싯대뿐, 삼공의 자리도 이 강산과 바꿀 수 없고말고. 평소 유문숙을 잘못 알고 지낸 탓에, 세상 가득 허명을 야기했을 뿐이라오萬事無心一釣竿, 三公不換此江山. 平生誤識劉文叔, 惹起虛名滿世間."라는 내용이 나온다. -『石屛詩集 卷6』문숙文叔은 광무제의 자字.

1.48. 鄧小平逝去[1)]
등소평 서거

[1997-02-25]

落地巨星中土喧 낙지거성 중토훤 하고
　큰 별이 땅에 떨어지니 중국 땅이 소란하고,

弔旗半揭北京門 조기반게 북경문 이라
　천안문 광장에 조상하는 깃발을 반 내려 걸었네.

短軀五尺風天下 단구오척 풍천하 하니
　오척 단구로 온 천하 개혁과 개방 바람을 일으켰으니,

萬世千秋刻大痕 만세천추 각대흔 이라
　천추만세가 지나도 큰 자취 새겨지리라.

---

1) 등소평鄧小平(1903~1997): 중국의 정치가. 쓰촨성(四川省) 출생으로, 중화인민공화국 수립에 공을 세웠다. 실용주의 노선을 주장하면서 모택동과 노선 갈등을 빚어 1966년 문화대혁명文化大革命 때 홍위병紅衛兵으로부터 반모주자파反毛走資派의 수괴라는 비판을 받고 실각하였다. 1977년 7월 복직, 1981년 실질적인 권력을 장악하였다. 1989년 4월 천안문 사건의 위기를 수습하고, 중국 정계의 최고 실권자로서 개혁과 개방 정책을 추진하였다.

1.49. 黃長燁亡命[1)]
황장엽 망명

[1997-02-25]

亡命高官電視喧 망명고관 전시훤 하고
북한의 높은 관리가 망명하니 텔레비전이 시끄럽고,

漢陽歡待大開門 한양환대 대개문 이라
서울에서는 크게 환대하면서 크게 문을 열었구나.

須知鐵壁時無用 수지철벽 시무용 이니
모름지기 철벽같이 높은 장벽도 아무 소용없다는 것을 알아야 할 것이니,

權座幕中生大痕 권좌막중 생대흔 이라
권력의 자리 장막 안에 큰 흔적이 생기겠구나.

1) 황장엽黃長燁(1923~2010): 북한 김일성종합대학 총장, 조선노동당 비서와 제6, 7, 8대 최고인민회의 상임위원회 위원장으로 재직하다가 1997년 대한민국으로 망명했다.

1.50. 寧海入鄕五百年有感 - 三首
영해 입향 5백 년에 느낀 바가 있어 - 3수

[1997-03-24]

一

五百年前一洞天[1] 오백년전 일동천 하니
 오백 년 전 하늘 아래 한 마을이 있었으니,

山靑水碧吉祥全 산청수벽 길상전 이라
 산은 푸르고 물도 푸르르니 좋고 상서로움 온전히 갖추었더라.

欣然卜地爲孫計 흔연복지 위손계 하니
 기쁘게 땅을 점쳐서 후손들을 위한 계획을 세우시니,

蟄蟄振振永世傳[2][3] 칩칩진진 영세전 일세
 화락하게 그 세력을 떨쳐서 세상에 영원토록 전해지리라.

二

祖先恩德比如天 조선은덕 비여천 하여
 조상의 은혜와 덕이 하늘에 비유할만하여,

五百春秋福祿全 오백춘추 복록전 이라
 오백 년 세월 동안 복록이 온전하였구나.

---

1) 동천洞天: 도가에서 신선이 사는 선경仙境을 가리키는 말로, 별천지라는 뜻이다. 후대에는 풍광이 뛰어난 곳을 가리키는 말로 쓰인다.

2) 칩칩蟄蟄: 화락함을 형용하는 의성어. 『시경詩經』「주남周南 종사螽斯」에, "메뚜기가 모이고 모여드는 소리, 응당 네 자손이 화락하고 화락하리라螽斯羽, 揖揖兮, 宜爾子孫, 蟄蟄兮."라고 하였다.

3) 진진振振: 번성하는 모습을 형용하는 의태어. 『시경』의 위와 같은 시에, "수많은 메뚜기들이 화목하게 모여드니, 의당 네 자손이 대대로 번성하리라螽斯羽, 詵詵兮, 宜爾子孫, 振振兮."라고 한 데서 온 말이다.

孝友睦婣承古習[4] 효우목인 승고습 하여

효성스럽고 우애롭고 친척들과 화목한 옛 풍습을 계승하여,

法家遺訓萬年傳 법가유훈 만년전 이라

훌륭한 가문의 남기신 교훈이 오래도록 전해지는구나.

三

公孫老木欲參天 공손로목 욕참천 하고

오래된 은행나무는 하늘을 찌를 듯이 자랐고,

忠孝高堂瑞氣全 충효고당 서기전 이라

충효당 높은 건물은 상서로운 기운이 서려 있구나.

烏竹蒼松如舊日 오죽창송 여구일 하고

검은 대나무와 우거진 소나무는 옛 모습과 변함없고,

許多說話此中傳 허다설화 차중전 이라

많은 전설과 이야기가 이 가운데 전해 온다네.

---

4) 목인睦婣: 목睦은 부계의 친족에게 친한 것이고, 인婣은 모족母族과 처족妻族에게 친한 것이다. -『周禮 · 地官 · 大司徒』

1.51. 山寺夜坐
산사에서 밤에 앉아서

[1997-04-28]

依山寒寺一星燈[1] 의산한사 일성등 하고
산에 기대어 선 쓸쓸한 절에는 별 하나를 등불로 삼고,

只有經聲不見僧 지유경성 불견승 이라
다만 불경 소리만 들리는데 스님은 보이지 않는구나.

萬丈紅塵千嶺外 만장홍진 천령외 한데
만 길이나 되는 속세의 붉은 티끌은 천의 봉우리 바깥에 있는데,

春風閑對塔層層 춘풍한대 탑층층 이라
봄바람은 한가로이 층층의 탑 주위를 맴도는구나.

---

1) 일성등一星燈: 당나라 말 오대 시대의 위장韋莊의 「산속의 집에 묵다宿山家」에, "산속을 가다가 밤이 되어 이르러보니, 구름이 뚫어지니 별 하나가 등불같이 비치더라山行侵夜到, 雲竇一星燈."라고 하였다.

1.52. 曹溪寺四月[1]
조계사의 4월

[1997-04-28]

色色蓮花八角燈 색색련화 팔각등 하고
울긋불긋 팔각등에 연꽃무늬 그려져 있고,

欄干處處老少僧 난간처처 노소승 이라
난간 곳곳에는 늙은 스님, 젊은 스님들 보이는구나.

燈燈凝結千般願 등등응결 천반원 하고
등등마다 천 가지, 만 가지 소원 간절히 뭉쳐져 있으니,

世俗希求滿七層 세속희구 만칠층 이라
세속에서 바라고 구하는 소원 칠층 높은 탑을 가득 채우겠구나.

---

1) 조계사曹溪寺: 조계종 절로 1395년에 지어졌고, 1910년에 승려들의 모금으로 설립된 각황사가 모태이다. 1938년에는 태고사로 불리다가 1954년에 조계사로 개칭되었다. 현재 조계사는 서울 종로구 견지동에 있다.

1.53. 惜春
봄을 아쉬워하며

[1997-05-22]

紅紅白白衆香傳 홍홍백백 중향전 이러니
여러 색깔의 꽃들이 저마다 향기를 퍼뜨리더니,

今日飛花却悵然 금일비화 각창연 이라
오늘 꽃 떨어져 나니 도리어 슬퍼지는구나.

不作一詩春又過 부작일시 춘우과 하니
시 한 편도 짓지 못하고 봄은 또 이렇게 지나가니,

良辰方覺值千錢[1] 양신방각 치천전 을
이 좋은 아침이야말로 바야흐로 깨닫게 되네, 천금의 가치가 있다는 것을.

---

1) 양신良辰: 좋은 아침, 좋은 날. 남조南朝 사영운謝靈運의 「의위태자업중시집서擬魏太子鄴中詩集序」에, "천하에 좋은 날, 아름다운 경치, 기쁜 마음, 즐거운 일, 이 네 가지가 다 갖춰지기는 어렵다天下良辰, 美景, 賞心, 樂事, 四者難幷…."라고 하였다. 당나라 왕발王勃의 「등왕각서滕王閣序」에, "네 가지 아름다움이 갖추어졌다四美具."는 것도 이를 뜻한다.

1.54. 松石齋夏日
송석재의 여름날

[1997-07-02]

夜月消塵大氣晶 야월소진 대기정 하니
달 밝은 밤에 티끌 없이 공기는 깨끗한데,

千山萬鳥好音淸 천산만조 호음청 이라
온 산골짜기 수많은 새들 아름다운 소리 맑구나.

開門欲喚松香入 개문욕환 송향입 하니
문을 열고 소나무 향기를 불러들이려고 하니,

却喜窓前溪水聲 각희창전 계수성 이라
도리어 창 아래 개울물 소리 반갑구나!

1.55. 與施殷翁三公會於球場[1)]

시 · 은 · 옹 세 사람과 함께 골프장에 모여서

[1997-07-02]

雲間時或太陽晶 운간시혹 태양정 하고
　구름 사이로 때때로 태양이 밝게 비치고,

十里青原眼界淸 십리청원 안계청 이라
　십리나 되는 푸른 언덕에는 시야가 맑구나.

打得良丸天上近 타득량환 천상근 하니
　잘 친 공은 타원을 그리며 하늘 높이 날아가는데,

群山震動好球聲 군산진동 호구성 이라
　나이스 샷! 함성이 이산 저산에 울리네.

---

1) 시은옹삼공施殷翁三公: 시施 · 은殷 · 옹翁 세 사람. 모두 타이완의 기업인임.

1.56. 束草夏日
속초의 여름날

[1997-08-19]

神仙溪谷隔年還 신선계곡 격년환 하니
설악산 신선 계곡에 한 해 걸러 다시 찾아가니,

小瀑淸潭夏日寒 소폭청담 하일한 이라
작은 폭포와 맑은 연못은 여름날에도 시원하구나.

我愛斯邱人跡罕 아애사구 인적한 하고
내가 좋아하는 이곳은 사람의 발자취가 드물어,

渾忘世事對靑山 혼망세사 대청산 이라
속세의 어지러운 일 모두 잊고 푸른 산만 마주할 수 있다네.

1.57. 松石齋偶成[1]
송석재에서 우연히 짓다

[1997-10-18]

松石齋前有小溪 송석재전 유소계 하고
송석재 앞에는 작은 시내가 있고,

蒼松白石繞東西 창송백석 요동서 라
우거진 소나무와 하얀 돌들은 동서로 둘러 있구나.

月明秋夜臨欄曲 월명추야 임란곡 하니
달 밝은 가을밤에 굽은 난간에 기대어 보니,

蟋蟀聲聲高復低 실솔성성 고부저 라
귀뚜라미 우는 소리 높아졌다가 다시 낮아지네.

---

1) 송석재松石齋: 저자의 서실書室.

1.58. **羅城**
로스앤젤레스

[1997-12-26]

清朝入望大洋平 청조입망 대양평 한데
　쾌청한 아침 넓은 바다에서 내려다보니 태평양은 잔잔한데,

雲上高飛一路橫 운상고비 일로횡 이라
　구름 위로 높이 날아 곧장 횡단하여 가네.

夢到吾家寒雪裡 몽도오가 한설리 한데
　꿈속에 가 본 우리 집은 차가운 눈 속에 있는데,

覺來春節是羅城 교래춘절 시라성 이라
　깨어서 보니 봄날인데 이곳이 바로 로스앤젤레스로구나.

1.59. 內子七旬宴
내자[집사람]의 칠순 잔치

[1998-01-23]

滿堂家率盡歡呼 만당가솔 진환호 하니
집안 가득한 식구들이 반갑게 환호를 다 하니,

一世何曾有寂孤 일세하증 유적고 고
이 한 세상에 언제 쓸쓸하고 외로운 적 있었던가?

擧酒爲君祝稀壽 거주위군 축희수 한데
그대를 위하여 술잔을 높이 들어 일흔 살 희수를 축하하는데,

群孫歌舞總明珠 군손가무 총명주 라
여러 손자 노래하고 춤추니 모두 아름다운 구슬 같구나.

1.60. 代悲避南翁
남쪽으로 피난 오신 어르신[실향민]을 대신하여

[1998-03-12]

山川北望杳歸期 산천북망 묘귀기 하니
　북한 산천 바라보며 돌아갈 날은 아득하니,

悲夢時時到古扉 비몽시시 도고비 라
　슬픈 꿈 때때로 옛 고향 사립문에 가보기도 하네.

星星白髮飛如雪 성성백발 비여설 하니
　성성한 흰 머리카락 눈처럼 휘날리니,

忍見桃花發萬枝 인견도화 발만지 오
　가지마다 만발한 복숭아꽃 차마 볼 수 있을까?

1.61. 愚伏宗宅[1)]
우복종택

[1998-04-18]

博約會尙州大會, 余留愚伏先生宗宅, 晦齋退溪愚伏宗孫諸公, 會同一席, 興感而作.

박약회 상주대회에서 나는 우복 선생 종택에 머물렀다. 회재, 퇴계, 우복 종손 여러분들이 모두 한자리에 모여서 감흥이 일어서 짓는다.

尙州千里逐雲飛 상주천리 축운비 하니
상주라 천 리 먼 길을 구름 따라 쫓아오니,

歷訪名家是好機 역방명가 시호기 라
이름난 가문을 두루 탐방하기 참으로 좋은 기회로구나.

愚伏洞天曾灌耳[2)] 우복동천 증관이 한데
우복종택 마을의 숨은 경치는 일찍이 익히 들어 왔는데,

更知吾道不沈微 갱지오도 불침미 라
다시 알게 되었네, 우리 유가의 도가 희미하게 가라앉지는 않을 것을.

---

1) 우복종택愚伏宗宅: 경북 상주시 외서면 우산리에 있는 조선 시대의 건축물이다. 진주 정씨 우복 정경세鄭經世(1563~1633) 선생이 38세 때 이 고장에 들어와 남은 여생을 지낸 곳으로, 우복동천이라고도 한다. 선생이 선조와 인조 때 성실하게 활동한 것을 치하하여 영조가 남북 10리와 동서 5리의 우복동천 구역을 하사함으로써 5대손인 정주원鄭冑源 때부터 대대로 살게 되었다. 국가민속문화재로 지정되었다.

2) 동천洞天: 도교道敎에서 신선이 사는 곳을 뜻하는데, 흔히 산천으로 둘러싸인 경치 좋은 곳을 이른다.

1.62. 芝軒忌日浮彫像除幕
김호길 총장의 제삿날 부조상을 제막하다

[1998-05-15]

石端遺影萬年存 석단유영 만년존 한데
돌에 새겨진 지헌 김호길의 모습은 영구히 남아있으리니,

淑氣生生永不昏 숙기생생 영불혼 이라
맑은 기운 생생하니 영원히 변치 않으리라.

依舊春風花滿發 의구춘풍 화만발 한데
옛 모습처럼 봄바람에 꽃이 활짝 피었는데,

憶君遙望故山雲 억군요망 고산운 이라
그대 추억하며 아득히 바라보네, 옛 고향 산천 구름을.

1.63. 名譽學位有感[1)]
명예학위 소감

[1998-07-24]

夢裡頻繁故校尋 몽리빈번 고교심 하고
　꿈속에서도 그리워 자주 보았던 옛 학교를 찾으니,

綠原杳杳樹森森 녹원묘묘 수삼삼 이라
　초록빛 언덕은 그윽하고도 그윽하고 나무는 빽빽이 들어서 있네.

三千賀客歡顔色 삼천하객 환안색 하고
　삼천여 축하하러 온 손님들은 기쁜 얼굴빛이고,

五十樂工宣祝音 오십악공 선축음 이라
　오십여 악단은 축하의 곡을 연주하네.

輒憶當時艱苦事 첩억당시 간고사 하니
　문득 생각나네, 그 당시 가난하고 고생했던 일이.

却欣今日少年心 각흔금일 소년심 이라
　도리어 즐거워지네, 오늘은 소년의 마음과 같구나.

親朋爲我開瓊宴 친붕위아 개경연 하니
　친한 벗들이 나를 위하여 멋진 잔치를 베풀어 주니,

異國情懷自正襟 이국정회 자정금 이라
　타국에서 느끼는 따뜻한 마음씨에 저절로 옷깃을 여미게 되네.

---

1) 명예학위名譽學位: 저자가 미국 유타대학에서 이학박사 학위를 받은 지 몇 해 뒤에 다시 명예박사 학위를 받았다.

1.64. 淑明學園理事長被任有感
숙명학원 이사장직을 맡으며 느낀 소감

[1998-10-23]

漢上靑坡瑞氣融 한상청파 서기융 하고

한강 옆의 청파동 숙명여대에는 상서로운 기운이 서려 있고,

諸娘活力發淸風 제랑활력 발청풍 이라

모든 여학생들은 활기차게 맑은 기운을 발산하는구나.

智明德淑無今古 지명덕숙 무금고 하니

밝은 지혜와 맑은 덕은 예나 지금이나 변함없으며,

服美粧姸有異同 복미장연 유이동 이라

단정한 복장 아름다운 모습은 서로 다르면서도 같구나.

教室三千秋色裡 교실삼천 추색리 하고

삼천여 교실의 교정은 가을 모습 속에 아름답고,

學生一萬研工中 학생일만 연공중 이라

학생 일만여 명은 연구하고 공부하는 중이구나.

諸公屬我學園長 제공촉아 학원장 하니

여러 분들이 나에게 학원장을 맡으라고 부탁하니,

誤擇忘機頭白翁 오택망기 두백옹 이라

기심을 잊은 백발의 늙은 사람을 잘못 선택한 것이로구나.

1.65. 與瀋陽市長合作署名於三寶本社 심양 시장과 삼보 본사에서[삼보 심양 공장 설립을] 합작 서명하다

[1998-12-05]

貴賓遠訪到中央 귀빈원방 도중앙 하니
귀한 손님이 방문하여 서명식장 중앙에 이르니,

五色叢花擁四床 오색총화 옹사상 이라
오색의 아름다운 꽃떨기들은 사방 테이블을 가득 에워쌌구나.

握手主人情重厚 악수주인 정중후 하고
주인과 마주 잡은 손에서 인정이 두텁게 배어 나오고,

署名來客意深長 서명래객 의심장 이라
서명하러 방문한 손님 감회가 깊기도 하네.

賀歌一曲高雲徹 하가일곡 고운철 하니
축하의 노래 한 곡은 높이 구름까지 통하는 듯하고,

祝酒三杯廣廈凉 축주삼배 광하량 이라
축배의 술 석 잔 마시니 넓은 집도 시원하구나.

天爲兩邦今日事 천위량방 금일사 하야
하늘이 두 나라를 위하여 오늘 일을 도우셔서,

秋山葉葉着紅黃 추산엽엽 착홍황 이라
가을 산을 잎새마다 울긋불긋 단풍 물들이셨구나.

1.66. 閑日午後
한가한 날 오후

[1999-02-22]

晩天斜日落窓紗 만천사일 낙창사 한데
늦저녁 지는 햇살 창가에 쏟아지는데,

開見溪山靜物華 개견계산 정물화 라
창을 열고 보니 산과 계곡은 정물화를 그린 듯 화려하네.

四壁古今陳蠹籍 사벽고금 진두적 하고
사방 벽에는 오래되어 좀 슬은 책 쌓여있고,

三隅紅白映蘭花 삼우홍백 영란화 라
세 모퉁이에는 붉고 흰 난초꽃이 비치네.

兒孫喧聒爭黃果 아손훤괄 쟁황과 하고
어린 손자들은 시끄럽게 떠들며 누런 실과를 서로 잡으려 하고,

婆叟從容共綠茶 파수종용 공록차 라
늙은 우리 내외는 조용하게 녹차를 같이 마시네.

時或閑聽琴奏樂 시혹한청 금주악 하니
때때로 혹 한가롭게 거문고 연주하는 것 들으니,

平倉洞裏是吾家 평창동리 시오가 라
그곳이 평창동에 있는 바로 나의 집이라네.

1.67. 挽經洲[1)]
경주[류혁인]를 애도하다

[1999-02-22]

出自岐山水柳鄉 출자기산 수류향 하야
기산 무실 류씨 고장에 태어나서,

開新國運作橋梁 개신국운 작교량 이라
나라의 운명을 새롭게 개척하는 데 다리 역할을 하였네.

仁風雅操今仙去 인풍아조 금선거 하니
어진 모습 단정한 마음 지금 신선 되어 떠나니,

揮淚靈前獻一香 휘루령전 헌일향 이라
영전에서 눈물 뿌리며 한 줄기 향 올릴 뿐일세.

---

1) 경주經洲: 류혁인의 호. 앞 1.16 주) 참조.

1.68. 元旦節祀後有感
설날 아침, 차례를 지내고 난 후 느낌

[1999-02-22]

冉冉東風又到門 염염동풍 우도문 하니
흐르고 흐르는 동쪽 바람이 다시 문 앞에 다다르니,

祥光瑞氣遍千村 상광서기 편천촌 이라
상서로운 빛과 좋은 기운이 마을마다 두루 퍼지는구나.

須令換難長消跡 수령환난 장소적 하고
모름지기 바라건대 외화 부족 경제난이 자취를 감추고,

更祈民憂快失痕 갱기민우 쾌실흔 이라
다시 비노니 백성들의 근심 말끔하게 아픈 흔적 지워지기를.

老壯相逢歡笑好 노장상봉 환소호 하고
늙은이 젊은이 서로 만나 기쁘게 미소 지으며 좋아하고,

少兒禮拜賀音溫 소아례배 하음온 이라
어린아이들 예절 바르게 세배를 드리니 축하하는 목소리 따뜻하구나.

京鄉祭客宗堂會 경향제객 종당회 하야
서울과 고향에서 온 제관들 충효당 종가 마루에 모여서,

新歲新春告祖魂 신세신춘 고조혼 이라
새해와 새봄을 맞이하여 조상님 혼령께 제사 올리는구나.

1.69. 瀋陽記事
심양 일을 기록하다

[1999-03-26]

余以三月十三日，向瀋陽，市長邀余行合作儀式，到空港，市長親迎，行路宿館揭大字旗幅，曰熱熱歡迎李某．蒙市政府厚意歷訪名跡，淸太祖宮尙存元形，高句麗古城，發掘補築．夕陽寒天，群鵲鳴噪適値上元名節，數條街路裝飾千絲萬燈，恰似銀漢落地．招見雜技，是曲藝之一種，兒女之跳躍，輕如胡蝶，不似人間．簽名儀式，數百貴顯集，祝宴和氣融融，賀唱祝舞交前，可謂一大盛事．

나는 3월 13일에 심양으로 향하니, 시장이 나를 맞아 합작식을 거행하였다. 공항에 도착하니, 시장이 친히 나와서 환영하여 주었고, 숙소로 가는 길가에는 “이모를 열렬히 환영한다.”라고 쓴 큰 글씨로 깃발을 걸어 놓았다.
시 정부의 후의를 입어, 이름난 고적을 방문하였다. 청나라 태조 궁궐은 원형이 오히려 잘 보존되어 있고, 고구려 고성은 발굴 보수를 하고 있다. 석양에 날씨는 차가운데, 까치는 무리 지어 지저귀니, 때마침 정월 대보름날이다. 가로수 길 가지마다 많은 등으로 장식하니, 마치 은하수가 땅에 떨어진 듯하다. 초청받아서 여러 가지 기예를 보여주니, 이것은 곡예의 한 종류로서 여자아이들이 뛰어오르는 모습은 가벼운 나비와 같으니, 인간이 아닌 듯하다. 서명하는 의식에 수백 명의 귀빈이 모여서 축하 잔치는 화기가 무르익었고 눈앞에서 축하의 노래와 춤을 벌이니, 일대 성사라 할 만하다.

萬里飛來到北天 만리비래 도북천 하니

만릿길을 날아올라 북쪽 하늘에 도착하니,

歡迎旗幅揭門前 환영기폭 게문전 이라

환영하는 깃발을 문 앞에 높이 걸었구나.

淸宮彩壁人波裏 청궁채벽 인파리 나

청나라 궁전의 아름다운 성벽 안에는 인파가 넘치나,

麗郭荒城木落邊 여곽황성 목락변 이라

고구려 성곽은 황량하고 발굴 장소 주변엔 나뭇잎만 떨어져 있구나.

街路群燈輝似漢 가로군등 휘사한 하고

길가에는 무수한 등이 마치 은하수처럼 밝게 빛나고,

高臺曲藝爆生烟 고대곡예 폭생연 이라

높은 무대에서 하는 곡예 폭죽 연기 생기는구나.

瀋陽合作簽名畢 심양합작 첨명필 하니

심양에서 합작 서명식을 마치니,

祝舞賀歌振四筵 축무하가 진사연 이라

축하의 춤과 노래 사방에 떨치는구나.

1.70. 祝玄洲丈回婚[1)]

현주[김동한] 어르신의 회혼식을 축하하다

[1999-04-23]

佳約當年華燭房 가약당년 화촉방 하고
화촉 동방에 아름다운 약속 그해로부터,

爾來六十腹中藏 이래륙십 복중장 이라
육십 년 이래 가슴속에 담고 살아오셨구나.

瑟琴耇老鬢毛白 슬금구로 빈모백 이나
금슬 좋은 늙은이들 귀밑머리 하얗게 변하였으나,

鸞鵠雲仍係列長[2)] 난곡운잉 계렬장 이라
난새와 고니 같은 자손들 줄지어 길게 늘어서 있구나.

十曲笙歌交緩急 십곡생가 교완급 한데
축수하는 노래 십여 곡 느리게 혹은 빠르게 연주하는데,

三杯霞酒適溫凉[3)] 삼배하주 적온량 이라
석 잔 신선주 마시니 알맞게 따뜻하기도 하고 시원하기도 하구나.

善山世德更傳述 선산세덕 갱전술 하니
선산 김씨 가문 대대로 이어져 온 덕은 다시 전하여 기록될 것이니,

後代光明無限量 후대광명 무한량 이리라
후대에 밝은 빛 끝이 없이 이어지리라.

---

1) 현주玄洲: 김동한金東漢(1923~2010)의 호. 경남 거창 출신. 서울대학교 공과대학 토목공학과 졸. 건설부 고위 공무원, 대한토목학회 회장, 한국건설기술인협회 회장 역임. 저서로 『일선세덕록一善世德錄』(1993), 『현주산필玄洲散筆』(1993)이 있다.

2) 운잉雲仍: 운손雲孫과 잉손仍孫, 즉 먼 후손을 가리킨다.

3) 하주霞酒: 신선의 술. 자하주紫霞酒 혹은 유하주流霞酒라고도 한다.

1.71. 失鄕民望北嘆
실향민들이 북쪽을 바라보며 탄식하다

[1999-05-22]

天怒年年産業荒 천노년년 산업황 하니
하늘도 노하였는지 여러 해 산업은 황폐해졌으니,

二千活路正茫茫 이천활로 정망망 이라
이천만 명 살아갈 길이 어둡고 아득하구나.

南北聲音遮絶壁 남북성음 차절벽 하고
남북한의 소식은 절벽으로 가려지고,

東西物貨阻高牆 동서물화 조고장 이라
동서로 화물이 이동하는 것도 높은 담장으로 막혔구나.

老耋求治呻病骨 노질구치 신병골 하고
나이 많은 노인들 치료하려 하나 골병으로 신음하고,

兒童覓食泣空腸 아동멱식 읍공장 이라
어린아이들은 먹을 것을 찾아서 배고파 우는구나.

可憐最是平咸客 가련최시 평함객 은
제일 불쌍하구나, 평안도와 함경도의 실향민들이여,

何日言歸到故鄕 하일언귀 도고향 고
어느 날에 옛 고향에 돌아간다 말하리오?

1.72. 蘭社百回詩集出刊
난사회 백회 시집이 출간되다

[1999-06-28]

悠悠十載共相歡 유유십재 공상환 하며
유구한 십 년 세월 함께 서로 즐거워하며,

百會頻繁好友看 백회빈번 호우간 이라
백 번이나 자주 보며 반가운 친구들 마주하였다네.

情屋庭邊花發暖[1] 정옥정변 화발난 하고
정겨운 집과 정원 주변에는 꽃이 피어 따뜻하였고,

仁和苑外雁飛寒[2] 인화원외 안비한 이라
인화원 밖에서는 기러기 추운 북쪽으로 날아갔다네.

談論古事開香菊 담론고사 개향국 하고
옛날이야기 나누는 동안 향기로운 국화가 피었고,

吟詠佳辭笑夏蘭 음영가사 소하란 이라
아름다운 시구 읊조리다 보니 여름 난초도 웃음 띠었다네.

明月淸風隨處樂 명월청풍 수처락 하니
밝은 달과 맑은 바람 가는 곳마다 즐거웠으니,

神仙世界此詩壇 신선세계 차시단 이라
신선 세계가 바로 이 시 짓는 모임이었네.

---

1) 정옥情屋: 난사시회가 모이던 장소인 유정옥有情屋.

2) 인화원仁和苑: LG그룹의 인재 육성을 위해 1988년 개원한 LG그룹 산하 교육원. 난사회원인 이헌조 씨가 LG전자 대표이사 회장을 지낸 뒤, 이 연수원 원장을 지냈다.

제 2 부

蘭社詩集 第二輯

2.1. 次蘭社百回韻
난사 백회 시의 각운 글자에 맞추어 짓다

[1999-07-23]

卄載詩朋成一壇 입재시붕 성일단 하니
　이십 년 시 벗들이 한 무리를 이루었으니,

瓊辭淑氣似芝蘭 경사숙기 사지란 이라
　구슬 같은 글들과 맑은 기운은 지초와 난초 같구나.

或尋草野花香暖 혹심초야 화향난 하고
　간혹 들로 나가 꽃향기 온화함도 찾으며,

且倚山亭月色寒 차의산정 월색한 하네
　또 산 위 정자에서 달빛 서늘함에 기대어도 보았네.

想到金剛雲上舞 상도금강 운상무 하고
　금강석 같은 표현 찾으려 구름 위로 상상을 펼쳐보기도 하고,

夢飛白鹿畵中間 몽비백록 화중간 이라
　꿈속에서 백록담 그림 속을 날아도 다녔다네.

長安瑣事心身倦 장안쇄사 심신권 이나
　장안의 잡다한 일들이 심신을 피곤하게 하나,

幸有群公共喜歡 행유군공 공희환 이라
　다행히 여러분들이 있어 기쁘고 즐겁다네.

2.2. 崔會長松潭別業[1] [2]
송담 최영철 회장의 별장

[1999-08-26]

欲脫紅塵願自由 욕탈홍진 원자유 러니
  홍진을 떨쳐 내고 자유로움 원하더니,

果川一境買幽樓 과천일경 매유루 라
  과천 한 모퉁이 그윽한 정자 구하였네.

紅花灼灼遊蜂集 홍화작작 유봉집 하니
  붉은 꽃이 반짝반짝 빛이 나니 벌들이 모여들고,

綠草依依走兎休 녹초의의 주토휴 라
  초록 풀들 한들한들 토끼들이 깃들었네.

四節佳香來自供 사절가향 내자공 하니
  사철 좋은 향내 저절로 풍겨 오니,

百年好景更何求 백년호경 갱하구 리오
  한평생 좋은 경치 다시 어디서 구하리오?

此中故友閑來往 차중고우 한래왕 하니
  이 가운데 옛 친구들 한가로이 왕래하니,

今世松潭擬列侯 금세송담 의열후 리오
  지금 세상에서 송담은 옛날 제후와 견주겠네.

---

1) 송담松潭: 최영철崔永哲의 호. 송담대학 설립자, 제지업으로 성공한 기업인.

2) 별업別業: 별장, 별서別墅라고도 함.

2.3. 過杜香墓1)

기생 두향의 묘소를 지나며

[1999-09-28]

江邊佇立幾秋春 강변저립 기추춘 오
강가에 우두커니 서서 기다린 지 몇 해였던가?

行馬歸帆待去人 행마귀범 대거인 이라
말을 타고 오실까, 배를 타고 오실까 떠난 님을 기다렸다네.

累送北鴻生白髮 누송북홍 생백발 하고
북으로 가는 기러기에 여러 차례 소식 전하다 머리가 세고,

頻逢南燕褪丹脣 빈봉남연 퇴단순 하네
남으로 가는 제비에 여러 번 전하려다 붉은 입술 빛바랬다네.

閣中君子吟風月 각중군자 음풍월 하고
누각 가운데 군자는 풍월을 읊고,

城下佳姬侍瑞麟 성하가희 시서린 하네
성 아래 어여쁜 여인[두향]은 상서로운 기린[님]을 모시고 싶었다네.

一別嶺雲千疊外 일별령운 천첩외 하니
고갯마루에서 헤어진 구름은 천 겹 산 밖에 있어,

可憐悵望悴心身 가련창망 췌심신 이라
가련하도다! 시들어 가는 심신, 하염없이 바라보기만 하네.

1) 두향杜香: 퇴계 선생이 단양군수 시절 사귀었다는 기생. - 『名妓列傳』

2.4. 時祀
시사를 모시며

[1999-11-25]

千里嶺南一路平 천리령남 일로평 한데
천리 먼 영남 길은 한가롭고 평온한데,

晩秋行發漢陽城 만추행발 한양성 이라
늦은 가을 한양성에서 고향 찾아 나서네.

近巒疊疊紅楓燃 근만첩첩 홍풍연 하고
첩첩의 가까운 산봉우리 단풍이 붉게 타고,

遠海茫茫紫靄生 원해망망 자애생 이라
먼 아득한 바다에 아지랑이 자줏빛으로 피어오르네.

碑上銘文留舊色 비상명문 유구색 하고
비석에 새겨진 글들은 고색이 창연하고,

塋邊啼鳥更新聲 영변제조 갱신성 이라
산소 옆에서 우는 새소리 다시 새롭네.

僉宗飮福歡談笑 첨종음복 환담소 하니
여러 족친 음복하며 즐겨 담소를 나누니,

白虎靑龍氣宇明 백호청룡 기우명 이라
좌청룡 우백호의 기운이 집안을 밝히는구나.

2.5. 遊金剛山
금강산 유람

[1999-11-25]

仙山靈水舊來欽 선산령수 구래흠 이러니
신비로운 산 신령스러운 물을 예로부터 흠모하였더니,

造物神工奪客心 조물신공 탈객심 이라
조물주의 신묘한 솜씨가 나그네의 마음을 빼앗아가네.

歎息玉旒飛鳳谷 탄식옥류 비봉곡 하고
옥류동과 비봉곡 보고 감탄이 절로 나오고,

驚看千佛世尊岑 경간천불 세존잠 이라
천불동과 세존봉을 보고 놀라움에 눈을 크게 뜨네.

如斯奇絶誰能錄 여사기절 수능록 고
이처럼 기이하고 절묘한 경치를 누가 적을 수 있겠나?

從古吟哦思共沈[1] 종고음아 사공침 이라
예로부터 전하는 시 읊어 보나 생각이 모두 깊구나.

一到金剛曾宿願 일도금강 증숙원 한데
꼭 한번 금강산에 오는 것이 일찍부터 숙원이었는데,

夢中猶幸我生今 몽중유행 아생금 이라
꿈결같이 다행스럽게 내가 지금 보고 있다네.

1) 음아吟哦: 시가詩歌를 소리 높여 읊음.

2.6. 秋夕雨中思母
추석날 비 내리는데 어머니를 그리워하며

[1999-11-25]

每逢秋夕舊儀欽 매봉추석 구의흠 하여
매년 추석이면 옛날 모습을 흠모하여,

吾母慈顔在我心 오모자안 재아심 이라
우리 어머니 자애로운 모습 내 가슴에 가득하네.

高堂悽對中天月 고당처대 중천월 하니
높은 마루에 처량하게 중천에 뜬 달 대하니,

寒雨涼風臥後岺 한우량풍 와후잠 이라
찬비와 서늘한 바람에 뒷산 누우셨네.

2.7. 哭叔母
숙모 별세를 곡하며

[2000-07-14]

南北戰亂以後，叔父叔母，別離五十年，其間聲息斷絶．側聞年前叔父別世，日前，叔母亦長逝，在今文明世界，此何冷酷之狀，竊不禁悲痛．

남북전란 이후 숙부와 숙모는 50년 동안이나 이별하였고, 그동안 일절 소식이 끊어졌었다. 몇 년 전 풍문으로 숙부께서 별세하셨다는 소식을 들었고, 며칠 전에 숙모께서도 먼 길을 떠나시니, 지금 같은 문명 세상에 어찌 이 같은 냉혹한 일이 있으랴! 간절하고 비통함을 금할 수 없다.

北裂南分五十年 북렬남분 오십년 한데
북쪽으로 찢어지고 남쪽으로 나누어진 지 오십 년 세월,

嗚呼內外各歸仙 오호내외 각귀선 이라
오호라! 슬프도다, 내외분 따로따로 하늘나라 가셨네.

花開春暖思前日 화개춘난 사전일 하고
꽃피는 따뜻한 봄날에 지난날을 생각하셨을 것이고,

雪塞冬寒望遠天 설색동한 망원천 이라
눈 막힌 추운 겨울이면 먼 하늘만 바라보셨으리.

別恨歌辭超萬秩 별한가사 초만질 하고
이별의 안타까움을 적은 가사는 만 질도 넘을 것이고,

離懷說話過千篇 이회설화 과천편 이라
이별의 한 서린 못다 한 이야기는 천 편도 넘을 것이네.

今朝哭送靑山裏 금조곡송 청산리 에

오늘 아침 울면서 청산으로 떠나 보내드리며 구슬픈 마음,

淚水盈襟泣慘然 누수영금 읍참연 이라

흐르는 눈물 옷깃을 적시고 터지는 울음 참을 수 없구나.

2.8. 嘆春陽之美
봄날 볕의 아름다움을 감탄하며

[2000-07-14]

春來, 萬物蘇生, 嘆之心, 比前年更深, 此非我心之老之故也.

만물이 소생하는 봄이 오니, 놀라운 마음이 지난해보다 더욱 깊어지니 이것이 내 마음이 늙어 감이 아닌지….

忽然和氣滿晴空 홀연화기 만청공 한데
봄이 오니 문득 화창한 기운이 맑은 하늘에 가득한데,

青紫紅黃處處同 청자홍황 처처동 이라
울긋불긋 온갖 꽃들이 곳곳에 피어났구나.

百鳥爭鳴細柳裏 백조쟁명 세류리 한데
버들가지 속에 온갖 새들 짝을 찾아 다투어 우니,

千人共醉艷花中 천인공취 염화중 이라
모든 사람이 아름다운 꽃 속에 함께 취하는구나.

山陰洗手嘗清水 산음세수 상청수 하고
산골짜기 시냇물에 손 씻고 맑은 물을 맛보고,

樓上開襟納遠風 누상개금 납원풍 이라
누각에 올라 가슴 열고 봄바람을 품어 보네.

欲盡陽春無限意 욕진양춘 무한의 하야
좋은 봄날 가슴에 품은 뜻 다 펴고자 하여,

好朋連日出城東 호붕련일 출성동 이라
좋은 벗과 날마다 성 동쪽으로 나들이하려 하네.

2.9. 博約會員謁成均館文廟大成殿
박약회원들이 성균관 문묘의 대성전에 배알하다

[2000-07-14]

二千會友入門扉 이천회우 입문비 하니
이천이나 되는 회원이 문 안에 들어차니,

聖殿清香襲我衣 성전청향 습아의 라
성스러운 전당의 맑은 향기 내 옷깃에 스미는구나.

太學堂前花滿發 태학당전 화만발 하고
성균관 앞에는 꽃들이 만발하고,

大成殿後燕初歸 대성전후 연초귀 라
대성전 뒤 뜰에 제비 처음 돌아왔네.

古人已沒泮宮去[1] 고인이몰 반궁거 하니
옛사람들은 이미 돌아가 성균관 떠났고,

今士群來庭苑圍 금사군래 정원위 라
지금 선비들 무리 지어 와서 성전 정원을 둘러쌌다네.

肅拜先師憂此道 숙배선사 우차도 한대
성현들께 공손히 절 올리고 이 도를 근심하는데,

杏壇如舊自依依[2] [3] 행단여구 자의의 하네
행단은 옛날같이 절로 의의하네.

---

1) 반궁泮宮: 반수泮水, 즉 반달 모양의 연못이 앞에 있는 제후국의 학궁學宮을 가리키며, 거기 딸린 학교가 성균관成均館이다.

2) 행단杏壇: 공자가 은행나무 아래에서 제자들을 가르친 데서, 교육하는 곳이라는 뜻을 가짐.

3) 의의依依: 희미한 모양, 어렴풋하게나마 잊지 못하는 모양.

2.10. 三寶創立二十週年示諸職員
삼보컴퓨터 창립 20주년을 맞아 직원들에게 보임

[2000-09-29]

公歷一九八十年, 余創開三寶, 今屆二十年. 工商做業, 原非余之所望. 而沈潛斯界, 今至老境, 不得無感懷. 今日三寶, 得世界第一個人用電腦生產者之名, 幸甚. 此由參與諸公, 勞苦之功.

1980년 내가 삼보컴퓨터를 창립하여 이제 20년에 이르렀다. 만들고 파는 일이 원래 내가 바란 바는 아니나, 이 업계에 빠져들어 이제 노년에 이르는 감회가 없을 수가 없다. 오늘 삼보컴퓨터는 세계 제일의 개인용 컴퓨터 생산자의 이름을 얻은 것은 다행스러운데, 오늘 여기 참가한 여러분의 노고 덕분이다.

青春上學到京城 청춘상학 도경성 하야
청춘 시절 서울에 와서 공부를 시작하고,

半百光陰涉遠程 반백광음 섭원정 이라
50년 세월 먼 길을 건너왔다네.

研究精工消日夜 연구정공 소일야 하고
연구하고 작업에 공을 들여 밤낮을 지새우고,

振興産業補民生 진흥산업 보민생 이라
나라 산업 일으키고 백성 살림 도왔다네.

三波激浪多浮沒 삼파격랑 다부몰 하고
제3 물결[정보산업] 거친 파도에 많은 부침 있었고,

四海爭雄交暗明 사해쟁웅 교암명 이라

전 세계 기업들과 겨뤄 명암이 교차했었다네.

幸有人才咸戮力 행유인재 함륙력 하야

다행히 유능한 인재가 있어 모두 있는 힘을 다하여서,

環球第一得名聲 환구제일 득명성 이라

전 세계 제일이란 명성을 얻게 되었다네.

2.11. 秦始皇[1)]
진시황

[2000-09-29]

始皇一怒築長城 시황일노 축장성 하고
진시황 한번 화를 내어 긴 성을 쌓았고,

天下橫連萬里程 천하횡련 만리정 이라
천하를 가로질러 만릿길이 되었다네.

轉目閃光禽獸慴 전목섬광 금수습 하고
눈을 돌려 섬광이 번쩍이니 온갖 짐승도 두려워하고,

叱號威勢震雷生 질호위세 진뢰생 이라
호통치는 위세는 천둥 번개 치는 듯하였다네.

蒼頭數億泥濘暗 창두수억 이영암 한데
수많은 백성들 진흙탕 수렁에 빠져 허덕일 때,

碧殿三千日月明 벽전삼천 일월명 이라
푸른 기와 궁궐 삼천 채는 해와 달처럼 밝게 빛났다네.

冕冠赤脚同歸土 면관적각 동귀토 하니
면류관 썼던 황제나 맨발의 서민도 모두 흙으로 돌아갔으니,

史上空留英傑聲 사상공류 영걸성 이라
역사 속에 영웅호걸이란 소리 헛되이 남겼다네.

---

1) 진시황秦始皇(B.C. 259~210): 중국 진나라의 초대 황제. 성명은 영정嬴政. 기원전 221년에 중국을 통일하고 스스로 시황제라 칭하였다. 중앙 집권을 확립하고, 도량형·화폐의 통일, 만리장성의 증축, 아방궁의 축조, 분서갱유焚書坑儒 등으로 위세를 떨쳤다.

2.12. 陶山秋享
도산서원 가을 향사

[2000-09-29]

公歷二千年, 余爲陶山書院首任, 謹修享祀, 仰懷大賢之遺風, 切感末世道德之淪喪, 仍詠所懷.

서기 2000년에 내가 도산서원 원장 일을 맡아 삼가 제사를 모시니, 우러러 큰 성현이 남기신 풍모를 생각하고, 윤리 도덕이 상실되는 말세를 절감하여 이에 소회를 읊다.

豪雨强風洛水寒 호우강풍 낙수한 한데
큰비와 강풍에 낙동강 물도 차가운데,

先師古院野花殘 선사고원 야화잔 이라
선사 계시던 옛 서원에는 들꽃도 시들었네.

書堂處處遺規蹈 서당처처 유규도 하고
서당 곳곳에 남겨진 법도 자취 따라서 걸어보고,

書卷行行手澤看 서권행행 수택간 이라
서책 곳곳에 묻은 손때 살펴보네.

講學當時遵聖篤 강학당시 준성독 이나
강학하시던 당시에는 성현의 가르침 따르기를 돈독히 하셨으나,

受傳今世繼賢難 수전금세 계현난 이라
그 가르침 지금 세상에 전해 받아 현명함 잇기 어렵구나.

仰天深愧邦無道 앙천심괴 방무도 하니
하늘을 우러러 부끄러움이 깊구나, 나라에는 도가 없어졌으니,

更慮斯文夢不安[1] 갱려사문 몽불안 이라
다시 사문이 걱정되어 꿈조차 불안하구나.

---

1) 사문斯文: 유학儒學의 도의道義나 또는 문화를 일컫는 말.

2.13. 正初, 白雪大作, 不能外出, 乃草一律. 是年, 余到七十, 無不所感
정초에 눈이 많이 내려 외출을 할 수 없어 시 한 편을 짓다. 올해는 내가 칠십이 되니 느낀 바가 없을 수가 없다

[2001-01-17]

雪滿乾坤畫不如 설만건곤 화불여 한데
온 천지에 눈이 가득하여 마치 그림 못지않은데,

忙中聊復得閑居 망중요부 득한거 라
바쁜 중에 어떻게 한가한 때를 얻게 되었다네.

常時討索新知識 상시토색 신지식 이라가
항상 새로운 지식에 목말라 하다가,

間或沈潛古冊書 간혹침잠 고책서 라
간혹 옛날 책에 빠져들기도 한다네.

生業競爭加益重 생업경쟁 가익중 하니
생업 경쟁은 갈수록 무게를 더하니,

病軀毛髮漸稀疎 병구모발 점희소 라네
병든 몸에 머리카락은 점점 드물고 성기어지네.

淸風明月心長在 청풍명월 심장재 나
청풍명월 즐기면서 한가하게 쉬는 일 늘 마음속에 있지만,

七十尙今躊且躇 칠십상금 주차저 라
고희가 된 지금도 아직 머뭇머뭇할 뿐이라네.

2.14. 石澗亭偶吟
석간정에서 문득 짓다

[2001-02-20]

雪岳寒林有小堂 설악한림 유소당 한데
설악산 차가운 숲속에 작은 집 하나 있는데,

雨餘春谷水浪浪 우여춘곡 수랑랑 이라
비 온 뒤 봄 골짜기에 물소리 낭랑하네.

開窓閑誦淵明句 개창한송 연명구 하니
창을 열고 한가로이 도연명 시구를 읊으니,

澗畔山花送暗香 간반산화 송암향 이라
물가에 핀 산꽃들이 은은한 향기를 풍겨주네.

2.15. 翼洞春日[1]

나라골[인량리]의 봄날

[2001-06-28]

日和紅綠滿遙城 일화홍록 만요성 하니
  화창한 날씨에 온갖 꽃들이 먼 옛 마을에 가득한데,

老去春光倍舊情 로거춘광 배구정 이라
  늙어 가며 맞이하는 봄빛에 옛정이 새삼스럽네.

大地吐香花盡發 대지토향 화진발 하니
  대지는 봄 향기를 뿜어내고 꽃들은 가득 피니,

騷人感物句從成 소인감물 구종성 이라
  시인의 봄의 느낌이 시구가 되었다네.

千年古杏新芽出 천년고행 신아출 하고
  천년 된 은행나무에서도 새싹이 돋아나고,

十里淸川稚鱖行 십리청천 치궐행 이라
  십 리 맑은 냇물에 어린 쏘가리 떼 노니네.

桃下肆筵懷故友 도하사연 회고우 하니
  복숭아나무 아래 자리를 펴고 옛친구 떠올리니,

一輪孤月樹間明 일륜고월 수간명 이라
  외로운 둥근 달이 나무 사이로 솟아오르네.

---

1) 익동翼洞 : 앞 1.7 주) 참조.

2.16. 北漢山居
북한산에 깃들어 살며

[2001-06-28]

一日求閑獨閉門 일일구한 독폐문 하야
모처럼 하루 동안 한가로움 누리고자 문을 걸고 나 홀로,

對山臨澗似幽村 대산림간 사유촌 이라
앞산을 마주하고 골짜기를 굽어보니 깊은 산속 마을인 듯하네.

雨晴小壑川聲盛 우청소학 천성성 하고
비 갠 좁은 골짜기 물소리도 우렁차고,

霧起前林花影昏 무기전림 화영혼 이라
물안개 일어 앞 숲에 꽃 그림자도 잘 보이질 않네.

紙上精模王趙筆 지상정모 왕조필 하고
종이 펴고 정성스레 왕희지[1], 조맹부[2] 글씨를 써보고,

蘭邊敬讀退高論 난변경독 퇴고론 이라
난초 곁에서 퇴계와 고봉[3]의 논쟁을 정성 들여 읽네.

忽然球友來通話 홀연구우 내통화 하야
문득 골프 같이 치는 친구의 전화가 와서,

笑告明天好草原 소고명천 호초원 이라
껄껄 웃으며 내일 골프장 필드 컨디션이 좋을 거라 전하네.

---

1) 왕희지王羲之(307~365): 중국 진晋나라의 서예가. 자는 일소逸少. 우군장군右軍將軍을 지냈으며 해서·행서·초서의 3체를 예술적 완성의 영역까지 끌어올려 서성書聖이라고 불린다.

2) 조맹부趙孟頫(1254~1322): 중국 원元나라의 화가·서예가·문인. 호는 집현集賢·송설도인松雪道人. 서화와 시문에 뛰어나서 원나라의 사대가四大家 가운데 한 사람으로 꼽힌다.

3) 고봉高峯: 기대승奇大升(1527~1572)의 호. 조선의 성리학자, 호는 고봉高峯·존재存齋. 벼슬이 대사간에 이르러, 혁신적인 정치를 하고자 하였으나 뜻을 이루지 못하고 벼슬을 그만두었다. 저서에 『주자문록朱子文錄』, 『고봉집高峯集』 등이 있다.

2.17. 退溪先生誕辰五百週年記念告由祭
퇴계 선생 탄신 5백 주년 기념 고유제

[2001-11-28]

先師儀表仰崔嵬 선사의표 앙최외 한데
선생의 의표는 우러를수록 우뚝한데,

謹跪焚香獻一杯 근궤분향 헌일배 라
삼가 무릎 꿇고 향을 사르고 한 잔 술을 올린다.

卓矣止行中節度 탁의지행 중절도 하니
우뚝하도다! 가고 머무는 것이 법도에 맞았고,

淳乎心思絶塵埃 순호심사 절진애 라
순수하도다! 마음속에 세속의 먼지를 떨어 버리셨다네.

私淑群星幾萬士 사숙군성 기만사 하니
지으신 책 읽은 후학들 뭇별처럼 수만 명이 모였으니,

誕辰瑞日半千回 탄신서일 반천회 라
스승님 태어나신 기쁜 날이 오백 년 되는 날이라네.

論文百冊陳床榻 논문백책 진상탑 하고
논문 수백 책을 탑상 위에 진열하였고,

拜禮人人四海來 배례인인 사해래 라
절하는 사람들은 온 세상에서 찾아왔다네.

2.18. 北岳閑日
북악의 한가로운 날

[2001-11-28]

北漢平倉老樹疎 북한평창 노수소 하니
북한산 평창동에는 오래된 나무 드문드문 섰는데,

溪邊石壁我占居 계변석벽 아점거 라
골짜기 모퉁이 가 석벽 위에 내 집이 자리하였네.

乘雲登陟遊仙效 승운등척 유선효 하야
구름을 타고 올라 신선을 본받아 놀고,

踏葉逍遙閑士如 답엽소요 한사여 라
낙엽을 밟으며 한가로운 선비처럼 거닌다네.

枕上覓詩茶沸後 침상멱시 다비후 요
베갯머리에서 시를 짓는 것은 차가 끓은 뒤이고,

軒頭談古月明初 헌두담고 월명초 라
마루에서 옛 이야기하는 것은 달 뜰 때라네.

紛紛世事山林外 분분세사 산림외 하니
어지러운 세상사는 산림 밖에 있으니,

夢見飛鳶與躍魚[1]몽현비연 여약어 라
꿈속에 솔개 날고 물고기 뜀을 본다네.

1) 비연여약어飛鳶與躍魚: '솔개가 날고 물고기가 뛴다鳶飛魚躍'는 뜻으로, 『시경』이나 『중용』에 나오는 자연이 조화를 이룬 경지.

2.19. 羅馬鬪技場遺蹟
로마 원형경기장 유적지를 둘러보고

[2001-11-08]

羅皇遺廓遠崔嵬 나황유곽 원최외 한데
로마 황제가 남긴 성곽 넓고도 우뚝한데,

觀虎鬪人擧酒杯 관호투인 거주배 라
호랑이와 사람이 싸우는 모습 구경하면서 술잔을 들었다니.

如此酷殘那忍樂 여차혹잔 나인락 고
이처럼 혹독하고 잔인한 모습을 어찌 차마 즐기랴?

賤奴貴族摠塵埃 천노귀족 총진애 라
천한 노예나 높은 무리도 모두 한갓 먼지가 되었을진대….

2.20. 參時祀追慕王考
시사를 지내며 할아버지를 추모하다

[2001-12-10]

寒霜經夜一天淸 한상경야 일천청 한데
찬 서리 내리는 한밤을 지새우니 날은 맑은데,

落葉飄飛野鼠驚 낙엽표비 야서경 이라
떨어지는 잎 바람에 날려 들쥐가 놀라겠구나.

眼下層山千里遠 안하층산 천리원 한데
눈 아래 첩첩 쌓인 산들 아득히 먼데,

雲邊碧海萬波鳴 운변벽해 만파명 이라
구름 끝 푸른 바다 밀려오는 파도 소리.

往時奉履來秋祭[1] 왕시봉리 내추제 러니
옛날에는 수발들며 시제에 다녔더니,

今日參塋告慕情 금일참영 고모정 이라
오늘은 산소에 와서 사모의 정을 고하였다네.

回首仁良離別去 회수인량 이별거 하고
고개 돌려 고향 마을 인량리를 이별하고,

驅車又復向京城 구거우부 향경성 이라
차를 몰아 다시 서울로 돌아오네.

---

1) 봉리奉履: 글자 그대로 '신발을 받든다'라는 뜻이나, 흔히 웃어른께 '수발들다', '문안 인사를 올린다' 뜻으로 사용됨.

2.21. 元日
새해 첫날을 맞아

[2002-02-18]

元朝早起曙光微 원조조기 서광미 한데
새해 첫날 일찍 일어나니 새벽빛은 아직도 희미한데,

盥洗整齊迎瑞暉 관세정제 영서휘 라
세수하고 옷매무새 가다듬고 상서로운 해를 맞이하네.

萬里兩孫歡歲拜 만리량손 환세배 하며
바다 건너 만리를 온 두 손자 세배를 즐기시며,

百年大老喜兒歸 백년대로 희아귀 하네
백수 되신 큰 노인 아이들 돌아옴 기뻐하시는구나.

京鄕賀客參茶禮 경향하객 참다례 하고
서울과 지방서 온 축하객들 다례에 참가하고,

男女童蒙滿戶扉 남녀동몽 만호비 라
남자 여자 어린아이들로 문안이 가득하구나.

一齒更加今七一 일치갱가 금칠일 하니
한 살 다시 더하여 올해 일흔하나가 되니,

更希心事不相違 갱희심사 불상위 라
마음과 일 다시 어긋나지 않기를 바라노라.

2.22. 入學五十週年物理學科同窓會
서울대 물리학과 입학 50주년 동창회를 가보니

[2002-04-30]

避難當時寄港濱 피난당시 기항빈 하야
6 · 25 난리 피하여 부산 항구 바닷가의 임시교사에서,

空拳入學總窮貧 공권입학 총궁빈 이라
빈손으로 입학하니 모두 궁핍하고 가난했다네.

回思往日幾多歲 회사왕일 기다세 오
지난날을 돌이켜 생각하니 얼마나 많은 세월이 흘러갔는가?

相見衰顏一暮春 상견쇠안 일모춘 이라
늙은 모습 저물어 가는 봄날 저녁에 서로 마주하고 앉았구나.

渡海曺金成外客 도해조김 성외객 하고
(그사이) 조군 김군은 바다 건너 나그네가 되었고,

昇天趙柳化仙人 승천조류 화선인 이라
조군 류군은 승천하여 신선이 되었다네.

今宵莫恨無情世 금소막한 무정세 하고
오늘 밤에는 무정한 세상을 한탄하지 말고,

可樂停休自在身 가락정휴 자재신 이라
몸과 마음 풀어놓고 편히 쉬며 즐겨 보세나.

2.23. 擊球
공치기

[2002-04-30]

早春尚未發花香 조춘상미 발화향 한데
꽃향기도 채 피지 못한 이른 봄날에,

殘雪山頭衣袖凉 잔설산두 의수량 이라
먼 산꼭대기 남은 눈바람에 옷소매가 서늘하구나.

十里平原衰草暗 십리평원 쇠초암 이나
너른 들판에 말랐던 풀은 아직도 되살아나지 않았으나,

萬株落木晩風長 만주락목 만풍장 이라
늘어선 낙엽 진 나무들에 저녁 바람 크게 이네.

老夫强打違標的 노부강타 위표적 한데
노부가 힘껏 공을 치나 표적에서 빗나가니,

少伴笑教遵本方 소반소교 준본방 이라
어린 동행 빙긋 웃으면서 잘 치는 법을 알려주네.

可樂自然風致好 가락자연 풍치호 한데
즐거워라! 자연 풍광 좋은데,

且歡麥酒一杯嘗 차환맥주 일배상 이라
맥주 한잔 맛을 보니 또한 흐뭇하여지네.

2.24. 河山詩碑
하산 시 비석을 보고서

[2002.05-27]

河山金漢弘公, 盈德江口人, 千九百三年癸卯, 渡美國, 留七年而還. 遺歌辭數千言, 曰, 西遊歌. 河山, 嗟亡國. 恨非時, 驚美國之富. 然異國之盛富, 不如家鄕之難, 遂還國. 以後不出於世而終其身. 近者子孫與鄕里人士, 立詩碑於江口三思海岸. 回顧當時, 不能無悲憾之懷.

하산 김한홍 공은 영덕 강구 사람으로 1903년 계묘년에 미국으로 건너가 7년을 머물다 돌아왔다. 가사 수천 언을 남겼는데 이름하여 「서유가」라 한다. 하산은 나라가 망한 것을 한탄하여 때가 잘못됨을 한스러워하고 미국의 부유함에 놀랐다. 그러나 다른 나라의 융성하고 부유함이 고향의 어려움만 같지 못하다고 여겨, 드디어 우리나라로 돌아온 후 세상에 나서지 않고 그 삶을 마쳤다. 근래 자손들과 향리 인사들이 강구 삼사 해안에 시비를 세웠다. 그 당시를 되돌아보니 비감한 마음이 없을 수 없다.

三思處處老松叢 삼사처처 노송총 한데
삼사공원 곳곳에 오래된 소나무가 우거졌는데,

望海孤碑恨不窮 망해고비 한불궁 이라
바다를 바라보는 외로운 비석, 한이 무궁하구나.

普信閣前多雜草 보신각전 다잡초 하고
보신각 앞에는 잡초가 무성하였고,

興仁門內盛夷風 흥인문내 성이풍 이라

동대문 안에는 오랑캐 풍속 왕성하였다네.

身逃美陸在異國 신도미륙 재이국 이나

몸은 미국 땅으로 옮겨 이국땅에 있었으나,

魂在青丘還遠空 혼재청구 환원공 이라

정신은 우리나라에 있어 먼 하늘을 돌아왔도다.

還故藏身三十載 환고장신 삼십재 에

고향 돌아와 몸을 숨긴 지 삼십 년 동안,

盡傾鬱忿吐詩中 진경울분 토시중 이라

쌓인 울분 다 기울여 가사 중에 토해냈구나.

2.25. 暴雨後景
큰비 온 뒤 풍경

[2002-08-23]

連旬暴雨始纖纖 연순폭우 시섬섬 한데
　십여 일을 쏟아지던 비가 비로소 가늘어지는데,

處處天災害毒嚴 처처천재 해독엄 이라
　곳곳에 하늘이 내린 재앙으로 피해가 심하구나.

萬坪水畓惟看水 만평수답 유간수 하니
　넓고 너른 평야는 오직 물바다로 변했고,

百畝鹽田不見鹽 백무염전 불견염 이라
　백 이랑이나 되는 염전에는 소금 한 톨 보이지 않네.

道路浸黃惟電柱 도로침황 유전주 하고
　길에는 흙탕물이 넘쳐 다만 전봇대만 보이고,

村街沒濁但家簷 촌가몰탁 단가첨 이라
　시골 마을의 거리는 물에 잠기고 집은 처마 끝만 보이는구나.

後門北岳雲千疊 후문북악 운천첩 한데
　뒷문 너머 북악산에는 구름만 첩첩이 쌓였는데,

東麓雙峰始聳尖 동록쌍봉 시용첨 이라
　동쪽 기슭 쌍봉은 봉우리가 보이기 시작했네.

2.26. 故里洞神松
옛 동네 신령스러운 소나무

[2002-08-23]

仁良洞口, 有一老松, 洞民奉以爲神, 每年晩夏, 水田三除草畢, 農人聚此松下, 歌舞飮食, 解農役之勞. 今則, 其農人皆卒, 只見老松如舊.

인량〔나라골〕 동네 입구에는 한 그루 오래된 소나무가 있는데, 동민들이 신령스럽게 여겨 받들어, 매년 늦여름 논매기 세 벌을 마친 후 농민들이 이 소나무 아래에 모여 노래하고 춤추며 먹고 마시며, 한동안 농사일의 고단함을 풀었다. 지금은 그 사람들이 모두 세상을 떠났고, 다만 늙은 소나무만 옛 모습 그대로다.

洞中特立一株松 동중특립 일주송 한데
동네 한가운데 우뚝 선 한 그루의 늙은 소나무,

葉葉成針乾作龍 엽엽성침 건작룡 이라
잎들은 바늘 같고, 굳센 줄기 우뚝 솟아 용 모양 되었다네.

變轉風霜護仁里 변전풍상 호인리 하며
오랜 세월 온갖 풍상 견뎌내며 인량 마을을 지켜오면서,

孤閑日月戀靑峰 고한일월 연청봉 이라
유구한 세월 동안 외롭고 한가로이 푸른 봉우리만 바라보고 서 있다네.

往時世俗消前習 왕시세속 소전습 이나
지난날 아름답던 풍속이 이미 사라진 지 오래이나,

此地風標保舊容 차지풍표 보구용 이라

이 땅 풍속의 표본으로 옛 모습을 지키고 있다네.

歲換年移人亦去 세환년이 인역거 한데

세월은 흐르고 시대가 변하고 사람 또한 떠났지만,

百年老樹閱春冬 백년로수 열춘동 이라

수백 년 늙은, 이 소나무는 봄과 겨울 바뀜을 우뚝하게 지키고 있구나.

2.27. 初雪
첫눈

[2002-12-09]

冬天非節蔽黃沙 동천비절 폐황사 하니
겨울 하늘에 계절에 맞지 않는 황사가 덮이더니,

灰暗微塵籠萬家 회암미진 농만가 라
잿빛 어두움과 미세먼지가 온 집안을 감쌌다네.

喜見滿空來白雪 희견만공 내백설 하니
하늘 가득 흰 눈이 내림을 기쁜 마음으로 바라보니,

散飛穢濁布梨花 산비예탁 포리화 라
펄펄 날려 때 묻고 더러운 것들을 배꽃으로 덮어 주는구나.

2.28. 殯廳夜坐
한밤 아버님 빈소를 지키고 앉아

[2002-12-09]

北漢溪山夜氣淸 북한계산 야기청 하고
북한산 골짜기 밤기운이 서늘하고,

樹間氷月滿天明 수간빙월 만천명 이라
나무 사이로 비치는 차가운 달빛 온 세상에 가득하구나.

寒霜傲菊萎華色 한상오국 위화색 하고
찬 서리에도 우뚝하던 국화 벙글어진 잎들도 말라 시들고,

衰草鳴蟲似哭聲 쇠초명충 사곡성 이라
마른 풀숲에 울어대는 풀벌레 소리 곡소리처럼 들리네.

樓下小川流去靜 누하소천 유거정 하니
이층 아래 작은 개울 고요히 흘러가고,

庭邊落葉散飛輕 정변낙엽 산비경 이라
마당 가에 떨어진 낙엽 이리저리 흩어지네.

三更獨坐燒雙燭 삼경독좌 소쌍촉 하니
한밤중에 홀로 앉아 빈소 촛불 지키노라니,

哀慕先君九九生 애모선군 구구생 이라
애달프다! 99세로 떠나신 아버지 그리는 마음이….

2.29. 訪尹奉吉義士墓址[1]
윤봉길 의사 묘지 터를 찾아보고서

[2002-12-09]

韓日懇談會後, 韓國代表一行, 訪金澤市外, 尹奉吉義士假墓址及記念碑. 日人曾暗葬尹義士於山中人道中. 便人踏行其上. 今則屍身移葬故國, 此地以木柵表其遺址. 其傍立小石, 刻尹義士書. 丈夫出家死不還之句. 又於山上, 同胞竪巨碑, 記念其遺蹟.

한일대표단 간담회 후에 한국대표단 일행은 가나자와시(金澤市) 교외의 윤봉길 의사 가묘 터와 기념비를 방문하였다. 일본 놈들이 일찍이 윤의사를 산속 사람 다니는 길에 몰래 묻어서 그 위로 사람들이 다니며 밟게 하였는데, 지금 윤의사의 시신은 우리나라로 이장하였고 예전 자리에 목책으로 그 있던 터를 둘렀다. 그 곁에 조그만 돌을 세워 윤의사의 글 "대장부가 집을 나와 (독립을 이루지 못하면) 죽어서도 돌아가지 않으리."라는 구절을 새겨 두었다. 또 산 위에 우리 동포들이 큰 비석을 세워 그 유적을 기념하고 있다.

金澤山頭淑氣淸 금택산두 숙기청 하니
가나자와 산꼭대기는 흠모[경모]하는 기운 맑고,

---

1) 윤봉길尹奉吉(1908~1932): 윤의사는 1932년 4월 29일 일왕의 생일을 맞아 일본군이 중국 상하이(上海) 홍커우(虹口) 공원에서 상하이 점령 기념식을 열자, 일본군 수뇌부에게 폭탄을 던졌다. 이 의거는 민족 독립운동의 새로운 전기를 마련했고 한중 양국의 항일연대에도 기여했다.

高碑屹立義分明[2] 고비흘립 의분명 이라

높은 비석 우뚝하니 의로운 기상이 뚜렷하네.

忠魂萬古懸天日 충혼만고 현천일 하고

충성스런 혼백은 영원히 하늘의 해처럼 드날리리니,

溯念當時爆破聲 소념당시 폭파성 하네

그때를 회상하니 폭탄 터지는 소리 들리는 듯하네.

---

2) 고비高碑: 가나자와시(金沢市) 교외의 노다산(野田山) 묘역에 매헌梅軒 윤의사의 순국 기념비와 위령비가 있고, 육군 묘지 통로 부근에는 암장지적비도 있다. 이는 재일교포들에 의해 세워졌다고 한다.

2.30. 德壽宮
덕수궁에서

[2003-01-18]

五百餘年王氣終 오백여년 왕기종 하니
오백 년 왕통의 기운이 여기에서 마쳤으니,

許多話說總歸空 허다화설 총귀공 이라
하고 많은 이야기는 모두 허공 중으로 돌아갔구나.

興亡故是人間事 흥망고시 인간사 한데
흥하고 망하는 것은 예부터 세상에 흔한 일이거늘,

何必凄然德壽宮 하필처연 덕수궁 고
어찌하여 꼭 슬퍼하여야 하겠는가? 덕수궁을….

2.31. 憶漢江船遊
한강 뱃놀이를 추억하며

[2003-02-14]

買船遊北漢 매선 유북한 하여
북한강 유람선 배표를 사서 타고서,

離岸過沙州 이안 과사주 라
강기슭을 떠나 모래톱을 지나갔다.

明月天中在 명천 천중재 하고
밝은 달은 하늘 가운데 떠 있고,

淸風水上流 청풍 수상류 하네
맑은 바람은 물 위로 흘렀다.

擧杯忘俗累 거배 망속루 하고
잔을 들어 속세에 얽매인 일들을 잊고,

聽唱拂心憂 청창 불심우 라
노래 부르며 마음속 근심을 떨쳐 버렸다네.

故友今千里 고우 금천리 하고
옛 친구는 지금 천리 밖에 있고,

星霜已卅秋 성상 이삽추 라
세월은 이미 삼십 년이 흘렀다네.

2.32. 送金君之美洲
김군을 미주로 떠나보내며

[2003-04-16]

吾友金聖雲[1]，賣宅移住美國劍橋市，余招致于平倉洞陋居松石齋．時値和春，梅花連翹始綻．開襟懷以談古，感歲月之如流，勸別酒以三杯，惜西天之落照．敍所思之一端，臨別離而贈之．

내 벗 김성운 군이 집을 팔고 미국 검교시(Cambridge)로 옮겨 간다기에, 내가 평창동 집 송석재로 초대했다. 때는 화창한 봄이라 매화와 개나리가 막 피어났다. 서로 마음을 열고 옛날 일을 이야기하다 보니 세월의 흐름에 감회가 새삼스러워진다네. 이별주 석 잔을 권하며 서쪽 하늘에 지는 해를 안타까워한다. 생각의 한 조각을 적어 이별에 임하여 주노라.

揮手送君眞黯然 휘수송군 진암연 하니
　손을 저어 그대를 떠나보내려니 정말 눈앞이 흐려지는데,

離邦永住劍橋邊 이방영주 검교변 하네
　우리나라를 떠나 미국 케임브리지로 영영 살러 간다고 하네.

情懷共討三千界 정회공토 삼천계 하고
　정겹게 가슴 열고 함께 삼천 세계를 토론하였고,

志業同期五十年 지업동기 오십년 이라
　뜻과 사업을 같이한 동기로 오십 년 세월을 보냈다네.

---

1) 김성운金聖雲: 서울대학교 물리학과 동기. 고려대학교 수학과 교수로 퇴임 후 하버드대학이 있는 케임브리지시 근처로 이주하였다.

今夕三杯交別酒 금석삼배 교별주 하고
오늘 저녁 석 잔의 술을 이별주로 주고받고,

明朝萬里向靑天 명조만리 향청천 하니
내일 아침 수만 리 창천을 날아간다네.

時時夢見春花發 시시몽현 춘화발 하야
때때로 꽃피는 봄날을 꿈속에서 보거든,

松石齋前會暮煙 송석재전 회모연 하라
저녁연기 피어오르는 송석재에서 모인 일 기억하게나.

2.33. 奉呈夏市長[1]
하 대련시장께 드림

[2003-04-16]

夏德仁大連市長, 訪韓. 時維四月, 序屬三春, 百花爭發, 風和日晶. 此非歡迎有德兼仁之好天耶. 余拜市長屢次, 志氣相通, 言意相合, 故不勝欣喜, 作七絶一首, 奉呈.

하덕인 대련시장이 한국을 방문하니, 때는 4월 한봄을 맞았으니, 온갖 꽃들이 다투어 피고 바람도 따뜻하고 햇살은 맑구나. 이것은 덕이 있고 어진 사람을 환영할 좋은 날이 아니겠는가? 내가 하시장과 여러 번 마주하였는데 뜻과 기상이 서로 통하고 말과 마음이 서로 일치하는 까닭에 기쁜 마음을 이기지 못해 칠언절구 한 수를 지어 드리노라.

嘉客尋春到我京 가객심춘 도아경 하니
 훌륭하고 귀한 손님이 한봄에 우리 서울에 찾아오니,

千花百柳玉筵成 천화백류 옥연성 이라
 온갖 꽃들과 흐드러진 버들 아래서 귀한 자리를 이루었다네.

心融意合言何用 심융의합 언하용 고
 마음 녹고 뜻 합하여짐 말로 어찌 다하리?

只有前程萬里晴 지유전정 만리청 이라
 다만 앞길 만 리에 구름 한 점 없이 맑길 바랄 뿐이라네.

---

1) 하시장夏市長: 하덕인夏德仁(샤더런, 1955~). 중국의 정치가, 경제학자. 동북재경대학의 금융학부 대학원 대교수, 학장을 역임. 2003년 다롄(大連)시장이 되었다.

2.34. 德川書院[1]
덕천서원에서

[2003-05-16]

頭流堆雪隱山靈[2] 두류퇴설 은산령 한데
두류산에 눈이 쌓여 산신령도 숨은 듯한데,

決決寒溪客夢醒 결결한계 객몽성 이라
차가운 계곡의 물소리가 나그네의 꿈을 깨우네.

古院清幽脫塵俗 고원청유 탈진속 하니
오래된 서원은 맑고 그윽하여 세속의 티끌을 벗었고,

連峰青翠作仙屏 연봉청취 작선병 이라
푸르고 푸른 산봉우리 연이어 신선 병풍처럼 둘렀다네.

先賢氣像竪如鐵 선현기상 수여철 이나
앞 성현의 기상은 쇠처럼 우뚝 솟았으나,

今世儒風弱比螢 금세유풍 약비형 이라
지금 세상 선비들 모습은 반딧불이처럼 나약하다네.

桃李爭姸蜂蝶舞 도리쟁연 봉접무 한데
복숭아꽃 오얏꽃 다투어 핀 곳 벌과 나비가 춤을 추는데,

無心賞客滿堂庭 무심상객 만당정 이라
별생각 없이 구경나온 나그네들 집과 마당에 가득하다네.

---

1) 덕천서원德川書院: 남명南冥 조식曹植 선생의 서원. 경남 산청군 시천면에 있다.

2) 두류頭流: 지리산의 별칭.

2.35. 移居平倉洞十年始登大成門[1)]
평창동으로 이사하고 10년 만에 처음으로 대성문에 오르다

[2003-11-21]

老我棲遲北漢山[2)] 노아서지 북한산 이나
노년에 내가 북한산에서 조용히 노닐고 있으나,

大成十載始登攀 대성십재 시등반 이라
십 년 만에 처음으로 대성문에 올랐다네.

石溪微聞楓林裏 석계미문 풍림리 하고
바위 계곡 물소리 단풍나무 숲 사이로 어렴풋이 들리고,

街巷遠看松樹間 가항원간 송수간 이라
소나무 숲 사이로 멀리 속세의 길거리 보인다.

城上門樓千古壯 성상문루 천고장 하고
산성 문루에 올라보니 천고의 장대함을 자랑하고,

岩邊秋葉萬重斑 암변추엽 만중반 이라
바위틈의 단풍은 만 겹이나 수를 놓은 듯하네.

傲遊一日神仙界 오유일일 신선계 하고
오늘 하루 신선계에서 우쭐대며 노닐다가,

日暮欣然策杖還 일모흔연 책장환 이라
해지고 즐거운 마음으로 지팡이 짚고 돌아왔노라.

---

1) 대성문大成門: 북한산성 14개 성문 가운데 가장 크다. 북한산성 내 행궁行宮 터에서 경복궁으로 이어지는 길에 자리 잡아 왕이 북한산성에 들를 때 지나는 문이었다.

2) 서지棲遲: 천천히 돌아다니며 마음껏 놂, 벼슬을 하지 않고 세상을 피하여 시골에서 삶.

2.36. 小學同窓會
소학교 동창회에 가서 보니

[2003-11-21]

同門修學小兒群 동문수학 소아군 이
　같은 학교에서 공부하던 어린아이들이,

六十年前手各分 육십년전 수각분 이라
　육십 년 전 손을 놓쳐 뿔뿔이 헤어졌다네.

左右鬪爭爲罪竪 좌우투쟁 위죄수 하고
　좌익 우익 다투는 통에 어린 죄수 되고,

南北衝擊作傷軍 남북충격 작상군 이라
　남과 북의 싸움에서 상이군인이 되었다네.

當時美貌如紅蕚 당시미모 여홍악 이러니
　어여쁘던 당시 모습 붉은 꽃술 같았건만,

今日華髥似白雪 금일화염 사백설 이라
　오늘 보니 희끗희끗한 수염 흰 눈처럼 되었구나.

顔面稀微聲帶變 안면희미 성대변 하야
　얼굴 모습 희미하고 목소리도 변하여서,

問名詳究始知君 문명상구 시지군 이라
　꼬치꼬치 이름 물어 비로소 자네들 알아보겠네.

2.37. 秋日登山
가을날 산에 올라

[2003-11-21]

北漢平倉有一翁 북한평창 유일옹 이
북한산 속 평창동의 한 늙은이가,

呼兒覓出屨兼笻 호아멱출 구겸공 이라
아이 불러 신발과 지팡이를 찾아내라 하네.

十旬夏熱楓成赤 십순하열 풍성적 하니
백일 동안 여름 열기가 단풍색을 붉게 하고,

萬里秋風雲掃空 만리추풍 운소공 이라
만 리 불어온 가을바람은 구름을 쓸어 하늘 비우게 하네.

世事紛紛人士老 세사분분 인사로 하고
어지러운 세상사로 사람들은 늙어가고,

天時秩秩節期忠 천시질질 절기충 이라
질서 정연한 하늘의 운행 절기 충성스럽게 바꾸어 지네.

渾忘山外塵寰事[1] 혼망산외 진환사 하고
산 밖의 세상일은 사뭇 잊어버리고,

閑臥看雲樹木中 한와간운 수목중 이라
나무 아래 한가로이 누워 구름을 바라보노라.

---

1) 혼망渾忘: 깜박 잊음.

2.38. 越南有感
베트남 여행에서 느낌이 있어서

[2003-12-19]

萬里長程半日飛 만리장정 반일비 하여
만 리 먼 길 반나절을 날아,

河京蒸暑汗沾衣 하경증서 한점의 라
수도 하노이는 찌는 듯 더워 온통 땀으로 옷을 적신다네.

市中商街行人滿 시중상가 행인만 하니
번화한 상가에는 행인들로 가득하고,

夜半店頭彩影稀 야반점두 채영희 라
한밤중에 가게 앞에 색색의 조명이 희미하네.

國困民貧過去暗 국곤민빈 과거암 하고
나라가 곤궁하고 백성이 가난하던 암울한 지난날은 가고,

政敏法整前頭輝 정민법정 전두휘 라
정치가는 명민하고 법은 정비되어 앞날이 빛나도다.

中華越泰方昇躍 중화월태 방승약 하니
중국 베트남 태국 바야흐로 날아오를 기세라,

飽傲青丘何處歸 포오청구 하처귀 리오
배부르고 오만해진 우리나라 어디로 갈꼬?

2.39. 機上贈美姬
비행기에서 아름다운 스튜어디스에게 주다

[2003-12-19]

雲上戾天飛 운상 여천비 하니
구름 위로 솟아올라 하늘 위로 날아가니,

仙人舞彩衣 선인 무채의 라
선인이 무지개 옷을 입고 춤을 추는 듯하네.

勿關人世事 물관 인세사 하고
인간 세상일 상관하지 말게나,

得意古今稀 득의 고금희 라
고금에 드물게 신이 나 있으니.

제3부

蘭社詩集 第三輯

3.1. 新年有感
새해 유감

[2004-03-10]

七十加三吾亦衰 칠십가삼 오역쇠 하니
일흔에 세 살을 더하니 나 역시 약해져,

膝腰乍痛屈身時 슬요사통 굴신시 로다
몸을 굽힐 때 무릎과 허리에 통증이 생기네.

往年故友名難記 왕년고우 명난기 하고
옛날 친구 이름도 기억하기 어렵고,

昨日新人顔不知 작일신인 안부지 로다
어제 처음 만난 사람의 얼굴도 알아보지 못하는구나.

欲挽光陰馳馬速 욕만광음 치마속 이니
세월을 잡으려 하나 말 몰아 달리듯 빠르고,

願成著述步龜遲 원성저술 보귀지 로다
저술을 이루려 하나 거북이걸음으로 더디네.

心神或作青春壯 심신혹작 청춘장 이나
마음과 정신을 젊은 시절처럼 굳세어지려 하지만,

鏡裡常驚白上眉 경리상경 백상미 로다
거울 속 하얀 것이 눈썹에 나타남 보고 늘 놀라네.

3.2. 頌金珏中博士八旬生辰[1]
김각중 박사의 팔순 생신을 기리다

[2004-03-10]

八旬心未衰 팔순 심미쇠 요
팔순에 마음은 쇠하지 않으시고,

笑話似童時 소화 사동시 라
웃으며 하시는 말씀은 어린 시절과 같으시네.

恒在春風裡[2] 항재 춘풍리 하야
언제나 온화한 모습 지니고 계셔서,

塵愁更不知 진수 갱부지 라
속세의 시름 다시 드러내지 않으신다네.

---

1) 김각중金珏中(1925~2012): 1964년 유타대학교 대학원 이론화학 석・박사, 고려대학교 이공대학 화학과 교수, (주)경방 회장이자 전국경제인연합회 회장을 지냈다.

2) 춘풍春風: 온화한 덕성. 송나라 때 주광정朱光庭이 명도明道 선생을 여남汝南에서 뵙고 돌아와 "내가 춘풍 속에 한 달 동안 앉아 있었다."라고 한 데서 온 말이다. -『近思錄』卷14

3.3. 許宰隱退時贈別

농구 대통령 허재許載[1] 은퇴에 증별하다

[2004-03-10]

許宰, 籠球二十年, 天下無敵, 人稱籠球皇帝. 年四十隱退, 都下言論, 無不稱誦其功績與人品.

농구 대통령 허재는 20년 동안 천하무적으로 사람들은 그를 농구 대통령이라고 말한다. 40세에 은퇴하니, 장안의 언론은 그 공적과 인품에 대해 칭송이 끝이 없었다.

許宰平生名不衰 허재평생 명불쇠 하니
농구 대통령 허재의 이름은 언제나 쇠하지 않았으니,

滿堂喝采別離時 만당갈채 별리시 라
퇴임할 때 모든 사람이 갈채를 보냈다네.

縱橫無盡無人敵 종횡무진 무인적 하니
자유자재 종횡무진에 대적할 자가 없었으니,

今世英雄天下知 금세영웅 천하지 로다
이 시대의 영웅임을 온 천하가 알고 있다네.

---

1) 허재許載(1965~): 한국 농구 선수, 지도자, 방송인으로 농구대잔치 7회 우승, MVP도 3회 수상하였다. 215경기에 출장하여 총 5,352점을 기록, 11시즌 통산 경기당 평균 득점 24.89점을 기록하였다. 한국프로농구에서는 TG삼보 엑써스에서 활약하기도 했다. 2004년 5월 한국농구 역사상 처음으로 허재의 은퇴 경기가 치악체육관에서 열렸다.

3.4. 輓鹿邨先生[1)]
녹촌[고병익] 선생을 애도하다

[2004-05-24]

嗟公辭世忽然過 차공사세 홀연과 라
아! 공이 세상을 버리시고 홀연 떠나셨소,

蘭社晩來詩作多 난사만래 시작다 라
늘그막에 난사에 들어와 시 많이 지으셨네.

學績空前言不滅 학적공전 언불멸 이나
학문 업적 공전절후하여 영원히 빛날 것이지만,

蕭條蘭社奈吾何 소조난사 내오하 오
난사의 쓸쓸한 분위기를 내 어찌 감당하리오.

---

1) 녹촌鹿邨: 고병익高柄翊의 호. 경북 문경 출신 역사학자로서, 동경대학, 서울대학교에서 수학하고, 뮌헨대학교 철학박사, 서울대학교 문학박사를 취득하고, 서울대학교 동양사학과 교수와 제14대 서울대학교 총장을 역임하였다. 조선일보 논설위원으로 시사 관련 글을 많이 썼고, 만년에 난사 동인으로 한시집도 내었다.

3.5. 再訪紫禁城[1]
다시 찾은 자금성

[2004-05-24]

天安再訪至門前 천안재방 지문전 하니
천안문을 다시 찾아 그 문 앞에 이르니,

往古明清更歷然 왕고명청 갱력연 이라
원 · 명 · 청 같은 옛 나라들이 다시 역력하여지네.

殿勢穹隆遮白日 전세궁륭 차백일 이나
전각의 형세는 우뚝 솟아 밝은 해를 가리나,

帝魂寂寞散青烟 제혼적막 산청연 이로다
적막한 황제들의 넋은 푸른 연기처럼 사라졌다네.

壁門重立幾千尺 벽문중립 기천척 고
겹겹 솟은 성곽과 성문은 높이 높이 솟았고,

嬪妾含悲數百年 빈첩함비 수백년 이로다
후궁들의 비애는 오래오래 쌓였네.

春樹無心花滿發 춘수무심 화만발 이나
봄철 수목의 무심한 꽃들은 활짝 다 피었지만,

有情濠水泣流川 유정호수 읍류천 이로다
그 애처로운 실상은 해자의 냇물이 되어 울면서 흘러내리는구나.

---

1) 자금성紫禁城: 중국 명明 · 청淸 두 왕조의 궁성宮城으로, 1407년 명나라의 영락제가 축조하였다. 현재 고궁박물관으로 사용하고 있다. 이전에는 천안문 등 여러 문을 거쳐 이 궁으로 들어가게 설계하였음.

3.6. 京都哲學路賞花
교토의 철학 길[1] 벚꽃을 완상하다

[2004-05-24]

人海人山花樹前 인해인산 화수전 하니
인산인해의 꽃나무 길을 걸어가자니,

花香郁郁只陶然 화향욱욱 지도연 이라
무성한 나무 꽃향기에 거나하게 다만 취할 뿐일세.

粉粉花瓣飛如雪 분분화판 비여설 한데
어지러이 날리는 꽃잎은 마치 눈 오는 것 같은데,

花落成詩哲學川 화락성시 철학천 이로다
꽃 떨어지자 시를 이루었구나, 철학 길 냇가에서.

---

1) 철학 길哲學路[테츠가쿠노미치(哲学の道)]: 일본 교토시(京都市)에 있는 산책길. 비와호(琵琶湖) 서쪽에서 교토시로 흘려보내기 위해 메이지(明治) 시대에 만든 물길 곁에 있는 약 2km의 산책길로서, 저명한 철학자 니시다 기타로(西田幾多郞, 1870~1945)가 이 길을 산책하면서 사색을 즐겼다고 해서 이러한 이름이 붙었다고 한다. 봄의 벚꽃 풍경과 가을의 단풍이 특히 아름답다.

3.7. 京都清水寺[2)]
교토의 청수사

[2004-05-24]

仁王新閣聳山前[3)] 인왕신각 용산전 이요

새로 세운 인왕문은 산처럼 우뚝 솟아 앞에 서 있고,

滿發柰花幻夢然 만발내화 환몽연 이로다

활짝 핀 벚꽃은 꿈속 헤매는 듯하네.

古寺一園春爛漫 고사일원 춘란만 하고

옛 절 한 둘레 뜰엔 봄빛이 흐트러지고,

青丘遊客醉香烟[4)] 청구유객 취향연 이러라

우리나라 관광객은 향 연기에 취하네.

---

2) 청수사淸水寺(기요미즈데라): 교토시(京都市)에 있는 사원으로 교토 문화재의 하나이다. 778년에 사카노우에노 다무라마로(坂上田村麻呂, 헤이안(平安) 초기의 무장)에 의해 처음으로 세워졌다고 한다.

3) 인왕仁王: 불법의 수호신. 네 개의 신상이 절 입구에 세워져 있다.

4) 청구青丘: 우리나라의 다른 이름.

3.8. 京都金閣寺[1]
교토의 금각사

[2004-05-24]

岧嶢金閣鏡湖前 초요금각 경호전 한데
우뚝 솟은 금각사는 호수 앞에 서 있고,

千歲煌煌眴燦然 천세황황 현찬연 이로다
천년 세월 휘황찬란하게 눈부시도록 번쩍거린다네.

創築將軍何處在 창축장군 하처재 오
창건한 쇼군[2]은 어느 곳에 있는가?

人來人去自年年 인래인거 자년년 이로다
사람들 찾아오고 지나감에 저절로 해와 해를 거듭하고 있다네.

---

1) 금각사金閣寺(킨카쿠지): 교토시의 아름다운 사원. 원래 명칭은 로쿠온지(鹿苑寺)인데, 금박을 입힌 3층 누각의 사리전舍利殿이 금각사로 널리 알려졌다. 본디 귀족 고관들의 별장이었으나, 뒤에 사찰로 그 용도를 바꾸었다고 한다. 미시마 유키오(三島由紀夫)가 이 절의 아름다움을 묘사한 탐미소설 『금각사』로도 잘 알려져 있다.

2) 창건한 쇼군: 아시카가 요시미츠(足利義滿, 1358~1408). 일본 무로마치 막부의 3대 쇼군이다. 남북조의 분열을 통일하고 유력 슈고 다이묘들의 세력을 억제하여 막부의 권력을 확립시켰으며, 금각사라는 별칭으로 널리 알려진 로쿠온지(鹿苑寺)를 세워 기타야마 문화(北山文化)를 개화하였다.

3.9. 憐山中梅花
산중의 매화를 가련하게 여기다

[2004-05-24]

寂寞寒梅古墓前 적막한매 고묘전 한데
적막한 옛 무덤 앞에 이른 매화 피었는데,

群花未發獨超然 군화미발 독초연 이로다
많은 꽃 피기 전에 홀로 초연히 피었구나.

悄待主人經歲歲 초대주인 경세세 나
슬프게 주인을 한 해 또 한 해가 다 가도록 기다리나,

誰憐老樹放年年 수련로수 방년년 고
어느 누가 가련하게 여기는가? 이 고목이 매년 이런 꽃을 피우는 것을….

3.10. 秋色
가을 경치

[2004-11-17]

老去風光益可憐 노거풍광 익가련 하야
늙어 갈수록 풍광을 더욱 사랑하게 되어,

愛看秋色展山前 애간추색 전산전 이라
산 앞에 펼쳐진 가을 경치를 바라보며 즐기네.

淸霜樹樹紅黃葉 청상수수 홍황엽 이요
찬 서리는 나무마다 홍황색 단풍 만들어내고,

落日飄飄碧玉天 낙일표표 벽옥천 이라
지는 해는 가볍게 벽옥 같은 하늘을 벗어나네.

北漢城門陳畵幛 북한성문 진화장 하고
북한 성문은 그림 병풍을 둘러놓은 듯하고,

香峰頂上戴花鈿 향봉정상 대화전 이로다
향봉 정상은 꽃 비녀 올려놓은 것 같네.

恍然醉景忘機客[1] 황연취경 망기객 은
황홀한 풍경에 취한 나 같은 망기객은,

不羨詩人石上眠[2] 불선시인 석상면 이로다
옛 시인이 돌 위에 누워 잤다는 것을 부러워하지 않는다네.

---

1) 망기객忘機客: 세상일을 모두 잊고 은퇴하여 담박한 생활을 즐기는 사람을 말한다. 『열자列子』 황제편黃帝篇에, 기교심機巧心이 하나도 없는 바닷가의 주민에게 갈매기가 수도 없이 날아와 함께 노닐었다는 '구로망기鷗鷺忘機'의 이야기가 전해 온다. - 한국고전번역원 DB에서.

2) 석상면石上眠: 한가롭게 돌에 누워 잔다는 뜻. 북송의 승려 청순淸順의 「십죽十竹」, "오래도록 숲 따라 노닐어, 자못 숲의 정취 아노라. 도랑 따라 녹음이 우거지나, 청풍의 불어옴은 막지 못한다오. 한가로이 와서 돌 위에 잠드니 낙엽은 셀 수 없이 많고, 새 한 마리 문득 날아와 울어 그윽한 곳의 적막 깨뜨리네久從林下遊, 頗識林下趣. 從渠綠陰繁, 不礙淸風度. 閑來石上眠, 落葉不知數. 一鳥忽飛來, 啼破幽絶處." - 전통문화연구회 동양고전 DB에서.

3.11. 北漢山上忽遇新雪
북한산 위에서 갑자기 새로 내린 눈을 만나다

[2005-02-24]

斜陽客散古城虛 사양객산 고성허 한데
해 질 무렵 등산객 흩어지고 옛 성곽 공허한데,

獨往閑翁不厭孤 독왕한옹 불염고 로다
홀로 올라간 한가한 노인 외로움도 싫지 않다네.

白雪忽然飛滿岳 백설홀연 비만악 하니
흰 눈이 홀연히 날아 온 산을 가득 메우니,

喜逢瑞氣一年初 희봉서기 일년초 로다
이 상서로운 기운을 연초에 만나니 기쁘구나!

3.12. 移植陶山梅花
도산서원에 매화를 옮겨 심다

[2005-02-24]

移植陶梅事不虛 이식도매 사불허 하니
도산서원에 매화를 옮겨 심은 일 보람이 있어서,

去年喜見發高孤 거년희견 발고고 라
지난해에 고고하게 피어난 것을 보고 기뻐하였네.

今秋除草重加土 금추제초 중가토 하니
올가을에 잡초를 뽑고 흙을 두텁게 북돋웠으니,

聊待開花二月初 요대개화 이월초 니라
애오라지 초봄에 꽃피기를 기다리고 있다네.

3.13. 問病友朴贊世[1)]
친구 박찬세 형을 문병하다

[2005-02-24]

積年病席未曾離 적년병석 미증리 하니
여러 해 동안 일찍이 병석을 떠난 적이 없으니,

笑告餘生日夕危 소고여생 일석위 라
남은 삶 자나 깨나, 위태롭다고 웃으며 말하네.

志學英敏知映玉 지학영민 지영옥 이요
15여 세에 영민한 지혜는 구슬처럼 빛났고,

知天豪放若飜旗 지천호방 약번기 로다
50줄에는 천성이 호방함 펄럭이는 깃발 같았다네.

超然座俗何能碍 초연좌속 하능애 오
속세에 앉았으나 초연하였으니 무엇이 장애 될 수 있었겠는가?

卓矣淸標尙可支 탁의청표 상가지 니라
탁월하였도다! 맑은 모습 오히려 지탱할 수 있었구나.

莫逆相交今五十 막역상교 금오십 이나
허물없이 친한 친구로 어울린 지 벌써 50년이 넘었으나,

百方無效此心悲 백방무효 차심비 러라
온갖 처방에 효험이 없다 하니 이 마음 슬프구나.

---

1) 박찬세朴贊世: 유명한 학원의 영어 선생. 저자와 함께 영수학원을 운영하기도 하였음.

3.14. 訪金昌會兄於沙村
사촌에 김창회 형을 방문하다

[2005-03-22]

義城博約會金昌會支會長, 邀余講演, 余曾欲訪金兄於沙村古宅, 欣然往赴, 講演後, 往沙村. 此地有鼎嶺沂水之好, 又有西林, 晩翠堂, 詠歸亭, 萬年松之古蹟. 與主人談笑良久, 只恨一日之遊未盡所懷, 更約次期, 惜別於西林之外.

의성 박약회 김창회 지회장이 나에게 강연을 요청하였기에, 나는 일찍이 사촌 고택의 김형을 찾아뵙고 싶었는데, 기쁘게 달려가 강연을 마친 후에 사촌으로 갔다. 이곳은 정령鼎嶺과 기수沂水의 좋음과 또 서림西林과 만취당晩翠堂, 영귀정詠歸亭, 만년송萬年松(松隱 金光粹 선생이 심었다는 향나무)의 고적이 있다. 주인과 함께 꽤 오랫동안 담소를 나누었는데, 다만 하루 일정으로 소회를 다하지 못하여 다시 다음 기회로 약속하고 서림 밖에서 석별하였다.

韶州千里好朋留 소주천리 호붕류 하니
의성[문소] 고을 천 리 길에 좋은 친구가 머무르니,

馳赴東風樂遠遊 치부동풍 낙원유 라
동으로 바람처럼 바삐 달려간 먼 여행길이 즐거웠다네.

逸士淸幽陳萬冊 일사청유 진만책 하고
숨어 사는 선비는 밝고 그윽한 곳에서 만권의 책을 늘어놓았고,

老松蒼翠蔭千秋 노송창취 음천추 라

늙은 소나무는 푸르고 싱싱한 모습으로 그늘을 천년 동안 드리웠다네.

西林今日觀先蹟 서림금일 관선적 하고

서림에서는 오늘 조상님들 이룬 사적 구경하고,

沂水他時願下鉤 기수타시 원하구 라

기수에서는 뒷날에 낚시 드리우길 원한다네.

未盡情談歸路促 미진정담 귀로촉 하여

정담은 다 하지 못하고 돌아올 길 촉박하여,

途頭揮手倍離愁 도두휘수 배리수 라

길머리에서 손을 흔드니 작별의 아쉬움이 배가 되네.

3.15. 憶少時故鄕夏日景
어린 시절 고향 여름날 경치의 추억

[2005-04-26]

鬱戀紫岳掛斜暉[1] 울련자악 괘사휘 면

그 아름다움이 그리워지네, 자생이 꼭대기에 저녁해가 걸리면,

炊夕家煙村影微 취석가연 촌영미 라

집집이 저녁 짓는 연기에 싸였던 마을 모습 어렴풋하네.

和唱牧童緣岸去 화창목동 연안거 요

목동의 합창 소리는 언덕을 이어 흐르고,

爭鳴幼燕逐雲飛 쟁명유연 축운비 라

다투어 울어대던 새끼 제비들 구름 좇아 날았다네.

小兒盡日歡川冷 소아진일 환천랭 하고

어린아이들은 온종일 찬 시내 물 즐기고,

老祖當宵責課違 노조당소 책과위 로다

할아버지는 밤마다 공부 거스른다고 꾸짖으셨네.

一眷點燈圍晩卓 일권점등 위만탁 하고

저녁이면 온 식구가 등불 켜고 밥상에 둘러앉아,

青蔬黃粟儘甘肥 청소황속 진감비 러라

푸른 채소, 누런 좁쌀밥을 모두 달고 맛있다고 여겼다네.

---

1) 자악紫岳: 저자의 고향 영해 나라골[인량리] 서쪽의 산봉우리. 마을 사람들이 '자생이 꼭대기'라고 부른 것을 음역音譯한 것임.

3.16. 留高城神仙洞[1]
고성 신선동에 머물다

[2005-05-27]

神仙溪谷別無門 신선계곡 별무문 하고
신선 계곡에는 따로 문이 없고,

六七茅家自作村 육칠모가 자작촌 이라
예닐곱 채 초가집이 마을을 이루었다네.

山裡花磎邀瑞旭 산리화계 요서욱 하고
산속의 꽃과 개울물은 떠오르는 햇살 맞이하고,

海邊沙岸望黃昏 해변사안 망황혼 이라
바닷가 모랫둑은 지는 황혼을 바라보네.

閑登巨石休衰脚 한등거석 휴쇠각 하니
한가히 큰 바위에 올라 쇠약한 다리를 쉬니,

靜坐淸風續斷魂 정좌청풍 속단혼 이라
고요히 앉자 맑은 바람에 끊어졌던 넋이 이어지네.

或想昇高長一嘯 혹상승고 장일소 이나
또 높이 높이 올라 긴 휘파람을 한번 불어 보고 싶으나,

還思著述久持論 환사저술 구지론 이라
갑자기 오랫동안 생각해온 것 저술할 생각 떠오르는구나.

---

1) 신선동神仙洞: 강원도 고성군 토성면 신평리에 있는 신선봉. 이 신선봉은 금강산 일만 이천 봉 가운데 제1봉으로 유명하다.

又 또

深林我獨往 심림 아독왕 하니
울창한 숲에 나 홀로 걸어가니,

石澗空谷鳴 석간 공곡명 이라
바위 사이로 흐르는 물은 빈 골짜기를 울리네.

山川似太古 산천 사태고 하니
산천은 아주 오랜 옛날과 같으니,

我亦太古情 아역태고정 이라
나 역시 태고의 정취를 느끼네.

又 또

億年溪石臥聽川 억년계석 와청천 하니
억만년의 계곡 바위 위에 누워 냇물 소리 들으니,

欲效太古任自然 욕효태고 임자연 이라
태고로 돌아가 자연에 맡긴 보람 나타났으면….

白雲碧岫松風好 백운벽수 송풍호 니
흰 구름, 짙푸른 산봉우리, 소나무 숲 사이 부는 바람이 좋으니,

嶺外誰知別有天 영외수지 별유천 라
이 별천지가 있는 줄, 신선봉 바깥에 누가 알리오?

3.17. 三寶法定管理有感
삼보 법정관리에 유감

[2005-05-27]

人世出入有多門 인세출입 유다문 이오
세상 사람이 출입하는 문은 많이 있고,

人世去留有多村 인세거류 유다촌 이라
세상 사람이 떠남과 머무르는 마을도 많이 있다.

當由正門續家學 당유정문 속가학 이나
마땅히 가학을 이어 정문으로만 다녀야 하였지만,

誤落商村忙晨昏 오락상촌 망신혼 이라
사업계에 잘못 떨어져서 밤낮 바쁘기만 했다네.

開拓外市勞肢體 개척외시 노지체 하고
해외시장을 개척하느라 팔다리와 몸은 고달프고,

發明新品消神魂 발명신품 소신혼 이라
신제품 발명하느라 정신과 혼을 불태웠다네.

萬事今日亡消失 만사금일 망소실 하니
온갖 일이 지금 다 사라져 없어졌으니,

人生功名復何論 인생공명 부하론 고
인생에 있어 공적과 명예는 다시 말하여 무엇하리오?

又 또

吾生七十已衰年 오생칠십 이쇠년 이니
내 나이 70 이미 힘이 다 빠졌고,

事與心違只赧然 사여심위 지난연 이로다

일과 생각이 어긋나니 다만 부끄러울 뿐!

勞焦奔走竟何事 노초분주 경하사 오

온갖 고초 겪으며 필경 무엇이 되었는가?

積慮無爲竟似煙 적려무위 경사연 이로다

많은 계책 끝내 연기처럼 허사가 되었구나.

3.18. 樓上月夜
달밤 누각에 올라

[2005-07-19]

雨後山泉觸石輕 우후산천 촉석경 하고
비 온 후 산속 샘물이 돌에 가볍게 부딪히고,

半輪初夜向西傾 반륜초야 향서경 이라
초저녁 반달은 서쪽을 향해 기울어지누나.

陪親昔日聽流處 배친석일 청류처 에
지난날 부모님 모시고 물소리 듣던 곳인데,

獨上那堪哀慕情 독상나감 애모정 고
홀로 오르니, 애모의 정 내 어찌 감당하리오?

3.19. 歸去來[1)]
고향으로 돌아가자

[2005-07-19]

寥寥三逕沒荒蓬2) 요요삼경 몰황봉 이나
적막한 여러 오솔길은 황량한 쑥대밭이 되었으나,

杏樹四時迎晩風3) 행수사시 영만풍 이라
은행나무는 사시사철 저녁 바람맞으며 서 있네.

故里多情朋友在 고리다정 붕우재 한데
고향엔 많은 다정한 친구들 있는데,

如何尙作未歸翁 여하상작 미귀옹 오
어찌 아직 돌아가지 못한 늙은이가 되었는고?

又 또

故里靑天外 고리 청천외 한데
고향은 푸른 하늘 밖에 있는데,

十年在洛中 십년 재락중 이라
수십 년을 서울에서 살았구나.

---

1) 귀거래歸去來: 관직을 물러나서 고향으로 돌아간다는 말. 진晉나라 도연명陶淵明의 「귀거래사歸去來辭」에서 나온 말.

2) 삼경三逕: 정원 안의 세 갈래 좁은 길. 뜻이 변하여 은자隱者의 문안의 뜰, 또는 그 주거. 삼경취황三徑就荒(뜰 안 세 갈래 작은 길엔 잡초가 무성하다)

3) 만풍晩風: 당唐나라 두보杜甫의 「칠월삼일七月三日…」 시에 "저녁 바람이 검은 모자에 서늘하니, 지쳤던 근력이 다시 살아난다晩風爽烏匼, 筋力蘇摧折."라고 하였다.

歸來胡不定 귀래 호부정 오

돌아가야지! 어찌 정하지 못하는가?

陶要行我同 도요 행아동 이라

도연명이 나에게 함께 돌아가자고 하시네.

3.20. 白日夢
백일몽

[2005-08-22]

雲棲山中棲翠烟[1] 운서산중 서취연 한데
  운서산 산중 푸른 안개에 살면서,

時時誦讀或耕田 시시송독 혹경전 하리라
  때때로 글이나 읽고 논밭이나 갈았으면 좋으리.

伴鷗亭主來邀我 반구정주 내요아 하야
  갈매기 짝지어 노는 정자 주인 나를 맞이하러 와서,

寧海閑浮帶月船 영해한부 대월선 하리라
  영해 앞바다에서 달 실은 배를 한가롭게 타고 놀았으면….

---

1) 운서산雲棲山: 운서산은 영해[창수면]에 있다雲棲山在寧海.

3.21. 賀孫炳斗西江大總長[1]
손병두 서강대학교 총장 취임을 축하하다

[2005-08-22]

財界中樞亘十年 재계중추 긍십년 에
재계 중추로서 이끄시길 10여 년,

快刀裁斷亂麻連 쾌도재단 난마련 이라
복잡하게 뒤얽힌 일을 쾌도난마로 처리하셨네.

從今策得新機略 종금책득 신기략 하니
이제부터 새로운 경영 기틀 마련코자 하시니,

可見西江巨艦船 가견서강 거함선 이로다
서강에 거대함선 볼 수 있겠구나.

---

1) 손병두孫炳斗(1941~): 한국의 경영인이자 교육자, 언론인, 사회운동가. 헐트국제경영대학원 경영학 석사, 한양대학교 경영대학원 경영학 박사, 전국경제인연합회 상근부회장, 제12대 서강대학교 총장, 호암재단 이사장 등을 지냈다.

3.22. 再訪曲阜[1)]
다시 찾은 곡부

[2005-09-28]

去年博約會友五百六十餘人，訪曲阜，祭孔廟，多數不參會員，要請再訪，今秋三百人又往闕里，致奠于夫子廟．聞自今年，中國政府始祭孔墓云，不無今昔之感．

지난해 박약회 회원 560여 명이 곡부를 방문하여 공자를 모신 사당에 제祭를 올렸는데, 많은 수의 회원이 불참하여 재방문 요청이 있어서 올가을 300여 명이 궐리[2)]에 가서 공자 묘에 치전致奠을 하였다. 들은 바로는, 올해부터 중국 정부가 비로소 공자의 묘에 제사를 올린다고 하니 금석지감이 없지 않다.

孔聖山河更有情 공성산하 갱유정 이요
공자께서 태어난 산하에 더욱이 성심誠心이 있어,

海天萬里叩名城 해천만리 고명성 이라
바다와 하늘로 만 리에 이름난 묘를 찾아갔네.

千年老檜依然壯 천년로회 의연장 이요
천년 늙은 회나무는 의연히 장하며,

百座高碑永不更 백좌고비 영불경 이로다
백좌의 높다란 비석은 영원히 변함이 없구나.

---

1) 곡부曲阜: 취푸. 공자가 태어난 고향으로 중국 노魯나라 추읍. 산둥성(山東省) 서부 쓰수이(泗水) 남쪽 기슭에 있는 도시.

2) 궐리闕里: 공자의 탄생지. 산둥성 취푸현 성안에 있다.

告祝進餐邪氣滅[3] 고축진찬 사기멸 한데

진찬 고축하니, 이 땅에 사악한 기운은 사라지고 공자의 기氣 영원하기를 추구하며,

焚香奠酒瑞雲生 분향전주 서운생 이라

분향하고 술을 올리니 상서로운 기운이 감도는구나.

恭祈此地弘仁義 공기차지 홍인의 하야

삼가 기원합니다, 이 땅에 인의를 펼치시어,

世界和平絶抗爭 세계화평 절항쟁 하노라

다투는 싸움은 끝내고 세계가 평화롭기를….

---

3) 진찬進餐: 제물을 올리다.

3.23. 手術腰痛歸家有感
요통 수술 후 귀가 유감

[2005-11-03]

突然痛擊脊 돌연 통격척 하야
별안간 등뼈를 치는 통증이 생겨,

不坐不乘車 부좌 불승차 라
앉지도 못하고 차도 탈 수 없었다네.

應急到醫院 응급 도의원 하여
급한 대로 병원에 도착하여,

穿骨用醉麻 천골 용취마 라
뼈에 구멍 뚫어 마취하였다네.

辛苦不得免 신고 부득면 한데
고생을 면할 수 없었는데,

兒孫問病爺 아손 문병야 라
아들 손자 늙은이 문병하러 왔네.

歸來夕陽斜 귀래 석양사 하니
저물녘 집에 돌아오니,

秋光繞山家 추광 요산가 라
가을 경치가 산속 집을 둘러싸는구나.

擧目娛楓葉 거목 오풍엽 하고
눈을 들어 단풍을 즐기고,

開門愛菊花 개문 애국화 라
문을 열고 국화를 사랑하네.

扶手登樓上 부수 등루상 하야
  손잡아 부축받아 누각에 올라,

悠然賞綠茶 유연 상록차 로다
  유유히 녹차를 완상하네.

離家只十日 이가 지십일 이나
  집 떠난 지 겨우 열흘이나,

却喜鵲聲譁 각희 작성화 라
  도리어 즐겁구나! 까치 떼 소리 시끄러움이.

多幸再行步 다행 재행보 하고
  다행히 다시 걸어 다닐 수 있고,

又奇新植牙 우기 신식아 로다
  또 새로 심은 어금니가 훌륭하다네.

今雖多難境 금수 다난경 한데
  지금은 비록 많은 어려운 역경이 있었지만,

豈無樂事耶 기무 낙사야 오
  어찌 즐기는 일이 없기야 하겠는가?

3.24. 往寧海送舊迎新
영해에서 송구영신

[2006-01-09]

一年三六五天巡 일년삼륙 오천순 하야
일 년 365일이 돌아서,

歲暮紛紛降雪頻 세모분분 강설빈 이라
한 해가 저무는데 풀풀 날리는 눈 빈번하네.

只恨全亡多事事 지한전망 다사사 나
다만 많은 일 겪고 모두 잃은 것은 한스러우나,

可欣不失各人人 가흔부실 각인인 이라
그래도 기쁘구나! 각각의 사람들을 잃지 않은 것이.

莫悲青葉化爲土 막비청엽 화위토 라
푸른 잎이 흙으로 변하여감을 슬퍼 말게나,

也見紅花開作春 야견홍화 개작춘 이라
내년 붉은 꽃 핀 봄을 볼 수 있으리니.

聊命兒孫同去海 요명아손 동거해 하야
애오라지 아들 · 손자 함께 바닷가로 가자고 하여,

元朝迎日脫陳塵 원조영일 탈진진 이라
새해 아침 묵은 때 벗고 떠오르는 해 맞이하였네.

3.25. 身老心不老吟
몸은 늙었으나 마음은 늙지 아니함을 읊다

[2006-01-09]

爾來余疾病頻發，老衰之狀著矣，此則天理之當然，吾何能以裁之？然心則吾之所操，故余不恨旣失身體之能力，只以可能之事爲樂．或自習前日所欲學而未學之域，又行前所欲做而未做之事，七十剩餘之生，何患得失之數乎．

요즘 나는 질병이 빈번하여 노쇠한 상태가 현저한 듯하다. 이것은 곧 천지자연의 도리로 당연하니, 내 어찌 이를 마음대로 할 수 있겠는가? 그러나 마음인즉 내 의지로 다잡을 수 있는 것이다. 그래서 나는 이미 신체의 능력은 잃었어도 유감은 없지만, 다만 즐거워하는 일은 할 수 있다고 여긴다. 혹 전날에 배우고자 한 것을 자습하거나, 또 앞서 하고 싶었던 일이지만 하지 못했던 일을 하여 볼 것이니, 70줄 나머지의 삶에 어찌 득실을 헤아리면서 걱정할 것이 있겠는가?

病衰何可哀 병쇠 하가애 오
병에 시달려 쇠약한 몸 어찌 슬퍼하리오,

每把老心裁 매파 노심재 라
매양 늙은 마음 다잡아 제어한다네.

擧目秋天闢 거목 추천벽 한데
눈을 들어 펼쳐진 가을 하늘을 쳐다보며,

回心紅葉開 회심 홍엽개 로다
붉게 펼쳐진 단풍 바라보며 마음을 돌이켜 먹네.

詩成溪舞谷 시성 계무곡 이요

시를 이루니 시내는 골짜기에서 춤추고,

歌歇月昇臺 가헐 월승대 라

노래 그치니 달이 높이 올라오는구나.

七十餘生命 칠십 여생명 에

70에다 나머지 생에,

新門猶可推 신문 유가퇴 로다

새로운 문을 그래도 밀어 볼 만하다네.

3.26. 觀萬象於室內
실내에서 만물의 형상을 보다

[2006-02-13]

兒輩用數碼技術, 新造家內小劇場. 室內展大型幕布, 四隅置擴聲器群, 音樂映像, 可以完美再生, 恰似在其現場. 余以感寒, 臥床數日, 以此玩賞, 足以娛其音樂映畵, 風景運動之奇絶.

아들들이 디지털 기술로 집안에 소극장을 새로 만들었다. 실내에 대형 스크린을 펼치고 네 모퉁이에 확성기 시스템을 장치하여 음악과 영상을 완벽하게 재생할 수 있었는데, 이는 지금 극장에 있는 것과 흡사하다. 나는 감기에 걸려 여러 날을 병상에 누워있었는데, 이것으로 음악과 영화, 풍경 등에 있어 비할 데 없이 기이함을 즐기기에 충분하였다.

感寒欲浸肺心傷 감한욕침 폐심상 하야
감기에 걸려 폐와 심장에 상처를 주려 하여,

臥病閑看家劇場 와병한간 가극장 이라
병을 핑계로 누워서 한가롭게 집안 극장을 보고 있네.

時觀史記哀情起 시관사기 애정기 요
때로 역사를 관람하고서는 애처롭게 여기는 마음 생기고,

或賞郊原眼界凉 혹상교원 안계량 이라
혹은 교외의 들판을 완상하니 눈이 시원해지네.

飄搖舞踊肩應動 표요무용 견응동 이요
빠르게 흔들며 추는 춤에 어깨가 따라 움직이고,

壯麗管鉉興自長 장려관현 흥자장 이라

장엄하고 화려한 관현악에 흥이 저절로 나네.

萬象如今都在此 만상여금 도재차 니

세상 모든 것이 지금 여기에 다 갖추어 있고 보니,

何須出外見風光 하수출외 견풍광 이오

어찌 모름지기 외출하여 풍광을 직접 눈으로 보아야만 하겠는가?

3.27. 贈臺灣諸友
타이완의 여러 친구에게 주다

[2006-03-17]

白雪漢城春色遲 백설한성 춘색지 나
흰 눈이 서울의 아름다운 봄빛을 늦추지만,

千花寶島滿開時[1] 천화보도 만개시 라
타이완에는 온갖 화초가 활짝 다 핀 계절이겠구나.

飛程萬里魂先到 비정만리 혼선도 하야
날아가는 길이 만 리가 되나 마음이 먼저 도착하여,

夢裡桃園對玉姿 몽리도원 대옥자 라
꿈속 타오위안 공항에서 옥같이 아름다운 모습들을 마주하고 있다네.

1) 보도寶島: 타이완을 가리킴.

3.28. 盆蘭花發
화분의 난초가 활짝 피다

[2006-03-17]

不辨年光速與遲 불변년광 속여지 하야
세월이 빠름과 늦음을 분변하지 못하였으니,

開花何必季冬時 개화하필 계동시 오
하필이면 꽃피울 때가 늦겨울 철인가?

赤紅黃白群芳樣 적홍황백 군방양 이나
붉은색 · 노란색 · 흰색은 뭇 꽃들의 모양이나,

綠紫淸寒獨秀姿 녹자청한 독수자 라
초록색 · 자주색은 맑고 차가운 모습으로 유독 빼어난 자태로구나.

香氣暗飛微露臭 향기암비 미로취 요
그 향기는 은은히 퍼져 살며시 드러나고,

葉梢環護弱成肌 엽초환호 약성기 라
잎줄기가 둘러싸 약한 꽃대를 보호하네.

可憐一朶孤高蕚 가련일타 고고악 이
가련하구나! 한 송이의 고고한 꽃받침이,

未及天旬落謝枝[1] 미급천순 낙사지 로다
하늘이 준 시간 지키지 못하고 가지에서 떨어지고 마는구나.

---

1) 천순天旬: 여기서 순旬은 시간[時]이란 뜻. 『사마법司馬法』에 "지척에 있는 옥을 보물로 여기지 않고, 짧은 시간을 아낌을 밝힌다明不寶咫尺之玉, 而愛寸陰之旬."라고 하였다.

3.29. 濟州黑石球場早春
제주 흑석구장의 이른 봄

[2006-06-28]

路轉山中九曲深 노전산중 구곡심 이요
산속 길을 맴도니 아홉 구비 깊숙하고,

球場進路翳松陰 구장진로 예송음 이라
골프장 들어가는 길은 소나무 그늘로 침침하네.

柰花初綻人成笑 내화초탄 인성소 요
벚꽃은 처음 꽃망울을 터트리니 사람은 미소 짓고,

布穀和鳴我應吟[1] 포곡화명 아응음 이라
뻐꾸기들 합창하니 나는 응답하여 시를 읊조리네.

遠去蒼空連碧海 원거창공 연벽해 요
멀리 펼쳐진 푸른 하늘은 짙푸른 바다와 잇닿고,

徐來薰氣潤枯林 서래훈기 윤고림 이라
서서히 불어오는 훈훈한 기운은 시든 숲을 윤택하게 하네.

或時長打忘身老 혹시장타 망신로 하니
혹 더러 길게 멀리 쳐냄에 늙은 몸 잊게 하니,

綠野仙區期再尋 녹야선구 기재심 이라
푸른 들판, 신선이 사는 곳을 다시 찾기를 기약하네.

---

1) 포곡布穀: 뻐꾸기의 한자어음 가차.

3.30. 贈石霞[1]

석하[김종길 교수]에게 주다

[2006-08-01]

半世棲遲北漢山 반세서지 북한산 에

반평생을 북한산을 한가히 다니며 마음껏 즐기는,

石霞心事自悠閑 석하심사 자유한 이라

석하의 심사는 절로 유유자적하다네.

知禮秋雲頻夢去 지례추운 빈몽거 하고

지례의 가을 구름 꿈속에서나 자주 보고,

陶淵春水每魂還[2] [3] 도연춘수 매혼환 이라

도연 폭포의 봄 경치는 영혼 매양 돌아가네.

韓詩淡雅出塵表 한시담아 출진표 요

한글 시는 담아함이 티끌 세상 바깥으로 떨쳐 나오고,

漢律淸高鳴世間 한률청고 명세간 이라

한문 시는 청고하여 세상을 울리는 것 같네.

綽綽安安皓鬚老 작작안안 호수로 가

넉넉하며 편안하고 편안하신 흰 수염의 노인은,

行留得失總無關 행류득실 총무관 이로다

가고 머무름, 이익과 손해에는 사뭇 모두 관심이 없으시다네.

---

1) 석하石霞: 김종길金宗吉(1926~2017)의 호. 시인이며 영문학자로, 안동 지례 출신. 고려대학교 문과대학 영문과 졸, 동 문과대학 교수, 한국시인협회장, 예술원 회원 역임, 저서로 시집 『성탄제聖誕祭』, 시평집 『시에 대하여』, 시번역집 『이십세기 영시선二十世紀英詩選』, 『영역한국한시선英譯韓國漢詩選 Slow Chrysanthemums』 등이 있다.

2) 도연陶淵: 지례 마을 근처의 아름다운 폭포가 있는 곳. 지금은 임하댐에 수몰됨.

3) 춘수春水: 도연명의 「사시四時」에 나오는 시구로, '봄물은 못마다 가득 차도다春水滿四澤.'라는 뜻.

3.31. 溪上思故友[1]

토계 곁에서 옛 친구들을 그리워하다

[2006-08-01]

雨過初夏訪陶山 우과초하 방도산 에

초여름 비 온 뒤 도산을 찾으니,

溪水潺潺鳴鳥閑 계수잔잔 명조한 이라

계곡물 졸졸 흐르고 지저귀는 새들은 한가하네.

喜戲靑春懷舊日 희희청춘 회구일 하니

젊은 시절 즐겁게 장난치며 놀던 지난날을 회고하여 보니,

回思故友不知還 회사고우 부지환 이라

옛 친구 돌이켜 생각하나 돌아올 줄 모르네.

1) 계상溪上: 토계리兎溪里로 퇴계 종가인 저자의 처가가 있는 곳.

3.32. 權寧禹總長[1]
권영우 총장

[2006-10-27]

曾懷太志向茫茫 증회태지 향망망 하고
일찍이 끝없이 넓고 원대한 큰 뜻을 품으시고,

一步一步登高床 일보일보 등고상 이라
한 걸음 한 걸음 높은 자리에 오르셨네.

臨危歷險到雲上 임위력험 도운상 하사
위기에 처하고 힘든 고생을 지나 구름 위에 이르러서,

景作世明百花香 경작세명 백화향 이로다
세명대학교를 빛나게 하여 온갖 향기 길이 빛나게 하리라.

---

1) 권영우權寧禹(1942~2006): 안동 풍천 출신, 호는 민송民松. 명지대학교 명예 경영학 박사, (주)대원여객 대표이사 회장, 제11, 12대 국회의원, 세명대학교를 설립, 2대 총장을 역임하였다.

3.33. 生日有感
생일에 느낌이 있어

[2006-10-27]

夢覺風磬聲 몽교 풍경성 할세
꿈에서 깨니 바람이 경쇠 치는 소리를 내고,

風來自山城 풍래 자산성 이라
바람은 산성에서 불어오네.

連日暴炎蒸 연일 폭염증 한데
날마다 불볕더위로 찌는데,

今又暑天晴 금우 서천청 이라
오늘도 또 여름 날씨가 말끔히 개었네.

午蟬催夏節 오선 최하절 하니
한낮에는 매미가 여름철을 재촉하더니,

夜蟲告秋聲 야충 고추성 이라
밤 곤충은 가을을 알리는 노래 부르네.

起來先撫體 기래 선무체 하고
일어나서 먼저 몸을 두드리며,

自咲老心情 자소 노심정 이라
늙은이 심정을 스스로 웃어 보네.

向妻問如何 향처 문여하 오
아내를 향해 물었다. 어떠냐?

幸知無病生 행지 무병생 이라
무병으로 살고 있으니 행복한 줄 알라고 한다.

諸兒招綠野 제아 초록야 하니
여러 아이 녹음 짙은 야외로 초청하니,

甚喜堪步行 심희 감보행 이라
매우 기쁘네, 걸을 수가 있으니….

何望打飛遠 하망 타비원 고
어찌 바라겠나? 골프공 멀리 날아가게 치기를,

但願不甚傾 단원 불심경 이라
다만 바랄 뿐이네, 너무 빗나가지나 않기를….

多聚咸祝壽 다취 함축수 요
많이 모여서 다 함께 오래 살기를 빌어주고,

高唱擧酒觥 고창 거주굉 이라
술잔을 올리며 축하 소리 높았네.

昔時當此日 석시 당차일 하야
옛날에는 이날을 맞이하여,

彩衣舞母庭 채의 무모정 이라
고운 옷 입고 어머님 모시고 뜰에서 춤을 추었는데.

今則母不在 금즉 모부재 니
지금 어머님은 안 계시니,

感淚流縱橫 감루 유종횡 이라
마음속 깊이 흐느껴 눈물이 주룩주룩 흐르네.

二千六年八月十八日 七十五叟
2006년 8월 18일, 75세의 늙은이

3.34. 與孫兒秀彬
손자 수빈에게 주다

[2006-10-27]

萬里孫兒到漢城 만리손아 도한성 하니
만 리 밖 손자가 서울에 왔으니,

翁婆相對盡歡聲 옹파상대 진환성 이로다
할아버지, 할머니가 마주 보고 환성이 끝이 없구나.

吾家來日千年事 오가래일 천년사 가
우리 가문에 다가올 미래의 천년 일을,

全在汝肩傳后生 전재여견 전후생 이라
후세에 전할 책임 오직 네게 있노라.

3.35. 懷母花
어머니를 생각나게 하는 꽃

[2006-10-27]

庭畔紅花數朶生 정반홍화 수타생 한데
뜰 가장자리 대여섯 가지 붉은 꽃이 싱싱한데,

家人望見嘆噫聲 가인망견 탄희성 이라
아내가 바라보고 찬탄하며 소리치네.

往年聘母分移植 왕년빙모 분이식 한데
지난날 빙모님이 나누어 옮겨 심어 주셨는데,

每逢還催懷母情 매봉환최 회모정 이라
매양 돌아와서 보면 어머님의 정을 그립게 하는구나.

3.36. 與內子游濟州, 腰痛激甚, 不能起坐, 故嘆題一絶
아내와 함께 제주 여행하다가 요통이 격심하여 일어나 앉을 수 없어서, 절구 한 수를 짓다

[2006-10-27]

胸腰萬兩重如城 흉요만량 중여성 이나
가슴 · 허리는 만 냥짜리 성처럼 무거운데,

强起離床叫痛聲 강기리상 규통성 이라
억지로 침대에서 일어나려다가 떨어져 아파서 크게 소리쳤네.

綠野球場呼我走 녹야구장 호아주 하고
푸른 들의 골프장에서는 나를 달려오라 부르는데,

新停此樂奈餘生 신정차락 내여생 이오
새로이 이 즐거움을 멈춰버렸으니 앞으로 남은 삶은 어찌하리오.

3.37. 贈慕何[1)]

모하[이헌조] 형에게

[2006-11-24]

洞徹心懷無隔扉 통철심회 무격비 하니

그대의 마음은 사물의 이치를 훤하게 꿰뚫어서 아무것도 막힌 문이 없으니,

感時觸物盡成詩 감시촉물 진성시 라

시절의 흐름에 감응하거나 사물을 접촉할 때면 모든 것이 시로 이루어지네.

書床靜讀言言樂 서상정독 언언락 하고

책상에서 조용히 책을 읽을 때는 모든 말과 글귀가 즐겁고,

江路閑思步步遲 강로한사 보보지 라

강변 길을 한가히 사색하며 걸으니 한 걸음 한 걸음은 더디다네.

學界探明深得意 학계탐명 심득의 하고

학계에 있을 때 밝은 것을 탐구하여 매우 득의양양하였고,

商家從事大營爲 상가종사 대영위 라

상업계에 종사하고는 큰 경영을 맡게 되었다네.

今君退作烟霞老[2)] 금군퇴작 연하로 하니

---

1) 모하慕何: 이헌조李憲祖(1932~2015)의 호. 벽진碧珍 이씨로 의령 출신. 서울대학교 철학과 졸, 럭키금성사 사장, 한·인도네시아 경제협력위원회 위원장, LG전자 대표이사 회장 및 고문, LG인화원人和苑 회장 역임, 2010년 사재 80억 원을 출연해 실학사상의 계승발전을 위한 학술연구 및 지원 사업으로 재단법인 실시학사 발족하였고, 우수논문을 대상으로 '모하실학논문상'을 수여하고 있다. 저서로 『이헌조경영담론집李憲祖經營談論集』, 『붉은 신호면 선다』가 있다.

2) 연하煙霞: 연기와 노을로 산수의 경치인데, 산수를 아주 좋아하여 마치 고치기 어려운 병에 걸린 것과 같음을 '연질'이라 한다. 당唐나라

이제 그대는 물러나 안개 노을 속에서 노니는 늙은이 되었으니,

雅韻天然少欠非 아운천연 소흠비 라

우아하게 짓는 시 자연스러워 조금도 부족하거나 잘못됨이 없으리라.

전유암田遊巖이 벼슬을 버리고 은거하였는데, 고종高宗이 사람을 보내어 산속이 어떤지 물어보니, "신은 물과 바위에 대한 병이 이미 고황에 들고 연하의 고질병이 되었는데, 임금의 시대를 만나 다행히 소요하고 있습니다臣泉石膏肓, 煙霞痼疾, 幸得逍遙."라고 대답한 말에서 유래하였다. -『舊唐書 卷192, 田遊巖傳』

3.38. 濟州冬日
제주도의 겨울

[2006-12-22]

初冬猝冷易傷人 초동졸랭 이상인 하니
초겨울 갑자기 쌀쌀해지니 사람이 상하기 쉬워져서,

雲上南飛欲養身 운상남비 욕양신 이라
구름 위 남쪽으로 날아가 몸을 다스리고자 하였네.

每見今時遊覽客 매견금시 유람객 하니
이제는 많은 유람객을 볼 때마다,

還思昔日竄流臣 환사석일 찬류신 이라
도리어 옛날 가끔 귀양 왔던 신하들 생각나네.

突風不許高球技 돌풍불허 고구기 나
돌풍이 골프 치는 일 허용하지 않으나,

淸夜猶堪望北辰 청야유감 망북신 이라
맑게 갠 밤 그래도 북극성을 바라볼 만하다네.

好友適來同酒席 호우적래 동주석 하니
좋은 벗이 마침 찾아와 함께 술자리를 같이하니,

渾忘塵世困兼貧 혼망진세 곤겸빈 이라
혼탁한 세상에 구차한 시달림은 모두 다 잊을 수 있네.

3.39. 挽朴贊世[1]
박찬세를 애도하다

[2006-12-22]

磊落天眞無慾人 뇌락천진 무욕인 이니
마음이 활달하며 천진난만하고 욕심이 없는 사람이니,

不拘俗累自由身 불구속루 자유신 이로다
속세에 얽매이거나 근심하지 않는 자유의 몸이 되었다네.

優遊生死何憂病[2] 우유생사 하우병 이리오
삶과 죽음을 한가롭게 생각하였으니 어찌 병을 근심하였을까?

長飮晝宵無計辰 장음주소 무계신 이라
밤낮없이 술을 마셔 시간을 분별하지 않았다네.

做業未曾綁職務 주업미증 방직무 하고
직장 일에도 일찍이 직무에 속박되지 않았고,

散金到處救親隣 산금도처 구친린 이라
가는 곳마다 돈을 흩으며 가까운 이웃을 구하였다네.

今朝君去泉臺路 금조군거 천대로 하니
오늘 아침 그대는 머나먼 저승길을 떠나니,

永訣幽明淚滿巾 영결유명 누만건 이라
이승과 저승 영원한 이별에 흐르는 눈물이 손수건을 가득 적시는구나.

---

1) 박찬세朴贊世: 앞 3.13 주) 참조.

2) 우유優遊: 여러 가지 뜻이 있지만 여기서는 편안하고 한가롭게 지낸다는 뜻임.

3.40. 與故友散步大學路, 遊學林茶房[1]
옛 친구와 더불어 대학로를 산책하며, 학림다방에 가서 놀다

[2007-01-25]

舊路寒風落木愁 구로한풍 낙목수 한데
옛길에 찬 바람 불어 나뭇잎 떨어지니 처량한데,

碧空點點白雲流 벽공점점 백운류 라
짙푸른 하늘엔 여기저기 흰 구름이 흘러가고 있네.

同窓回顧青春日 동창회고 청춘일 하니
젊은 시절을 회상해 보니,

七六歸來老髮羞 칠륙귀래 노발수 로다
76년 만에 돌아온 늙은 머리가 부끄럽구나.

又 또

依舊學林依舊愁 의구학림 의구수 한데
학림다방은 그대로인데 옛날 생각나서 슬퍼지는데,

舊歌舊曲宛如流 구가구곡 완여류 라
옛 노래 옛 가락은 물결처럼 완연하게 흐르는구나.

---

1) 학림다방學林茶房: 서울 종로구 대학로 119에 있는 다방으로, 1956년 개업 당시에 서울대학교 문리과대학 건너편에 있었다. 개업 이후 60여 년 동안 대학로를 지켜왔던 곳으로 서울대학교가 관악산 캠퍼스로 이전하기 전까지는 당시 서울대생들의 휴식처이자 아지트이기도 하였다.

青雲大夢好朋去 청운대몽 호붕거 하니

청운의 큰 꿈을 품었던 친한 친구들은 떠났으니,

更覺人生春易秋 갱각인생 춘역추 라

다시 깨우치게 하는구나! 인생의 봄은 지나가고 가을로 바뀌게 됨을.

3.41. 次武夷九曲櫂歌[1)]

무이구곡도가에 차운하다

[2007-04-05]

余與博約會二百三十諸友, 乘竹筏遊武夷九曲, 始從第九曲之上流, 隨流而下, 到第一曲而止. 晦庵退溪兩先生, 曾作詩讚歎九曲, 余蹤先蹟而遊覽, 一詠而三望, 一水千峰處處奇絶. 慕先賢之情懷, 悞天下之絶景, 感此行之得意, 敢用先韻戲草十章, 叙感懷之一端.

나는 박약회 230여 명의 벗과 함께 대나무 뗏목에 올라 무이구곡을 유람하였는데, 처음 상류의 제9곡에서부터 흐름을 따라 내려오면서 제1곡에 이르러서 끝이 났다. 회암〔朱子〕과 퇴계 두 선생이 일찍이 구곡을 찬탄하는 시를 지으셨는데, 나는 선생의 발자취를 좇아서 유람하며, 시 한 수를 읊으면서 세 번 바라보니, 강물은 한결같고 수많은 산봉우리는 곳곳마다 비할 데 없이 기이하였다. 성현들께서 품었던 정겨운 마음씨를 사모하며, 천하의 절경을 즐겼는데, 이번 여행에서 느끼면서 얻은 뜻을 감히 선현들의 각운자를 사용하여 우스개로 대강 10장으로 초고를 만들어 감회의 한 부분을 늘어놓는다.

---

1) 구곡도가九曲櫂歌: 주자가 지은 서시序詩 1수를 포함하여 10수의 구곡가를 지은 데서 나온 말이다. 우리나라 퇴계 선생이 같은 시의 각 운자에 맞추어 지은 시도 있고, 주자의 시나 퇴계 선생의 차운시에서 모두 1곡부터 시작되나, 저자의 이 시는 물 구비가 흐르는 순서에 따라서 9곡부터 시작한다.

武夷山有晦翁靈[2] 무이산유 회옹령 하니
무이산에는 회암 선생 영령이 계시니,

水色山容曲曲淸 수색산용 곡곡청 이라
물빛과 산 모양이 굽이굽이 맑고 선명하여라.

愛玩先賢奇絶處 애완선현 기절처 에
선현께서 애완하시던 기이한 절경에는,

當時欸乃不聞聲[3] 당시애내 불문성 이라
그때의 뱃노래 소리는 지금은 들을 수 없다네,

九曲乘船眼豁然 구곡승선 안활연 한데
구곡이라, 배를 타니 눈앞이 확 트여 시원하고,

武夷遊客鬧淸川 무이유객 요청천 이라
무이 찾은 유람객들로 맑은 강은 시끄럽다네.

江流左折巖中去 강류좌절 암중거 하고
강물 흐름은 왼쪽으로 꺾여 벼랑 가운데로 가는데,

妙處新開別一天 묘처신개 별일천 이로다
기묘한 곳에 새로운 하나의 별천지가 열리었다네.

八曲淵深一洞開 팔곡연심 일동개 한데
팔곡이라, 소沼는 깊은데 한 골짜기가 활짝 열리는데,

鳥聲四起水瀠洄 조성사기 수영회 라

2) 무이산武夷山: 중국 푸젠성(福建省)과 장시성(江西省) 경계에 있는 산. 명승지가 많고, 주자가 강학하던 문공서원文公書院이 있다. 높이 1,300m.

3) 애내欸乃: 배 저을 때 부르는 노래.

새소리는 사방에서 일어나고 물길은 소용돌이 치며 돌아 흐른다.

溪翁夢得天公意[4] 계옹몽득 천공의 하고

퇴계 선생은 꿈속에서 하늘의 뜻을 깨달으시고,

萬里飛翔此境來 만리비상 차경래 라

아득히 먼 하늘을 날아 이곳에 오셨다네.

七曲浮江過淺灘 칠곡부강 과천탄 한데

칠곡이라 강에 떠서 얕은 여울을 세차게 지나가는데,

遠山孤立小亭看 원산고립 소정간 이라

먼 산에 홀로 우뚝 선 작은 정자가 보인다네.

仙人隔世千年住 선인격세 천년주 하며

선인들은 오랜 세월 뛰어넘어 천만년 동안 살고 있으면서,

雲上隨時往廣寒 운상수시 왕광한 이라

수시로 구름 위의 광한궁[5]에 갔다네.

六曲層崖遮碧灣 육곡층애 차벽만 하고

육곡이라 바위가 층층이 쌓인 벼랑은 푸른 물굽이를 가로막고,

鳶飛魚躍也無關[6] 연비어약 야무관 이라

---

4) 계옹溪翁: 퇴계의 시 팔곡에, "고루암鼓樓巖에서 하늘의 뜻을 알아낼 수 있어, 노는 사람을 고무시켜 오게 한 것을 알 만하네樓巖可識天公意, 鼓得遊人究境來."라고 하였다.

5) 광한궁廣寒宮: 달 속에 있다는 항아姮娥가 사는 가상의 궁전.

6) 연비어약鳶飛魚躍: '하늘에 솔개가 날고 물속에 고기가 뛰어노는 것이 자연스럽고 조화로운데, 이는 솔개와 물고기가 저마다 나름대로 타고난 길을 가기 때문이다.'라는 뜻으로, 만물이 저마다의 법칙에 따라 자연스럽게 살아가면, 전체적으로 천지의 조화를 이루게 되니 이것이 자연의 오묘한 도道임을 비유적으로 말한 것임.

솔개 날고 물고기 뜀질도 무관하게 여기네.

晦翁來見巖花落[7] 회옹래견 암화락 하니

주자께서 와 본 바위의 꽃 떨어질 뿐,

猿鳥尙今春意閑 원조상금 춘의한 이로다

원숭이와 새들은 아직도 봄의 정취 한가롭게 즐기네.

五曲幽閑書院深[8] 오곡유한 서원심 한데

오곡이라 그윽하고 조용한 서원은 깊숙한데,

先生遺跡在疎林 선생유적 재소림 이로다

선생의 유적은 성긴 숲속에 있다네.

求仙道客無人識 구선도객 무인식 하니

신선의 도를 구하는 나그네 아무도 알아보는 사람 없는데,

月夜瑤琴萬古心 월야요금 만고심 이라

달 밝은 밤 아름다운 거문고 소리는 만고에 변하지 않는 마음 깊었구나.

四曲灘聲兩巨巖[9] 사곡탄성 양거암 에

사곡이라 양쪽 거대한 벼랑 사이로 여울물 흐르는 소리는,

巖花處處点青毿 암화처처 점청삼 이라

---

7) 회옹晦翁: 주자의 시에 다음과 같은 구절이 있다, "배를 타고 나그네 오니 바위의 꽃 떨어질 뿐, 원숭이와 새는 봄날의 분위기 한가롭네 客來倚櫂岩花落, 猿鳥不驚春意閑."

8) 서원書院: 오곡에 대은병大隱屛이라는 바위가 있는데, 주자가 세운 무이서원武夷書院이 있는 곳이다. 주자의 시에, "어기어차! 노 젓는 소리에 변하지 않는 마음 느끼네欸乃聲中萬古心."라고 하였다.

9) 양거암兩巨巖: 주자의 「사곡四曲」 "넷째 구비 동쪽 서쪽으로 두 바위 굴이 있는데, 바위구멍에 핀 꽃에 이슬이 떨어져 짙푸름 더욱 더하네四曲東西兩石巖, 巖花垂露碧㲯毿."

바위산 꽃은 이곳저곳 얼룩져 푸른 깃털로 너털거리네.

深深碧水魚多躍 심심벽수 어다약 하고

깊고 깊은 푸른 물속에 고기가 자주 뛰어오르고,

博約遊船下碧潭 박약유선 하벽담 이라

박약회의 유람선은 푸른 물결 따라 떠내려가네.

三曲平川巖似船[10] 삼곡평천 암사선 하고

삼곡이라 냇물은 잔잔하나 바위는 배와 같고,

弧松特立翠千年 호송특립 취천년 이라

휘어진 소나무 우뚝 서서 천년 동안 푸르다네.

此中忘却人間老 차중망각 인간로 는

잊어버리자! 이 속에서 인간의 늙음은,

塵世風燈正可憐 진세풍등 정가련 이로다

티끌 세상은 바람 앞에 깜박이는 등불 같음이 참으로 가련하구나.

二曲高飛玉女峰 이곡고비 옥녀봉 은

이곡이라 높이 나는 옥녀봉은,

天然嬌態麗花容 천연교태 여화용 이로다

천연스러운 교태는 아름다운 꽃모습이구나.

空山月滿如何似 공산월만 여하사 오

빈 산에 달빛이 가득 차면 무엇과 같이 보이는지 아시는가?

---

10) 삼곡三曲: 주자의 「삼곡三曲」 "셋째 구비에서 그대는 보았는가? 산허리에 얹힌 배를, 알지 못하겠네 노 젓기를 쉰 지 몇 해나 되었는지를三曲君看架壑船, 不知停棹幾何年." 옛날 이 근처 사람들이 죽은 사람의 관을 높은 바위 사이에 얹어 장사지내는 풍습이 있었다고 전한다.

必是神仙舞萬重 필시신선 무만중 이라

필시 신선들이 만 겹이나 어울려 추는 춤이겠지.

一曲平平下筏船 일곡평평 하벌선 하니

일곡이라 평평하여 뗏목 배에서 내리니,

幔亭高峀對晴川 만정고수 대청천 이라

만정봉[11] 높은 산허리는 맑은 강물을 마주하네.

回頭欲見虹橋跡 회두욕견 홍교적 하고

머리 돌려 홍교의 자취를 보려고 하니,

只有峰巒鎖翠烟 지유봉만 쇄취연 이라

다만 뾰족하게 솟은 산봉우리가 푸른 안개 속에 잠겨 있다네.

---

11) 만정봉幔亭峰: 주자의 「일곡一曲」 "첫째 구비 시내 곁에서 낚싯배에 오르니, 만정봉 그림자가 환한 시내에 잠겼다네. 홍교가 한 번 끊어진 뒤로 소식이 없으니, 만학과 천암이 푸른 안개 속에 잠겨 있구나一曲溪邊上釣船, 幔亭峰影蘸晴川. 虹橋一斷無消息, 萬壑千巖鎖翠烟." - 이장우 · 장세후 공역 『퇴계 시 풀이』에서 인용.

3.42. 奇異! 百種異花一時齊放
신기하게도 온갖 기이한 꽃이 일시에 피다

[2007-06-05]

冬序遲遲不肯晴 동서지지 불긍청 하니
겨울철 맑게 갠 날을 즐기지 못하고 길기만 하더니,

忽然一日到春明 홀연일일 도춘명 이라
홀연 어느 날 봄볕이 찾아왔구나.

看梅庭裡幽情在 간매정리 유정재 하고
정원 안에서 매화를 보니 그윽한 정취 있고,

賞柰江邊感興生 상내강변 감흥생 이라
강변에서 벚꽃 감상하니 감흥이 생겨나네.

紫木紅桃盈圃發 자목홍도 영포발 하고
자줏빛 목련 · 홍도 꽃이 뜰 가득 활짝 피고,

山禽野鳥遶溪鳴 산금야조 요계명 이라
산새 · 들새가 냇가를 에워싸고 노래하네.

奈何花色如斯美 내하화색 여사미 오
어찌하면 이 꽃 빛이 이렇게 아름다울까?

老客忘歸日欲傾 노객망귀 일욕경 이라
늙은이는 해가 기울어져도 돌아갈 생각을 못하네.

3.43. 祝姜普英理事長, 新病院完工[1)]
강보영 이사장의 새 병원 완공을 축하하다

[2007-06-05]

巍巍巨厦聳霄嶸 외외거하 용소영 하고
높게 우뚝 솟은 큰 건물은 산처럼 하늘에 치솟았고,

仁術平生瑞氣淸 인술평생 서기청 이라
평생 어진 의술은 상서로운 기운이 분명하네.

安禮人人咸慶賀 안례인인 함경하 하니
안동 예안의 사람마다 두루 축하하니,

將無療病向京城 장무료병 향경성 이로다
장차 병 치료하러 서울로 올라갈 일 없겠네.

1) 강보영姜普英(1943~): 안동 출신, 한국의료재단연합회 회장, 안동병원 대표이사, 한국병원경영연구원 이사장, 1982년에 개원한 안동병원 설립, 이사장에 취임하였다.

3.44. 伏頌外舅東愚翁九十九歲壽筵1)
장인 동우어르신 99세 수연에 삼가 엎드려 칭송하다

[2007-07-05]

溪上承正脈 계상 승정맥 이요
계상을 이은 정통 맥이요,
陶叟始其源 도수 시기원 이로다
퇴계 선생은 그 뿌리로다.

大賢定基後 대현 정기후 이니
대현이 기틀을 바로잡아 후세에 이르니,
廿世守此門 입세 수차문 이로다
20대代에 걸쳐 이 문벌을 지켰도다.

鳳鳴陶山院 봉명 도산원 하고
봉황이 도산서원에서 울었고,
鶴飛寒水村 학비 한수촌 에
학이 나는 듯한 가난한 물가 한 촌락에.

曲曲逍遙跡 곡곡 소요적 하고
굽이굽이 소요한 자취가 있고,
處處詩歌痕 처처 시가흔 이라
곳곳마다 시가의 자취가 남았도다.

己酉公生誕 기유 공생탄 하니
기유년(1909)에 공이 탄생하시니,

1) 동우東愚: 이퇴계 16대 종손인 이동은李東恩 옹의 호.

庚戌國運昏 경술 국운혼 이도다
경술년(1910)에 나라 운명이 어둡도다.

宗社從此滅 종사 종차멸 하고
종묘사직은 이에 망하고.

失意伏田園 실의 복전원 이도다
실의에 빠져 시골에 숨으셨도다.

慨嘆新俗亂 개탄 신속란 하고
새로운 풍속의 문란을 개탄하고,

遵守古範敦 준수 고범돈 이라
옛 범절을 도탑게 지키셨다.

淸雅神相秀 청아 신상수 하고
청아한 모습이 빼어나시고,

仁慈談笑溫 인자 담소온 이라
인자하시며 온화하게 담소하셨다.

九十九崇壽 구십 구숭수 에
99세 높은 연세에,

七十餘子孫 칠십여 자손 이라
70여 아들 손자들을 두셨다.

瑞光滿天地 서광 만천지 하고
서광은 온 세상에 가득하고,

賀客盈堂軒 하객 영당헌 이도다
하객이 온 집안에 가득하도다.

笙歌舞彩服 생가 무채복 하고
노래하고 색동옷 입고 춤추고,
來賓傾壺樽 내빈 경호준 이라
내빈은 술주전자를 기울여 잔을 채웠네.

祈願無添節[2] 기원 무첨절 하고
첨절 없으시기를 기원하고,
高門福長存 고문 복장존 이라
지체가 높은 가문에 복이 길이 남네.

小子參班列 소자 참반열 하여
소자도 반열에 나란히 서게 되어,
高唱數十言 고창 수십언 이라
소리 높이 노래하며 수십 자를 적어 본다.

---

2) 첨절添節: 사전에 없는 단어이나 집성촌에서 많이 쓰는 말로, 곧 별고別故(별다른 탈)의 뜻.

3.45. 家內劇場
가내 극장

[2007-09-10]

前三寶技術者，設立新會社，開發家內劇場，設置其一於吾家. 其音響恰似在演奏現場，其滿壁畵面正如在映畵劇場. 天下奇絶光景，坐家內而可見，技術幾達於極致，可娛可嘆.

이전에 삼보 기술자들이 설립한 새로운 회사에서 개발한 '집안 극장', 그 하나를 우리 집에 설치하였다. 그 음향은 연주 현장에 있는 것과 흡사하고 벽에 가득한 화면은 영화극장 가운데 있는 것 같다. 세상에 비할 데 없이 기이한 광경을 집안에서 앉아 볼 수 있다. 기술이 거의 통달하여 극에 이르렀으니, 정말 즐길 만하고 찬탄할 만하다.

冷器炎天却起寒 냉기염천 각기한 이요
에어컨은 몹시 더운 날씨를 물리치고 도리어 찬바람을 일으키고,

綠茶飮罷後香殘 녹차음파 후향잔 이라
녹차를 마신 후에 향기가 남아있네.

時飛北極雪山瞰 시비북극 설산감 하고
때로는 북극으로 날아가 눈이 덮인 산을 내려다보고,

或降南洋奇鰐看 혹강남양 기악간 이라
혹은 남태평양으로 내려가 기이한 악어를 보네.

今古神絃聽頗易 금고신현 청파역 하고
지금과 옛적의 신기한 현악기를 들으니 자못 새롭고,

東西名唱見無難 동서명창 견무난 이라

동양과 서양의 명창 보는 것도 어렵지 않네.

半生俗累如春夢 반생속루 여춘몽 한데

반평생 얽매인 너저분한 세상일은 일장춘몽과 같은데,

幸得良朋心自安 행득양붕 심자안 이라

다행스럽게 좋은 벗을 얻으니 마음이 저절로 편안하구나.

3.46. 家庭教育運動
가정교육 운동

[2007-09-10]

過去二年余，余編著，家庭教育教本，與博約會會友，講述於全國婦女．冒雨衝炎，走數千里，談及數千人．余希望，此擧爲一點燈火，燒及燎原，將來韓國國民，皆爲溫良誠實之人．然其成果莫測，只爲一簣九仞[1]之効，盡吾微力而已．

지난 2년 남짓, 나의 편저로 『가정교육 교본』을 박약회 회우들에게 나누어 주고, 전국 부녀들에게 강술하였다. 때로는 쏟아지는 비와 무더위를 무릅쓰고 수천 리를 달리며 수천 명에게 강의했다. 나의 희망은 이 한점의 등불이 꺼지지 않고 들불처럼 무서운 기세로 전파되어서, 장래 한국 국민이 모두 성품이 온화하고 순량하여 성실한 사람이 되는 것이다. 그러나 그 성과는 헤아릴 수 없지만 다만 "높은 산을 만들 때 처음 한 삼태기로 시작한다."라는 말을 본받을 뿐으로, 나의 작은 힘을 다할 따름이다.

近來德育及人遲[2] 근래덕육 급인지 하니
근래 도덕교육이 사람에게 미치는 바가 더뎌져,

衰退儒風信可悲 쇠퇴유풍 신가비 로다
유교 풍습이 쇠퇴하니 정말 슬프도다.

---

1) 일궤구인一簣九仞: '높은 산을 만들려고 해도 처음은 한 삼태기로 시작한다'는 말.

2) 덕육德育: 교육의 3대 요소의 하나. 인격의 도야陶冶. 도덕의식의 앙양을 주안으로 하는 교육.

强著萬言傳古事 강저만언 전고사 에

애써 수많은 말 만들어 옛날 좋은 일 전하려,

苦行千里矯玆時 고행천리 교자시 로다

수천 리 괴롭게 다니면서 이 세대를 바로잡으려 한다네.

老年狂擧君休笑 노년광거 군휴소 하라

늙은이 미친 행동이라 그대들은 비웃지 마소,

暗夜幽光世共知 암야유광 세공지 라

어두컴컴한 밤 그윽한 광채를 세상 모두가 다 알 것이라.

失敗成功非我測 실패성공 비아측 이나

실패와 성공은 내가 헤아릴 바가 아니나,

只當竭力盡生涯 지당갈력 진생애 로다

다만 있는 힘을 쏟아부어 생애를 다할 뿐이로다.

3.47. 宿浦項工大, 憶芝軒[1)]
포항공대에서 묵으며, 지헌을 추억하다

[2007-09-10]

空庭獨往曉暉遲 공정독왕 효휘지 한데
빈 교정에서 홀로 가니 새벽빛도 더딘데,

往跡悠悠使我悲 왕적유유 사아비 라
지나간 자취 아득고, 아득히 멀어지니 나를 슬프게 하네.

綠野平平堂簇簇 녹야평평 당족족 하니
푸른 잔디밭은 드넓고 우뚝한 건물들 죽죽 늘어섰으니,

竟成君夢到今時 경성군몽 도금시 오
마침내 그대의 꿈 이제야 이루어졌구나.

---

1) 지헌芝軒: 김호길金浩吉(1933~1994)의 호. 의성인義城人으로 안동 지례 출신. 서울대학교 문리대학 물리학과 졸, 영국 버밍엄대학 물리학 박사, 미국 매릴랜드대학 교수, 포항공과대학 총장 역임. 저서로 수상집隨想集 『자연법칙은 신도 바꿀 수 없지요』 등이 있다.

3.48. 疾病有感
질병 유감

[2007-12-06]

世事隨緣富換貧 세사수연 부환빈 하니
세상일에는 어떤 연유로 말미암아 많은 것이 적은 것으로 바뀌기도 하니,

老年不怪病侵身 노년불괴 병침신 이라
노년에 병이 몸에 침범함이 이상한 것도 없다네.

已經去世違時勢 이경거세 위시세 하니
이미 지난 세월은 세상 흐름에 어긋났고,

又披今冬作患人 우피금동 작환인 이라
또 올겨울에는 병든 사람이 되어 버렸구나.

途畔雖罹多禍難 도반수리 다화난 하니
길가에 많은 재앙과 환난을 겪었지마는,

心中須得少埃塵 심중수득 소애진 이라
마음속에서나마 티끌을 적게 할 수 있으면 하네.

工商奔走平生送 공상분주 평생송 이니
공업과 상업으로 분주히 평생을 보냈으니,

恨未窺知大道眞[1] 한미규지 대도진 이라
대도의 진리를 살펴 알지 못함이 한스럽구나.

---

1) 대도大道: 사람이 마땅히 행해야 할 바른길.

3.49. 松石臺[1]
송석대

[2007-12-06]

昇臺誦古歌 승대 송고가 하니
송석대에 올라 옛 노래를 읊으니,

伸手仰銀河 신수 앙은하 라
손을 뻗어 은하를 바라보네.

海外群孫去 해외 군손거 하고
여러 손자는 해외로 떠나고,

家中兩老**過** 가중 양노과 라
집안에는 두 늙은이만 지낸다네.

山幽來客少 산유 내객소 요
산세는 그윽한데 찾아오는 손님은 드물고,

林**茂噪禽多** 임무 조금다 라
숲이 무성하니 지저귀는 새들이 많구나.

故里夢中遠 고리 몽중원 하고
고향 마을은 꿈속에 멀어지고,

歸鄉易跌跎 귀향 이질타 라
귀향은 잘못 때를 놓쳐 쉽지 않네.

---

1) 송석대松石臺 : 저사의 서울 평창동에 있는 이층집.

3.50. 回憶
회상

[2007-12-06]

牛背唱高歌 우배 창고가 요
소 등에서 큰소리로 노래 부르니,

黃昏渡國河 황혼 도국하 라
황혼에 나라골[인량리]을 넘어 퍼지네.

夕陽山後沒 석양 산후몰 하고
지는 해는 산 뒤로 가라앉고,

孤鳥水邊過 고조 수변과 라
작은 새들은 물가를 지나네.

遠路僧歸急 원로 승귀급 하고
먼 길가에는 스님 급히 돌아가고,

家煙犬吠多 가연 견폐다 라
집집이 저녁연기에 개 짖는 소리 늘어나네.

回思如昨日 회사 여작일 이나
지난 일을 돌이켜 생각하니 어제와 같으니,

塵世易蹉跎 진세 이차타 라
티끌 세상에 나이만 많아졌네.

3.51. 讀蘭社詩一二集
『난사시집』 1 · 2권을 읽으며

[2008-01-14]

詩心恒渺故鄉烟 시심항묘 고향연 하여
　시 짓는 마음 언제나 아늑한 고향의 안개처럼 피어올라서,

夢想頻還遠野田 몽상빈환 원야전 이라
　꿈속에서 자주 먼 전원으로 돌아갈 생각 하네.

四海周翔多跨鶴 사해주상 다고학 하고
　때로는 두루미 등에 걸터앉아 온 세상을 두루 날고,

八方遍覽或乘船 팔방편람 혹승선 이라
　또는 배를 타고 사방팔방 구석구석 살펴보았다네.

三人摯友先仙化 삼인지우 선선화 하고
　세 사람의 진지한 벗들 이미 신선이 되었으나,

一座淸筵永歲連 일좌청연 영세련 이라
　한자리의 맑은 모임 오랫동안 이어지세.

臥病閑看前日作 와병한간 전일작 하며
　병들어 누워 한가히 지난날에 지은 시를 헤아려보며,

須將此會樂年年 수장차회 낙년년 이라
　모름지기 앞으로도 이 모임이 해마다 즐겁기를….

3.52. 送年
송년

[2008-01-14]

又送一年如遠煙 우송일년 여원연 이나
 또 한 해가 멀리 연기처럼 사라지나,

猶敎多事惱心田 유교다사 뇌심전 이로다
 오직 가르칠 일 많아 마음을 번거롭게 하는구나.

萬里應招參講會 만리응초 참강회 에
 강연회에 초빙되어 만리 길에도 참석하고,

千番自進走車**船** 천번자진 주차선 이라
 자진하여 차나 배로 천만번 달려 다녔다네.

現在燃柴弱弱起 현재연시 약약기 나
 지금은 장작에 불이 약하고 약하게 일어나지만,

將來燎**野煌煌**連 장래료야 황황련 이라
 장래는 들불처럼 활활 퍼져 가리라.

傍人莫笑思惟壯 방인막소 사유장 하고
 곁에 사람 비웃지 마소! 생각함이 아직도 굳세다고,

今日纔迎七七年 금일재영 칠칠년 이라
 이제 겨우 77세를 맞이하는 것을….

3.53. 與秀彬兒
수빈에게 주다

[2008-01-14]

混濁東西暗霧煙 혼탁동서 암무연 이나
자욱한 안개가 혼탁하여 동서가 보이지 않으나,

先須淨洗此心田 선수정세 차심전 이니라
먼저 마땅히 마음의 밭[정신]을 깨끗이 씻어야 하느니라.

旬餘幸得傳家法 순여행득 전가법 이나
겨우 열흘 남짓 다행스레 전해 오는 집안 법도 얻어듣게 되었지만,

不日應將送汝船 불일응장 송여선 이라
며칠 뒤 응당 네가 타고 가야 할 비행기 전송하여야만 하는구나.

3.54. 望鄉
망향

[2008-02-22]

千里吾鄕太嶽東 천리오향 태악동 에
천 리 밖 내 고향은 태백산 동쪽에,

背山臨水面蒼空 배산림수 면창공 이라
앞뒤로 산 등지고 물 마주하였는데, 푸른 하늘 대했다네.

春光先到寒梅白 춘광선도 한매백 하고
봄 경치 먼저 이르니 겨울 매화가 빛을 내고,

秋色遲留晩葉紅 추색지류 만엽홍 이라
가을 경치 오래 머무르니 붉은 잎 늦도록 남았다네.

忠孝堂高慈雨裡 충효당고 자우리 이고
충효당 높은 곳에 가뭄 비 받아들이고,

淸溪亭美順風中 청계정미 순풍중 이라
청계정 아름다운 곳에 순풍이 가득하네.

紫薇烏竹尙依舊 자미오죽 상의구 한데
자미화와 오죽은 언제나 옛 모습 변함없는데,

何日歸來泛釣篷 하일귀래 범조봉 오
어느 날에 다시 돌아와 배 띄워 낚시할까?

3.55. 崇禮門火災
숭례문 화재

[2008-02-22]

崇禮門樓烈火紅 숭례문루 열화홍 하니
　남대문 망루가 불길에 싸여 시뻘겋게 되었으니,

千年史蹟散虛空 천년사적 산허공 이라
　천년 묵은 역사의 사적이 허공으로 사라졌네.

仁風消失人須恨 인풍소실 인수한 하고
　어진 풍속 사라진 것을 사람들은 모름지기 한스럽게 여겨야지,

何獨伊災嘆國中 하독이재 탄국중 오
　어찌 유독 이 재앙 탄식이 나라 안에 가득한가?

3.56. 哭輓召雲金先生[1]
소운 김선생께 올리는 만사

[2008-02-22]

世遠人亡古範稀 세원인망 고범희 한데

세대가 멀어지고 사람은 죽으니 옛 규범은 드물고 귀하게 되는데,

吾公瞻望泰山巍 오공첨망 태산외 이라

우리 선생은 태산처럼 높고 우뚝하셔 멀리서 우러러보았네.

遽然一夕泰山潰 거연일석 태산궤 하니

갑자기 하룻저녁에 태산교악[2]이 무너지니,

寂寞斯文淚濕衣[3] 적막사문 누습의 로다

사문이 적막해짐을 생각하니 눈물이 흘러 옷자락을 적시는구나.

1) 소운召雲: 김시인金時寅(1917~2008)의 호. 의성 김씨. 학봉 선생 14대 종손으로 향년 91세를 일기로 별세하였다. 증조부가 서산西山 김흥락金興洛 선생이고, 맏아들이 도산서원 선비문화원 원장 김종길金鍾吉이다.

2) 태산교악泰山喬嶽: 큰 산과 웅장한 봉우리라는 뜻으로, 사람의 인품과 능력이 출중하여 모든 사람의 존경을 받는 인물을 비유하는 말.

3) 사문斯文: 유교의 도의나 또는 문화를 일컫는 말. 유학자를 달리 일컫는 말이기도 함.

3.57. 奉呈靑島諸友
칭다오의 여러 벗께 삼가 받들어 올리다

[2008-03-18]

博約會靑島支會諸友，邀余講說人性敎育，到着靑島以來，自初至終，歡待極盡．講堂會衆，歡迎靜聽，不勝欣喜．今聞此市，三十萬僑胞居住，韓商爲經濟主軸．且聞博約支會，相勸以善俗，互惠以扶助，聲譽藉藉，余以一律致賀．

박약회 칭다오 지회 여러 회원이 나에게 인성교육의 강의 요청이 있어, 칭다오에 도착한 이래 처음부터 끝까지 환대가 극진하였다. 강당에 모인 청중은 환영하고 조용히 경청하니 매우 기뻤다. 지금 들으니 이 도시에 30만의 교포가 거주하며 한국 상인이 이곳의 경제적 주축이라고 한다. 또 박약회 지회는 서로 권하여 풍속을 잘 지키며 호혜적으로 서로 도우니 명성과 칭찬이 자자하다. 나는 율시 한 수로 치하한다.

博約親朋志氣通 박약친붕 지기통 하니
박약회 친한 벗의 의지와 기개가 통하니,

乘雲飛破碧天穹 승운비파 벽천궁 이라
구름 타고 푸른 하늘을 가르며 날았네.

主持友誼薔薇束 주지우의 장미속 이요
주인은 친한 정분을 지니고 장미꽃다발을 안겨주고,

客帶鄕薰故國風 객대향훈 고국풍 라
나그네는 고국의 향내와 고향의 풍속을 지니고 갔다네.

靑島紳商功莫重 청도신상 공막중 한데

칭다오의 신사 상인들의 공헌이 막중한데,

儒林雅會譽非空 유림아회 예비공 이라

유림의 아름다운 모임 칭찬함은 헛됨이 없네.

諸公終始情無限 제공종시 정무한 하고

여러 회원이 정을 베푼은 시종일관 끝이 없으니,

一笑欣然白髮翁 일소흔연 백발옹 이라

한바탕 웃음에 백발 늙은이 즐거워지는구나.

3.58. 頌台熙氏古稀[1)] 태희 씨 고희를 기리다

[2008-04-17]

翼洞三春好 익동 삼춘호 하고
나라골의 긴 봄은 아름다우니,
桃李滿春天 도리 만춘천 이라
붉은 복숭아 흰 자두꽃 봄 하늘에 가득하네.

含笑古稀翁 함소 고희옹 이
웃음을 머금은 고희 노인이,
迎客立門前 영객 입문전 이라
문 앞에 서서 손님들을 맞이하네.

華賓盡南北 화빈 진남북 한데
훌륭한 손님들은 남쪽과 북쪽에서 다 왔는데,
阡陌十里連 천맥 십리련 이라
밭 사잇길 10리를 이었다네.

對人常款曲 대인 상관곡 하니
사람을 대할 때 항상 정답고 친절하니,
親朋過萬千 친붕 과만천 이라
친한 벗은 천 명, 만 명이 넘었다네.

---

1) 태희台熙: 저자의 고향 일가 사람. 향토 지킴이로 여러 면의 면장을 지냄.

做官卅載後 주관 삽재후 에
　벼슬길 30년 뒤에,
聲譽兩兼全 성예 양겸전 이라
　명성과 칭찬 두 가지를 모두 겸비하였네.

伊公吾門福 이공 오문복 이니
　아! 그대는 우리 집안의 복이니,
門事恒在先 문사 항재선 이라
　문중 일에 항상 앞장섰다네.

且公一鄉幸 차공 일향행 요
　또 그대는 한 고향이라 행운이니,
倡導鄉風賢 창도 향풍현 이라
　고향의 풍속을 어질게 이끌었다네.

季世良俗廢 계세 양속폐 하고
　말세에 아름다운 풍속이 폐해졌는데,
抵立獨毅然 저립 독의연 이라
　확고히 버티고 서서 홀로 의연하셨구나.

飛蓋蔚蒼翠[2] 비개 울창취 하니
　날개 편 산은 짙푸른 빛으로 울창하니,
銀杏聳雲邊[3] 은행 용운변 이라
　은행나무는 구름 가에 치솟았다네.

---

2) 비개飛蓋: 나라골 뒷산을 이렇게도 적는다. 태희 씨 6대 조부가 호를 '비개'라고 하였다.

3) 은행銀杏: 나라골 마을 중텩 충효당 곁에 있는 5백 년이 지난 고목의 은행나무를 말한다.

飛銀稟兩氣[4] 비은 품량기 요

비은 공은 하늘과 땅의 기운을 겸하여 타고났듯이,

長壽無窮延 장수 무궁연 이라

장수 끝없이 이어지리라!

盛酒盈此杯 성주 영차배 하여

마음 놓고 술을 이 잔에 채워,

高擧頌華筵 고거 송화연 이라

높이 들며 이 연회를 송축하네.

4) 비은飛銀: 태희 씨 호.

3.59. 蒙古見聞
몽골 견문

[2008-06-25]

曾看蒙古草原圖 증간몽고 초원도 러니
일찍이 몽골 초원 지도를 보았더니,

來見無垠黃錦鋪 내견무은 황금포 로다
황금 비단 땅이 끝없이 펼쳐진 것을 와서 보았다네.

近澗水流淸似玉 근간수류 청사옥 하고
근처 골짜기에서 맑게 흐르는 물은 옥같이 아름답고,

遠山包幕白如珠 원산포막 백여주 라
먼 산 천막들은 희기가 진주 같네.

騎驢廣野生寒氣 기려광야 생한기 하고
아득하게 넓은 벌판에서 나귀를 타니 한기가 생기고,

踏雪殘溪滅舊蒲 답설잔계 멸구포 라
눈을 밟으며 희미한 개울을 따라 걸으니, 오래된 부들은 시들었구나.

沙漠元來幾千里 사막원래 기천리 오
사막은 본디 몇천 리나 되는가?

北方還有大平湖 북방환유 대평호 라
북쪽에는 도리어 거대한 호수가 있다고 하네.

3.60. 頌岳翁百年壽辰
장인어른 100세 생신을 기리다

[2008-06-25]

溪上蒼松五月淸 계상창송 오월청 한데
토계 곁의 푸른 소나무는 5월이 되니 더욱 선명한데,
滿山群鳥爭和鳴 만산군조 쟁화명 이라
온 산 여러 새들이 아름다운 노래를 합창하네.

白鶴悠悠作圓舞 백학유유 작원무 요
백학은 한가하게 원을 그리며 춤추고,
溪水潺潺奏樂聲 계수잔잔 주악성 이라
계곡물은 졸졸거리며 노랫소리를 연주하네.

此洞千年慶事至 차동천년 경사지 요
이 고을에 천년의 경사가 이르렀으니,
岳翁百歲生辰迎 악옹백세 생신영 이라
장인 어르신 100세 생신을 맞이하셨네.

累代積德五福俱[1] 누대적덕 오복구 요
대대로 많은 덕이 쌓여 오복이 모두 갖추어졌고,
平生修仁百壽盈 평생수인 백수영 이로다
평생 인을 닦으시니 백수에 가득 넘쳤도다.

---

1) 오복五福: '수壽, 부富, 강녕康寧, 유호덕攸好德, 고종명考終命'의 다섯 가지 복.

陶山古家繼先正[2] 도산고가 계선정 하니
도산의 오래된 이 집은 어진 선정을 계승하였으니,
嶺南儒林保令名 영남유림 보령명 이라
영남의 유림에서 아름다운 명예를 보존하셨다네.

胸抱曾孫歡顔色 흉포증손 환안색 하니
가슴에 증손을 품에 안으시고 기뻐하시니,
四世同堂所願成 사세동당 소원성 이로다
4대가 같은 집에 산다는 소원을 성취하셨도다.

腰老脚老步雖難 요로각로 보수난 이나
허리와 다리가 쇠약하여 걸음걸이는 비록 어렵지만,
眼健耳健神維明 안건이건 신유명 이라
눈과 귀가 건강하시고 정신도 밝으시네.

宗親來客頌萬壽 종친래객 송만수 요
종친과 손님이 찾아와 만수를 기리며,
兒孫獻壽祈平安[3] 아손헌수 기평안 이라
아들 손자들이 헌수하며 평안하심을 기원하네.

---

2) 선정先正: 고인이 된 바른 신하[先正臣]의 준말인데, 여기서는 이퇴계 선생을 말함.
3) 헌수獻壽: (환갑잔치 같은 때) 오래 살기를 비는 뜻으로 잔에 술을 따라서 드림.

3.61. 寧海鄕校上樑文
영해향교 상량문

[2008-06-25]

曠邈西周[1])燦然大吉呈祥,
迢遙曲阜[2])偉然大聖降誕,

大德巍巍配于天地,
至道煌煌冠于古今,

三千門徒廣播聖學,
萬言論語永傳懿謨.

아득히 먼 옛날 서주는 찬연하게 크게 상서祥瑞가 나타나고,
멀고 먼 옛날 곡부 땅에서 위대한 대성현[공자]이 탄강하시어,

큰 덕이 우뚝우뚝 솟아 온 하늘과 땅에 부합되니,
지극한 도는 찬란히 빛나고 옛날이나 지금이나 으뜸이며,

공자의 3천 문도가 성학을 세상에 널리 퍼뜨렸고,
만 글자 『논어』는 영원히 아름답고 훌륭함을 전하고 있도다.

流入高麗孔聖爲國學先師,
繼傳朝鮮道學爲正敎綱紀,

國都建立泮宮,
郡縣設置鄕校,

春秋釋奠[3])大成至聖文宣王[4]),

1) 서주西周 : 주나라 1대 무왕부터 12대 유왕까지의 명칭.
2) 곡부曲阜: 공자가 태어난 고향. 중국 산둥성(山東省) 서부 쓰수이(泗水) 강 남쪽 기슭에 있는 도시이다.
3) 춘추석전春秋釋奠: 봄 · 가을, 즉 음력 2월과 8월의 상정일上丁日에 문묘文廟에서 공자에게 제사 지내는 의식.

東西配享顔曾思孟諸大賢.

고려에 유입되어 성인 공자는 국학의 선사가 되어,
조선에 이어 전해져 도학의 기율로 올바른 가르침의 큰 줄거리로 삼아서,

나라의 도성에는 성균관을 건립하고,
군현에 향교를 설치하고,

봄가을로 '대성지성문선왕'이라는 칭호로 제사를 올렸고,
동서쪽에 안자顔子 · 증자曾子 · 자사子思 · 맹자孟子 같은 여러 대현을 배향하였도다.

教以興仁振義國爲禮儀之邦,
約以勸善懲惡鄕爲斯文之州,

寧海故郡, 新羅神文初創國學于芍芝,
校洞名基, 高麗忠穆增設兩廡于東西.

그 가르침으로서 인仁을 일으키고, 의義를 진작시켜 나라는 예의지국이 되었고,
권선징악을 하기로 맹약하니 사문의 고장으로 대접받았으며,

영해 옛 고을은 신라 신문왕神文王(재위 681~692)이 처음에 국학을 약지에 세웠고,
교동 터에 고려 충목왕忠穆王(재위 1344~1348) 때에 두 건물을 동서에 증설하였다.

朝鮮中廟某年, 火災累罹,
移建於校洞基, 改修反復,

龍蛇之亂位牌避匿,

---

4) 대성지성문선왕大成至聖文宣王: 공자를 높이는 시호.

亡國之間堂宇毁撤,

조선 중종中宗(재위 1506~1544) 모년 이래 여러 번 화재를 당하였으며,
교동校洞 터로 이전 건축하여 개수가 반복되었다.

임진왜란 때에는 위패를 몰래 숨겼고,
나라가 망했던 동안에는 정당正堂[큰 집]과 옥우屋宇[작은 집]는 훼철되었다.

儒林興起發議重建,
國家呼應資助補修,

勉勉匠氏之訖功,
彬彬規模之完成,

欻爾山川之動色,
翼然棟宇之知飛,

蒼海橫布於東,
太白縱走於西.

유림에서 흥기하여 중건이 발의되어,
나라도 호응하여 꾸미고 손질하는 데 물자를 도와주니,

기술자들이 부지런히 힘써서 공사를 마치니,
내용과 꾸밈이 갖추어진 아름다운 모양으로 완성되었으며,

홀연히 산천도 놀라서 감응하여 정색하고,
마치 날개를 편 듯한 건물은 날아갈 듯한데,

창해는 동쪽에 가로 포진하였고,
태백산맥은 서쪽에서 종주하네.

氣像燦輝相照朝陽于南,
體勢雄偉遠對七寶于北,

讀書之聲重和東海之風,
遵禮之儀永化隣里之民.

기상이 찬란히 빛남은 아침 해가 남쪽에서 비침이요,
체세가 씩씩하고 뛰어나 멀리 북쪽 칠보산을 마주했네.

글 읽는 소리가 거듭되니 동해의 바람도 화답하고,
예절을 지키는 법도는 이웃 마을의 백성들을 길이 교화하겠네.

伏願上梁之後

民尙貴德, 人知嚮方, 遺芳寧海一鄕,
實協禮州[5)]之名, 改祈此願, 永世不泯.

상량 후에 삼가 기원하노니,

백성들은 덕을 귀하게 숭상하여,
사람들이 나아갈 방향을 알게 하여주시옵고,
아름다움을 물려받은 영해 고을이,
예주라는 이름에 걸맞게 하옵소서.
다시 이 소원을 빕니다.
영원한 세대까지 없어지지 않게 하옵소서.

光復後歲在 戊子五月
載寧 後孫 李龍兌 謹撰
광복 후 지난 무자년(2008) 5월
재령인 후손 이용태 삼가 찬술하다.

---

5) 예주禮州: 영해의 고려 시대 이름.

3.62. 飛行里數超過百萬海里
비행 거리 백만 마일을 초과하다

[2008-07-28]

馳翔洋陸幾多行 치상양륙 기다행 고
대양과 대륙을 달리고 날며 얼마나 많이 다녔던가?

百萬里餘飛去程 백만리여 비거정 이라
백만 마일을 넘게 날아다녔다네.

累望機窓紅夕照 누망기창 홍석조 하고
자주 기내에서 붉게 물든 저녁노을 바라보기도 하였고,

曾留歐土古王城 증류구토 고왕성 이라
일찍이 유럽 지역의 옛 왕성에 머물기도 하였다네.

尙要講演東西走 상요강연 동서주 하나
아직 강연하러 동서로 쫓아다니지마는,

却羨歸來山野耕 각선귀래 산야경 이라
오히려 돌아가서 산과 들판에 농사 짓는 일 부러워하네.

年月如流加一歲 연월여류 가일세 요
세월은 흐르는 물과 같아 한 살을 더하여 가는데,

唯希少補國風平 유희소보 국풍평 이라
오직 작은 보탬이 되어 나라 풍조가 편안하여지기를 바랄 뿐이라네.

3.63. **偶成**
우연히 짓다

[2008-07-28]

吾年七十七 오년 칠십칠 이요
내 나이 일흔일곱,

何時過此程 하시 과차정 이라
어느새 이 나이를 지났나.

笑向鏡中老 소향 경중로 요
웃으며 거울 속의 늙은이를 대하니,

許與同伴行 허여 동반행 고
나와 동반하는 것을 허락하여 줄 수 있을까?

제 4 부

蘭社詩集 第四輯

4.1. 獨坐濟州球場思病床人
제주 골프장에서 홀로 앉아 병상에 누운 사람을 생각하다

[2008-08-29]

半日揮竿坐食臺 반일휘간 좌식대 하니
반나절 클럽을 휘두르고 식탁에 앉으니,

雨晴雲捲草原開 우청운권 초원개 라
비 개고 구름도 걷혀 필드도 열렸다네.

赤陽暴暑何時去 적양폭서 하시거 오
불타는 태양과 찌는 듯한 더위는 언제 지나가리,

清夜微風向我來 청야미풍 향아래 라
맑은 밤 부드러운 바람이 나를 향해 불어오네.

慣聞歌曲心情抒 관문가곡 심정서 하고
자주 듣는 노랫가락에 내 마음을 실어보고,

初擧珍羞口味回 초거진수 구미회 라
처음 보는 맛난 음식에 입맛이 돌아오네.

可憐內子留京第 가련내자 유경제 하야
애달프게 집사람을 서울 집에 두고 와서,

臥病思君獨一杯 와병사군 독일배 하네
병들어 누운 그대를 생각하며 홀로 잔을 든다네.

4.2. 濟州新羅賓館
제주 신라호텔에서

[2008-08-29]

千疊濤聲展望臺 천첩도성 전망대 에
수없이 밀려오는 파도 소리가 들리는 전망대에,

忽然大海眼前開 홀연대해 안전개 라
문득 너른 바다가 눈 앞에 펼쳐지누나.

東天曉日彩紅染 동천효일 채홍염 하고
동쪽 하늘에 막 솟는 해는 색깔을 붉게 물들이고,

龍舌蘭香風外來 용설란향 풍외래 라
용설란 향기는 바깥바람에 풍겨오누나.

雲邊小艇向空去 운변소정 향공거 하고
구름 한쪽 작은 배는 허공으로 떠가는 듯,

天畔飛機曳尾回 천반비기 예미회 라
하늘로 솟는 비행기 꼬리 끌며 돌아가네.

新羅朝景如斯好 신라조경 여사호 하나
신라호텔 아침 풍경 이처럼 좋은데,

只恨無人共一杯 지한무인 공일배 라
다만 더불어 같이 잔 할 사람 없음을 한하노라.

4.3. 松石臺仲秋
송석대 가을 속으로

[2008-09-26]

棲遲北漢老松間 서지북한 노송간 하니
북한산 노송 사이로 마음껏 거니노라니,

繁鬧紅塵渾不關 번뇨홍진 혼불관 이라
번거롭고 시끄러운 속세의 혼돈과는 전연 관계없구나.

綠**樹高低藏古洞** 녹수고저 장고동 하니
높고 낮은 짙푸른 나무들이 오래된 동굴을 에워쌌고,

白雲出沒弄群山 백운출몰 농군산 이라
흰 구름이 드나들며 여러 산을 희롱하네.

仲秋殘暑尚留熱 중추잔서 상류열 한데
가을은 깊어가나 남은 더위 오히려 열기가 남았는데,

薄暮靑嵐已帶寒 박모청람 이대한 이라
땅거미 지는 푸른 아지랑이 이미 찬 기운을 띠는구나.

我愛淸風明月夜 아애청풍 명월야 하야
나는야 맑은 바람 부는 밝은 달밤을 좋아하여,

悠然臺上樂**幽閑** 유연대상 낙유한 이라
유연히 송석대에 올라 그윽한 한가로움을 즐긴다네.

4.4. 蘭社卄五年夜會
난사시회 25주년 밤중 잔치

[2008-10-24]

八仙登上十層樓 팔선등상 십층루 하니
여덟 신선 십층 누에 오르니,

萬戶長安一眼收 만호장안 일안수 라
만호 장안이 한눈에 들어오네.

卄五多年蘭社會 입오다년 난사회 는
스물 하고 다섯 해 난사시회 모임은,

論詩談古樂閑幽 논시담고 낙한유 라
시를 논하고 고전을 이야기하며 즐겁고 한가롭게 그윽함을 즐겼다네.

4.5. 與弟往時祀
동생들과 시사 드리러 가다

[2008-12-17]

眼下群丘無際涯 안하군구 무제애 한데
눈 아래 뭇 언덕들 끝이 없는데,

天邊墓道一條斜 천변묘도 일조사 라
하늘 가까이 묘소 가는 길은 한 줄기로 비탈지네.

暫休路**上多聽鳥 잠휴로상 다청조** 나
오르는 길가에서 잠시 쉬자니 여러 새소리 들리나,

環望山中不見家 환망산중 불견가 라
산속을 둘러보아도 사람 사는 집은 보이지 않네.

黑白老岩三面佛 흑백로암 삼면불 하고
희고 검은 오래된 바위는 삼면이 부처 같고,

紅黃秋葉萬斑花 홍황추엽 만반화 라
알록달록 단풍잎은 온갖 빛깔 꽃이 핀 듯하구나.

弟兄相會先塋拜 제형상회 선영배 하니
형제가 함께 모여 산소에 절 올리니,

不管雲煙千里遮 불관운연 천리차 라
구름이 온 천지를 가려도 상관하지 않는다네.

4.6. 退溪學研究院消日
퇴계학연구원에서 하루를 보내다

[2009-01-22]

四壁書籍古典墳 사벽서적 고전분 하니
사방 벽의 책들은 고전들이니,

房中溫氣似三春 방중온기 사삼춘 이라
방 안 온기는 한창 봄날 같구나.

過庭松雪留奇筆[1] [2] 과정송설 유기필 하고
손과정과 조맹부는 기발한 글씨 남겼고,

子美青蓮脫俗塵[3] [4]자미청련 탈속진 이라
두자미와 이태백은 세속의 먼지를 벗은 듯하구나.

或以陰陽窮理數 혹이음양 궁리수 하고
간혹 주역의 음양으로 이수를 생각하고,

時將仁義學賢人 시장인의 학현인 이라
때로 공맹의 인의로 현인을 배우리라.

---

1) 과정過庭: 손과정孫過庭(648~703). 자는 건례虔禮, 중국 당나라 초기의 서예가. 왕희지王羲之의 서법을 배워 초서를 잘 썼다.

2) 송설松雪: 조맹부趙孟頫(1254~1322)의 호 송설도인松雪道人을 가리킴. 자는 자앙子昂, 중국 원나라 때의 화가, 서예가이다. 송나라 종실의 후손으로, 시詩, 서書, 화畵, 인印에 모두 능했는데, 후대의 서예에 큰 영향을 준 흔히 '조체趙體'라 불리는 독창적인 글씨를 만들었다.

3) 자미子美: 두보杜甫(712~770)의 자. 호 소릉少陵. 중국 허난성 출신, 최고의 시인으로서 시성詩聖이라 불렸던 성당시대盛唐時代의 시인.

4) 청련青蓮: 이백李白(701~762)의 호 청련거사青蓮居士를 가리킴. 자는 태백太白. 두보와 함께 '대이두大李杜'로 병칭되는 중국의 대표 시인이며, 시선詩仙이라 불린다.

莫言身老心俱老 막언신로 심구로 하라

몸이 늙었다고 마음마저 늙었다 말하지 말라,

俯讀仰思堪爽神 부독앙사 감상신 이라

늘 책 읽고 사색한다면 상쾌한 정신 유지할 수 있다네.

4.7. 與向川飮茶於賓館[1)]

향천[김용직]과 호텔에서 차를 마시다

[2009-02-24]

昨雪路纔乾 작설 노재간 한데
어제 내린 눈으로 길이 겨우 말랐는데,

早朝尙未暄 조조 상미훤 이라
아침 일찍 아직은 따뜻하지 않다네.

共生多歲月 공생 다세월 하고
함께 살아온 많은 세월,

常住一乾坤 상주 일건곤 이라
늘 같은 하늘 아래 살았다네.

羨子康心力 선자 강심력 하여
그대의 굳은 마음씨 부러워하며,

嘆余衰骨魂 탄여 쇠골혼 이라
나의 쇠약한 힘을 한탄했다네.

茶香伸舊話 다향 신구화 하고
차 향기에 옛이야기 펼쳐보다가,

惜別出寒門 석별 출한문 이라
차가운 문을 나와 아쉽게 이별하네.

---

1) 향천向川: 김용직金容稷(1932~2017)의 호. 안동 출생, 서울대학교 문리대학 국어국문과를 거쳐 동 대학원 문학박사, 동 대학교 인문과학대 교수, 대한민국학술원 회원 등을 역임. 저서로 『한국근대시사韓國近代詩史』(상 · 하), 『한국문학을 위한 담론』, 『북한문학사』, 『한국문학의 좌표』, 『해방직후 한국 시와 시단 형성과 전개사』, 『님의 침묵 총체적 분석연구』, 『한국 현대시와 문화전통』 등이 있다.

4.8. 慰孔德懋女史葬德成公[1) 2)] 공덕무 여사 덕성공 보냄을 위로하여

[2009-03-26]

兩岸絶往來 양안 절왕래 하여
두 나라로 나뉘어 왕래가 끊어져,

萬里隔乾坤 만리 격건곤 이라
만리 길 하늘과 땅 떨어져 있었다네.

悟寐忘不得 오매 망부득 하여
자나 깨나 잊을 수 없어,

夢裡相尋魂 몽리 상심혼 이라
꿈속에서 서로를 찾아다녔다네.

幸有一書達 행유 일서달 하니
다행히 편지 한 장이 닿았으니,

久懷何盡言 구회 하진언 이리오
묵은 소회 어찌 다 말할 수 있으리오?

又幸東京會 우행 동경회 나
다시 다행히 도쿄에서 만나게 되었으나,

乍別增相思 사별 증상사 라
금방 헤어짐은 그리운 마음 더하였다네.

---

1) 공덕무孔德懋: 공자 77대 적손녀. 이분은 대륙에 남아서 100세 넘게 장수하고 있다.

2) 덕성공德成公: 공덕무 여사의 이복 아우인 공덕성孔德成(공자 77대 종손). 타이완에 가서 살다가 타계했다. 타계 소식을 듣고 저자가 위로의 시를 보낸 것이다.

近來世情慶 근래 세정경 하여
근래 세상의 정황은 경사스러워,

可期相見繁 가기 상견번 이라
서로 자주 만나기를 기약하려 하였다네.

不意訃音至 불의 부음지 하니
뜻밖에 부음을 받고 보니,

踊擗又號攀 용벽 우호반 이라
펄쩍 뛰며 가슴을 치고, 소리치고 벽을 긁었다네.

仰天一長哭 앙천 일장곡 하나
하늘을 우러러 크게 목놓아 곡하나,

病悢不能奔 병량 불능분 이라
병으로 슬퍼하지만 달려갈 수 없었다네.

孔府主人去 공부 주인거 하니
공자님 댁 주인이 떠나시니,

須念聖淵源 수념 성연원 이라
모름지기 성인의 연원을 이을 일 염려되네.

天下咸祈願 천하 함기원 하니
세상 모든 이들이 함께 기원하기를,

聖孫萬世存 성손 만세존 이라
성인의 자손들 만세에 이어지시기를….

4.9. 博約會今年大會, 將開催于靑松, 豫呈金昌會兄 박약회 금년 대회를 청송에서 열기로 하고 김창회 형께 미리 드림

[2009-03-24]

千里望東天 천리 망동천 하니
천 리 밖 동쪽 하늘을 바라보니,

淸儀超俗烟 청의 초속연 이라
청아한 모습 세속 연기 벗었네.

寒冬遊雪栢 한동 유설백 하고
추운 겨울에 눈 덮인 동백 숲에 노닐고,

暖夏詠紅蓮 난하 영홍련 이라
더운 여름에 붉은 연꽃을 노래하네.

俯仰詩書裏 부앙 시서리 하고
세상 이치는 시와 책 속에 있고,

起居筆墨邊 기거 필묵변 이라
기거함은 필묵 속에 있구나.

靑松相會處 청송 상회처 니
청송, 서로 만나기로 한 곳에서,

隔歲待欣然 격세 대흔연 이라
해를 넘겨 즐겁게 되기를 기다리세.

4.10. 濟州早春
제주도 이른 봄에

[2009-03-24]

鳴禽攪曉天 명금 교효천 하고
새가 울며 새벽하늘을 휘저어 가고,

懶步早春煙 나보 조춘연 이라
편안한 걸음으로 이른 봄 안개 속을 거닌다네.

穉鹿遊新草 치록 유신초 하고
어린 사슴은 새로 돋은 풀숲에서 노닐고,

孤鳧戀舊蓮 고부 연구련 이라
외로운 오리는 예전 연밭을 그리워하네.

綠原盡山外 녹원 진산외 하고
푸른 언덕 산이 다하는 곳까지 펼쳐졌고,

遠岳聳雲邊 원악 용운변 이라
먼 데 산[한라산]은 구름 위로 솟았네.

白髮忘機老 백발 망기로 가
백발에 이해타산을 잊은 늙은이,

追球去爽然 추구 거상연 이라
공을 따라 쫓아감이 상쾌하구나.

4.11. 靑松博約會檄諸友
청송 박약회에서 여러 벗과 함께하며

[2009-04-22]

東邦良俗缺而虧 동방양속 결이휴 하니
우리나라 좋은 풍속 이미 이지러지고 무너지니,

回復仁風也正遲 회복인풍 야정지 라
어진 가르침으로 바르게 회복함이 더디구나.

校校師生無對策 교교사생 무대책 하고
학교도 교사도 학생도 대책이 없고,

家家父母送虛時 가가부모 송허시 라
집집마다 부모들도 세월만 허송하네.

慮憂情友成盟誓 여우정우 성맹서 하니
근심 걱정하는 정다운 벗들이 맹약을 이루니,

興奮騷人草檄詩 흥분소인 초격시 라
마음 들뜬 시인은 거친 시로 격려하네.

莫道年高無所事 막도년고 무소사 하라
나이 많아 할 일이 없다고 말하지 말라,

燎原星火自今期[1] 요원성화 자금기 라
지금부터 요원의 불길처럼 일어나길 기대하노라.

---

1) 요원성화燎原星火: 모택동이 1930년대 임표林彪에게 보낸 편지의 한 구절. "밝고 밝은 빛이 들판을 태울 것이다星星之火, 可以燎原."

4.12. 昌慶宮
창경궁에서

[2009-06-03]

我幸接隣昌慶宮 아행접린 창경궁 하여
출근하는 곳이 아주 다행스럽게 창경궁과 가까워서,

逍遙閑步御途中 소요한보 어도중 이라
가끔 한가로운 걸음으로 옛 임금님 길을 거닌다네.

雲收日暖春方盛 운수일난 춘방성 하니
구름 걷히고 날은 따뜻하여 봄이 바야흐로 한창인데,

花爛禽啼樂不**窮** 화란금제 낙불궁 이라
꽃이 흐드러지고 새가 지저귀니 즐거움 다함이 없네.

彩舞高臺芳草綠 채무고대 방초록 하고
눈부시게 단청 된 높은 대에 오르면 초록이 빛났고,

絃歌深苑夕陽紅 현가심원 석양홍 이라
깊은 후원에 퍼지는 가야금 소리에 저녁노을이 붉었으리라.

輒思此地往年事 첩사차지 왕년사 하니
문득 이곳의 지난날 역사를 생각하니,

猶覺可憐人未聰 유각가련 인미총 이라
오히려 깨닫게 되누나! 가련하게도 당시 사람들이 총명하지 못하였음이.

4.13. 之老撾國參亞太電算大會[1] 라오스에 가서 아세아 태평양 컴퓨터대회에 참석하다

[2009-07-28]

三換飛機老國行 삼환비기 노국행 하니
비행기를 세 번씩 갈아타고 라오스에 가니,

恰如歲月逆流迎 흡여세월 역류영 이라
마치 세월을 거슬러 맞이하는 듯하네.

地幽客少林偏茂 지유객소 임편무 하고
땅이 멀어 관광객이 적고 밀림은 우거졌고,

車寡人稀市不成 차과인희 시불성 이라
차도 적고 사람도 드물어 시장도 서질 못하네.

舊友年高來會罕 구우년고 내회한 한데
오래된 친구들 연세가 높아 회의에 오는 이 드물고,

新參氣壯步趨輕 신참기장 보추경 이라
처음 참석한 이들 기운차고 발걸음도 가볍게 내딛네.

湄公浩渺同千古[2] 미공호묘 동천고 한데
메콩강의 넓고 아득함은 옛날과 같은데,

衰落古宮公與卿[3] 쇠락고궁 공여경 이라
쇠락해 가는 옛 궁궐에는 공경대부 거닐었겠지.

---

1) 노과국老撾國: 라오스 인민민주주의공화국.

2) 미공湄公: 메콩강.

3) 공여경公與卿: 공경대부公卿大夫. 여러 고관대작.

4.14. 人性教育可見成果
인성교육의 성과를 가히 볼 만하네

[2009-07-28]

近歲奔忙南北行 근세분망 남북행 하니
요 몇 년 사이 이리저리 바삐 다녔더니,

今年到處見歡迎 금년도처 견환영 이라
올해는 가는 곳마다 기쁘게 맞아 주었다네.

愚痴八十始知命 우치팔십 시지명 하니
어리석은 나이 여든 살에야 비로소 천명을 알았으니,

教化終期事業成 교화종기 사업성 이라
인성교육이 마침내 성과 이루길 기대한다네.

4.15. 爲人性教育, 往釜山, 諸友來迎, 誌感
인성교육을 위해 부산에 가니 여러 벗이 마중 나와서 느낌을 적다

[2009-07-28]

穿岳經江千里行 천악경강 천리행 하니
산을 뚫고 강을 지나서 천 리 길을 가니,

釜山諸友又來迎 부산제우 우래영 이라
부산 여러 벗들이 또 맞이하러 나왔다네.

莫言身老心猶壯 막언신로 심유장 하니
몸이 늙었다고 말하지 말라, 마음은 오히려 씩씩하니,

從此仁風或可成 종차인풍 혹가성 이라
여기서부터 어진 풍속을 혹 이룰 수도 있으리라.

4.16. 訪星港故友[1]

싱가포르의 옛 친구를 찾아가다

[2009-07-28]

萬里衰翁何事行 만리쇠옹 하사행 고
만 리 길을 늙은이가 무슨 일로 나섰던고?

多情白髮故朋迎 다정백발 고붕영 이라
백발의 웃는 얼굴로 옛 친구가 마중하네.

莫辭更**酌三杯酒** 막사갱작 삼배주 하라
다시 석 잔 술을 권하노니 사양치 마시게나,

難約明年此會成 난약명년 차회성 이라
내년 이 모임에서 또 만날 기약 어렵다네.

1) 성항星港: 싱가포르.

4.17. 秋日問故鄕病友
어느 가을날 고향의 병든 친구를 찾다

[2009-09-04]

據覺秋光彌八荒 거각추광 미팔황 하고
갑자기 가을빛이 사방팔방에 비춤, 깨닫고 보니,

凉風朝夕導清陽 양풍조석 도청양 이라
아침저녁 서늘한 바람이 좋은 날씨를 이끄네.

園林珠果添詩興 원림주과 첨시흥 하고
뜰 앞에 잘 익은 과일들은 시 흥을 더하고,

郊野金波滿穀香 교야금파 만곡향 이라
들판에 황금빛 물결 곡식 향기 가득하네.

勸問臥朋迎好節 권문와붕 영호절 하니
누워 있는 친구에게 좋은 철 맞아 병이 좋아질 걸 물어보니,

僅伸衰手指傷腸 근신쇠수 지상장 이라
겨우 앙상한 손으로 아픈 배를 가리키네.

黃昏獨臥憐情切 황혼독와 연정절 하나
황혼길을 홀로 누워있어 안타까운 마음 간절하나,

不得頻來京事忙 부득빈래 경사망 이라
자주 보러 못 온다네 서울 일이 바빠서….

4.18. 平壤所懷
평양에서 느낀 바

[2009-10-09]

浮碧練光依舊容 부벽연광 의구용 한데
부벽루와 연광정은 옛 모습 그대로인데,

高門巨塔橵文紅 고문거탑 격문홍 이라
높은 문과 거대한 탑에 붉은 글씨로 격문을 붙였네.

不知今日斷腸痛 부지금일 단장통 하니
오늘날 이산가족 단장의 고통을 모르는지?

蕩漾大同千古同 탕양대동 천고동 이라
넘실대는 대동강 물은 천고에 변함없다네.

4.19. 漢卿回甲[1]
딸아이 한경의 회갑

[2009-10-09]

心中猶在小兒時 심중유재 소아시 한데
마음속엔 아직도 어린아이 모습으로 남아 있는데,

奈汝今迎周甲期 내여금영 주갑기 오
네가 어찌 벌써 회갑이나 되었는가?

余欲爲渠祈一願 여욕위거 기일원 하니
내가 한가지 네게 원하고 빌며 꼭 바라는 것은,

將來日月去遲遲 장래일월 거지지 라
장래에는 해와 달이 천천히 흘러가기를….

1) 한경漢卿(1950~): 저자의 맏딸.

4.20. 鳥嶺
조령을 넘으며

[2009-10-09]

今秋余訪鳥嶺, 想先人行蹟, 不勝嗟嘆. 然今時聞慶化爲觀光名所, 山路廣平, 遊客混雜. 只是處處古碑, 傳古人之行路難.

올 추석 나는 조령에 가서 선인의 행적을 생각해보니 감탄을 이길 수 없었다. 그러나 지금의 문경은 관광명소가 되어 있고, 산길은 넓고 평평하여 관광객들로 혼잡하였다. 다만 곳곳에 옛 비석이 서 있어 옛사람이 다니던 길의 험난함이 전해진다.

我登鳥嶺却心悲 아등조령 각심비 하니
내가 조령을 오르다가 도리어 마음이 슬퍼져서,

懷舊艱難應擧時 회고간난 응거시 라
옛적 가난하고 어려울 때 과거 보러 가던 일 떠올렸네.

千里苦行通險路 천리고행 통험로 하고
천 리를 힘들게 걷고 험난한 길을 넘었고,

十年强讀入科期 십년강독 입과기 라
십 년을 열심히 공부하여야 급제를 바랐다네.

商繁客混山途濶 상번객혼 산도활 하니
장사꾼 번잡하고 구경꾼 어지러워 산길 넓어졌는데,

澗潔楓紅秋日遲 간결풍홍 추일지 라
골짜기 맑고 단풍 물들어 가을날은 깊어가네.

主屹山高松柏裡 주흘산고 송백리 하고
주흘산 꼭대기 소나무 잣나무 울창하고,

沿道曲曲古人詩 연도곡곡 고인시 라
연도의 골짝 골짝마다 옛사람의 시로구나.

4.21. 日曜獨往研究院
일요일 홀로 퇴계학연구원에 나가서

[2010-01-18]

惠化冬天街樹枯 혜화동천 가수고 한데
　겨울 들어서 혜화동 가로수가 메말랐는데,

雪花堆積泮宮隅[1] 설화퇴적 반궁우 라
　성균관 모퉁이에는 눈꽃이 피었구나.

春秋遷徙如飛箭 춘추천사 여비전 하고
　봄가을 흐름이 날아가는 화살 같고,

朝夕輪廻似轉轤 조석륜회 사전로 라
　아침저녁 돌아옴이 구르는 바퀴 같다네.

登閣每知添膝痛 등각매지 첨슬통 하고
　계단에 오를 때마다 무릎 아픔은 더해지고,

讀書輒忘作盧胡[2] 독서첩망 작노호 라
　책을 보고 돌아서면 잊으니 혼자 쓴웃음을 짓누나.

遨遊蘭社詩難得 오유란사 시난득 이나
　난사에서 즐거이 노니나 좋은 시구 얻기가 어려우나,

隨夢閑行舊鏡湖[3] 수몽한행 구경호 라
　꿈길에서는 한가롭게 경포대 호수 가를 걷는다네.

---

1) 반궁泮宮: 성균관과 문묘文廟를 통틀어 이르는 말.

2) 노호盧胡: '웃는 소리가 목구멍에 있다謂笑聲發於喉間'는 뜻으로, 남의 눈에 띄지 않게 소리를 죽이고 웃음을 이르는 말[掩口盧胡而].

3) 경호鏡湖: 강릉 경포호.

4.22. 浦項海邊早起散策
일찍 일어나 포항 해변을 산책하며

[2010-01-18]

曉起開門迎瑞暉 효기개문 영서휘 하니
새벽녘에 일어나 문을 열고 눈이 부신 빛을 맞으니,

但看陰霧日光微 단간음무 일광미 라
다만 짙은 안개로 햇빛이 희미하구나.

乘朝老叟帶竿去 승조로수 대간거 하고
이른 아침 낚싯대를 맨 늙은이 고기 낚으러 나가고,

經夜孤船收釣歸 경야고선 수조귀 라
밤새 고기잡이 나갔던 배가 홀로 부두로 돌아오네.

浩浩蒼空雲自在 호호창공 운자재 한데
넓고 넓은 푸른 하늘 구름 마음대로 흘러가는데,

茫茫碧海鳥閑飛 망망벽해 조한비 라
망망한 푸른 바다에는 갈매기 한가로이 난다네.

往還十里飽淸氣 왕환십리 포청기 하니
십리를 오고 가며 맑은 기운 가득 채우니,

養性忘憂眞好機 양성망우 진호기 라
본성을 기르고 근심을 잊는 데 정말 좋은 기회로구나.

4.23. 新年所懷
새해 소회

[2010-02-26]

今年，余年七十九．此是耄耋[1)]退藏之年，渾忘塵世之繁，退臥丘山，樂自然之美，任乘化之理，知者賢者之常道也．如余愚癡，晩覺天命，不辯分數，東奔西走，委身敎化事業，此非取笑於人之所爲邪？然世態板蕩[2)]，風頹俗廢，詐欺橫溢，子棄父母，余不得坐而忍見，故奮然起，編述敎本，講演數萬父母．近來呼應者漸增，多數受講父母，皆云有益於敎敎子，敎化之萌，可見於此．余身雖老衰，才雖魯鈍，心尙不昧，意氣日盛．希冀雨順風和．不息而往已矣．

올해 내 나이 일흔아홉이니 이는 팍삭 늙어 물러나 숨을 때이니 세상의 번거로움에서 물러나 산언덕에 누워 자연의 아름다움을 즐기면서 운명의 이치에 몸을 내어 맡김이 지자나 현자의 정상적인 길이다. 나와 같은 어리석은 사람은 천명을 깨달음이 더디어, 분수를 분별하지 못한 채 동분서주하며, 교화사업에 몸을 던지고 있는데, 이러한 것은 남들에게 웃음거리가 되는 것이 아닐까?
그러나 세상 되어감이 어지럽고, 풍속이 퇴폐하고, 속임이 넘쳐나고, 자식이 부모를 버리니 내가 차마 앉아서 보지 못하는 까닭에 분연히 떨쳐 일어나 교본을 만들어 수많은 부모에게 강연하였다. 근래에 이에 호응하는 이가 점점 늘어나고, 많은 부모가 수강하여 자식 가르침에 유익함이 있다고 하니 교화의 싹을 여기에서 볼 수 있을 것

---

1) 모질耄耋: 여든 살을 뜻함.
2) 판탕板蕩: 나라가 어지러워 흔들림. 세상이 어지러움. 난세亂世.

이다.

내가 비록 몸은 노쇠하고 재주는 둔하나 마음이 혼매하지 않고 의기가 날로 왕성하니, 환경이 순조롭게 되어 쉬지 않고 나아가게 되길 바랄 뿐이다.

耄耋當然百病侵 모질당연 백병침 이나
여든 고개에 당연히 온갖 병이 침노하나,

何須避世臥山林 하수피세 와산림 고
어찌 모름지기 세상을 벗어나 산림에 누웠으리오.

雖無爲我功名志 수무위아 공명지 나
특별히 나를 위한 공명심은 없지만,

猶有憐民教化心 유유련민 교화심 이라
오직 백성들을 교화하려는 마음은 있다네.

父祖不傳修道德 부조부전 수도덕 하니
부모 조상이 도덕 닦음을 전해 주지 못했으니,

兒孫只習得銀金 아손지습 득은금 이라
자손들이 다만 돈 버는 방법만 익히고 있구나.

八旬始克知天命 팔순시극 지천명 하야
여든에야 비로소 천명을 알 수 있어,

導育淳風自願臨 도육순풍 자원림 이라
교육을 이끌고 풍속을 순화하길 자원하여 나섰다네.

4.24. 內子生日
내자 생일에

[2010-02-26]

昨歲生辰**君病侵** 작세생신 군병침 한데
작년 생일에 그대에게 병이 침노하였는데,

今朝共步後山林 금조공보 후산림 이라
오늘 아침에 뒷산 숲길을 함께 걸었다네.

更知經患人間貴 갱지경환 인간귀 하니
병을 겪고 난 뒤라야 사람이 귀한 줄 다시 알게 되니,

彼此不言同老心 피차불언 동로심 이라
서로 말은 하지 않아도 늙어가는 마음은 같을 거라네.

4.25. 哭外舅
장인께서 돌아가심에 곡하다

[2010-02-26]

百歲生辰病未侵 백세생신 병미침 이러니
백세 생신에도 병이 침노하지 아니하였더니,

居然一疾返山林 거연일질 반산림 이라
어느덧 한번 병드시자 산림으로 돌아가셨다네.

六十五年望嶠岳 육십오년 망교악 하니
육십오 년 동안 태산 교악처럼 우러러보았더니,

樑頹地壞渾喪心 양퇴지괴 혼상심 이라
들보가 내려앉고 땅이 무너지듯 사뭇 마음이 쓰라리네.

又 또

倭洋百載迭相侵 왜양백재 질상침 하니
지난 백 년 왜와 양이들 바꾸어 가며 침략하니,

儒教淪喪奈士林 유교륜상 내사림 고
유학의 가르침 땅에 떨어져 선비들 어찌할꼬?

今後古規無處覩 금후고규 무처도 하니
오늘 이후 옛 가르침을 배울 곳이 없어졌으니,

仰天長號嘆天心 앙천장호 탄천심 이라
하늘 쳐다보며 크게 울부짖으며 천심을 한탄하네.

4.26. 讀碧史先生文集[1]
벽사[이우성] 선생 문집을 읽고

[2010-02-26]

京釜線汽車上亂草.

경부선 기차에서 되는대로 적다.

倭風掩天地 왜풍 엄천지 나
왜놈 풍속이 세상을 뒤덮어도,

退老不得侵[2] 퇴로 부득침 하고
벽사 선생께선 물들지 않으시고.

讀書唯古籍 독서 유고적 하여
오직 옛 전적을 읽으시며,

時或遊山林 시혹 유산림 이라
때때로 산림에 노니셨다네.

群朋趨新學 군붕 추신학 하나
무리의 벗들은 서양 학문 좇았으나,

時流不動心 시류 부동심 이라
세월 흐름에 마음 움직이지 않으셨네.

---

1) 벽사碧史: 이우성李佑成(1925~2017)의 호. 성균관대학교 문과대 졸, 동 대학원 문학박사, 동 대학교수, 역사학회 회장, 한국한문학회 회장, 한국문화추진위원회 회장, 퇴계학연구원 원장, 재단법인 실시학사 원장 등 역임. 저서로 『이우성저작집』(전8권), 『벽사관문존碧史館文存』, 『잔년수초殘年收草』 등이 있다.

2) 퇴로退老: 경남 밀양에 있는 벽사 선생의 고향 마을.

幼少能詩作 유소 능시작 하니
어려서부터 능히 시를 지으시니,

片片是精金 편편 시정금 이라
구절구절마다 금같이 귀하였다네.

一覽而輒記 일람 이첩기 하고
한번 보시면 바로 기억하시고,

文史薀蓄深 문사 온축심 이라
문학과 역사를 깊이 연구하셨네.

江山光再復 강산 광재부 하니
나라에 빛이 다시 돌아오니,

開門教壇臨 개문 교단림 이라
문을 열어 교단에 서셨다네.

字句無不誦 자구 무불송 하야
문장을 외우지 못하시는 것이 없어,

辭書不要尋 사서 불요심 이라
사전을 찾을 필요가 없었네.

腹藏萬卷書 복장 만권서 하고
가슴에는 만권의 책이 들어 있으니,

此世有誰今 차세 유수금 이리
이 세상에 선생 같은 이 누가 있으리?

今日成文集 금일 성문집 하니
오늘에야 문집을 이루시니,

驚嘆不能禁 경탄 불능금 이라
경탄을 금할 수 없구나.

文章淡以健 문장 담이건 하니
문장은 담박하고도 건전하고,

詩句格仙音 시구 격선음 이라
시구는 신선 세계의 격조일세.

高擧自在飛 고거 자재비 하고
높이 떠서 자유자재로 날았고,

神韻鬱森森 신운 울삼삼 이라
신묘한 운치는 울창하고 무성하였네.

每朔陪蘭社 매삭 배란사 하여
매달 난사시회에서 모시게 되어,

幸聞瓊句吟 행문 경구음 이라
다행히 멋진 구절 읊음 들을 수 있다네.

八旬起居好 팔순 기거호 하니
여든에도 기거하심이 편안하시니,

親朋喜不任 친붕 희불임 이라
친한 벗들 기쁨을 감당치 못하도다.

4.27. 晩春村景
늦봄 시골 풍경

[2010-06-18]

蒼翠成林億萬株 창취성림 억만주 하고
푸르고 푸른 수많은 나무들이 숲을 이루고,

村家点点古城隅 촌가점점 고성우 라
드문드문 시골집들 옛 성 모퉁이에 보이는구나.

時來雨水水盈沓 시래우수 수영답 하니
때맞게 비가 내려 논에 물이 가득하니,

人替農機機勝奴 인체농기 기승노 라
사람들은 농기계를 바꾸니 기계가 머슴보다 낫다네.

除草驅虫指成木 제초구충 지성목 하고
풀을 베고 벌레를 쫓아 손가락은 뻣뻣하여지고,

施肥播種汗如珠 시비파종 한여주 라
거름 주고 씨뿌리니, 구슬 같은 땀을 흘렸구나.

可憐鄉里無靑壯 가련향리 무청장 하니
애달프다! 시골에는 청장년이 없다지,

但見田園老弱夫 단견전원 노약부 라
다만 들판에는 힘없는 늙은이들만 보이는구나.

4.28. 濟州尋春
제주도 봄을 찾아

[2010-06-18]

京家蕭寂出門疎 경가소적 출문소 러니
서울 집은 적막하고 쓸쓸하나 문밖 나갈 일 없더니,

飛向瀛洲脫蟄居 비향영주 탈칩거 라
제주도를 향해 날아가며 움츠림을 벗어났네.

融雪草場仙界似 융설초장 선계사 하고
눈 녹은 그린필드는 마치 신선 세계 같고,

揮杆老夫壯年如 휘간로부 장년여 라
골프 채 휘두르는 늙은이는 청장년 같구나.

黃鶯樹裡呼朋後 황앵수리 호붕후 요
꾀꼬리는 수풀 속에서 제 짝을 부르고,

白柰枝端開蕚初 백내지단 개악초 라
벚꽃 가지 끝에는 꽃봉오리 피어나네.

山鹿伴兒遊慢慢 산록반아 유만만 하고
산 사슴은 새끼 데리고 편안스레 노닐고,

群鳧相樂輒忘魚 군부상락 첩망어 라
무리 지은 오리 떼 서로 노느라 문득 물고기도 잊었네.

4.29. 寧海花樹會有感
영해 화수회 유감

[2010-06-18]

江堤蓮萼盡瀾漫 강제련악 진난만 하고
　강둑에 연꽃 봉오리 마음껏 물결 넘실대고,

滿苑梅花溢木欄 만원매화 일목란 이라
　매화는 뜰에 만발하여 나무 울타리에 넘치네.

昨夜馳車身覺困 작야치차 신각곤 이러니
　어젯밤에는 차를 몰아 온몸이 피곤함을 느꼈지만,

今朝登岳氣還安 금조등악 기환안 이라
　오늘 아침 산에 올라 기분이 다시 편안해지는구나.

此時諸族知名少 차시제족 지명소 하고
　요즈음 족친들 이름 아는 사람 드물어졌고,

昔日群朋得見難 석일군붕 득견난 이라
　옛날 친구들 만나 보기 힘들구나.

每到故山情惜別 매도고산 정석별 하여
　매번 고향 산천에 갈 때마다 떠남이 아쉬워,

翼峰回首更**看看** 익봉회수 갱간간 이라
　고개 돌려 나라골 산봉우리를 보고 또 돌아보게 되는구나.

4.30. 俗離山
속리산에서

[2010-06-18]

倚杖携鞋步不忙 의장휴혜 보불망 이나
지팡이 짚고 등산화 신은 걸음 바쁘지 않으나,

春寒尙烈却荒唐 춘한상렬 각황당 이라
봄추위 아직 매서워 도리어 당황스럽네.

幼芽已笑迎時節 유아이소 영시절 하고
어린싹도 이미 피어 봄을 맞이하고,

小萼纔開發馥香 소악재개 발복향 이라
조그만 꽃봉오리 겨우 피어 늦게 향기를 피우네.

中店弄雲身老耋 중점롱운 신노질 이나
중턱에서는 구름을 희롱하니 늙은 몸이었지만,

上頭摩碧少年郞 상두마벽 소년랑 이라
산 위에 올라 하늘을 어루만지니 소년 같았다네.

俗離二日方離俗 속리이일 방리속 하니
속리산에서 이틀은 마치 세속을 떠난 듯하니,

仙氣芳芬滿背囊 선기방분 만배낭 이라
향기로운 신선 기운 배낭에 가득 찼다네.

4.31. 九橋球場[1]
구교 골프장

[2010-06-18]

君來南島便昇仙 군래남도 편승선 한데
그대 제주도로 와서 문득 신선이 되었는데,

野鹿青氈夢幻邊[2] 야록청전 몽환변 이라
들판에 사슴 푸른 융단 같은 필드 꿈같은 환경이라네.

好景好音風又好 호경호음 풍우호 하니
경치 좋고 소리 좋고 바람 또한 좋으니,

白球飛翔白雲天 백구비상 백운천 이라
흰 골프공은 흰 구름 속으로 날아 올라가네.

---

1) 구교구장九橋球場: 제주도 안덕에 있는 골프장. 나인브릿지(nine bridge). 다리가 8개 있는데, 가슴속에 하나 있는 다리를 더해 구교구장이라 한다.

2) 청전青氈: 선대로부터 전해진 귀한 유물. 짐승 털로 만든 푸른 담요. 여기서는 골프장 잔디를 비유하였다.

4.32. 松石臺早景
송석대 아침 풍경

[2010-07-26]

睡破開窓曙色開 수파개창 서색개 하고
잠이 깨어 창을 여니 서광이 비추이고,

翠林蔭翳掩靑苔 취림음예 엄청태 라
푸른 숲 그림자 파란 잔디에 드리우네.

霧開喜見蒼千樹 무개희견 창천수 하고
안개 개어 푸른 나무 즐겁게 바라보니,

樓上欣嘗綠一杯 누상흔상 녹일배 라
옥상에서 녹차 한 잔 기쁘게 맛본다네.

雨後岩溪鳴石瀉 우후암계 명석사 하고
비 온 뒤 바위 계곡에 돌 구르는 소리 울리고,

晨朝山鵲逐群來 신조산작 축군래 라
새벽부터 산까치 떼 무리 지어 날아온다네.

無關紛鬧長安事 무관분뇨 장안사 하고
어지럽고 시끄러운 서울 장안 일 상관하지 않고,

自愛淸凉松石臺 자애청량 송석대 라
스스로 맑고 시원한 송석대를 사랑하노라.

4.33. 祝奉天文集出刊
봉천 조순 선생 문집 출간을 축하하며

[2010-07-26]

鶴山有一鶴 학산 유일학 하니
　학산에 한 마리 학이 있으니,

大瀛飛悠然 대영 비유연 이라
　너른 바다에 유유히 날았네.

周遊天下後 주유 천하후 에
　천하를 두루 다닌 후에,

卅年栖奉天 삽년 서봉천 이라
　봉천동에 깃든 지 삼십 년.

平生學經濟 평생 학경제 하여
　평생을 경제학을 공부하여,

蘊蓄達絶巓 온축 달절전 이라
　쌓아 온 것이 산을 이루었네.

時時展所信 시시 전소신 한데
　때때로 소신을 펼쳤는데,

卓論數百篇 탁론 수백편 이라
　탁월한 논설 수백 편이라.

著書明且要 저서 명차요 요
　저서 또한 분명하고 또 요긴하며,

初學必讀先 초학 필독선 이라
　초학자들이 반드시 먼저 읽네.
樂在英才育 낙재 영재육 하고
　영재를 기름에 즐거움을 두었고,
門下濟濟賢 문하 제제현 이라
　문하에는 뛰어난 현사들 수두룩하네.

負笈學行止 부급 학행지 하니
　학문이나 행적을 배우는 제자들이,
終身慕少泉 종신 모소천 이라
　종신토록 소천 선생 흠모하였네.
爲民敢奮起 위민 감분기 하고
　국민을 위해 분연히 일어나,
當相兩三年 당상 양삼년 이라
　부총리를 이삼 년 담당하셨네.

更爲平天下 갱위 평천하 하고
　다시 천하를 태평하게 하려고,
逐鹿謀大權 축록 모대권 이라
　국권을 찾으려 대권을 도모하셨네.
燕雀不知鵠 연작 부지곡 하니
　참새와 제비가 고니의 뜻을 모르니,
歸去來園田 귀거 내전원 이라
　전원으로 돌아오셨다네.

皐流絕名利 고류 절명리 나
산천에서 명리를 끊고,
閑迎八耋筵 한영 팔질연 이라
무람없이 팔순 잔치를 맞이하셨네.
後學咸成議 후학 함성의 하니
후학들이 모두 의논하여서,
詩文高比肩 시문 고비견 하네
시문집을 높이 견주게 하였다네.

瓊句雅而淡 경구 아이담 하고
아름다운 구절은 아담하고,
樂憂交相連 낙우 교상련 이라
즐거움과 근심 서로 이어진다네.
筆意脫俗氣 필경 탈속기 하고
붓 뜻은 세속의 기를 벗었고,
字體溫而圓 자체 온이원 이라
글씨체는 따뜻하고 원만하다네.

我得忝蘭社 아득 첨란사 하고
나는 난사시회에 들 수 있어,
每朔座相聯 매삭 좌상련 이라
매달 서로 곁에 앉았다네.
紅顔白眉秀 홍안 백미수 하니
홍안에 흰 눈썹 뛰어나고,

淑氣超紅塵 숙기 초홍진 이라
　맑은 기운 속세를 넘어섰다네.

身雖不如舊 신수 불여구 나
　일신은 비록 옛과 같지 않지만,
潛養心如前 잠양 심여전 이라
　마음 다듬으심 예전과 같다네.
祈祝百歲日 기축 백세일 에
　빌고 축원하노니 백 세 되시는 날,
更見續集延 갱견 속집연 이라
　다시 속집이 나오게 되기를.

4.34. 病後退院有感
병원에서 퇴원한 후 느낌

[2010-11-23]

秋風蕭灑此家山 추풍소쇄 차가산 한데
가을바람이 집 뒷산을 말끔하게 쓸고 갔는데,

病後經旬我始還 병후경순 아시환 이라
아픈 지 열흘 지나 내 비로소 돌아왔네.

滿發盆蘭窓壁下 만발분란 창벽하 하고
활짝 핀 난 화분들 창가에 나란히 있고,

歡迎山鳥竹林間 환영산조 죽림간 이라
산새들이 날 반기며 대숲에서 지저귀네.

丹楓北漢隨時變 단풍북한 수시변 한데
북한산 단풍은 때를 따라 변하는데,

黃菊南庭獨自閑 홍국남정 독자한 이라
뜰 앞에 누런 국화는 홀로 피어 여유롭네.

來省兒孫歸去散 내성아손 귀거산 하고
문병 왔던 아들 손자 뿔뿔이 돌아가고,

鏡中獨對鬢毛斑 경중독대 빈모반 이라
홀로 거울 마주 보니 귀밑머리 쇠었구나.

4.35. 生日
생일에

[2010-11-23]

七九年光速似飛 칠구년광 속사비 하니
일흔아홉 세월이 빛의 속도같이 날아가니,

鏡中華髮更稀微 경중화발 갱희미 라
거울 속 빛나던 머리카락은 문득 빛바랬구나!

從心何敢不逾矩[1] 종심하감 불유구 한데
마음 따라 함이 어찌 법도를 넘지 않을 수 있으리,

隨老須知順理歸 수로수지 순리귀 라
늙음을 따라서 모든 것이 순리대로 돌아감을 알아야 되겠네.

青草戲球從子女 청초희구 종자녀 하고
푸른 잔디에서 공놀이하자는 아이들을 따랐고,

紅花會席伴斜暉 홍화회석 반사휘 라
붉은 꽃 핀 자리에 모여 해넘이를 같이하였구나.

孫兒萬里殊邦在 손아만리 수방재 하니
손주들이 만리타국에 떨어져 있어,

不見今辰彩舞衣 불견금신 채무의 라
오늘 아침에 색동옷 입고 춤추는 모습을 볼 수 없구나.

---

1) 종심從心: 공자는 "70세가 넘자 마음이 하고 싶은 대로 하여도 법도에 넘어서는 일이 없었나七十而從心所欲, 不踰矩."고 함.

4.36. 挽玄洲丈[1)]
현주[김동한] 어른 만사

[2010-11-23]

蘭友昇天又一人 난우승천 우일인 하니
난사시회 벗 한 분이 또 하늘로 떠나시니,

嗚呼奈此舊情分 오호내차 구정분 오
오호! 이 오랜 옛 정분을 어찌할꼬?

軒軒姿貌輝鄕里 헌헌자모 휘향리 하고
헌헌장부의 모습 고향을 빛냈고,

卓卓才華拔衆群 탁탁재화 발중군 이라
우뚝한 빛나는 재주 무리에서 탁월했네.

退職閑居常讀誦 퇴직한거 상독송 하고
퇴직 후 한가하게 머물며 항상 읽고 외우며,

作詩佳會寫觀聞 작시가회 사관문 이라
보고 들은 것 시를 지어서 모임에 보였다네.

旅中來電得悲報 여중래전 득비보 하니
여행 중에 전화로 비보를 전해 받으니,

只是茫然望白雲 지시망연 망백운 이라
다만 망연히 흰 구름만 바라볼 뿐이로구나.

---

1) 현주玄洲: 한국토목공학회 회장을 지낸 김동한金東漢 선생의 호. 난사시회 최고령회원, 거창 출신, 서울대학교 토목공학과 졸, 학자이면서 각종 국토건설사업을 지휘한 고위 행정 관료직 역임.

4.37. 喜聞慕何快擧
모하[이헌조]의 쾌거를 듣고 기쁜 마음에

[2010-11-23]

江邊吟詠老詩人 강변음영 노시인 이
강가에서 시를 읊던 늙은 시인,

超脫塵氣常喜分 초탈진기 상희분 이라
세속의 먼지를 털고 항상 즐겁게 분수를 지켰다네.

早歲作心窮哲理 조세작심 궁철리 하고
일찍부터 밝은 이치를 궁구하기로 마음을 먹었고,

中年牽俗入商群 중년견속 입상군 이라
중년에 세상에 이끌려 장사꾼 무리에 들어갔네.

萬民爭利發醜態 만민쟁리 발추태 나
모든 사람들 이익을 다투어 추태를 보이지만,

億幣喜捐轟好聞 억폐희연 굉호문 이라
억대 재물을 기쁘게 내놨다는 좋은 소문 들리네.

實學將安磐石上[1] 실학장안 반석상 하니
실시학사가 장차 반석 위에 오른 듯 편안하리니,

慕何壯擧耀靑雲 모하장거 요청운 이라
모하의 장한 쾌거가 청운에 빛나리라.

---

1) 실학實學: 난사시회 모임을 이끌고 있던 이우성 교수가 수관하는 (사) 실시학사實是學舍. 이 모임에 모하가 사재 80억 원을 기증하였음.

4.38. 外家
외가를 그리워하며

[2010-11-23]

外家在五里許, 過原而越川則捷至. 外王父四代獨身, 無近親. 外叔兄弟往日本中國, 故內從亦在外, 蕭條寂寞. 余小時頻往外家, 任元邱國民學校教師時, 外叔母, 每日供晝食. 余壯而遊京時, 或往訪, 則外叔母歡待不可形言. 今則家雖保存, 無人迎我, 回舊念今, 不禁悲感.

외가는 우리 집에서 5리쯤에 있는데, 평원을 지나고 개울을 건너면 곧 닿았다. 외할아버지께서 4대로 독자라 가까운 친척이 없었다. 외숙부 형제분이 일본과 중국에 가서 사셨고, 나의 외사촌들 또한 외국에서 살아 쓸쓸하고 적막한 집안이다.
내가 어려서 자주 외가에 갔고 원구의 초등학교 교사로 있을 때 외숙모께서 매일 점심밥을 지어주셨다. 내가 장년에 서울로 가 있다가 간혹 찾아가면 외숙모께서 반가이 맞아 주시기를 말로 표현할 수 없었다. 지금 집은 비록 남았지만 나를 반겨주는 이가 없어 옛날을 돌아보며 지금을 생각하니 서글픈 마음을 금할 수 없다.

庭畔無人也閉門 정반무인 야폐문 하고
마당에는 아무도 없고 문도 또한 닫혔고,

蕭條落葉散江村 소조낙엽 산강촌 이라
낙엽만 쓸쓸히 강마을에 흩날리는구나.

古家庭樹見前跡 고가정수 견전적 이나

　옛집 뜨락의 나무들은 예전 자취 그대로이나,

舊校弊窓稀古痕[1] 구교폐창 희고흔 이라

　옛 학교 낡은 창에 옛 흔적 희미하네.

吾祖儀容慈又儼 오조의용 자우엄 하고

　내 할아버지 모습은 자애롭고 또 엄격하셨고,

外家凡節懇且溫 외가범절 간차온 이라

　외가 범절은 간절하고 또 온화하였다네.

歸來白髮懷前日 귀래백발 회전일 하니

　백발로 돌아와 옛날을 되돌아보니,

雙淚盈巾欲斷魂 쌍루영건 욕단혼 이라

　두 줄기 눈물 수건을 적시고 정신이 먹먹하여지네.

---

1) 구교舊校: 서문에서 말한 원구元邱의 초등학교. '영해 서부조등학교'로, 저자가 1년쯤 임시교사로 근무하였는데 지금은 폐교가 되었음.

4.39. 雪景
눈 오는 풍경

[2010-12-28]

滿空細雪似雲烟 만공세설 사운연 하고
하늘 가득 쏟아지는 눈은 구름 아지랑이 같고,

林絶飛禽谷斷泉 임절비금 곡단천 이라
숲속에 날짐승들 숨고 골짜기 샘 또한 얼었네.

山裡幽居人不至 산리유거 인부지 하고
산속 깊은 집에는 사람도 이르지 않고,

鴻濛天地在窓前 홍몽천지 재창전 이라
태고 때 같은 천지가 창문 앞에 펼쳐졌네.

4.40. 記夢
꿈에

[2010-12-28]

吾家圍繞紫雲烟 오가위요 자운연 하고
내 집을 자줏빛 구름 아지랑이 둘러싸고,

烏竹蒼松又洌泉 오죽창송 우렬천 이라
검은 대나무와 푸른 소나무와 차가운 샘물.

碧海萬波連嶂外 벽해만파 연장외 요
우뚝 솟은 봉우리 너머 푸른 바다 끝없는 파도,

綠原十里展門前 녹원십리 전문전 이라
푸른 들판 십 리쯤 문 앞에 펼쳐졌네.

逐牛牧笛聞幽谷 축우목적 문유곡 하고
소 몰고 가는 피리 소리 깊은 골짜기에서 들리고,

擊壤農謠散暮天 격양농요 산모천 이라
농부가 부르는 격양가 노랫소리 저무는 하늘에 퍼지네.

慈母呼聲甘睡覺 자모호성 감수교 하니
어머니 부르는 소리에 단잠을 깨고 보니,

心怡神暢忘衰年 심이신창 망쇠년 이라
마음이 기쁘고 정신도 화창하여 늙어 감을 잊었노라.

4.41. 早朝登後山
이른 아침 뒷산에 올라

[2011-02-23]

俯看列峀似群臣 부간렬수 사군신 한데
굽어보니 늘어선 등성이들 조회하는 신하들 같은데,

傲立山頂翁八旬 오립산정 옹팔순 이라
산꼭대기에 오뚝 서니 늙은이 팔순 나이.

冷雪氷溪隱岩窟 냉설빙계 은암굴 하고
차가운 눈 얼음 골짜기에 바위굴이 숨어 있고,

寒風石路勵心身 한풍석로 여심신 이라
돌길 위로 부는 바람 몸과 마음을 격려하네.

伊昔健筋多故友 이석건근 다고우 러니
옛날엔 나도 건강한 몸매에 친구들도 많았건만,

如今衰脚一閑人 여금쇠각 일한인 일세
지금 가냘픈 다리에 홀로 한가로운 사람일세.

冬君莫道勢猶壯 동군막도 세유장 고
동장군아! 그 기세 씩씩함을 말하지 말라,

嶺外將來花信春 영외장래 화신춘 이라
고개 넘어 언젠가 꽃소식 봄이 오리니.

4.42. 喜孫兒迎婦
손자며느리 맞이함을 기뻐하며

[2011-04-19]

孫兒迎婦三代同還仁良故里. 見家廟, 會族人. 上竹裏館, 淸溪亭, 忠孝堂.

손자가 아내를 맞아 3대가 같이 나라골〔인량〕 고향 마을에 갔다. 집안 사당에 참배하고 족친들이 모였다. 함께 죽리관과 청계정 충효당에 올랐다.

好逑窈窕爲孫憂 호구요조 위손우 하니
요조숙녀가 손자의 좋은 짝 되기를 걱정했더니,

得意吾家瑞氣浮 득의오가 서기부 라
즐거운 우리 집안에 상서로운 기운 떠오르네.

仁里閑幽二百戶 인리한유 이백호 는
나라골 아늑한 마을 이백여 호 되는 마을은,

杏陰壯盛半千秋 행음장성 반천추 라
은행나무 음덕으로 장성한 지 오백 년이라.

僉宗咸集歡杯擧 첨종함집 환배거 한데
여러 종중 사람들 다 모여 잔을 들어 환호하는데,

三代同來古宅留 삼대동래 고택류 라
삼대가 같이 가서 옛집에 머물렀다네.

卄世室堂遺澤在 입세실당 유택재 하여
이십 세 살아온 집에 조상의 유택이 남아있어,

共登竹裏與溪樓 공등죽리 여계루 라
죽리관와 청계정에 함께 올랐도다.

4.43. 與家兒登山
아들과 같이 산에 오르다

[2011-04-19]

洪淳歸國, 從余登後山. 回想三十年前, 陪先考登此山, 今我父子之年齒, 與其時父子之年相似, 感愴不已.

홍순이 귀국하여 나를 따라 뒷산에 올랐다. 30년 전 선친을 모시고 이 산을 올랐던 일을 회상하니, 지금 우리 부자지간의 나이가 그때 아버지와 나와 같아, 슬픈 느낌을 그치지 못하겠노라.

我愛棲遲北漢山 금애서지 북한산 하여
내가 북한산에 노닐기를 좋아하여,

時時中麓往而還 시시중록 왕이환 이라
때때로 산기슭 중턱까지 갔다가 돌아온다네.

禽歌已到前江岸 금가이도 전강안 하나
앞 냇가에서는 새소리 이미 들리나,

花信遲來後谷間 화신지래 후곡간 이라
뒤 골짜기에는 꽃 소식이 더디다네.

同伴歸兒心發興 동반귀아 심발흥 하나
아들과 함께 돌아오는 길은 마음이 흥겹지만,

共懷先考涕流潸 공회선고 체류산 이라
함께했던 선친을 생각하니 눈물이 흘러내리네.

川原不老恒如舊 천원불로 항여구 하나
산천은 변함없이 항상 옛날과 같으나,

自笑衰身白髮顔 자소쇠신 백발안 이라
노쇠한 몸 백발 얼굴이 저절로 우스워지네.

4.44. 早春登後山
이른 봄 뒷산을 오르다

[2011-05-27]

常念登高今僅成 상념등고 금근성 하니
 늘 높이 오르려다 오늘 겨우 오르고 보니,

攀岩難似石田耕 반암난사 석전경 이라
 바위 타는 어려움은 마치 자갈밭을 가는 것 같다네.

岑頭華美晩花發 잠두화미 만화발 하고
 산봉우리에는 늦게 핀 꽃들로 화려하며 아름답고,

路畔柔娟新葉生 노반유연 신엽생 이라
 길옆에는 새로 돋아난 잎들이 부드럽고 어여쁘네.

雨霽山禽音律**亮** 우제산금 음률량 하고
 비 개인 뒤 산새들 노랫소리 낭랑하고,

雪融澗谷水紋淸 설융간곡 수문청 이라
 눈 녹은 골짜기에 물줄기는 맑구나.

早春景色無窮好 조춘경색 무궁호 하니
 이른 봄 풍경은 더할 수 없이 좋으니,

此地正當仙界名 차지정당 선계명 이라
 이곳이 바로 선계라 이름함이 마땅하리라.

4.45. 遊西湖 - 詞譜憶秦娥[1] [2]

서호에서 놀다 -「억진아」라는 사보를 따라 지은 사

[2011-05-27]

西湖好[3] 서호호 라

좋구나! 서호,

蘇堤雲煙裡 雲煙裡 소제운연리 운연리 라네

동파가 쌓은 제방은 안개 속에 가렸다네,

안개 속에 가렸다네.

鳥鳴柳笑 賞春歡喜 조명류소 상춘환희 라

새 울고 버드나무 웃으니,

봄나들이 기쁘고 즐겁다네.

---

1) 사보詞譜: 중국 청나라 때 강희제의 명에 의해 편찬된 책. 당・송・원대의 사 260조調 2,306체體를 수록했다. 40권. '사詞'란 정해진 노랫가락에 가사를 적어 넣는 운문체를 말하는데, 지금의 'logo song' 같이 생각하면 될 것이다. 여기서는 「억진아憶秦娥」라는 사보에 따라서 지었다. 『사보』는 악곡의 형식을 모아 놓은 책인데, 이 「억진아」 곡은 '앞뒤 두 문단[双調], 46자[41자도 있음], 각 5구…, 같은 규칙에 따라서 지어야 한다.'라고 위의 『사보』에 기재되어 있다.

2) 억진아憶秦娥: 진아秦娥를 그리워하며. 진아는 농옥弄玉이라고도 한다. 춘추시대 진秦 목공穆公 때의 소사蕭史가 퉁소를 잘 부니, 그가 퉁소를 불면 공작새와 흰 학이 앞마당에 와서 놀았다. 진 목공의 딸인 농옥이 그를 좋아하였다. 이에 그녀를 소사에게 시집보내고 봉황대鳳凰臺를 지어 주자 부부가 그곳에서 살았는데, 하루아침에 봉황을 타고 날아갔다. 소사에게서 퉁소 부는 것을 배운 농옥의 퉁소 소리는 너무도 맑고 깨끗해서 봉황도 부를 수 있었다 한다. 仙傳拾遺「列仙傳」. - [전당시], 「억진아憶秦娥(추사秋思)」

3) 서호西湖: 항주 외곽에 있는 호수. 당나라 때 백거이白居易(호 낙천樂天)와 송나라 때 소동파 같은 문호들이 이곳의 지방관으로 와서 각각 제방을 쌓았는데 '백씨가 쌓은 제방[白堤]', '소씨가 쌓은 제방[蘇堤]' 같은 유적이 남아있다.

樂天難別杭州去 낙천난별항주거 라

백낙천은 항주를 떠나기 어려웠다네.

東坡晴雨言相綺 言相綺 동파청우언상기 언상기 하네

소동파는 맑거나 비 갤 때도 다 같이 비단 같다고 말하였네, 비단 같다고 말하였네.

水淸山紫 景光明美 수청산자 경광명미 라

물 맑고 산 붉고 경관이 밝고도 아름답구나.

4.46. 博約會慶州大會, 會員二千五百人雲集 박약회 경주대회, 회원 2천5백 인이 구름같이 모였다

[2011-06-24]

千年都邑好春天 천년도읍 호춘천 하니
천년 도읍 경주에 봄 날씨도 좋구나,

白鶴橫飛湖上翩 백학횡비 호상편 이라
흰 학이 호수 위를 가로질러 날아가네.

日暖遊蜂探菜圃 일난유봉 탐채포 하고
날씨는 따뜻하여 벌들이 꽃밭 찾아 날아다니고,

風和老叟懋禾田 풍화로수 무화전 이라
바람도 온화하여 늙은 농부 논밭에서 힘쓰네.

慇懃握手逢情友 은근악수 봉정우 하고
정다운 벗들 만나 정중하게 손을 잡고,

靜肅論**書學古賢** 정숙론서 학고현 이라
정숙하게 토론하며 옛 성현의 가르침을 배우네.

卄四多年行底事 입사다년 행저사 오
이십사 년 동안 무슨 일을 행했던고,

弘揚儒俗誦儒篇 홍양유속 송유편 이라네
선비 풍속을 널리 현양하고 유학 책을 외웠다네.

4.47. 訪西皐精舍[1)]
서고정사를 방문하여

[2011-07-28]

望見山亭嘆兩三 망견산정 탄량삼 한데
산 위 정자 바라보며 두 번 세 번 감탄하네,

淸晶淑氣退村南 청정숙기 퇴촌남 이라
맑고 밝고 깨끗한 기운 넘치는 퇴촌의 남쪽.

西皐幽意凝杉木 서고유의 응삼목 하고
서고정사의 깊은 뜻은 삼나무에 맺혔고,

碧史雅情湛石潭 벽사아정 담석담 이라
벽사 선생 우아한 마음은 석담[돌못]에 담겼구나.

少日文才傳及遠 소일문재 전급원 하고
어릴 적 글재주는 멀리멀리 전해졌고,

晩時學德出於藍 만시학덕 출어람 이라
노년에 학문과 덕성은 청출어람 하였다네.

主翁今夕京家在 주옹금석 경가재 하니
주인 영감님 오늘 저녁에는 서울 집에 계시니,

閑客獨嘗茶菓甘 한객독상 다과감 이라
한가로운 나그네 홀로 맛난 다과를 맛본다네.

---

1) 서고정사西皐精舍: 밀양 퇴로리退老里에 위치한 여강驪江 이씨의 정자. 벽사 이우성 선생은 1925년 3월 8일, 경남 밀양군 부북면 퇴로리에서 태어났다. 어릴 때부터 재주가 뛰어나서 조부를 비롯한 문중 어른들로부터 전통학문의 계승자로 주목받은 선생은 이 서고정사에서 공부에 매진하였다. [참고: 우리 시대의 高山景行 – 잠 선비 큰 학자 碧史 李佑成 先生 – 작성자 전통문화연구회]

4.48. 八旬志感
팔순 느낌

[2011-08-11]

更驚八十我年深 갱경팔십 아년심 하고
팔십이라는 내 나이가 다시 놀랍고,

又覺昏晨多病侵 우각혼신 다병침 이라
아침저녁으로 여러 가지 병이 침노함을 또 깨닫는다네.

青壯曾提情產業 청장증제 정산업 하고
일찍이 청년과 장년에 정보산업을 제기하였고,

老衰欲振士人心 노쇠욕진 사인심 이라
늙어 쇠퇴하나 선비 되는 마음을 떨쳐보려 하네.

山家煙景眞堪賞 산가연경 진감상 하고
산속 집 안개 낀 풍경 정말 감상할 만하고,

蘭社淸詩好共吟 난사청시 호공음 이라
난사회 모임 청아한 한시를 함께 읊을 만하네.

盈室兒孫咸祝壽 영실아손 함축수 한데
방안 가득한 아들 손자들 함께 장수 빌어주는데,

滿窓開展月明岑 만창개전 월명잠 이라
온 창문에 달 밝은 산허리 펼쳐져 있다네.

4.49. 八旬
여든

[2011-08-11]

一

天邊白雲好 천변 백운호 하고
하늘 가에 흰 구름 좋고,
松下蟬聲頻 송하 선성빈 이라
소나무 아래 매미 소리 시끄럽구나.
濁世長一夢 탁세 장일몽 하니
혼탁한 세상에 긴 꿈을 한번 꾸고 나니,
忽驚八十春 홀경 팔십춘 이라
문득 여든 살의 봄이로구나.

二

今朝長霖霽 금조 장림제 하니
오늘 아침 긴 장마가 개이니,
滿窓山色新 만창 산색신 이라
창문 가득 산빛이 신선하구나.
兒孫來萬里 아손 내만리 하야
아들 손주 만릿길을 달려와서,
朗朗祝八旬 낭랑 축팔순 이라
낭랑한 목소리로 팔순을 축하해주네.

三

城外別天地 성외 별천지 에

한양성 밖 별천지에,

至親共酒餐 지친 공주찬 이라

친척 친지 모여서 술과 음식 함께하네.

八旬更何祝 팔순 갱하축 이오

팔십 번째 생일을 다시 무엇을 축하하리,

一家長相歡 일가 장상환 이로다

온 집안이 서로 기뻐함이 오래되었으면….

4.50. 閑坐
한가로이 앉아서

[2011-08-11]

盆蘭完美少無虧 분란완미 소무휴 하고
화분 난초는 아주 아름다워 조금의 흐트러짐도 없어,

閑坐看花歲月遲 한좌간화 세월지 라
한가로이 앉아 꽃을 보노라니 세월이 여유롭네.

始覺金風方好節 시각금풍 방호절 하니
가을바람이 바야흐로 좋은 계절임을 비로소 깨달으니,

更知燈火可親時 갱지등화 가친시 라
등불 가까이할 때임을 다시 알겠네.

綠茶清馥初盈室 녹차청복 초영실 하니
녹차의 맑은 향기 비로소 방안에 가득하니,

白瓣紅心誘發詩 백판홍심 유발시 라
흰 꽃판에 붉은 꽃술이 시심을 유혹하네.

長晝捲書懷往事 장주권서 회왕사 하며
긴 낮에 책을 덮고 지난 일을 회고하며,

一杯濡口更何期 일배유구 갱하기 리오
차 한잔으로 입을 적시니 또 무엇을 바라겠는가?

4.51. 寧海古家重修後集會
영해 옛집을 중수한 뒤 모임

[2011-08-11]

寧海吾家將欲虧 영해오가 장욕휴 하니
영해의 내 집이 허물어지려 하기에,

修楹塗壁幸無遲 수영도벽 행무지 라
기둥을 수리하고 벽을 칠하니 다행히 늦지 않았다네.

村前黃穀登豊節 촌전황곡 등풍절 하고
마을 앞 들판에 곡식 누렇게 익어가고,

堂後紅檎完熟時 당후홍금 완숙시 라
집 뒤의 붉은 능금나무 열매 완전히 익어 갈 때라.

十九繼承堪記蹟 십구계승 감기적 이
19대를 이어옴은 사적을 기록할 만하고,

半千傳說足爲詩 반천전설 족위시 라
오백 년 전설은 시가 되기 흡족하네.

東西宗族咸來集 동서종족 함래집 하여
사방의 종친들이 모두 와서 모여,

再會年年更**與期** 재회년년 갱여기 라
해마다 다시 모이고 또 모이기를 바라네.

4.52. 高校同門數人, 每週登北漢
고교 동문 몇 사람과 매주 북한산에 오르다

[2011-10-31]

高校同門數人, 每週登北漢或逝或病, 散會已數年, 余獨來此, 有感.

고교 동문 몇 사람이 모여 매주 북한산을 올랐는데, 혹 별세하고, 혹은 병들어서 모임이 흩어진 지 몇 년째, 내가 홀로 여기 이르니 마음이 울적하다.

北漢秋風樹色黃 북한추풍 수색황 하고
북한산에 가을바람 부니 나뭇잎이 누레지고,

澗邊花草萎初霜 간변화초 위초상 이라
골짜기 옆 꽃과 풀들은 첫서리에 시들었네.

同遊休處帶青蘚 동유휴처 대청선 하고
벗들과 함께 놀고 쉬던 곳에 푸른 이끼 덮였고,

一去故人摧斷腸 일거고인 최단장 이라
한번 떠난 친구들 생각에 창자가 끊어지고 꺾인 듯.

昔日歌聲微漠漠 석일가성 미막막 하니
옛날 부르던 노랫소리 들릴 듯 말 듯 희미하니,

遠天雪影渺茫茫 원천설영 묘망망 이라
먼 산 눈 그림자 아득하고 아득해 보이네.

人生來往旣如此 인생래왕 기여차 하니
인생살이 오고 감이 이와 같으니,

却喜猶存松菊香 각희유존 송국향 이라
도리어 마땅히 남아있는 소나무와 국화 향을 즐기리라.

4.53. 祝向川八旬[1]
향천[김용직 교수]의 팔순을 축하하며

[2011-11-24]

越涉艱難幾險層 월섭간난 기험층 이나
괴롭고 어려운 때를 견디며 얼마나 힘들고 위태로웠을까?

精神金石竟無凝 정신금석 경무응 하네
정신은 금석과 같아 끝내 응어리지지 않았네.

養成後進開新脈 양성후진 개신맥 하고
후진을 양성하여 새로운 학맥을 열었고,

研究詩文等峻陵 연구시문 등준릉 이라
시문을 연구하여 높은 언덕과 나란히 되었다네.

遍歷名山收浩氣 편력명산 수호기 하고
명산을 두루 다녀 큰 기운을 수렴하고,

時留古刹話名僧 시류고찰 화명승 이라
때로 옛 절에 머물러 이름난 승려들과 대화하네.

吾君半百好朋友 오군반백 호붕우 니
나와 그대 반백 년 동안 좋은 친구였으니,

祈祝長娛蘭會燈 기축장오 난회등 이라
오래도록 난사 등불을 오래 즐기기를 빌고 빈다네.

---

1) 향천向川: 김용직金容稷의 호. 안동 예안 군자리 출신으로 저자와 동갑. 서울대학교 국문학과 교수, 학술원 회원, 난사회 회원.

4.54. 松石臺
송석대

[2011-12-26]

余曾築新屋, 於北漢山麓, 屋上作平臺, 曰松石臺.

내가 일찍이 북한산 기슭에 새집을 지어 옥상에 평평한 누대를 지어 '송석대'라 부른다.

吾家北漢對靑林 오가북한 대청림 하니
내 집이 북한산 푸른 숲을 마주 보고 있으니,

四季東西聞鳥音 사계동서 문조음 이라
사계절 사방에서 새소리 들린다네.

臺上蒼空雲影美 대상창공 운영미 하고
송석대 위 푸른 하늘은 구름 그림자 아름답고,

眼前幽谷水聲深 안전유곡 수성심 이라
눈앞에 그윽한 골짜기 물소리도 깊다네.

日耀春朝生活氣 일요춘조 생활기 하고
햇볕 밝은 날마다 봄날에는 활기 솟아나고,

月明秋夜動詩心 월명추야 동시심 이라
달 밝은 가을 밤에는 시심이 돋아나네.

松石風光如此好 송석풍광 여차호 하니
송석대 풍광이 이와 같이 좋은데,

良朋何事罕來臨 양붕하사 한래림 고
좋은 벗들 무슨 일로 드문드문 찾아올꼬?

4.55. 孫與曾孫自美國定住病中誌喜
손주와 증손주가 미국에서 [우리나라로] 정착하러 왔다는 소식에 병중에서도 기쁜 마음으로 짓다

[2012-01-26]

歲暮病相隣 세모 병상린 하여
지난 연말 병과 서로 가까워져,

新年脚力貧 신년 각력빈 이라
새해 들어선 다리 힘이 하나도 없어졌네.

八旬誇健日 팔순 과건일 하나
여든에도 건강한 날을 자랑하다가,

一夜作衰人 일야 작쇠인 이로다
하룻밤 사이 쇠약한 사람 되었구나!

欲做閑存久[1] 욕주 한존구 나
오래도록 편안하게 살고자 애쓰나,

却嫌噴嗽頻 각혐 분수빈 이라
도리어 반갑지 않은 기침이 잦아지는구나.

此中眞喜事 차중 진희사 는
이 와중에 정말 기쁜 일은,

四代滿堂親 사대 만당친 이라
4대가 집 안 가득히 사이좋게 지내게 되었다네.

---

1) 한존閑存: '사특함은 막고 성실함은 보존한다閑邪存誠.'의 준말. 원래 『주역』「건괘 문언전」에 나오는 말인데, 송나라 유학자들이 만든 『근사록近思錄』에도 중요한 덕목으로 나옴.

4.56. 偶吟
문득 짓다

[2012-02-24]

人生元似一扁舟 인생원사 일편주 하야
인생살이 원래 한 조각의 물 위에 뜬 배 같아서,

意外浮沈八十秋 의외부침 팔십추 라
뜻밖의 떴다 가라앉음이 80년 동안 계속되었다.

身在紅塵如馱馬 신재홍진 여태마 나
몸은 어지러운 세상 속에 짐 실은 말 같았지만,

心飛蒼海作閑鷗 심비창해 작한구 라
마음은 푸른 바다에 한가로운 갈매기 같았다네.

回思榮辱同虛夢 회사영욕 동허몽 하고
영욕의 세월을 돌이켜 생각하니 헛된 꿈과 같고,

坐望雲烟等蜃樓 좌망운연 등신루 라
앉아서 흘러가는 구름안개 바라보니 꼭 신기루 같다네.

子女孫曾來滿室 자녀증손 내만실 하니
자식들과 손주 증손주들이 와서 방안에 가득하니,

欣然笑語也消愁 흔연소어 야소수 라
흔연히 웃고 떠드는 모습에 근심이 사그라지네.

4.57. 自嘆
스스로 탄식하다

[2012-03-30]

余陷罹淑大妖怪之網，被世人所注目．余年八十，當脫塵事，退詠風月，未及於此可愧然．淑明理事長，非利害所關之職，故尙未斷捨．不義徒黨陰謀奪取學校，余抵止此擧，而降伏不義無勇之甚，士不能容認，故，至今累陷在紛糾．可嘆可嘆!

내가 숙명여대의 요사스럽고 괴이한 그물에 빠져 세상 사람들의 주목을 받게 되었다. 내 나이 팔십에 마땅히 세속의 일에서 벗고 물러나 음풍농월해야 하나 여기에 미치지 못해 부끄럽게 되었구나.
숙명여대 이사장직은 내 이해와 관련 없는 직책인 까닭에 오히려 잘라 내버리지 않았는데, 의롭지 못한 무리가 학교를 탈취할 음모를 꾸미기에 내가 이 폭거를 저지하며, 불의에 항복하는 것은 심히 용기가 없는 일이므로, 선비로서 용인하지 못하겠기에 지금 여러 차례 분규에 빠져 있다. 한탄할 만하고, 한탄할 만하구나!

砂塵萬丈兩眸昏 사진만장 양모혼 하고
만 장이나 되는 모래 먼지에 두 눈 흐리게 되었고,

魑魅百千傷我魂 이매백천 상아혼 이라
백천 마리 도깨비에 내 정신을 빼앗겼네.

沈氏謀陰成傲勢[1] 심씨모음 성오세 하고

---

1) 심씨沈氏: 간신 심정沈貞을 가리킨다. 조선 중기 문신으로 자는 정지貞之, 호는 소요정逍遙亭, 본관 풍산.

심정은 음모로 거만한 세력이 되었고,

静翁守正冒傷痕[2] 정옹수정 모상흔 이라

조광조는 바름을 지켰지만 깊은 상처 입었다네.

只希抗怪守眞路 지희항괴 수진로 하며

다만 괴이함에 대항하고 참된 길을 지켜가며,

斥邪廻仁作義村 척사회인 작의촌 이라

거짓을 물리치고 어짊을 되돌려 의로운 고장 만들리라.

自嘆老來如此事 자탄로래 여차사 나

늘그막에 이 같은 일 겪음을 스스로 탄식하나,

仰天不愧一心存 앙천불괴 일심존 이라

하늘을 우러러 부끄러움 없으니 한결같은 마음뿐이네.

---

2) 정옹静翁: 조광조趙光祖를 말한다. 자는 효직孝直, 호는 정암静庵이며, 중종반정 후 조정에 출사, 유교적 이상 정치를 현실에 구현하려는 다양한 개혁을 시도하였으나, 시대를 앞서간 그의 개혁정책은 기묘사화로 물거품이 되었다.

4.58. 嶺宗會創立
영종회 창립

[2012-05-20]

壬辰之三月末日, 嶺宗會發足. 此慶北不遷位奉祀宗孫之會. 是日除病故者, 宗孫無漏參集, 凡九十餘人. 其熱誠前所未聞, 皆曰爲匡正世俗淪喪而來. 此正是斯文苦所望之事也.
邀余講話, 余告之曰; "欲移風易俗者, 但只會而嘆息已而, 則一無所成. 故必奮然而起, 攻究新方法, 先敎化子姪而及宗族可也. 汎宗孫已自覺承前繼後之命者, 吾儕不動, 更倚何者哉?"

임진년 3월 말일 영종회가 발족하였다. 이것은 경북 불천위 제사를 모시는 종손들의 모임이다. 이날 병이나 일이 있는 사람을 제외하고 종손들은 빠짐없이 모임에 참석했는데, 무릇 90여 명이다. 이런 열성은 이전에 듣지 못하였으니 모두 "법도가 무너진 세상 풍속을 바르게 하고자 하여 왔다."라고 말하였다. 이는 바로 유학자들이 애타게 바라던 일이 아니겠는가!
나를 불러 강연을 하라기에 내가 이르기를, "(잘못된) 풍속을 바꿔 옮기려는 사람은 단지 모여서 탄식함에 그쳐서는 하나도 이룰 수 없는 까닭에 반드시 분연히 떨쳐 일어나 새로운 방법을 연구하고, 먼저 자식과 조카를 가르쳐 보고 일가친척들에게 미치도록 하여야 할 것이다. 무릇 종손들이란 사람은 이미 스스로 앞을 받들고 뒤를 잇게 하는 천명을 깨달은 사람들이니 우리가 움직이지 않으면 다시 누구에게 의지하겠는가?"라 말했다.

豈云天道去而還[1] 기운천도 거이환 고

어찌 하늘의 도가 가고 또 온다고 말하겠는가?

儒俗衰微陷不安 유속쇠미 함불안 이라

유학의 풍속이 쇠미하여 불안함에 빠졌으니.

亭閣維修尚未畢 정각유수 상미필 한데

정자와 누각 손질함을 아직 마치지 못했는데,

訓謨承繼更爲難[2] 훈모승계 갱위난 이라

성인의 가르침 이어받음이 다시 어렵게 되었다네.

宗孫匡世丹心顯 종손광세 단심현 하고

종손들의 세상 바루고자 하는 한마음 드러나고,

嶺**會矯民誠意看** 영회교민 성의간 이라

영종회 회원들 백성을 바로잡으려는 정성스러운 뜻도 볼 수 있구나.

擧國只憂無肯起 거국지우 무긍기 하니

다만 온 나라에서 옳게 여겨 일어날 기미가 없음이 걱정스러우니,

今非吾輩孰能干 금비오배 숙능간 이리오

지금 우리들이 아니면 누가 관여하리오?

---

1) 천도天道: 인도人道의 본원으로서, 성誠의 천도를 말한다. 『중용』에서 "성실한 것은 천도요, 성실하게 하는 것은 인도이다誠者 天之道也, 誠之者 人之道也."라고 한 것이다.

2) 훈모訓謨: 『서경』의 6체 가운데 이전二典과 삼모三謨를 가리킴. 전轉하여 뜻 있는 교훈과 슬기로운 모략의 뜻으로 쓰이거나 성인聖人의 가르침을 비유함. 회유誨諭. 훈유訓喩.

4.59. 濟州島
제주도

[2012-08-20]

飛翔南海島 비상 남해도 하여
남쪽 섬 제주도로 날아가,
還作自由身 환작 자유신 이라
문득 자유의 몸이 되었네.
三日連霏雨 삼일 연비우 하니
연사흘 비가 부슬부슬 내리니,
四山洗舊塵 사산 세구진 이라
온 산들 쌓인 먼지 다 씻기었겠네.

落花遍滿地 낙화 편만지 하고
꽃이 떨어져 땅에 가득 널렸고,
新綠盡迎人 신록 진영인 이라
새로 난 잎들은 모두 사람을 반기네.
脫俗鬱情散 탈속 울정산 하고
속세를 벗어나니 울적한 마음 흩어지고,
居閑愁貌伸 거한 수모신 이라
한가로이 지내니 근심도 풀어지네.

海邊逢暑夏 해변 봉서하 나
바닷가엔 더운 여름 왔지만,

山麓惜殘春 산록 석잔춘 이라
　산기슭엔 남은 봄을 아쉬워하네.
雉老偉容在 치로 위용재 하고
　큰 꿩은 아름다운 자태를 뽐내고,
鹿兒幼性馴 녹아 유성순 이라
　어린 사슴은 버릇 익히는구나.

白球非易打 백구 비이타 나
　골프를 잘 칠 수는 없지만,
綠野可相親 녹야 가상친 이라
　푸른 들판[필드]과 친해지고 싶다네.
此景不要失 차경 불요실 하여
　이런 경치를 놓치고 싶지 않아,
寫機收影眞 사기 수영진 이라
　사진기에 내 모습을 담아 본다네.

4.60. 生日
생일

[2012-08-20]

子孫成叢林 자손 성총림 하여
아들 손자가 숲을 이루어,

會聚古杏陰 회취 고행음 이라
고향 은행나무 그늘에 모였다네.

五子盡誠意 오자 진성의 하고
다섯 자식 모두 정성을 다하고,

十孫表孝心 십손 표효심 이라
열 손주가 효심을 표하는구나.

頭頂白髮稀 두정 백발희 하고
머리 위는 백발로 희끗희끗하고,

顔面皺波深 안면 추파심 이라
얼굴엔 주름이 깊어졌다네.

老晩有行樂 노만 유행락 하고
늙어 만년에 나다니는 즐거움이 있고,

家孫歡笑音 가손 환소음 이라
집안에는 후손들 기쁜 웃음소리 울리네.

4.61. 奉呈黃善蕙教授[1)]
황선혜 교수에게 드림

[2012-08-20]

青坡高一樹[2)] 청파 고일수 에
푸른 언덕에 우뚝 솟은 나무 한 그루에,

咸集娛淸陰 함집 오청음 이라
모두 다 그 맑은 그늘에 모여 즐거워하네.

淑德占頂位 숙덕 점정위 하고
정숙한 덕은 높이 자리 잡았고,

明智占靜心 명지 점정심 이라
밝은 지혜는 고요한 마음의 자리를 잡았네.

成功豈澁澁[3)] 성공 기삽삽 하리
공을 이룸이 어찌 매끄럽기만 하랴,

斥利必深深 척리 필심심 이라
이로움을 내침은 반드시 지켜야 하리.

希望將來事 희망 장래사 하니
장차 올 일을 바라노니,

千年留令名 천년 유령명 이라
천년 동안 좋은 이름 남길 것을.

---

1) 황선혜黃善蕙: 숙명여자대학교 영문학과 교수, 총장 역임.
2) 청파青坡: 숙명여자대학교가 있는 서울의 동명洞名.
3) 삽삽澁澁: 매끄럽지 아니하고 껄껄하다. 밀이나 글이 분명하지 못하여 이해하기 어렵다.

4.62. 挽高昌舜博士[1)]
고창순 박사를 기리며[추모하여]

[2012-09-17]

膠漆多情卄歲間[2)] 교칠다정 입세간 을
떨어질 수 없이 다정하게 지낸 이십 년을,

往來日夕暑兼寒 왕래일석 서겸한 이라
낮이나 밤이나 더우나 추우나 오고 갔구나.

累罹頑疾心恒苦[3)] 누이완질 심항고 러니
여러 번 고질에 걸려 마음이 항상 힘들었더니,

忽聽悲音淚不乾 홀청비음 누불간 이라
갑자기 슬픈 소식 들리니 눈물이 마르지 않는구나.

核學創開如大路 핵학창개 여대로 하고
핵의학 연구하는 학문을 새로 열어 큰길 만들었고,

門徒崇仰似高山 문도숭앙 사고산 이라
제자들이 숭앙하길 높은 산처럼 했다네.

送君慽慽薤歌路[4) 5)] 송군척척 해가로 한데
안타깝게 그대 보내는 길에 슬픈 노래 울리는데,

何乃白雲依舊閑 하내백운 의구한 고
어찌하여 흰 구름은 예전처럼 한가로이 흘러가나?

---

1) 고창순高昌舜: 서울의대 교수, 김영삼 대통령 주치의, 2012년 별세.

2) 교칠膠漆: 아교와 옻칠처럼 사귀는 사이가 매우 친밀하여 서로 떨어질 수 없음. 교칠지교膠漆之交.

3) 완질頑疾: 고질痼疾. 고질병.

4) 척척慽慽: 시름에 겨운 모양이 있음.

5) 해가薤歌: 만가挽歌. 상여喪輿가 나갈 때 부르는 노래. 해薤는 부추 종류인데 사람의 목숨이 부추 잎에 맺힌 이슬처럼 쉽게 소멸한다는 뜻에서 나옴.

4.63. 松山號記爲柳穆基[1)2)]
류목기를 위한 송산 호기

[2012-10-19]

洛水渺渺 낙수묘묘

낙동강은 아득하고 아득하여,

環山靑靑 환산청청

둘러싸인 산은 푸르고 푸르도다.

朴谷水谷 박곡수곡

박실 · 무실 마을에는,

淑氣冽淸 숙기렬청

자연의 맑은 기운, 차고 깨끗하도다.

慵翁肇基[3)] 용옹조기

용와 공이 비로소 터 잡으시니,

靜爺承英[4)] 정야승영

수정재께서 꽃다움을 이어받았도다.

---

1) 호기號記: 호를 지어주며 그 뜻을 밝힌 글. 선인들은 자신의 호에 대하여 설명한 변辨이나 기記를 짓기도 하였고, 남의 호를 지어 줄 때 그 글자의 출전이나 뜻을 밝힌 글을 아울러 주기도 하였다. 이러한 글을 호변號辨 또는 호기號記라 한다. - 한국민족문화대백과사전.

2) 류목기柳穆基(1934~): 안동 출신. 서울대학교 사범대학 졸, 한솔상호신용금고 대표이사, (주)풍산 대표이사 부회장 등 역임.

3) 용옹慵翁: 용와慵窩 류승현柳升鉉(1680~1746). 문과 급제, 종성부사와 공조참의 역임. 저서에 『용와집慵窩集』이 있음.

4) 정야靜爺: 용와의 증손자이며, 『퇴계문집공증』을 지은 노애蘆厓 류도원柳道源의 손자 수정재壽靜齋 류정문柳鼎文(1782~1839). 대산 이상정李象靖의 문인. 혜릉惠陵 참봉에 제수되었으나 사양함. 『근사록近思錄』에 대한 연구가 깊었으며 예설禮說에 대하여 조예가 깊었음.

水柳文叢 수류문총
전주 류씨 수곡파 문집 모으니,
曰瓊曰星 왈경왈성
옥 같고 별 같다고 말하리로다.

里風士俗 이풍사속
고향 선비들의 풍속은,
正齊方正 정제방정
바르고 가지런하고 바르도다.
早承家範 조승가범
일찍이 가문의 법도를 이어,
其家君生 기가군생
그 집안에서 그대가 태어났구나.

厥骨淸秀 궐골청수
그 모습이 맑고도 빼어나고,
厥容和明 궐용화명
그 용모는 온화하고 명랑하구나.
言笑端詳 언소단상
말하고 웃을 때 바르고 상세하고,
動止雅束 동지아속
행동거지는 단아하고 조심스럽구나.

持身有度 지신유도
몸에는 법도를 지니고 있고,
持心無慾 지심무욕
마음에는 무욕을 지녔다네.

體健氣平 체건기평

몸은 건강하고 기운이 평온하며,

意裕神足 의유신족

뜻은 여유롭고 정신이 넉넉하네.

對人慇懃 대인은근

사람을 대함에 겸손 정중하여,

不變昨今 불변작금

어제와 오늘이 다르지 않다네.

永嘉一鄕 영가일향

안동 한 고을이,

信君崇深 신군숭심

그대를 믿음이 높고 깊었으리.

有事是議 유사시의

일이 있으면 이를 상의하고,

有憂是尋 유우시심

걱정이 있으면 찾아왔네.

自幼做事 자유주사

어려서부터 일을 할 때마다,

廉**且有績** 염차유적

청렴하고 또 성과 내었다네.

人咸珍重 인함진중

사람들 모두 보배롭다고 하며,

望如玉璧[5] 망여옥벽

5) 옥벽玉璧: 벽과 옥을 아울러 이르는 말. 벽은 납작한 구슬이고, 옥은

좋은 구슬 바라보듯 하였다네.

晩年退休 만년퇴휴
만년에 물러나 쉬며,

願伴雲石 원반운석
자연과 짝하기를 바란다네.

遽蒙重託 거몽중탁
갑자기 무거운 부탁을 짊어져,

回駕負責 회가부책
수레 되돌려 책임지려 하였네.

恒往正道 항왕정도
항상 바른길을 가고,

不知老夕 부지로석
늙음도 잊었다네.

瞻彼南山 첨피남산
저 앞산을 쳐다보니,

蒼蒼松樹 창창송수
푸르고 푸른 소나무 숲이로세.

君何愛松 군하애송
그대가 왜 소나무를 사랑하는지,

余思其故 여사기고
내가 그 까닭을 생각해보네.

둥근 구슬이다. 품질이 좋고 아름다운 옥이라는 뜻으로, 고상한 인품을 비유적으로 이르는 말.

春日載陽 춘일재양
봄날은 햇빛이 좋고,
萬花方好 만화방호
온갖 꽃들이 좋은데,
君性和諧 군성화해
그대 성품은 온화하고 조화로워,
春野可號 춘야가호
봄날 들판이라 부를 만도 하네.

秋天晶高 추천정고
가을 하늘 맑고 높을 때는,
紅葉正好 홍엽정호
단풍이 아주 좋은데,
君容清秀 군용청수
그대 모습은 맑고 빼어나,
秋岳可號 추악가호
추악이라 부를 만하네.

不取花葉 불취화엽
꽃과 잎을 취하지 않고,
松山爲號 송산위호
송산이라 부르기로 하였네.

伊松之性 이송지성
이 소나무의 성질은,
不誇不奢 불과불사
자랑하지 않고 사치하지도 않으니,

四時常靑 사시상청
사시사철 늘 푸르되,
不耀不華 불요불화
빛나지 않고 화려하지도 않으니,
惟君與松 유군여송
오직 그대와 소나무만,
相比相嘉 상비상가
견주어 아름답네.
君之愛松 군지애송
그대의 소나무 사랑이,
豈不好耶 기불호야
어찌 좋지 않을 수 있으리.

余幸與君 여행여군
내가 다행히 그대와 더불어,
半百同行 반백동행
반백 년을 동행하였네.
不顧拙想 불고졸상
졸렬한 발상을 돌아보지 않고,
敢伸卑情 감신비정
보잘것없는 정을 펼쳤네.
松山之號 송산지호
송산이라는 이 호를,
敢頌奉呈 감송봉정
감히 칭송하며 받들어 드리노라.

4.64. 慕何八旬
모하[이헌조] 형의 팔순에 부쳐

[2012-10-19]

漢江逝悠悠 한강 서유유 한데
한강은 유유하게 흘러가는데,

曳杖一仙姿 예장 일선자 라
지팡이를 짚고 선 한 신선의 모습.

含笑伴白鷗 함소 반백구 하며
웃음을 머금은 채 백구와 노닐며,

不關日月馳 불관 일월치 라
세월의 흐름에 상관치 아니하네.

閑吟淵明句 한음 연명구 하고
한가로울 때 도연명의 구절을 읊조리고,

或愛自作詩 혹애 자작시 라
간혹 스스로 지은 시구를 사랑한다네.

故鄕千里遠 고향 천리원 이나
고향은 천 리나 멀지만,

頻繁夢中思 빈번 몽중사 라
자주 꿈속에 그려본다네.

火旺雲上聳 화왕 운상용 하니
화왕산 위로 구름 솟구치니,

精氣垂四時 정기 수사시 라
좋은 기운은 사계절 드리웠다네.

此仙云慕何 차선 운모하 하니

이 신선을 모하라 부르니,

余幸卅年知 여행 삽년지 라

내 다행히 삼십 년 동안이나 알게 되었네.

溫和是春風 온화 시춘풍 하고

온화한 성품은 봄바람 같고,

端雅似香芝 단아 사향지 라

단아한 외모는 향기로운 지초 같네.

平生病與友 평생 병여우 하나

평생 병과 친구처럼 지냈으나,

神氣壯不疲 신기 장불피 라

정신과 기운이 지치지 않았다네.

少時才名高 소시 재명고 하고

어려서부터 재주로 이름이 높아서,

大成人無疑 대성 인무의 라

크게 될 걸 사람들 의심치 않았다네.

素志窮哲理 소지 궁철리 하여

본래 뜻은 철학 이치를 궁구함에 있어,

篤實沈思惟 독실 침사유 라

독실하게 깊이 있는 사유에 잠겼다네.

値世渴人才 치세 갈인재 하여

인재를 목말라하는 세상을 만나서,

士子疇商棋 사자 주상기 라

선비의 후손이 장사판에 나섰다네.

做業守正道 주업 수정도 하고

사업을 할 때도 정도를 지키고,

使人無自欺 사인 무자기 라
　사람들로 하여금 스스로 속이지 않게 하였다네.

縱橫千萬里 종횡 천만리 하고
　천만리 온 세상을 주름잡고,

樂金得根基[1] 낙금 득근기 라
　럭키금성 회사의 바탕을 이루었다네.

怡然退草野 이연 퇴초야 하야
　기쁜 마음으로 초야에 물러나니,

心共神和宜 심공 신화의 라
　마음은 정신의 화목함을 함께한다네.

嶺**雲提神韻** 영운 제신운 하고
　고갯마루 구름은 신묘한 운율을 제공하고,

江風供雅詞 강풍 공아사 라
　강에 부는 바람은 아름다운 가사를 전해주네.

妙想油然起 묘상 유연기 하고
　기묘한 생각이 태연하게 일어나니,

詩含珠玉熙 시함 주옥희 라
　시 속에는 구슬같이 빛남이 들어 있다네.

余在蘭社席 여재 난사석 에
　나와 난사시회의 자리에 같이하여,

每月交酒巵 매월 교주치 라
　매달 서로 잔을 주고받았었지.

紅塵長安裡 홍진 장안리 에
　번거로운 세상 서울 장안에서,

---

1) 낙금樂金: LG의 중국어 가차假借 표현.

淸遊展愁眉 청유 전수미 라
　맑게 교유하며 찌푸린 미간을 폈다네.

無慾可易**言** 무욕 가이언 하나
　욕심이 없다고 쉽게 말할 수 있지만,

億金眞難施 억금 진난시 라
　억만금은 진정 베풀기 어려운 일이라.

快擲供實學 쾌척 공실학 하고
　기꺼이 쾌척해 실시학사에 이바지하니,

凌**雲聳天危** 능운 용천위 하야
　구름을 넘어 하늘 위로 우뚝 솟아났다네.

依然休休哉 의연 휴휴재 하니
　옛과 다름없이 아름답고 아름다우니,

實學萬年期 실학 만년기 라
　실학 연구 만년을 기약하리라.

今辰到八十 금신 도팔십 하니
　오늘 여든 번째 생일을 맞게 되어,

同甲草蕪詞 동갑 화무사 라
　동갑 친구가 보잘것없는 글을 썼다네.

百歲誕辰日 백세 탄신일 에
　백세 생일 되는 날에는,

更欲獻一辭 갱욕 헌일사 리라
　다시 한 편의 글을 바치고 싶다네.

4.65. 中國所感
중국 소감

[2009-04]

1) 老龍頭[1] 노룡두에서

此地長城完補虧 차지장성 완보휴 하니
이 땅에 장성을 완성하고 무너진 곳 보완하고 보니,

雄飛碧海春遲遲 웅비벽해 춘지지 라
짙푸른 바다로 웅비하는 봄날은 길기도 하구나.

偉然老龍鎭中國 위연로룡 진중국 한데
노룡두는 우뚝하여 중국을 진압하는데,

壁上康凞一律詩 벽상강희 일률시 라
벽 위에 강희제 율시 한 수가 걸려 있구나.

2) 山海關[2] 산해관에서

天一關門掀上時 천일관문 흔상시 에
천하제일 관문을 들어 올렸을 때,

長嘯英雄一片詩 장소영웅 일편시 라
영웅호걸은 긴 휘파람 소리로 한 편 시를 읊었다네.

賞客登城憐古事[3] 상객등성 연고사 하나

---

1) 노룡두老龍頭: 산해관 본성 동쪽 4km에 있는 만리장성이 발해만과 접하는 부분의 성곽.

2) 산해관山海關: 만리장성의 동쪽 끝에 자리하고 있는 중요한 관문의 하나. 명나라 이후 북경이 수도가 되면서 근처의 산해관은 북방 이민족의 침입을 방어하는 중요한 군사적 요충이 되었다.

관광객들은 성에 올라 옛이야기 애달파하나,

始皇倚此永安期 시황의차 영안기 라

진시황은 이곳을 지켜 평안하길 기대했겠지….

3) 大同途中　다퉁 가는 길에

燕京城內滿花時 연경성내 만화시 에

북경 시내에 봄꽃이 만발한 때에,

西出水關春景遲[4] 서출수관 춘경지 라

수관을 나서 서쪽으로 나가니 봄 오는 게 더디네.

索漠平原黃暗色 삭막평원 황암색 하고

가는 길목 삭막한 평원은 암황색을 띠고 있어,

輒思塞北古人詩 첩사새북 고인시 라

문득 만리장성 북쪽 살던 옛사람의 시가 생각난다네.

4) 避暑山莊道中[5]　피서산장 가는 길에

春日原林春色虧 춘일원림 춘색휴 하니

봄날 언덕 숲에 봄빛이 이지러져서,

---

3) 고사古事: 결혼한 지 사흘 뒤에 범칠랑范七郞이 산해관 지역의 만리장성 쌓는 일에 동원되어 나간 뒤 그 아내 맹강녀孟羌女가 겨울옷을 싸서 면회하러 갔으나, 이미 그 남편은 죽은 것을 알고 슬퍼하다가 그 자리에서 망부석이 되었다는 슬픈 이야기.

4) 수관水關: 성곽과 강이 만나는 곳에 수문을 설치함. 우리나라 오간수문, 화홍문 이간수문 등과 같음.

5) 피서산장避暑山莊: 중국에서 가장 큰 황실 정원. 허베이성(河北省) 청더시(承德市)에 있다. 청나라 때 별궁으로, 여름에는 황제의 집무를 이곳에서 보면서 피서 별궁과 열하 행궁으로 불렸다. 중국 4대 정원 중의 하나이다.

乾坤灰暗發花遲 건곤회암 발화지 라
천지가 잿빛이라 꽃 피는 것도 더디구나.

山中無樹江無水 산중무수 강무수 하니
산속에 나무가 없고 강에 또한 물이 없으니,

恰似平壤訪問時 흡사평양 방문시 라
마치 평양 방문했을 때와 같구나.

5) 避暑山莊　피서산장에서

多情山水日遲遲 다정산수 일지지 한데
다정한 산천에서 해가 더디 지는데,

皇帝高臺懷古時 황제고대 회고시 라
황제 놀던 높은 곳에서 옛날을 생각해보네.

玉座珠簾主人去 옥좌주렴 주인거 한데
옥좌 주렴의 주인은 떠났는데,

柱聯祈福漫留詩 주련기복 만류시 라
궁궐 기둥 주련에 복을 비는 시들만 남았구나.

6) 雲崗石窟[6]　운강석굴에서

五萬窟彫風雨虧 오만굴조 풍우휴 나
수많은 굴에 조각된 불상들은 비바람에 깎였으나,

青丘遊客步行遲 청구유객 보행지 라

---

6) 운강석굴雲崗石窟: 산시성(山西省) 다퉁시(大同市) 서쪽 20km에 동서 1km에 걸쳐 약 40개의 굴이 있는 석굴사원. 막고굴莫高窟, 용문龍門석굴과 함께 중국에서 가장 유명한 3대 석굴 중의 하나이며, 유네스코의 세계문화유산에 등록되어 있다.

우리나라에서 간 구경꾼들로 발길이 더뎌지네.

釋迦彌勒明明說 석가미륵 명명설 한데

석가 미륵 부처들은 명쾌한 말씀을 분명히 하셨지만,

佛亦無常變與時 불역무상 변여시 라

불상 또한 변화무상하여 때와 더불어 변하는구나.

7) 謁北京孔廟會孔德懋女史[7]
북경 공묘에서 공덕무 여사를 뵙다

謁見先師肅拜時 알현선사 숙배시 에

만고 스승 공자를 사당에서 뵙고 숙배를 올릴 때,

祈希此世道無虧 기희차세 도무휴 라

스승의 도가 현세에서 어그러지지 않기를 빌었다네.

聖孫成會情深厚 성손성회 정심후 하고

성인의 직손 만나게 되니 뜻이 더욱 깊고 두텁고,

儒學弘揚相約期 유학홍양 상약기 라

유학을 널리 선양하길 서로 기약하였다네.

8) 天壇[8] 천단에서

朱棟靑瓦皆修虧 주동청와 개수휴 하고

붉은 기둥 푸른 기와 이지러진 곳 다 수리하였고,

六百春秋此地遲 육백춘추 차지지 고

육백 년 세월 이곳에서 늦게 흐르네.

---

7) 공덕무孔德懋: 공자의 77대 종손 공덕성孔德成 선생의 누님.

8) 천단天壇: 중국 베이징 충웬 구에 있는 사적으로, 명 · 청 시대 중국에서 군주가 제천의식을 행하던 도교 제단이다.

聖所化成遊覽處 성소화성 유람처 하니
성스러운 곳이 유람하는 곳으로 바뀌었으니,

桑田碧海古今時 상춘벽해 고금시 라
상전이 벽해된단 말은 예나 지금이나 똑같구나.

9) 頤和園[9] 이화원에서

窮奢極侈美無虧 궁사극치 미무휴 하고
사치를 극도로 추구하여 아름다움 어그러지지 않게 하려 하였으니,

西后當年日月遲 서후당년 일월지 라
서태후 당년에는 세월도 더디었다네.

地是人工神妙處 지시인공 신묘처 요
땅 위는 이렇게 인공으로 조성한 신묘한 곳이요,

節爲天賦好春時 절위천부 호춘시 라
절기는 하늘이 내린 춘삼월 호시절이라.

平湖蕩漾眼中畵 평호탕양 안중화 하고
넓은 호수 출렁대니 눈앞에 그림 그려지는 것 같고,

遠峀微茫夢裡詩 원수미망 몽리시 라
먼 데 산봉우리 아득하니 꿈속에 지은 시와 같네.

樂在情懷非在外 낙재정회 비재외 한데
즐거움은 가슴속에 있고 다른 곳에 있는 게 아닌데,

---

9) 이화원頤和園: 중국 베이징에 있는 공원. 청나라 건륭제乾隆帝 때 정원으로 꾸며졌으며 1860년에 영국·프랑스군이 불 지른 것을 1888년에 서태후가 다시 지어 이화원이라 이름 붙였다. 완서우산(萬壽山)과 쿤밍지(昆明池)를 둘러싸는 웅대한 정원이다.

慈禧迷妄欲何期[10] 자희미망 욕하기 라
자희태후 어리석게 또 무엇을 바랐는가?

10) 明陵　명나라 왕릉에서

皇帝冥途願不虧 황제명도 원불휴 하니
황제들은 저승길에도 무너지지 않기를 원해서,

深藏地下永眠期 심장지하 영면기 라
깊이 땅속에 묻어 영원히 잠들기를 바랐다네.

誰知沒後三百載 수지몰후 삼백재 를
그 누가 알았으리? 죽은 지 삼백 년이 지나,

變化遊人見物時[11] 변화유인 견물시 라
관광객들에게 구경거리로 바뀌게 될 줄을.

11) 紫禁城　자금성에서

余訪天門又一期 여방천문 우일기 하니
내가 천안문을 또 한 번 찾았더니,

玉欄金瓦好春時 옥란금와 호춘시 라
옥 난간과 금빛 기왓장에는 봄이 한창때로구나.

騷人空傷興亡事 소인공상 흥망사 하고
나그네 시인은 공연히 망하고 흥한 일들에 마음 쓰고,

徒作元淸感古詩 도작원청 감고시 라

---

10) 자희慈禧: 서태후, 자희태후. 청나라 함풍제의 후궁이며, 동치제의 생모인 자희 황태후.

11) 시時: 이 경우 각운자를 맞추는 역할로만 쓰여 별 뜻이 없음. 주운湊韻이라고 함.

부질없이 짓고 있구나, 원나라 청나라 옛날 일을 생각하는 시를.

12) 黃海海上　서해 바다 위에서

霧耶雲耶海耶天 무야운야 해야천 가
안개인가? 구름인가? 바다인가? 하늘인가?

天有一陽海有船 천유일양 해유선 이라
하늘에는 해만 떴고 바다에는 배 하나.

悠久歲月今一占 유구세월 금일점 하니
유구한 세월 속에 오늘은 점 한 개 같은 것,

開闢以來百億年 개벽이래 백억년 이라
천지개벽한 지 백억 년이나 된다네.

13) 歸韓國　우리나라로 돌아오며

錦繡江山名不虧 금수강산 명불휴 하니
우리나라 금수강산 그 이름 어긋나지 않아,

千花萬樹酣春時 천화만수 감춘시 라
온갖 꽃과 나무들이 봄을 맞아 흥겹구나.

勿將此景凡常過 물장차경 범상과 하니
이 좋은 경치를 무심하게 여기지 말라,

綠白青紅個個詩 녹백청홍 개개시 라
푸르고 희고 파랗고 붉은 모든 것들 시가 되리니.

제 5 부

蘭社詩集 第五輯

5.1. 蘭社詩會
난사시회

[2012-11-20]

每會諸賢景福東 매회제현 경복동 하니
늘 경복궁 동쪽에 여러분들이 모이니,

蘭香馥郁意無窮 난향복욱 의무궁 이라
난초 향기 그윽하고 그 취지는 무궁하여라.

清談飄妙浮盃上 청담표묘 부배상 하고
청아한 이야기 오묘하게 술잔 위로 넘치고,

奇想逍遙見韻中 기상소요 현운중 이라
기발한 생각 운 살피는 가운데 나타나는구나.

春句華姸千蕚發 춘구화연 천악발 하고
봄날 구절은 화려하고 천 송이 꽃이 활짝 다 핀 듯하고,

冬詩蕭颯萬林空 동시소삽 만림공 이라
겨울 시는 쓸쓸하여 온 숲이 공허한 듯하네.

莫言天地紅塵暗 막언천지 홍진암 하라
온 세상이 붉은 티끌이라 어둡게 말하지 말라!

今夕閑遊勝玉宮 금석한유 승옥궁 이라
오늘 저녁 한가한 놀음은 아름다운 왕궁보다 낫다네.

5.2. 秋日歸鄕
어느 가을날 고향에 가다

[2012-11-20]

不熱不寒秋可耽 불열불한 추가탐 한데
덥지도 춥지도 않은 가을을 탐낼 만한데,

車窓走岳帶晴嵐 차창주악대청람 이라
차창 밖 연이은 높은 산들 아지랑이 띠 둘렀네.

鄕中處處藏追憶 향중처처 장추억 하고
고향 땅 곳곳에는 추억을 감추었고,

洞內家家想古談 동내가가 상고담 이라
동네 집집에는 옛날이야기가 생각나네.

忠孝堂虛迎老主 충효당허 영로주 하고
충효당은 비었는데 늙은 주인을 환영하고,

西山亭靜變空庵[1] 서산정정 변공암 이라
서산정은 고요하게 빈 암자로 변하였네.

開門瞻望田疇改 개문첨망 전주개 이나
문 열고 바라보니 밭두둑은 바뀌었지만,

依舊蒼空一色藍 의구창공 일색람 이라
변함없는 높은 하늘 언제나 푸르구나.

---

1) 서산정西山亭: 충효당 서쪽 언덕에 있는 정자.

5.3. 夢見亡友
꿈속에서 만난 죽은 친구

[2013-01-18]

聲音細細散如烟 성음세세 산여연 하고
음성은 가늘고 가는 연기처럼 흩어지고,

形體微微遠杳然 형체미미 원묘연 이라
형체는 희미하고도 희미하게 멀리서 아물거리네.

品性高尚春苑竹 품성고상 춘원죽 하고
품성은 고상하고 봄 동산의 대나무 같았고,

風神端雅夏塘蓮 풍신단아 하당련 이라
풍채는 단아하고 여름 못의 연꽃 같았다네.

老來斯世爲良友 노래사세 위양우 이나
늘그막에 이 세상 좋은 벗이 되었으나,

歸臥青山化一仙 귀와청산 화일선 이라
청산으로 돌아가 누워서 신선이 되었다네.

短夢相逢猶未盡 단몽상봉 유미진 하여
짧은 꿈속에 서로 만나니 오히려 충분치 못하여,

更希再會暫偷眠 갱희재회 잠투면 이라
또다시 꿈속 재회 바라며 잠시 눈을 붙여본다네.

5.4. 夢想道僧
도승을 꿈결같이 생각해보다

[2013-01-18]

我羨窮山一老僧 아선궁산 일로승 하노니
　나는 적막한 깊은 산속 어느 노승 부러워하노니,

往來元不滯而凝 왕래원 불체이응 이라
　가고 옴에 본디 막히거나 엉킴이 없었다네.

時看枯木衣香雪 시간고목 의향설 하고
　때때로 고목 향기로운 눈옷 입은 것 보고,

或踏幽途被玉冰 혹답유도 피옥빙 이라
　간혹 깊숙한 길 옥같이 덮인 얼음 밟는다네.

黙想心中忘得失 묵상심중 망득실 하고
　묵묵히 심중을 생각하며 득실은 잊어버리고,

漸修腦裏散羞矜[1] 점수뇌리 산수긍 이라
　닦고 또 닦아 머릿속에 부끄러움 자랑스러움 털어버린다네.

死生萬事要超越 사생만사 요초월 하며
　삶과 죽음에 대한 온갖 일을 초월하려고 하며,

榮辱須如未有曾 영욕수여 미유증 이라
　영욕은 모름지기 한번도 마음에 둔 적 없다네.

---

1) 점수漸修: 차례 · 위계位階를 거쳐 수행修行하고 득도得道하는 일.

5.5. 回顧五十年
50년을 회고하다

[2013-04-11]

黃善蕙[1]總長, 蒐集余之五十年報道記事, 編二冊, 送余. 披讀過去之事, 感懷不少.

황선혜 총장이 나의 50년 보도기사를 수집하여 두 책으로 만들어 나에게 보내 주었다. 지나간 일을 펴서 읽어보니 감회가 적지 않았다.

新技窮求爲國家 신기궁구 위국가 러니
신기술을 궁구함은 국가를 위함이러니,

平生功業去如何 평생공업 거여하 오
평생 쌓은 많은 일 어떻게 되었는가?

事雖忘却知人少 사수망각 지인소 나
사업은 비록 망각되어 아는 사람도 적으나,

文更重修記史多 문갱중수 기사다 라
글은 거듭 닦으면 역사에 기록이 많아진다네.

論**說强調推軟體 논설강조 추연체** 하고
논설에는 소프트웨어 개발을 강조하고,

講談累**教貴硅沙**[2] **강담루교 귀규사** 라
강의할 때는 반도체의 중요성을 가르쳤다네.

到今只是往年夢 도금지시 왕년몽 이요
지금에 이르러 이런 것은 단지 지난날의 꿈이 되었으니,

幻若孤帆天一涯 환약고범 천일애 로다
하늘 저 한구석의 외로운 돛단배 같네.

---

1) 황선혜黃善蕙(1954~): 영문학자이자 교수로, 미국 펜실베이니아대학교 교육언어학 박사, 숙명여자대학교 제18대(2012~2016) 총장을 역임.

2) 규사硅沙: 반도체 재료인 실리콘의 원료로 많이 이용된다. 비금속 원소 Si.

5.6. **遊南國**
남쪽 나라로 여행가다

[2013-04-11]

猛寒暴雪酷冬三 맹한폭설 혹동삼 에
매서운 추위, 쏟아지는 눈 혹독한 삼동에,

遠訪溫和馬國南[1] 원방온화 마국남 이라
멀리 온화한 남쪽 말레이시아를 찾았다네.

灼熱陽光射椰樹 작열양광 사야수 에
작열하는 햇볕은 야자수 숲에 내리쬐고,

鮮明白鶴點蓮潭 선명백학 점련담 이라
선명한 흰 학은 연못 가운데 점점이 눈에 띄네.

百隻帆影向天碧 백척범영 향천벽 하고
수백 척 돛단배 그림자는 푸른 하늘 끝으로 향하여 가고,

十里沙場連海藍 십리사장 연해람 이라
십 리 모래사장은 짙푸른 바다와 잇닿았네.

淑大紛紛已歸正[2] 숙대분분 이귀정 하고
분분했던 숙명대학 일 이미 바른 데로 돌아갔고,

渾忘萬事夢猶甘 혼망만사 몽유감 이로다
혼탁한 온갖 세상일 잊어버리니 꿈조차 오히려 달구나.

---

1) 마국馬國: 말레이시아.
2) 귀정歸正: 잘못되어가던 일이 올바로 됨.

5.7. 博約會榮州大會
박약회 영주대회

[2013-05-15]

博約會員二千數百人, 會榮州大會, 賞春花於中路, 交舊情與親朋. 世慽憂於淪喪, 多袖手而傍觀, 若無吾會之獻身, 誰復自進教化失性之狂奔耶.

박약회원 2천 수백 명이 영주대회에 모이는데, 가는 길에 봄 경치와 꽃을 보며 친구들과 옛정을 나누었다. 온 세상이 도덕 윤리가 땅에 떨어진 것을 근심 걱정만 하고, 많은 사람이 팔짱 끼고 방관하고만 있는데, 만약에 우리 회원의 헌신이 없었다면 누가 다시 자진하여 실성하여 광분함을 교화하였겠는가?

榮市路邊桃李紅 영시로변 도리홍 한데
영주시 도로변에는 복숭아와 자두꽃 붉고,

二千來會自西東 이천래회 자서동 이라
2천여 명이 동서쪽에서 와서 모였다네.

賞花微興留眉際 상화미흥 유미제 에
꽃 감상에 잔잔한 흥취 눈가에 머무는 때,

呼友情懷溢笑中 호우정회 일소중 이라
친구 부르는 정다운 마음 웃음 속에 넘친다네.

來襲外風成巨險 내습외풍 성거험 하고
외래 풍습 밀려들어 큰 위태로움을 이루고,

狂奔妖氣達荒鴻 광분요기 달황홍 이로다
요망하고 간사한 기운 광분하여 크고 거칠어졌구나.

芟除此患復誰在 삼제차환 부수재 오

이 근심을 도려냄에는 다시 누가 있겠는가?

博約人人責不**窮** 박약인인 책불궁 이로다

박약회 회원들 각자의 책무는 다함이 없으리라.

5.8. 柰花
벚꽃

[2013-05-15]

柰花清軟紅 내화 청연홍 이
연분홍의 벚꽃이,

滿發澗西東 만발 간서동 이라
산골짜기 여기저기, 곳곳에 활짝 피었구나.

仙境知何處 선경 지하처 오
신선이 산다는 곳 어디인지 아는가?

幻如醉夢中 환여 취몽중 이라
꿈에 취한 듯이 신기하구나.

5.9. 松石溪
송석계곡

[2013-07-01]

小溪在松石齋前，余命之曰松石溪.

송석재 앞에는 작은 골짜기가 있다. 나는 이름 지어 부르기를 '송석계곡'이라 하였다.

庭前小澗隱叢枝 **정전소간 은총지** 한데
정원 앞 작은 골짜기는 숲에 숨어 있는데,

松石秘園人不知 **송석비원 인부지** 라
송석의 신비한 동산을 남들은 알지 못한다네.

雨後灌流成小瀑 **우후관류 성소폭** 하고
비 온 뒤에는 물이 흘러내려 작은 폭포를 이루고,

旱餘溜水作群池 **한여류수 작군지** 라
가뭄에도 물이 고여 연못이 여럿 생겼네.

稚孫奔走歡聲亮 **치손분주 환성량** 하고
어린 손자들이 분주하니 좋아서 소리치고,

老祖詠詩斜日遲 **노조영시 사일지** 라
늙은 할아버지는 시 읊기에 해지는 줄 모른다네.

咫尺長安塵穢暗 **지척장안 진예암** 하니
가까운 서울 시내는 티끌 먼지로 어두우나,

如斯仙境復誰期 **여사선경 부수기** 라
이러한 신선 세계를 다시 누가 기약하리오.

5.10. 率兒孫遊濟州

아들 손자들 데리고 제주도 여행하다

[2013-08-07]

平朝千里度雲霄 평조천리 도운소 하니
이른 새벽 밤하늘 구름 타고 천 리를 건너니,

南島凉風雨氣消 남도량풍 우기소 라
남쪽 섬 시원한 바람에 비 올 기미 사라졌네.

渾眷閒遊眞樂足 혼권한유 진락족 한데
온 식구가 한가로이 여행하니 정말 즐기기에 충분한데,

白球戲打也飛高 백구희타 야비고 라
놀이로 흰 공 치니 하늘 높이 날아가네.

昔時四代同堂好 석시사대 동당호 한데
옛날에는 4대가 한집에서 사니 좋았는데,

今日分家異國遙 금일분가 이국요 라
오늘날은 집을 분가하여 먼 나라로 흩어졌구나.

人世和平何處覓 인세화평 하처멱 고
인간 세상의 화목과 평화를 어디서 찾을까?

祖孫兄弟自能招 조손형제 자능초 하노라
할아버지와 손자, 형과 아우들이 스스로 힘써 만들어 가야 하리.

5.11. 村家
어느 시골집들

[2013-09-06]

西岳掛斜暉 서악 괘사휘 한데
서산에 석양이 걸렸는데,

愁開一古扉 수개 일고비 라
근심스럽게 낡은 사립문만 열려 있네.

路邊無馬影 노변 무마영 하니
길가에는 말 그림자조차 없으니,

何日主人歸 하일 주인귀 라
어느 날 주인이 돌아올 것인가.

5.12. 歸鄕
귀향

[2013-09-06]

翼洞川原映夕暉 익동천원 영석휘 한데
나라골 냇가 들녘에 저녁노을 비치는데,

家家煙霧掩柴扉 가가연무 엄시비 라
집집이 저녁연기 사립문을 가리는구나.

杏坡竹院三蹊在[1)2)] 행파죽원 삼혜재 한데
은행나무 언덕 위 대나무 동산에는 여러 오솔길 있는데,

白髮蒼顔一老歸 백발창안 일로귀 라
늙고 여윈 백발의 한 늙은이 돌아왔구나.

坐望平郊秋瑟瑟 좌망평교 추슬슬 하고
앉아서 들판 바라보니 가을은 쓸쓸하고,

俯思昔日夢依依 부사석일 몽의의 라
내려다보며 지난날 생각하니 꿈속처럼 아련하구나.

多情故里風光好 다정고리 풍광호 하고
정다운 고향 마을 풍광이 좋을시고,

樹茂雲低鳥雀飛 수무운저 조작비 로다
나무는 무성하고 구름은 낮게 깔렸는데 작은 새 나는구나.

---

1) 죽원竹院: 대나무 숲속에 있는 집. 주위에 대를 많이 심은 집.
2) 삼혜三蹊: 세 살래의 좁은 길. 도연명의 「귀거래사」에 나오는 세 오솔길[三蹊]로 쓴 것 같음.

5.13. 訪安養球場
안양 골프장에 가다

[2013-10-10]

李洙彬兄, 邀余安養球場. 此地往昔, 余每週來遊處. 今日隔十年而至, 建物全無舊樣, 來客全無面識, 不禁隔世之感.

이수빈 형이 나를 안양 골프장으로 불렀다. 이곳은 매우 오래전에 내가 매주 와서 즐겼던 곳이다. 10년 세월이 지나 지금 와 보니, 건물은 옛 모양은 완전히 없어졌고, 오는 손님도 서로 아는 이는 전혀 없으니, 격세지감을 금치 못하겠다.

伊昔遊園物換新 이석유원 물환신 한데
그 옛날 즐겼던 골프장 건물은 새롭게 바뀌었는데,

適逢雨歇得良辰 적봉우헐 득양신 이라
마침 비 그치니 좋은 때를 만났구나.

往年便是常來客 왕년변시 상래객 이러니
옛날 바로 이곳에 늘 오던 회원이었는데,

今日還如初見賓 금일환여 초견빈 이라
오늘 도리어 처음 보는 손님이 되었구나.

衰脚尚堪行綠草 쇠각상감 행록초 하고
약해진 다리 아직도 푸른 초원 걸을 만하고,

凉襟適至吹紅塵 양금적지 취홍진 이라
후련한 가슴, 마침 알맞게 붉은 먼지를 불어 내네.

白球蔑老不承意 백구멸로 불승의 하고
흰 공은 늙은이를 업신여기니 뜻대로 되지 않고,

頻向砂場又水濱 빈향사장 우수빈 이라
자주 샌드벙커나 워터해저드로 향하는구나.

5.14. 坐松石臺
송석대에 앉아

[2013-10-10]

雨後溪山物色新 우후계산 물색신 에
비 온 뒤 골짜기와 산 자연 경치 새로움에,

獨登臺上喜良辰 독등대상 희양신 이라
홀로 송석대에 올라 아름다운 계절 즐기는구나.

水聲鳥語和松響 수성조어 화송향 하니
물소리와 새 지저귐에 소나무가 화답하니,

靜坐求心絕世塵 정좌구심 절세진 하세
조용히 앉아 참된 마음을 찾아 참선하며 티끌 세상 잊어버리네.

5.15. 宿陶山修練院夙夜齋, 與梅隱青荷登陶山至書院以還1) 2) 3)

도산서원 선비문화수련원 숙야재에서 자고, 매은 · 청하와 함께 도산에 올라 서원까지 갔다가 돌아오다

[2013-11-06]

卯時尚暗夙夜堂 묘시상암 숙야당 한데
새벽이라 숙야당은 아직 어두운데,

山路鋪裝幸未荒 산로포장 행미황 이라
산길은 포장이 되어 다행히 거칠지 않네.

左右曲彎傾斜急 좌우곡만 경사급 하니
좌우로 굽어지고 경사는 가파르니,

前後緩急移步忙 전후완급 이보망 이라
앞뒤로는 느리거나 급하게 걸음이 바쁘네.

梅隱運脚堅且實 매은운각 견차실 하고
매은은 운동한 다리라 단단하고도 튼튼하고,

青荷行步輕而康 청하행보 경이강 이라
청하는 걸음걸이가 가볍고도 편안하네.

仰見雲垂星罕見 앙견운수 성한견 하고
올려보니 구름이 드리워져 별이 드물게 보이고,

---

1) 숙야재夙夜齋: 도산서원 선비문화수련원의 숙박시설 이름.

2) 매은梅隱: 김병일金炳日(1945~)의 호. 서울대학교 행정대학원 졸업, 미국 USC 행정대학원 수료. 행정고시에 합격(1971년)하고, 기획예산처 장관 역임. 도산서원 선비문화수련원 이사장이다.

3) 청하青荷: 이육원李毓源의 호. 퇴계 선생 14대 후손, 박약회 사무총장, 한국공자연구원 원장이다.

側聞宿鳥聲始揚 측문숙조 성시양 이라
　옆으로 들으니 잠자던 새소리 비로소 드날리네.

秋風颯颯覺爽快 추풍삽삽 각상쾌 하고
　가을바람 쏴아 불어오니 시원하여 상쾌함을 느끼고,

山氣清清滌肺臟 산기청청 척폐장 이라
　맑고 깨끗한 산 기운에 가슴속이 시원하네.

行步稍久脚始重 행보초구 각시중 하나
　걸음걸이 좀 오래되니 다리는 무거워지기 시작하나,

望見曙色自東方 망견서색 자동방 이라
　바라보니 동트는 밝은 빛 동쪽에서 나타나네.

洛水反落前山影 낙수반락 전산영 이오
　낙동강 강물에는 앞산 그림자 잠기어 반사되고,

松梢煥然新陽光 송초환연 신양광 이라
　소나무 가지에는 새롭게 떠오르는 햇살 환하게 빛이 나네.

楓樹迎秋變眞紅 풍수영추 변진홍 하고
　단풍 든 나무들 가을맞이하여 진홍색으로 변하고,

文杏映日盡着黃 문행영일 진착황 이라
　은행나무 햇볕 받아서 사뭇 누렇게 되었다네.

典教高堂淑氣凝 전교고당 숙기응 하고
　높다란 전교당[4]은 맑은 기운 엉키고,

幽貞門扉古風香[5] 유정문비 고풍향 이라

---

4) 전교당典教堂: 도산서원의 강당으로 선조 7년(1547)에 건립되었다.

5) 유정문幽貞門: 한서암의 유정문. 한서암은 퇴계 선생이 평소에 독서하던 곳으로 정습당靜習堂과 유정문이라는 출입문이 있었다.

한서암의 유정문은 고풍이 향기롭네.

天光雲影臺上立[6] 천광운영 대상립 하고

운영대 위에 서니 맑게 갠 하늘은 빛나고,

天淵臺下雁陣翔[6] 천연대하 안진상 이라

천연대 아래는 기러기 줄지어 날고 있다네.

歸路山頂瞬一息 귀로산정 순일식 하고

돌아오는 길에 산꼭대기서 잠시 쉬고,

望山亭上望清凉[7] 망산정상 망청량 이라

망산정 위에서 청량산을 바라보았네.

人生福樂何處求 인생복락 하처구 오

인생의 행복과 즐거움을 어디서 구할거나?

一區陶山灑秋陽 일구도산 쇄추양 이라

온 도산 지역에 가을 햇살 티 없이 상쾌하네.

溪上憶昔慕先師 계상억석 모선사 하며

계상에서 옛일을 생각하며 선사를 사모하며,

嘆息當今道殘亡 탄식당금 도잔망 이라

지금 도道는 쇠하고 없어져 감을 탄식한다네.

移風易俗眞不易 이풍역속 진불이 하니

나쁜 풍속이 좋은 풍속으로 바뀜은 참으로 쉽지 않으니,

何以復興鄒魯鄕[8] 하이부흥 추로향 고

6) 운영대雲影臺·천연대天淵臺: 도산서원 어귀의 빼어난 경치를 나타내기 위해 글자를 새겼는데, 퇴계 선생은 곡구암谷口巖이라 하였는데, 곡구암의 동쪽을 천연대, 서쪽을 운영대라 하였다.

7) 망산정望山亭: 수련원 뒤 청량산이 바라보이는 정자.

8) 추로향鄒魯鄕: 공자와 맹자의 고향이라는 뜻으로, 예절을 알고 학문이 왕성한 곳을 이르는 말이다.

어떻게 하면 다시 부흥시킬까? 추로향을….

博約會與修練院 박약회여 수련원 이

박약회와 도산서원 선비문화수련원이,

盡心戮力務弘匡 진심육력 무홍광 하세

마음을 다하고 힘을 쏟아서 널리 바로잡음에 힘써 보세나.

5.16. 冬寒
겨울의 추위

[2013-12-05]

暖秋猝變結窓氷 난추졸변 결창빙 하고
따뜻한 가을이 갑자기 돌변하여 창문에 얼음이 맺히고,

北極胡風大氣凝 북극호풍 대기응 이라
북극 찬바람이 내려오니 대기는 얼어버리는구나.

市內行人蒙外套 시내행인 몽외투 하고
시내 행인들은 두꺼운 외투를 입고,

路邊薄霧濕寒燈 노변박무 습한등 이라
옅은 안개는 길가의 찬 가로등을 축축하게 하네.

常遊繁雜都城客 상유번잡 도성객 은
항상 번잡하고 어수선하게 서울을 떠도는 사람들은,

每羨靜閑山寺僧 매선정한 산사승 이라
늘 조용하고 한가한 산사 스님을 부러워한다네.

或望飛翔南暑國 혹망비상 남서국 이나
간혹 남쪽 따뜻한 나라로 날아가길 바라나,

還留書室逐蒼蠅[1] 환류서실 축창승 이라
그래도 서재에서 머물며 잔글씨를 읽는다네.

---

1) 창승蒼蠅: 작은 글씨.

5.17. 蘭社詩會
난사시회

[2014-02-11]

白雪寒風掩漢城 백설한풍 엄한성 한데
흰 눈과 찬바람이 서울을 뒤덮는데,

今宵月會願天晴 금소월회 원천청 이라
오늘 저녁 월례 모임은 맑은 날씨 바란다네.

時逢僻韻難成句 시봉벽운 난성구 하나
까다로운 각운 자로 구절 이루기 어려우나,

常喜佳朋好詠聲 상희가붕 호영성 이로다
늘 아름다운 벗 반기고 시 읊는 소리 좋아하네.

千里異鄕來遠客 천리이향 내원객 이
천 리 타향 멀리서 온 나그네들이,

卅年詩社敍幽情 삽년시사 서유정 이라
30년 시 짓는 모임에서 그윽한 정 베풀어 놓았다네.

衰顏衰脚身雖老 쇠안쇠각 신수로 이나
주름진 얼굴에 쇠약한 다리 몸은 비록 늙었지만,

文酒年年可樂生 문주년년 가락생 이라
글과 술로 해를 거듭하며 삶을 즐길 수 있으리라.

5.18. 甲午元旦
갑오년 설날 아침

[2014-02-11]

蒼松白石有佳因 창송백석 유가인 하야
푸른 솔과 흰 돌에 아름다운 인연이 있어,

我作半生山裡人 아작반생 산리인 이라
나는 반평생을 이 산속을 가꾼 사람이 되었다네.

昨夜鐘聲辭舊歲 작야종성 사구세 러니
어젯밤엔 종소리가 묵은해를 작별하더니,

今朝節祀會宗親 금조절사 회종친 이라
오늘 아침엔 설 제사를 종친들이 모여 올리네.

聳升新日破紅霧 용승신일 파홍무 하니
새해 태양이 붉은 안개 헤치고 치솟아 올랐으니,

脫却陳愁蘇病身 탈각진수 소병신 이로다
묵은 근심 물리치고 병든 몸 소생시키리로다.

來集曾孫其數七 내집증손 기수칠 이요
증손 불러 모으니 그 수가 일곱이요,

擾奔笑泣總天眞 요분소읍 총천진 이라
어지럽게 달리고 웃고 우는 모습 모두 천진난만하구나.

5.19. 章佑在病床以詩慰之[1)]
병상에 있는 장우에게 시로 위로하다

[2014-02-11]

與病平生不結因 여병평생 불결인 이러니
병과는 평생 인연이 없었더니,

遽然長作患中人 거연장작 환중인 이라
갑자기 오랫동안 병든 사람이 되었구나.

好機性理窮其奧 호기성리 궁기오 이니
사람의 본성과 이치를 깊이 궁리할 좋은 기회가 되었으니,

莫嘆一時罹病身 막탄일시 이병신 하라
잠시 몸에 병 생긴 것 탄식하지 말게나.

---

1) 장우章佑: 저자의 둘째 동생 이장우李章佑(1939~). 호는 반농半農, 서울대학교 문학박사. 한학[중국문학, 한문학]을 전공, 영남대학교 명예교수이다. 저서로 『퇴계 시 풀이』(9책), 『퇴계 시 이야기』, 『고문신보』(상 · 하), 『중국 문학을 찾아서』 등이 있다.

5.20. 待春
봄을 기다림

[2014-03-11]

冬日閑翁長掩關 동일한옹 장엄관 하여
한가한 늙은이는 겨울철 내내 집안에 갇혀서,

無心獨坐望前山 무심독좌 망전산 이라
홀로 앉아 무심히 먼 앞산만 바라본다네.

失群孤鵲聲聲急 실군고작 성성급 하고
무리에서 떨어진 외로운 까치 소리 소리 급하고,

戴雪蒼松葉葉寒 대설창송 엽엽한 이라
눈 덮어쓴 푸른 소나무 잎새마다 차다네.

卓上熱茶含馥氣 탁상열차 함복기 하고
책상 위에 따뜻한 차 향기 머금고,

盆中新萼耀紅顔 분중신악 요홍안 이라
화분 속에 새 꽃송이 붉은 얼굴 빛나네.

北風勢盡春將近 북풍세진 춘장근 이나
북풍은 위세를 다하니 봄 가까이 올 것이나,

故友永歸雙淚潸 고우영귀 쌍루산 이라
오랜 벗 영결하게 되니 두 줄기 눈물이 주룩 흐르네.

5.21. 山中初夏
산속의 초여름

[2014-05-13]

悤忙四季始而終 총망사계 시이종 하고
분주하고 바쁜 사계절은 시작하는가 싶더니 끝나고,

落盡萬花花徑空 낙진만화 화경공 이라
온갖 꽃들은 다 떨어지고 꽃길도 비었네.

枯木枝頭呈翠綠 고목지두 정취록 이러니
메마른 가지에 비취색 푸르름 드리우니,

山禽林裡奏商宮 산금림리 주상궁 이라
산새들이 숲속에서 여러 소리 연주하네.

雲消蒼石友松樹 운소창석 우송수 하고
구름 사라지니 푸른 돌 소나무와 벗하고,

雨霽晴川和谷風 우제청천 화곡풍 이라
비 개니 맑은 냇물은 계곡 바람에 화답하네.

好是光陰催節序 호시광음 최절서 하니
좋구나! 이 세월이 계절의 순서를 재촉하니,

渾忘塵事樂其中 혼망진사 낙기중 하리
사뭇 속된 일 잊고서 이 숲속을 즐기리라.

5.22. 偕老七十週年呈内子
70주년 해로한 아내에게 바치다

[2014-05-13]

翼洞鶴山春雪消 익동학산 춘설소 한데
나라골[인량리] 학 같은 산에 봄눈 사라질 때,

玉溪携手步川橋 옥계휴수 보천교 라
옥 같은 시내 손 잡고 다리 위를 걸었다네.

度生八十水流逝 도생팔십 수류서 하고
살아 온 80년은 흐르는 물처럼 지나가 버렸고,

結髮七旬腰背撓[1] 결발칠순 요배요 라
결혼한 지 70년에 허리와 등이 굽어졌구나.

君奉層親忙日月 군봉층친 망일월 하고
그대는 층층시하 어른들 섬기느라 바쁜 세월이었고,

余離遊學勉朝宵 여리유학 면조소 라
나는 유학을 떠나니 아침부터 밤늦도록 힘썼다네.

翁婆偕老諸兒賀 옹파해로 제아하 하고
늙은이 해로하니 아이들이 하례해 주고,

高唱杯盤祝壽謠 고창배반 축수요 라
흥 나는 잔치에 소리 높여 축수하는구나.

---

1) 결발結髮: '성년'을 달리 이르는 말. 남자 20세, 여자 15세가 되면 남자는 관을 쓰고 여자는 비녀를 꽂았다. 혼인한 부부.

5.23. 參加尼山論壇, 見聖源書院新創, 談及尼山陶山修好[1][2] 니산 논단에 참가하고 성원서원을 새로 건립한 것을 보고, 니산과 도산의 수호에 관하여 언급하였다

[2014-06-09]

堯舜乾坤更願期 요순건곤 갱원기 는
　요순시대를 온 세상이 다시 원하고 바라는 것은,

不宜甘受世風非 불의감수 세풍비 라
　세상 풍속이 그릇됨을 견딜 수 없기 때문이라네.

尼山闕里修新院[3] 니산궐리 수신원 하니
　니산의 궐리에 새 서원이 세워지니,

洛水土溪振舊衣 낙수토계 진구의 라
　낙동강의 토계도 옛 전통을 떨쳐야 하리.

中國深源泉旺旺 중국심원 천왕왕 하고
　중국은 깊은 샘물이 왕성하게 흐르고,

青丘平野草霏霏 청구평야 초비비 라
　우리나라는 넓은 들판에 풀이 무성하구나.

欣然握手心相合 흔연악수 심상합 하니
　흔연히 악수하니 서로의 마음 합해져,

烟月康衢好共歸[4] 연월강구 호공귀 이네
　사방팔방에 태평한 세상 오기를 즐겁게 다짐하네.

---

1) 니산尼山: 중국 산둥성(山東省) 지닝시(濟寧市) 취푸현(曲阜縣) 동남쪽에 있다. 공자 아버지 숙량흘叔梁紇이 어머니 안씨顔氏와 함께 니구산尼丘山에 기도하여 공자를 얻었으므로 이름을 구丘라 하고, 자를 중니仲尼라 했다. -『史記』「孔子世家」

2) 성원서원聖源書院: 중국 각 대학의 유학 연구 관계학자, 학생들이 이곳에서 각종 세미나 및 연수를 받으며, '니산세계문명논단'이라 불리는 세계 공자 사상 연구가들의 국제학술대회가 매년 열린다고 한다.

3) 궐리闕里: 앞 3.22 주) 참조.

4) 연월강구煙月康衢: 강구연월康衢煙月. 세상이 태평한 모양.

5.24. 南山回顧
남산을 회고하다

[2014-07-08]

木覔老松林[1] 목멱 노송림 은
서울 남산의 노송 숲에서는,

人人愛翠陰 인인 애취음 이라
사람들 누구나 푸른 그늘 좋아한다네.

先親恒往處 선친 항왕처 라
돌아가신 아버님이 자주 가시던 곳이라,

遺子獨傷心 유자 독상심 이라
남은 자식들 유독 마음 아파하네.

世俗常遷變 세속 상천변 이나
세상 풍속 항상 바뀌어 가게 되지만,

山光不犯侵 산광 불범침 이라
이 산 경치는 아무도 침범할 수 없다네.

閑吟懷故事 한음 회고사 하니
한가히 읊조리며 지난 일 회고하여 보는데,

野鳥送清音 야조 송청음 이라
들새가 맑고 깨끗한 소리 보내 주네.

---

1) 목멱木覔: 목멱산으로 서울 남산의 다른 이름.

5.25. 思友
친구 생각

[2014-07-08]

鄕朋每月向山林 향붕매월 향산림 하여
고향 친구와 매달 산속 숲으로 가서,

交話高歌憩樹陰 교화고가 게수음 이라
숲 그늘에서 쉬면서 말 나누고 소리 높여 노래하였다네.

豈料如斯情好事 기료여사 정호사 오
어찌 짐작하였으리? 이렇게 멋지고 정다운 일을,

到今難再更傷心 도금난재 갱상심 이리오
지금에 이르러 다시 되풀이할 수 없어 마음 아파하게 될 줄….

5.26. 安東湖畔棧道散策
안동 호숫가 나무판자길 산책

[2014-08-11]

長長板路大湖東 장장판로 대호동 은
큰 호수 동쪽 절벽에 길고 긴 나무판 길은,

起伏逶迤南北通 기복위이 남북통 이라
남북으로 통하는 길 기복이 심하고 뱀처럼 구불구불하네.

白鳥自娛浮水上 백조자오 부수상 하며
백조는 호수 위에 떠다니면서 스스로 즐기고,

虹橋如帶掛空中 홍교여대 괘공중 이라
무지개다리는 중천에 띠처럼 걸려 있다네.

青山美色映江浪 청산미색 영강랑 하고
푸른 산 아름다운 모습은 호수에 비치어 일렁이고,

幽草芳香飄岸風 유초방향 표안풍 이라
그윽한 풀꽃 향기 호숫가 언덕 바람에 나부끼네.

魚躍雲飛無限好 어약운비 무한호 하니
물고기 뛰고 흰 구름 나니 한없이 좋으니,

神仙與我趣相同 신선여아 취상동 이라
신선도 나와 더불어 취미가 서로 같으리라.

5.27. 安東論壇 一
안동 논단 1

[2014-08-11]

二千十四年七月三日, 世界碩學會於安東, 論儒學與人文價値.

2014년 7월 3일, 세계 석학들이 안동에서 모여 유학과 인문의 가치를 논하였다.

東西碩學會安東 동서석학 회안동 하야
동서양 석학이 안동에서 모여서,

文化古今期共通 문화고금 기공통 이라
고금의 문화를 공통 연구하기로 기약하였다네.

祈願將來揚孔教 기원장래 양공교 하니
바라노니 장래 공자의 가르침이 선양되어가기를…,

萬邦從此振儒風 만방종차 진유풍 이라
여기서부터 유학의 법도가 세계만방에 진작되기를….

5.28. 偶成
우연히 짓다

[2014-09-12]

年超八十不須嗟 연초팔십 불수차 하며
나이 80이 넘었으니 꼭 슬퍼하지는 말아야지,

好遣人生無所覘 호견인생 무소사 라
인생을 좋게 보냈고 곁눈질하지 않았다네.

衰脚猶堪登古刹 쇠각유감 등고찰 하고
쇠한 다리 그래도 옛 절을 올라갈 만하고,

老心尚喜訪山花 노심상희 방산화 라
늙은 마음 오히려 산 꽃 찾는 것이 즐겁다네.

世人感染新洋俗 세인감염 신양속 이나
세상 사람들 새로운 서양 풍속에 물들었으나,

兒輩傳承久世家 아배전승 구세가 라
아이들은 오랜 집안 전통을 이어 나간다네.

來問孫曾盈活氣 내문손증 영활기 나
손자 증손 찾아와 문안하면 활기가 가득하나,

門前每惜送歸車 문전매석 송귀차 라
문 앞에서 돌아가는 차 배웅할 때는 늘 아쉬워지네.

5.29. 一竿進洞[1)]
홀인원

[2014-09-12]

生日是佳日 생일 시가일 이라
생일 이날은 좋은 날이라,

草場來渾家 초장 내혼가 라
온 식구가 골프장 찾았다네.

一竿球進洞 일간 구진동 하고
티샷 한 번에 홀인원하고,

祝酒又添花 축주 우첨화 라
축하 술에 또 축하 꽃을 더했다네.

---

1) 일간진동一竿進洞: 골프공, 티샷한 공이 한 번에 홀에 들어가는 것으로 홀인원(hole in one)을 말한다(高爾夫球, 單打, 打入洞孔, 謂一竿進洞).

5.30. 輓寧夏兄[1]
류영하 형을 애도하다

[2014-09-12]

安東悲報至 안동 비보지 하니
안동에서 비보가 이르니,

落照沈江心 낙조 침강심 이라
지는 해는 강 속에 빠져 버렸구나.

河上主人去 하상 주인거 하니
강가 마을 주인이 떠나니,

儒風更處尋 유풍 갱처심 오
유풍을 딴 곳에서 찾아야겠네.

---

1) 영하寧夏: 류영하柳寧夏(1926~2014). 안동 하회 마을 서애 류성룡의 14대 종손.

5.31. 送舊迎新之際, 誌人性教育成果
송구영신 때, 인성교육의 성과를 적다

[2015-01-16]

余開始人性教育, 以來經過十年, 其間基礎完成, 受講人數, 今年達十萬人. 聽講生感謝, 講師歡喜, 可期大成於前頭. 明年開始軍隊人性教育, 又開始農村老人教育. 明朗軍幕, 幸福農村, 可得見矣. 際送舊迎新, 喜而起草.

내가 인성교육을 시작해 온 이래 10년이 지나, 그간에 기초가 완성되었고 수강한 인원수도 올해 10만여 명에 달하였다. 강의를 들은 사람들이 감사하였고 강의를 맡은 선생도 매우 즐거워하였으니 앞으로 크게 흥기할 것을 기대한다. 내년에는 군대 인성교육이 처음 열리게 되었고, 또 농촌 노인 교육도 처음으로 시작될 것이다. 명랑한 군대 생활, 행복한 농촌이 이루어짐을 볼 수 있을 것이다. 송구영신을 하는 즈음에 즐거워 초고를 적는다.

十載企圖暗氣晴 십재기도 암기청 하고
　십 년을 도모하니 어두운 기운이 맑아지고,

新年可待碧天明 신년가대 벽천명 이라
　새해에도 푸른 하늘 맑아짐을 기대할 수 있으리라.

來聽父母良方得 내청부모 양방득 하고
　와서 들은 부모들은 좋은 방법을 터득하고,

授講諸師感激生 수강제사 감격생 이라
　강의하는 여러 선생은 감격이 솟구치네.

軍幕願逢良俗立 군막원봉 양속립 하며
군 내무생활에 좋은 풍조 이루어지기를 바라고,

農村將見好風成 농촌장견 호풍성 이라
농촌에 좋은 바람 이루어질 것을 보게 되리라.

青丘回復新鄕約[1] 청구회복 신향약 하고
우리나라에 새로운 향약이 회복되어,

谷谷坊坊溢厚情 곡곡방방 일후정 하리라
방방곡곡 넉넉한 인정 넘치겠구나.

1) 향약鄕約: 조선 시대에 '착한 것은 서로 권하고, 악한 것은 징계하며, 예의로 서로 사귀고, 서로 도우며 산다'는 뜻으로 마련한 시골 동네의 자치 규약.

5.32. 閑想
한가한 생각

[2015-01-16]

呼友携來酒一瓶 호우휴래 주일병 하여
친구 불러 술 한 병 들고 오라고 하여,

飛翔萬里海雲亭 비상만리 해운정 이라
만리 너머 해운정으로 날아 올라가고 싶다네.

人寰瑣事投蒼碧 인환쇄사 투창벽 하고
자질구레한 인간 세상일은 창공에 던져버리고,

胡不陶然摘月星 호불도연 적월성 오
어찌 거나하게 취하여 달과 별을 따지 않으랴?

5.33. 暹人[1]

섬인[이동승]

[2015-01-16]

不用電腦[2], 携帶電話, 不運轉車, 不訪病院.

컴퓨터와 휴대전화를 사용하지 않고, 자동차 운전도 하지 못하고, 병원도 가지 않는다.

常愛香煙喜酒瓶 상애향연 희주병 하고
언제나 담배 좋아하며 술을 즐기고,

長希脫俗臥孤亭[3] 장희탈속 와고정 이라
세속을 벗어나 외딴 정자에 눕자고 하네.

不求人造新奇物 불구인조 신기물 하며
사람들이 만든 새롭고 기이한 물건 구하지 않고,

自足天然樂月星 자족천연 낙월성 이라
천지자연에 스스로 만족하며 달과 별을 즐기네.

每誇無緣留病院 매과무연 유병원 이러니
병원에 머문 일이 없다 늘 자랑하더니,

一朝罹患失完形 일조리환 실완형 이라
하루아침 병 걸리어 온전한 모습 잃어버렸다네.

促君回復元來像 촉군회복 원래상 하노니
그대에게 원래 형상으로 회복하기를 재촉하오니,

共去陶山翠碧屏 공거도산 취벽병 이라
푸른 병풍 두른 듯한 도산에 함께 가보세그려.

---

1) 섬인暹人: 이동승李東昇(1931~2017)의 호. 퇴계 후손으로 서울대학교 문학박사, 서울대 사범대학 독일어과 교수 역임. 저자와 서울대학교 동기이며, 처 5촌이기도 하다. 저서로 『20세기 독일 시(Ⅱ)』(1981), 『전후 독일 문학』(1991) 등이 있다.

2) 전뇌電腦: 컴퓨터.

3) 탈속脫俗: 속태俗態를 벗고 세속을 초월함.

5.34. 與章佑[1]
장우에게 주다

[2015-01-16]

長在病床使我愁 장재병상 사아수 러니
오랫동안 병상에 있어 나를 슬프게 하더니,

今看回復喜相酬 금간회복 희상수 라
오늘 보니 회복되어 즐겁게 이야기 나누었다네.

平生康健不知藥 평생강건 부지약 이요
평생 건강하여 약이라고는 모르더니,

可嘆瘦顔銀白頭 가탄수안 은백두 라
얼굴은 여위고 머리는 은백색이니 안타깝기만 하네.

---

1) 장우章佑: 앞 5.19 주) 참조.

5.35. 三洞故山[1)]
삼동 고향 산

[2015-02-13]

三洞先塋故山, 面積三百萬坪, 無所別用, 只任野鼠山禽之遊. 前日來人告余太陽發電之計, 此事恍惚如夢, 故記所感.

내 고향 삼동 선영 부근의 옛날부터 내려오는 산은 면적이 3백만 평인데 특별히 쓰이는 바가 없으며, 다만 들쥐와 산짐승만이 살 뿐이다. 일전에 어떤 사람이 나를 찾아와 '태양광 발전계획'을 말하였다. 이 사업은 꿈같이 황홀한 까닭에 소감을 적는다.

窮山深壑日遲遲 궁산심학 일지지 하고
산은 높고 골짜기는 깊어 햇볕이 아주 더디게 들고,

寂寞無人留夢思 적막무인 유몽사 라
사람이 없어 적막하니 꿈에나 머물 곳일러라.

昔日寒樵飄去市 석일한초 표거시 나
옛날의 가난한 지게꾼들은 표연히 도시로 떠나고,

現今閑鳥累遊枝 현금한조 누유지 라
오늘날에는 한가한 새들만 나뭇가지에서 놀고 있을 뿐이라네.

太陽發電或來勸 태양발전 혹래권 하니
태양광 발전계획을 누가 찾아와 권하니,

僻地生金何可知 벽지생금 하가지 오
두메에서 돈이 생기는 것 어떻게 알았으랴?

1) 삼동三洞: 경북 영덕군 창수면 갈천리의 임모실, 방골과 인천리의 한밭 등의 산골 마을.

若使能成如此事 약사능성 여차사 면

만일 이 사업 성공만 할 수 있다면,

春風三洞響笙吹 춘풍삼동 향생취 라

삼동에 봄바람 불고 아악 생황 부는 소리 울려 퍼지리라.

5.36. 電送蘭社詩稿
난사 시 원고를 전송하다

[2015-04-13]

三冬凍蟄待春天 삼동동칩 대춘천 이나
　겨우내 잠자는 동물같이 움츠리고 봄을 기다리나,

喜見寒梅開案前 희견한매 개안전 이라
　겨울 매화 책상 앞에 핀 것을 보고 즐거워하네.

塵事恨沮蘭社去 진사한저 난사거 하나
　속세 일로 난사에 나가는 것 막히어 한스러우나,

拙詩幸得電波傳 졸시행득 전파전 이라
　보잘것없는 시를 다행히 전파로 전송할 수 있었네.

華詞瓊句添香酒 화사경구 첨향주 하고
　화려한 말 주옥같은 시구에 좋은 술을 더하고,

白髮蒼顏會詠筵 백발창안 회영연 이라
　흰 머리 늙은 모습들이 모여 좋은 분위기 읊으리.

<u>碧丈慕君</u>當快復[1) 2)] 벽장모군 당쾌복 하여
　벽사 어르신, 모하 곧 회복되어,

仙朋遊興萬年連 선붕유흥 만년련 이라
　신선 같은 벗들과 흥겹게 즐김 만년을 이어 나가세.

---

1) 벽장碧丈: 벽사碧史 이우성李佑成(1925~2017)을 말함. 성균관대학교 문과대 졸, 동 대학원 문학박사, 동 대학교수, 역사학회 회장, 한국한문학회 회장, 한국문화추진위원회 회장, 퇴계학연구원 원장, 재단법인 실시학사 원장 등 역임. 저서로, 『이우성저작집』(전8권), 『벽사관문존碧史館文存』, 『잔년수초殘年收草』 등이 있다.

2) 모군慕君: 모하慕何 이헌조李憲祖를 말함. 앞 3.37 주) 참조.

5.37. 喜受聾翁春信
귀머거리 늙은이 봄소식에 기뻐하다

[2015-04-13]

夢中飛遠天 몽중 비원천 하니
꿈속 하늘 멀리 나니,

花滿舊窓前 화만 구창전 이라
옛 창 앞에 꽃이 가득하였다네.

覺得鄉音至 교득 향음지 한데
깨고 보니 고향 소식 왔는데,

春香書裡傳 춘향 서리전 이라
봄 향기 편지 속에 전해지더라.

5.38. 得曾孫女
증손녀를 얻다

[2015-05-11]

喜事元來兒輩逢 희사원래 아배봉 하니
본래부터 아이들 만남은 기쁜 일인지라,

頻繁咸集自西東 빈번함집 자서동 이라
여기저기에서 자주 모두 모였다네.

今朝順産又加一 금조순산 우가일 하니
오늘 아침 순산하여 또 식구를 더하니,

老境夫妻所感同 노경부처 소감동 이라
늘그막에 부부가 느끼는 바는 똑같다네.

5.39. 軍人人性教育可點成功
군인 인성교육 성공에 주목할 만하다

[2015-07-06]

余過去十年, 教育五十萬學父母. 其間改善教材, 向上方法. 近者, 實施教育於軍人, 結果頗好. 軍人氣像轉淸, 幕舍和氣漸溢, 若軍人教育成功, 吾邦移風易俗, 可期於來日.

나는 지난 10년 동안 학부모 50만을 교육하였으며, 그간 교재를 개선하며 방법을 향상하였다. 근래에 군인들에게 적용하여 교육하였더니 결과가 매우 좋았다. 군인 기상이 맑게 바뀌어 내무반 화기가 점점 넘치니, 만약 군인교육에 성공한다면, 우리나라의 풍속이 좋은 쪽으로 바뀌게 됨을 장차 기약할 수 있을 것이다.

莫嘆靑丘德不明 막탄청구 덕불명 오
탄식하지 마오! 우리나라에 덕이 밝지 못하다고,

可期淳化洽余情 가기순화 흡여정 이라
순화를 기대할 수 있으니 내 마음 흡족하다네.

房房幕內純懷溢 방방막내 순회일 하고
방방의 내무반 안에 온화한 정이 흘러넘치고,

面面心中活氣生 면면심중 활기생 이라
면면이 마음속 활기가 생겼다네.

勿想移風如幻夢 물상이풍 여환몽 하며
풍속 바꾸는 것이 허황한 꿈 같다고 상상하지 말며,

止言易俗似難城 지언역속 사난성 이라
좋은 풍속 바뀜은 큰 고개 넘기처럼 어렵다 말게나.

父兄刮目見兒輩 부형괄목 견아배 하니
부형들은 아이들을 볼 때마다 괄목상대하니,

擧國官民倣此行 거국관민 방차행 이니라
나라 안 모든 사람 이 대열을 본받으리라.

5.40. 輓韓弼淳博士[1)]

한필순 박사를 애도하다

[2015-07-06]

一朝不意隔幽明 일조불의 격유명 하니
　이승과 저승이 하루아침에 뜻밖에 바뀌었으니,

回憶多年來往情 회억다년 내왕정 이라
　오랜 세월 오가며 쌓인 정 돌이켜 보게 되네.

作別與君言不盡 작별여군 언부진 한데
　그대와 작별하려니 말로 다 할 수 없는데,

悽然一菊弔平生 처연일국 조평생 이라
　슬프도다! 한 송이 국화로 평생을 조상하는구나.

---

1) 한필순韓弼淳(1933~2015): 평안남도 강서 출신. 공군장교 복무, 과학자이며 탁월한 과학 행정가. 1991년 우리나라 과학자로는 유일하게 프랑스 최고 권위의 훈장인 '레종 도뇌르(Legion d'Honneur)'를 받은 원자력계의 대부이다. 최장수(7년) 한국원자력연구소 소장을 역임. 한국형 원자로, 중수重水 및 경수輕水 핵연료 등을 독자적으로 개발하는 등 한국 과학사에 눈부신 업적을 남겼다.

5.41. 先祖學術會議有感[1)]
선조학술회의에 느끼는 바가 있어

[2015-07-06]

半千年過事猶明 반천년과 사유명 하니
오백 년 지난 일 오히려 밝혀지니,

歲月豈喪崇慕情 세월기상 숭모정 고
흐르는 세월 어찌 숭모의 정을 낮추리오!

眷眷遺言常在耳 권권유언 상재이 하니
자세하게 남기신 말씀 항상 귀에 쟁쟁하니,

兒孫萬世必修行 아손만세 필수행 이라
아들 손자들, 만세토록 반드시 닦아 가리라.

---

1) 선조학술회의先祖學術會議: 2015년 5월 16일, 경북 영덕군 예주문화예술회관에서 열린 16대 선조 영남의 선비인 운악雲嶽 이함李涵(1554~1632) 선생의 학문과 사상을 고찰하는 모임. 운악 선생은 영해부 인량리[나라골]에서 태어나 문과에 급제하고, 임진왜란 중 전란 수습에 다방면으로 참여하였으며, 의령 현감을 지냈다. 저서로 『운악선생문집』이 있으며, 퇴계 학맥을 잇는 존재 이휘일李徽逸, 갈암 이현일李玄逸 선생의 조부이다.

5.42. 望慕何蘭社參會
모하[이헌조]가 난사 모임에 참여하기를 바란다

[2015-07-06]

春花今又過 춘화 금우과 하니
 꽃 피는 봄 이제 또 지나가니,

更切故人情 갱절 고인정 이라
 친한 벗 생각하는 마음 더욱 간절하다네.

君若提詩至 군약 제시지 하면
 그대가 만약 시를 제출해 온다면,

凉風滿面生 양풍 만면생 이라
 시원한 바람 온 얼굴에 생겨나리라.

5.43. 晨登松石臺
새벽에 송석대에 올라

[2015-08-10]

松臺獨上待朝暉 송대독상 대조휘 하니
송석대에 홀로 올라 찬란한 아침 해 기다리니,

北漢清風吹我衣 북한청풍 취아의 라
북한산 맑게 불어오는 바람은 옷깃을 펄럭이네.

林鳥呼朋人語遠 임조호붕 인어원 하고
숲속 새들 짝 찾는 소리에 사람들 말 멀어지고,

谷溪弄石水聲微 곡계롱석 수성미 라
골짜기 개울 돌 사이에 흐르는 물소리 희미하네.

靜思放慾慾消散 정사방욕 욕소산 하고
고요히 사색하며 욕심을 버리니 욕심이 사그라지고,

持敬求心心斂歸 지경구심 심렴귀 라
공경을 지니고 마음을 찾으니 본마음이 돌아오네.

閑寓山中車馬少 한우산중 거마소 하나
한가한 산속에 사니 시끄러운 소리 많지 않으나,

只希兒女到門扉 지희아녀 도문비 라
다만 아들딸들이 집에 자주 오기를 바랄 뿐이네.

5.44. 天淵臺有感[1)]
천연대에 느끼는 바가 있어서

[2015-09-07]

越陟陶山曙色分 월척도산 서색분 한데
도산을 넘어 오르니 새벽빛이 밝아오는데,

天淵臺上望朝雲 천연대상 망조운 이라
천연대 위에서 아침 구름 바라본다네.

盤陀萬古堅無轉[2)] 반타만고 견무전 하고
반타석은 만고에 굳건히 변함없고,

凰鳳千秋響可聞 황봉천추 향가문 이라
봉황이 오랜만에 내는 소리 들릴 것 같네.

蒼昊虛虛鳶鶴類 창호허허 연학류 하고
넓고 넓은 하늘에는 솔개 · 학 무리가 날고,

長江蕩蕩魚鼈群 장강탕탕 어별군 이라
넓고 넓은 큰 강에는 물고기 · 자라들이 모이네.

森羅皆得自然理 삼라개득 자연리 는
삼라만상에서 모두 자연의 이치를 얻었다는,

回想大賢曾所云[3)] 회상대현 증소운 이라
돌이켜 생각하니 대현[퇴계]께서 일찍이 이르신 말씀이라.

---

1) 천연대天淵臺: 퇴계 선생은 도산서원 경내를 중심으로 양편 산기슭이 절벽을 이룬 동쪽을 천연대, 서쪽을 운영대雲影臺라 불렀다. 천연대는 『시경』에 나오는 "솔개는 하늘 높이 날아오르고, 물고기는 연못에 뛰어노네鳶飛戾天, 魚躍于淵."라는 글에서 따온 것이라 하고, 운영대는 "빛과 구름 그림자와 함께 돌고 돈다天光雲影共徘徊."라는 주자의 「관서유감觀書有感」 시에서 인용한 것이라 한다.

2) 반타盤陀: 반타석盤陀石. 넓고 편편한 큰 바위. 탁영담이라는 강물이 깊은 곳에 있는데, 강물이 줄면 드러나고 불어나면 잠긴다고 한다.

3) 대현증소운大賢曾所云: 퇴계 선생이 일찍이 하신 말씀. 퇴계 선생은 「정우당淨友塘」이라는 시에서 "물건마다 묘한 하늘의 이치 품었다네物物皆含妙一天."라고 읊었다.

5.45. 安東道中
안동 여행길

[2015-09-07]

自京至安, 貫走山中路. 泰山峻嶺飛過車窓, 青山白雲, 幻如仙界, 車內音響器, 金管玉笛之聲, 鳴于耳邊, 何可以凡常之事, 過此耶.

서울에서 안동까지 산속을 관통하는 길을 달려가야 한다. 태산준령이 차창에서 빠르게 지나가니, 나무가 무성한 푸른 산과 흰 구름은 마치 신선의 세상으로 바뀐 것 같고, 차내 음향기기의 금관과 옥피리 소리가 귓가에 울리니, 어찌 범상하게 지나칠 것인가?

山山疊疊遠無分 산산첩첩 원무분 한데
첩첩 쌓인 산들은 아득하여 분별할 수 없는데,

飛過蒼松與白雲 비과창송 여백운 이라
푸른 소나무 숲과 흰 구름이 나는 듯이 지나가네.

千里險程閑坐樂 천리험정 한좌락 하니
험준한 천 리 길을 편안히 앉아서 즐기니,

仙圖仙樂且看聞 선도선락 차간문 이라
신선도 속 신선의 즐거움을 또 보고 듣는 듯하구나.

5.46. 生日思母
생일에 어머님을 그리워하다

[2015-09-07]

暴炎殘暑笑秋分 폭염잔서 소추분 하니
불볕더위 아직 남아 추분 절기를 비웃으니,

頌祝兒孫扇白雲[1] 송축아손 선백운 이라
송축하는 아들 손자들이 구름을 부채질한다.

生我劬勞何可忘 생아구로 하가망 가
낳아 길러 주신 수고로움 내 어찌 잊을손가?

斂襟端坐錄音聞 염금단좌 녹음문 이라
옷깃 여미고 단정히 앉아 어머님의 녹음 말씀 들어 본다네.

1) 선백운扇白雲: '구름을 부채질한다'는 것은 기분을 말한 것이다.

5.47. 月夜
달 밝은 밤에

[2015-10-05]

吾家臺上晩風微 오가대상 만풍미 하고
내 집 송석대에 오르니 저녁 바람 솔솔 불고,

明月滿空星影稀 명월만공 성영희 라
하늘 가득 밝은 달빛에 별빛이 희미하네.

赤壁之遊如似好[1] 적벽지유 여사호 오
동파[2]의 적벽 놀이 이처럼 좋았으리?

神仙羽化向天飛 신선우화 향천비 라
신선이 되어 날개 달고 하늘로 날아가는 듯하네.

---

1) 적벽赤壁: 중국 송나라 신종 5년(1082)에 소식이 지은 「적벽부赤壁賦」. 유배지인 황저우(黃州)에서 양쯔강(揚子江)을 유람하며, 예전의 적벽전을 회상하고 자연의 장구함에 비하여 인생이 짧음을 한탄한 것이다.

2) 동파東坡: 중국 북송의 문인 소식蘇軾(1036~1101)의 호. 당송 팔대가의 한 사람으로, 서화에도 능하였다. 작품에 「적벽부」, 저서에 『동파전집東坡全集』 등이 있다.

5.48. 敬工夫[1] 一
경 공부 1

[2015-10-05]

隨時靜坐息微微 수시정좌 식미미 하여
때때로 조용히 앉아 호흡을 고요하고 고요하게 하여,

主一惺惺雜想稀 주일성성 잡상희 라
마음 한곳에 모아 정신을 맑게 하면 잡된 생각 멀어진다네.

往日喜悲消意識 왕일희비 소의식 하고
지난날 희비에 특별한 감정 지워버리고,

來頭凶吉附忘機 내두흉길 부망기 라
앞으로 닥쳐올 길흉도 속세 일도 다 잊어버리리.

星辰邈邈無窮展 성신막막 무궁전 하고
천지 공간의 별들은 멀리 무한히 펼쳐지고,

歲月悠悠億劫飛 세월유유 억겁비 라
세월은 아득하게 먼 억겁을 흘러가네.

人命其間超小點 인명기간 초소점 하니
사람의 목숨은 그사이에 아주 작은 한 점에 지나지 않으니,

須知一切只心依 수지일체 지심의 라
모름지기 모든 것은 다만 마음에 의지하여야 한다는 것을 알아야 하네.

---

1) 경敬: 주일무적主一無適으로, '마음에 경敬을 두고 정신을 집중하여 외물에 마음을 두지 않는다'는 말. 중국 송나라 정주程朱의 수양설修養說. 정이가 처음에 주창하고 주희가 이어받아 주장한 것임.

5.49. 詩神
시 정신

[2015-11-09]

詩神不覺入魂來 시신불각 입혼래 하니
시 정신 깨닫지 못하는 사이에 혼에 들어오게 되니,

隨處擡頭不去回 수처대두 불거회 라
가는 곳마다 머릿속에 떠올라 떠나지 않네.

一筆揮之何可望 일필휘지 하가망 고
단숨에 갈겨 쓴다는 것을 어찌 바랄 수 있겠는가?

意窮言短恨非才 의궁언단 한비재 라
뜻 궁하고 말이 짧으니 무딘 재주 한스럽구나.

5.50. 雪岳道中
설악 여행길

[2015-11-09]

千里江陵半日來 천리강릉 반일래 한데
천 리 강릉 반나절에 가니,

穿崗越谷路迤回 천강월곡 노이회 라
산등성이를 뚫고 계곡을 건너 길은 굽이쳤다네.

欲見秋光遊雪岳 욕견추광 유설악 하고
설악의 가을 속에 놀아 보려 하였더니,

紅黃紫葉滿山開 홍황자엽 만산개 라
울긋불긋 오색 단풍 온 산에 가득하네.

5.51. 龍坪球場
용평 골프장

[2015-11-09]

余曾多年間, 頻來龍坪, 娛丹楓佳景, 與友擊球. 十年前, 遭遇不意之變[1], 其後不能至, 今日追舊憶而來, 丹楓草原如前, 感人生浮沈無常, 草所懷.

나는 일찍이 여러 해 동안 자주 용평에 가서 붉은 단풍나무의 아름다운 풍경을 즐기고 여러 친구와 함께 골프를 쳤다. 10년 전에 뜻하지 않은 우연한 변고를 만나서 그 후에 갈 수 없었는데, 오늘 옛 기억을 되살려 찾았는데, 단풍과 초원은 옛날과 같으나, 인생살이 무상함에 속마음을 적어 본다.

秋光漸變望山臺 추광점변 망산대 하니
가을 풍경 점점 변하는 산꼭대기 바라보니,

正是龍坪秋滿開 정시용평 추만개 라
때마침 용평에 가을이 활짝 펼쳐졌네.

千里球場頻夢見 천리구장 빈몽견 이러니
천 리 밖 골프장을 자주 꿈에 보았더니,

十年舊客更歸來 십년구객 갱귀래 라
10년 전 옛 손님이 다시 돌아왔다네.

靑春黑髮初無望 청춘흑발 초무망 하나
청춘의 검은 머리 본래 바라지 않았지만,

---

1) 불의지변不意之變: 삼보컴퓨터 회사가 법정관리로 넘어간 것을 말한다.

不老丹楓散又回 불로단풍 산우회 라

늙지 않는 단풍잎은 흩어졌다가 또 돌아왔네.

好伴好時兼好景 호반호시 겸호경 하니

벗이 좋고 계절도 좋으나 경치는 더욱 좋으니,

何須誇示擊球才 하수과시 격구재 오

어찌 반드시 골프 재주 자랑할 일 있겠는가?

5.52. **挽慕何**[1]
모하[이헌조]를 애도하다

[2015-12-21]

擧世貪汚不染清 거세탐오 불염청 하고
온 세상 더럽혀도 물들지 않고 깨끗하고,

吾兄遵道藉名聲 오형준도 자명성 이라
그대 도를 좇음에 명성이 자자하였다네.

待人做業持心正 대인주업 지심정 하며
사람 접대하고 사업할 때 바른 마음 지녔으며,

學哲尊賢處事明 학철존현 처사명 라
철학 공부하여 어진 이들 높이며 일 처리 밝았다네.

覓句新奇能衆訝 멱구신기 능중아 하니
신기한 구절 찾아 지으니 많은 사람 놀랐더니,

化仙永逝向天征 화선영서 향천정 이라
신선이 되어 영영 가니 하늘나라 향했겠네.

告別床前留**我語** 고별상전 유아어 는
고별하는 제상 앞에서 내가 남기고 싶은 말은,

慕何斐美偉平生 모하비미 위평생 이로다
"모하의 위대한 평생 빛나고 아름다웠다"는 거네.

---

1) 모하慕何: 이헌조李憲祖. 앞 3.37 주) 참조.

5.53. 人性教育十週年記念式
인성교육 10주년 기념식

[2015-12-21]

人人冀望世風清 인인기망 세풍청 하나
사람 사람들마다 세상 풍속이 맑아지길 바라나,

朝夕恒聞憂嘆聲 조석항문 우탄성 이라
아침저녁으로 우려의 탄성만 늘 들었다네.

唯恐綱常沈濊土[1] 유공강상 침예토 하고
오직 삼강오륜이 더러운 땅속으로 빠질까 두려워하고,

懇希奇蹟導光明 간희기적 도광명 이라
간절히 광명으로 인도해 줄 기적을 바란다네.

退休老我爲吾任 퇴휴로아 위오임 하니
물러나서 쉬고 있는 늙은 내가 그 일을 맡아서,

蹶起單騎發遠征 궐기단기 발원정 이라
분연히 일어서 홀로 말타고 먼 길 떠난다네.

竭力十年何所得 갈력십년 하소득 고
있는 힘을 다하여 애쓴 10년에 얻은 바가 무엇인가?

東西坊曲瑞芽生 동서방곡 서아생 이라
동서 방방곡곡에 상서로운 싹이 트기 시작하네.

---

1) 강상綱常: 삼강三綱과 오상五常. 곧 사람이 지켜야 할 도리.

5.54. 韓中儒學對話會
한 · 중 유학의 대화

[2015-12-21]

聖人故里一天清 성인고리 일천청 한데
성인의 옛 고향 마을은 온 하늘 맑고,

喜聽韓中對話聲 희청한중 대화성 이라
한국과 중국의 대화 소리 즐겁게 듣고 있네.

儒學共論振興事 유학공론 진흥사 하니
유학을 진흥시키는 일을 함께 논의하니,

可期世界照光明 가기세계 조광명 이라
세계에 광명이 비침을 기대할 수 있겠구나.

5.55. 秋
가을

[2015-12-21]

萬里西風大氣清 만리서풍 대기청 하고
멀리서 불어오는 서풍에 대기는 맑고,

丹楓樹葉起秋聲 단풍수엽 기추성 이라
단풍 든 나뭇잎에는 가을 소리 이는구나.

勸君莫惜紅黃落 권군막석 홍황락 하나
권하노니 붉고 누런 잎 떨어짐을 애석하게 여기지 말게나,

將看乾坤白雪盈 장간건곤 백설영 이라
장차 천지에 백설이 가득함을 보리라.

5.56. 冬
겨울

[2015-12-21]

遲遲殘夢旣窓明 지지잔몽 기창명 하니
이미 창이 밝았는데 어렴풋한 꿈은 길고 기니,

懶起開門發歎聲 나기개문 발탄성 이라
게으르게 일어나 창문 열고 탄성을 지른다네.

大雪紛紛充滿空 대설분분 충만공 하고
큰 눈이 어지러이 흩날려 하늘 가득하고,

萬山落木得還生 만산락목 득환생 이라
온 산에 잎 떨어진 나무는 환생할 수 있게 되었네.

5.57. 過歲有感
과세 유감

[2016-01-16]

白雪滿空走疾遒 백설만공 주질주 한데
흰 눈 하늘 가득하니 걸음걸이 크게 빨라지는데,

還鄉過歲向東遊 환향과세 향동유 라
고향 가서 설 쇠려 동쪽으로 나들이라.

年年授講度全國 연년수강 도전국 하고
해마다 강의하러 전국을 넘나들고,

携友打球訪濟州 휴우타구 방제주 라
벗 데리고 골프 치러 제주도를 찾아왔다네.

何嘆人生超耄耋 하탄인생 초모질 오
어찌 인생을 한탄하리오? 여든이 넘었다고,

可欣大地好春秋 가흔대지 호춘추 라
이 땅에 봄가을이 좋으니 기뻐할 만하구나.

前途尚有許多事 전도상유 허다사 하니
앞으로 아직 해야 할 일이 매우 많이 있으니,

更使陰陽莫速流 갱사음양 막속류 라
문득 세월이 빨리 가지 않기를 바란다네.

5.58. 邀章佑蘭社[1)]
장우를 난사에 맞이하다

[2016-01-16]

見君白髮嘆年遒 견군백발 탄년주 하나
자네 백발을 보니 쌓인 세월이 많이 흘렀음이 안타깝지만,
蘭會却欣聯袂遊 난회각흔 연메유 라
난사회는 도리어 형제가 같이 참가함을 기뻐한다네.
紅塵萬丈長安裡 홍진만장 장안리 에
답답하기 그지없는 홍진 덮인 서울에서,
詠月吟風超俗流 영월음풍 초속류 하세
음풍영월[2)]하면서 속세의 흐름을 초월하여 보세나.

---

1) 장우章佑: 앞 5.19 주) 참조.
2) 음풍영월吟風詠月: 맑은 바람과 밝은 달에 대하여 시를 짓고 즐겁게 놂.

5.59. 望鄕
망향

[2016-02-15]

南天千里路程昏 남천천리 노정혼 하고
남쪽 하늘 천 리 길은 어두운데,

朴實民風漸失痕 박실민풍 점실흔 이라
소박한 민풍은 점점 흔적 없이 사라져 간다네.

草笛農謠何處聽 초적농요 하처청 오
풀피리와 농요는 어느 곳에서나 들을까?

親朋已去故鄕村 친붕이거 고향촌 이라
친척과 벗은 옛 고향 마을 이미 떠나버렸구나.

5.60. 舊正訪女兒家偶吟
설날 딸네 집을 찾아 우연히 짓다

[2016-02-15]

車中半覺夢昏昏 차중반교 몽혼혼 한데
차에서 자다 깨니 꿈인 듯 어렴풋한데,

昨雪未融尚有痕 작설미융 상유흔 이라
어제 내린 눈 아직 녹지 않고 남아 있네.

老壯圍棋斑笑話 노장위기 반소화 하고
늙은이들 바둑 두며 웃음소리 아롱지고,

少年擲柶效鄕村 소년척사 효향촌 이라
소년들 윷놀이는 시골 마을을 따라 하네.

余乘流水遊閑世 여승류수 유한세 한데
나는 흐르는 물 타고 세상을 한가로이 노니는데,

時到訃音擾靜門 시도부음 요정문 이라
마침 이때 부음이 전해져 조용한 집안 흔들었다네,

歲去人亡天定理 세거인망 천정리 나
세월 가면 사람 죽는 것은 하늘이 정한 이치나,

奈何不悟每傷魂 내하불오 매상혼 고
어찌하여 깨우치지 못하고 늘 마음 아파하는가?

5.61. 敬齋箴[1]
경재잠

[2016-03-14]

身累塵中情思清 신루진중 정사청 하고
몸은 진세에 묶였으나 감정과 생각은 맑고,

又希不染亂紛聲 우희불염 난분성 이라
또한 어지럽고 분분한 소리에 더럽혀지지 않기를 바라네.

坐時每欲心留坐[2] 좌시매욕 심류좌 하고
앉을 때는 늘 마음을 그 자리에 두어야 하고,

行處無忘意在行 행처무망 의재행 이라
걸어갈 때는 마음을 그 걸음 위에 두어야 한다네.

勿使放心如野馬[3] 물사방심 여야마 하며
마음을 놓아 버리기를 아지랑이같이 하지 말며,

更教防意似堅城[4] 갱교방의 사견성 이라

---

1) 경재잠敬齋箴: 중국 송宋나라의 학자 주희朱熹가 장식張栻의 「주일잠主一箴」을 보고 만든 경敬에 대한 글. 퇴계 이황은 「경재잠도敬齋箴圖」를 그의 「성학십도聖學十圖」에 포함했으며, 조선 후기 영남 유학자 대산 이상정李象靖은 『경재잠집설敬齋箴集說』을 편찬하였다.

2) 좌시매욕심류좌坐時每欲心留坐: 주자가 말하였다. "걸을 때는 마음을 오직 걸어가는 그 위에 두어야 하고, 앉아 있을 때는 마음을 오직 그 자리 위에 두어야 한다行時必便只在行上, 坐時心便只在坐上." 『성리대전』 권46에 나온다. 『주자어류』 권12에 수록되어 있다. - 한국고전번역원 각주 인용.

3) 방심放心: 맹자가 말하였다. "학문의 도는 다른 것이 아니라 그 놓은 마음을 거두어들이는 것뿐이다學問之道無他, 求其放心而已." - 『孟子』 「告子上」

4) 방의防意: "입을 지키기를 병 주둥이를 지키듯이 하고, 생각이 치날리는 것을 막기를 성을 지키듯이 해야 한다守口如瓶, 防意如城." - 朱子 『敬齋箴』

더욱 뜻을 지키기를 성처럼 견고하게 해야 한다네.

久而主一因成習 구이주일 인성습 이면

오래도록 마음을 한곳에 모아 습관이 되게 한다면,

此敬自來非必迎 차경자래 비필영 이라

이 공경함은 저절로 오니 반드시 찾을 것도 없다네.

5.62. **待春**
봄을 기다림

[2016-03-14]

蒼碧一天清 창벽 일천청 하고
온 하늘은 맑고 푸르러,

滿山啼鳥聲 만산 제조성 이라
온 산에 새소리 가득하리.

千紅萬紫發 천홍 만자발 하면
가지각색 꽃이 만발하면,

呼友踏花行 호우 답화행 하리라
벗을 불러 꽃나들이 가리라.

5.63. 平倉初春
평창 마을의 이른 봄

[2016-04-11]

松石臺前有石岑 송석대전 유석잠 하고
송석대 앞에는 바위 벼랑이 있고,

繞山春澗舞松林 요산춘간 무송림 이라
산을 두른 봄 골짜기 소나무 숲이 춤추네.

時迎曙日吸清氣 시영서일 흡청기 하고
때때로 아침해 맞이하며 맑은 공기 들이마시고,

或染斜陽求放心 혹염사양 구방심 이라
간혹 지는 해 노을 바라보며 흩어진 마음 거두어들이네.

庭下寒梅香益重 정하한매 향익중 하고
뜰 아래 겨울 매화 향기 더욱 짙어지고,

溪邊新葉色將深 계변신엽 색장심 이라
골짜기 주변 새로 난 잎새 빛깔은 짙어지려 한다네.

幽閑清靜足爲樂 유한청정 족위락 한데
그윽하고 향기로우며 맑고 고요하여 즐기기에 충분한데,

更好鳴禽朝夕尋 갱호명금 조석심 이라
고운 소리로 우는 새들이 조석으로 찾아주니 더욱 즐겁네.

5.64. 傷春
봄을 안타까워하다

[2016-5-20]

惜別落花春 석별 낙화춘 하니
　꽃 지는 봄 헤어지려니 안타까운데,
芳香憶故人 방향 억고인 이라
　향기롭던 옛 친구 그립구나.
四方飛散盡 사방 비산진 하니
　꽃잎이 사방으로 날아 흩어져,
不忍見成塵 불인 견성진 이라
　티끌 됨은 차마 볼 수 없다네.

5.65. 棄藥
약을 버리다

[2016-5-20]

我希長在四時春 아희장재 사시춘 하여
나의 바람은 항상 사절기가 봄에 머물러 있어,

老至不知常綠人 노지부지 상록인 이라
늙음이 다가옴을 모르는 상록수 같은 사람이 되었으면….

松石喜聞山號鳥 송석희문 산호조 하며
송석대에서 새들이 부르는 소리 듣고 기뻐하며,

平倉可避市紅塵 평창가피 시홍진 이라
평창동에서 도시의 붉은 티끌 먼지를 피할 수 있으리라.

恒時慣服胸肝藥 항시관복 흉간약 한데
항시 고혈압과 간의 약을 버릇처럼 먹었는데,

晩境全蘇無病身 만경전소 무병신 이라
늘그막에 완전히 회복하여 병 없는 몸이 되었다네.

剩得人生還有事 잉득인생 환유사 하여
남은 인생을 만족하니 아직도 할 일 있어,

或言或講樂親隣 혹언혹강 낙친린 이라
혹 글 쓰고 혹 강연하며 친척과 이웃을 가까이함이 즐겁다네.

5.66. 與章佑同往安東
아우 장우와 함께 안동에 가다

[2016-06-20]

五百長途路轉斜 오백장도 노전사 에
　오백여 리 굽이지고 비탈진 긴 여행에,

弟兄携手走雲霞 제형휴수 주운하 라
　아우와 형이 손잡고 구름 노을 속을 달렸다네.

去年君病全蘇復 거년군병 전소복 하여
　지난해 아우의 병은 완전히 회복되어,

如舊閑談勝看花 여구한담 승간화 라
　옛날처럼 한가히 이야기하니 꽃구경보다 낫구나.

5.67. 漢江落日
한강 낙조

[2016-06-20]

仰見江頭日欲斜 앙견강두 일욕사 한데
강둑에서 쳐다보니 해는 기울어지고,

眞紅曦火半如霞 진홍희화 반여하 라
진홍색 저녁노을은 반이나 타는 불같네.

忽驚節序過初夏 홀경절서 과초하 하며
문득 계절이 초여름에 들어섬에 놀라고,

更惜京郊盡落花 갱석경교 진락화 라
다시 서울 교외 꽃 다 떨어짐을 아쉬워하네.

市衆燥忙爭奪路 시중조망 쟁탈로 하나
도시 사람들 서로 갈길 다투느라 애태우며 분망하나,

老翁閑隱晩歸家 노옹한은 만귀가 라
노옹은 한가하게 늦게야 집에 돌아오네.

開門庭樹迎人咲 개문정수 영인소 하니
문 여니 뜰에 나무들은 사람을 미소로 맞이하니,

草草如斯生一涯 초초여사 생일애 리라
이처럼 되는대로 한세상 살아가리.

5.68. 偶成
우연히 짓다

[2016-07-15]

人生百歲豈無艱 인생백세 기무간 고
인생 백 세에 어찌 어려움이 없었겠는가?

有水有江兼有山 유수유강 겸유산 이라
물도 있고 강도 있고 아울러 산도 있다네.

西邑東村趨世事 서읍동촌 추세사 하며
서쪽 고을이나 동쪽 마을에서는 세상일에 쫓기면서도,

春風秋雨耐難關 춘풍추우 내난관 이라
봄바람이나 가을비에 난관을 견디어 낸다네.

頂頭疎髮成蒼雪 정두소발 성창설 하고
정수리 성긴 머리털이 창백한 눈처럼 하얗게 되고,

顔面皺皮点老斑 안면추피 점로반 이라
얼굴 피부 주름지고 검버섯으로 얼룩졌다네.

莫嘆生涯百年短 막탄생애 백년단 하라
백 년 생애 짧다고 한탄하지 말라,

只歡宇內得人間 지환우내 득인간 이라
다만 세상에서 사람으로 태어난 것 즐거워할지니.

5.69. 人性教育
인성교육

[2016-08-09]

匡正民風自誓天 광정민풍 자서천 하고
민간 풍속 바로잡기로 스스로 하늘에 맹세하고,

邇來日夕過三千 이래일석 과삼천 이라
그때부터 밤낮이 삼천 번이나 지나갔다네.

道長任重憂多事 도장임중 우다사 하고
갈길은 멀고 소임 막중하니 많은 일 걱정되고,

身老心衰惜末年 신로심쇠 석말년 이라
몸은 늙고 마음은 쇠약하여 말년이 안타깝네.

施講頻乘車馬上 시강빈승 차마상 하며
강의하기 위해 자주 차를 타며,

著書久坐電機前 저서구좌 전기전 이라
책 짓기 위해 오래 컴퓨터 앞에 앉아 있다네.

唯希仁義遍通國 유희인의 편통국 하고
오직 바라는 바는 인의 교육 전국에 두루 퍼져,

廣布窮山與海邊 광포궁산 여해변 이라
궁벽한 산골과 해변에까지 널리 떨치길 바란다네.

5.70. 七十一周光復節
71주년 광복절

[2016-08-19]

高揚太極聳碧天 고양태극 용벽천 한데
태극기 높이 게양하여 짙푸른 하늘에 솟았는데,

舞蹈歡呼億萬年 무도환호 억만년 이라
무궁한 세월을 춤추며 환호하네.

勉勉孜孜新建國 면면자자 신건국 하니
열심히 노력하고 부지런히 힘써 새 나라 세우니,

環球羨望七旬年 환구선망 칠순년 이라
온 세계가 70주년을 선망한다네.

5.71. 思鄕
고향 생각

[2016-08-19]

白雲翠岳望東天 백운취악 망동천 하니
백운대 아래 푸른 산에서 동녘 하늘을 바라보니,

縹緲吾鄕遠一千 표묘오향 원일천 이라
어렴풋한 고향은 천 리 밖 먼 곳이라.

竹碧榴紅方夏節 죽벽류홍 방하절 이면
대나무 짙푸르고 석류 붉어지는 한여름이면,

牧牛吹笛憶當年 목우취적 억당년 이라
소먹이는 아이들이 피리 불던 그때가 떠오르네.

5.72. 映湖樓1)
영호루

[2016-09-19]

洛江千古歷歡愁 낙강천고 역환수 하여
낙동강은 먼 옛날부터 기쁨과 슬픔을 겪어,

傳說許多此水洲 전설허다 차수주 라
이 강가 모래톱에는 전설이 매우 많다네.

昔日王臨揮淚地 석일왕림 휘루지 에
옛날에는 임금이 찾아와서 눈물 뿌린 곳에,

今時我適映湖樓 금시아적 영호루 라
오늘에는 내가 영호루에 들렀네.

風清月亮同千歲 풍청월량 동천세 나
맑은 바람과 밝은 달은 천년 동안 같으나,

世換人新度幾秋 세환인신 도기추 오
세상 바뀌고 사람도 바뀜이 몇몇 해나 지났는가?

墨客登高嗟嘆處 묵객등고 차탄처 에
시인이 높은 곳에 올라 탄식하였던 곳에,

長川浩浩向天流 장천호호 향천류 라
긴 강은 넓고 넓어 하늘 향해 흐르네.

---

1) 영호루映湖樓: 경북 안동시 정하동에 있는 누각으로, 밀양의 영남루嶺南樓, 진주의 촉석루矗石樓와 더불어 영남의 3대 누의 하나이다. 이 누각은 예로부터 강 건너편 언덕에 있었는데, 홍건적의 난으로 이 고장에 머물렀던 공민왕이 영호루에 올랐던 인연으로 친필 액자를 하사하여 1368년에 새로이 누각을 짓게 되었다. 그 후 4차례의 수마를 겪고 다시 지었다가 1943년에 홍수로 유실되었던 것을 1970년에 현 위치로 옮겨서 지었다.

5.73. 博約會義城大會
박약회 의성대회

[2016-10-10]

滿野黃金連**碧空** 만야황금 연벽공 한데
황금빛 가득한 들판은 짙푸른 하늘에 잇닿았고,

聞韶方在晩秋中[1] 문소방재 만추중 이라
의성 땅은 바야흐로 늦가을이 되었다네.

二千會友聲音舊 이천회우 성음구 하니
이천여 모인 벗들 목소리 귀에 익었으니,

三十多年志氣同 삼십다년 지기동 이라
삼십 수년간에 뜻과 기백이 같았다네.

忠孝承前如昨古 충효승전 여작고 하고
충효를 계승함은 지난 옛날과 같이하고,

敬仁傳後共西東 경인전후 공서동 이라
공경과 어짊을 후세 전함은 동서가 함께하세.

情談未盡嗟分手 정담미진 차분수 하니
다정한 이야기 아직 다 못하고 헤어짐을 탄식하니,

相約無違振美風 상약무위 진미풍 하세
어김이 없도록 서로 약속하세! 아름다운 바람 떨칠 것을.

---

1) 문소聞韶: 경북 의성義城의 옛 이름.

5.74. **雪岳**
설악

[2016-10-10]

秋日一天空 추일 일천공 하고
가을날 온 하늘은 무한히 펼쳐지고,

紅楓滿岳中 홍풍 만악중 이라
붉은 단풍 높은 산속에 가득하네.

飄然無限樂 표연 무한락 하니
표연히 끝없이 즐거운데,

所感古今同 소감 고금동 이라
그 느낌은 예나 지금이나 한가지라네.

5.75. 老懷
늙은이 회포

[2016-11-14]

才鈍元來記誦難 재둔원래 기송난 한데
본디 재주가 무뎌 기억과 암송이 어려웠고,

近年益嘆老神殘 근년익탄 노신잔 이라
근년에는 늙은이 정신이 없어짐은 더욱 한탄스럽다네.

病朋消息書無絶 병붕소식 서무절 하고
친구 아프다는 소식 문자는 끊임이 없고,

去友悲音淚不乾 거우비음 누불간 이라
세상 떠난 친구 슬픈 소식에 눈물이 마르지 않네.

僅耐長長蒸暑熱 근내장장 증서열 하나
긴긴 여름 찌는 듯한 더위에 가까스로 견디고,

遽迎颯颯北風寒 거영삽삽 북풍한 이라
우수수 북쪽 찬 바람 갑자기 맞이하였다네.

輒忘今日眞難事 첩망금일 진난사 라
오늘 해야 할 일 문득 잊어버림은 참으로 곤란한 일이라,

記帳豫定更**忘看** 기장예정 갱망간 이라
미리 일정을 수첩에 기록하여 두었으나 보는 것 또 잊어버리네.

5.76. 秋日閑想
가을날 한가한 생각

[2016-11-14]

無雲蒼碧大天空 무운창벽 대천공 에
구름 한 점 없이 푸르고 짙고 드넓은 하늘에,

錦繡山川秋節中 금수산천 추절중 이라
가을 절기에 산천은 비단 수를 놓은 듯하네.

髮白漸增今歲變 발백점증 금세변 하나
흰 머리털 점점 늘어감이 올해는 더하나,

菊黃滿發去年同 국황만발 거년동 이라
국화 노랗게 활짝 핌은 지난해와 똑같다네.

呼朋喚友西江上 호붕환우 서강상 하고
이 친구 저 친구 서쪽 강가에 불러 모아,

聽鳥看花北岳東 청조간화 북악동 하세
북악산 동쪽에서 새소리 들으며 꽃구경하세.

此是老人虛夢想 차시로인 허몽상 이나
이런 것이야말로 노인의 헛된 몽상이나,

開門幸有一扇風 개문행유 일선풍 이라
문 여니 다행히 또 한줄기 시원한 바람 불어오네.

5.77. 新年斷想
신년 단상

[2017-01-17]

新年得感寒，不能歸鄕薦新，臥京寓.

새해，감기가 들어 고향에 돌아가서 제사를 지낼 수 없고，서울 집에 누워 있다.

去年飛過霎時間 거년비과 삽시간 이니
지난해가 삽시간에 빠르게 지나가니,

百年行程越一關 백년행정 월일관 이라
한 백 년 살아갈 여정의 한 관문을 넘었구나.

兒子歸鄕驅馬急 아자귀향 구마급 하고
아들은 귀향에 말 몰아 달리는 듯 급하나,

老人罹病依床閑 노인이병 의상한 이라
늙은이는 병에 걸려 침상에 의지하여 한가하네.

朝見銀花布古木 조견은화 포고목 한데
아침에 은빛 눈꽃이 고목에 널렸는데,

夢看紅萼滿春山 몽간홍악 만춘산 이라
꿈속에서는 붉은 꽃송이 봄철 산에 가득하네.

吾雖八耋事尙在 오수팔질 사상재 이니
나는 비록 여든 살이나 하는 일이 아직 있으니,

想必三韓頻往還 상필삼한 빈왕환 이라
반드시 온 삼한 땅을 자주 왕래하려고 한다네.

5.78. 溫惠幸福村[1)]
온혜 행복촌

[2017-01-17]

活氣殷殷隣里間 활기은은 인리간 하고
이웃 동네 간에 활기찬 기운 은은하고,

天明雲舞耀江山 천명운무 요강산 이라
맑은 하늘에 구름 날고 강산은 빛을 발하네.

莫言村老非前日 막언촌로 비전일 하라
시골 노인들이 옛날과 같지 않다고 말하지 마오,

和樂溫情舊俗還 화락온정 구속환 이라
화락한 온정은 옛 풍속으로 돌아왔다네.

---

1) 온혜溫惠: 안동시 도산면 온혜 마을[퇴계 선생의 생기 마을]. 저자가 추진하는 유학 실천 운동의 하나로 저녁때마다 온마을 사람이 모여 노래를 함께 부르는 등, 즐거움 모임을 유지하고 있음.

5.79. 蘭社三百回有感
난사 3백 회 느끼는 바가 있어서

[2017-02-13]

好朋詩會是仙遊 호붕시회 시선유 요
　좋은 벗들과 시 모임, 이는 신선의 놀음인데,

三十多年歲月流 삼십다년 세월류 라
　삼십여 년의 세월이 흘렀다네.

碧丈頻寫南故里[1] 벽장빈사 남고리 하고
　벽사 어른은 옛 고향 마을을 자주 묘사하시고,

石翁累及近青丘[2] 석옹루급 근청구 라
　석하 노인은 우리나라를 자주 노래한다네.

向川踏破古名刹[3] 향천답파 고명찰 하고
　향천은 옛 이름난 사찰을 답파하고,

晧岸飛翔六大洲[4] 호안비상 육대주 라
　소남은 하늘 날아 전 세계를 누볐다네.

莫嘆春秋增速去 막탄춘추 증속거 나
　세월이 점점 빨리 간다고 탄식하지 말게나,

咸來蘭會散塵愁 함래란회 산진수 하라
　모두 난사회에 와서 속세의 수심 털어버리세.

---

1) 벽장碧丈: 벽사碧史 이우성李佑成.
2) 석옹石翁: 석하石霞 김종길金宗吉.
3) 향천向川: 김용직金容稷.
4) 호안晧岸: 소남少南 이종훈李宗勳.

5.80. 遊濟州
제주도 여행

[2017-02-13]

冬天何處遊 동천 하처유 오
겨울 날씨에 어느 곳에 가서 놀까?

霜雪少風流 상설 소풍류 라
눈서리에 잠시 풍류가 없으니.

北雁飛碧空 북안 비벽공 하고
북쪽 기러기는 짙푸른 하늘을 날고,

鵲烏隱古丘 작오 은고구 라
까막까치는 옛 언덕에 숨었네.

怯寒戀南國 겁한 연남국 하니
추위 겁나니 남쪽 나라가 그리워져서,

率子去濟州 솔자 거제주 라
아들 데리고 제주도로 떠났다네.

日暖堪球戲 일난 감구희 하니
햇볕이 따사로우니 골프가 즐거워,

追丸忘世愁 추환 망세수 라
공 쫓으며 근심스러운 세상 잊어버리네.

5.81. 月一回召群孫授人性教育
월 1회 손자 아이들 불러 인성교육하다

[2017-04-05]

燦爛光明新歲初 찬란광명 신세초 요
　찬란한 광명은 새해 시작이요,

碧松白石樂閑居 벽송백석 낙한거 라
　푸른 소나무와 흰 바위는 한가한 삶의 즐거움일세.

山禽喚友暮朝囀 산금환우 모조전 하고
　산새 친구 불러 아침저녁 지저귀고,

兒女分家南北疎 아녀분가 남북소 라
　아들딸 분가하니 남북으로 멀어졌다네.

老祖頻呼垂教訓 노조빈호 수교훈 하고
　늙은 할아비가 자주 불러 가르치고 훈계하고,

群孫來集學吾書 군손래집 학오서 라
　여러 손자 와서 모여 내가 쓴 책을 공부한다네.

吾書講論善人術 오서강론 선인술 이라
　내 책은 착한 사람 되는 방법 강론한 것이라,

所望咸成君子如 소망함성 군자여 라
　바라는 바는 모두 군자와 같이 되는 것일세.

5.82. 輓向川[1)]

향천[김용직 교수]을 애도하다

[2017-04-05]

一

向川訃音到黃昏 향천부음 도황혼 하니
　향천의 부음이 황혼 무렵에 이르니,
凄然暗然渾失言 처연암연 혼실언 이라
　처연하고 캄캄하여 사뭇 말을 잃었네.
日前通話尙在耳 일전통화 상재이 한데
　며칠 전의 통화가 아직 귀에 남았는데,
嗚呼淚水欲斷魂 오호루수 욕단혼 이라
　아! 눈물이 쏟아지고 넋이 끊어지는구나.

二

二月蘭會見君回 이월란회 현군회 한데
　2월 난사회에 그대를 만나고 돌아왔는데,
抱病衰脚僅僅來 포병쇠각 근근래 라
　병을 안고 쇠약한 다리로 간신히 왔더구나.
笑言難望期後日 소언난망 기후일 이나
　웃으며 한 말은 뒷날 바라기 어렵다 하였으나,

1) 향천向川: 김용직金容稷(1932~2017)의 호. 안동 출생, 서울대학교 문리대학 국어국문과를 거쳐 동 대학원 문학박사, 동 대학교 인문과학대 교수, 대한민국학술원 회원 등을 역임함. 저서로 『한국근대시사韓國近代詩史』(상・하), 『한국문학을 위한 담론』, 『북한문학사』, 『한국문학의 좌표』, 『해방 직후 한국 시와 시단 형성과 전개사』, 『님의 침묵 총체적 분석연구』, 『한국 현대 시와 문화 전통』 등이 있다.

豈料遽然謝世哉 기료거연 사세재 오
어찌 이렇게 세상을 그만둘 줄 알았겠는가?

三

吾君自生君子村[2] 오군자생 군자촌 에
내 친구는 군자 마을에서 태어나,
靑雲初志堅不翔 청운초지 견불상 이라
청운에 처음 품은 뜻 굳었지만 날 기회 얻지 못했다네.
竟爲大成國文學 경위대성 국문학 하고
그러나 마침내 국문학에 큰 인물이 되었고,
韓詩論壇開一門 한시론단 개일문 이라
한국시 논단에서 한 문호를 열었다네.

四

與君親交六十年 여군친교 육십년 에
그대와 친교는 60년 동안에,
喜悲相通幾百千 희비상통 기백천 오
기쁨과 슬픔을 서로 같이함이 얼마나 많았던가?
三百餘會每月會 삼백여회 매월회 한데
300여 회의 난사 모임에 매월 만났는데,
何以無情獨作仙 하이무정 독작선 오
어찌 무정하게 홀로 신선이 되어 갔는가?

2) 군자촌君子村: 경북 안동시 와룡면 오천리(외내 마을), 광산 김씨 집성촌. 지금은 수몰되어 도산서원 가는 길목으로 옮겨졌다.

5.83. 輓石霞[1]

석하[김종길 교수]를 애도하다

[2017-04-05]

一

石霞悲報少南傳 석하비보 소남전 한데
석하의 비보를 소남[2]이 알려주었는데,

我疑吾耳只望天 아의오이 지망천 이라
나는 다만 멍하니 하늘만 바라보네.

如此虛妄何可想 여차허망 하가상 오
이처럼 허망함을 어찌 상상할 수 있었을까?

人生人生眞茫然 인생인생 진망연 이라
인생, 인생이란 참으로 망연할 뿐이네.

二

蘭社期約三日前 난사기약 삼일전 에
난사 모임 날 3일 전에,

---

1) 석하石霞: 김종길金宗吉(1926~2017)의 호. 안동 지례 출신으로 영문학자이자 시인으로 고려대학교 영문학과 졸업, 영국 에필드대학에서 영문학을 전공하였다. 고려대학교 교수, 한국시인협회 회장 등 역임. 시집으로 『성탄제』(1968), 『황사현상』, 『달맞이꽃』, 『해가 많이 짧아졌다』 등, 시론집으로 『한국 시의 위상』, 『시에 대하여』, 『시와 시인들』, 『진실과 언어』 등, 번역시집으로 『20세기 영시선』(1954), 『영역한국한시선英譯韓國漢詩選 Slow Chrysanthemums』(1987) 등이 있다.

2) 소남少南: 이종훈李宗勳(1935~)의 호. 안동 출신으로 서울대학교 공과대학 전기과 졸. 육군사관학교 교관, 한국전력공사 고리원자력본부장, 한국전력기술(주) 사장, 공학유림원 이사장, 한국전력공사 사장, 한국엔지니어링 클럽 회장 역임. 오랫동안 난사회 총무를 맡았다.

遽然棄世化爲仙 거연기세 화위선 이라
거연히 세상을 버리고 신선이 되셨구나.

諸友共惜公不至 제우공석 공부지 나
여러 벗이 공이 이르지 못함을 함께 애석해하나,

所祝與嫂樂黃泉 소축여수 낙황천 하소서
축원하는 바는 형수씨와 함께 황천에서 즐거우시길.

三

溫厚風貌志懷淳 온후풍모 지회순 하고
모습은 온후하며 뜻은 순박하고,

漢詩淡白鄕味純 한시담백 향미순 이라
한시는 담백하여 시골 맛처럼 순수하였네.

古家濡染無俗氣 고가유염 무속기 하고
옛 집안의 감화感化에 젖어 속된 기운 없었으며,

平生自守君子人 평생자수 군자인 이로다
평생을 스스로 군자임을 지켰다네.

四

公愛蘭社愛作詩 공애란사 애작시 하고
공은 난사를 사랑하여 시를 즐겨 지었고,

三百詩會必參馳 삼백시회 필참치 라
300여 번 시회에 반드시 달려와 참석하셨다네.

樂吟自然詠老境 낙음자연 영로경 하고
자연을 즐겨 읊고 늙음을 노래하고,

視死如歸未尙悲3) 시사여귀 미상비 라

죽음을 집으로 돌아가는 것처럼 보고 슬퍼하지 않았다네.

五

公家吾家世交深 공가오가 세교심 하나

공의 집안과 우리 집안에 세교가 두터웠으나,

多年異路未相尋 다년이로 미상심 이라

오랜 세월 길이 달라 서로 찾지 못했다네.

幸逢蘭社方酣樂 행봉란사 방감락 한데

다행히 난사에서 만나서 바야흐로 마음껏 즐겼는데,

嗚呼已矣淚盈襟 오호이의 누영금 이라

아, 끝났구나! 눈물이 옷자락을 흥건히 적시는구나.

3) 시사여귀視死如歸: '죽는 것을 집으로 돌아가는 것과 같이 여긴다'라는 뜻으로, '죽음을 두려워하지 아니함'을 이르는 말.

5.84. 偶成
우연히 짓다

[2017-05-30]

山山野野淨無塵 산산야야 정무진 하고
산마다 들마다 먼지 한 점 없이 깨끗하고,

白白紅紅滿地春 백백홍홍 만지춘 이라
희끗희끗 불긋불긋 봄이 온 땅에 가득하네.

造化眞奇又卓絕 조화진기 우탁절 하니
대자연의 조화는 참으로 기이하고 또 아주 뛰어났으니,

我今正是逸仙人 아금정시 일선인 이라
나는 이제 바로 속세를 떠난 신선이 되었다네.

5.85. 初梅
첫 매화

[2017-05-30]

初梅庭畔發純眞 초매정반 발순진 하니
첫 매화 뜰 가장자리에 참으로 깨끗하게 피기 시작하니,

萬丈紅塵不染塵 만장홍진 불염진 이라
끝없는 붉은 먼지에도 더럽게 물들지 않았구나.

蜂喜白花求萼蜜 봉희백화 구악밀 하고
벌들은 활짝 핀 꽃에서 즐거이 꿀 모으고,

翁耽清馥發詩神 옹탐청복 발시신 이라
늙은이는 맑은 마음에 빠져 시심을 일으키네.

未醒楊柳三冬夢 미성양류 삼동몽 이나
갯버들, 버드나무는 겨울 꿈에서 아직 깨어나지 못했지만,

將見桃杏滿野春 장견도행 만야춘 이라
복숭아, 살구꽃 들판에 가득한 봄을 장차 보리라.

故友無情相繼去 고우무정 상계거 하니
옛 벗 무정하게 고인 되어 서로 잇달아 떠나니,

依杖瞑目想伊人 의장명목 상이인 이라
지팡이 의지하여 눈 감고 그 사람들 그리워하네.

5.86. 輓碧史先生[1]
벽사[이우성] 선생을 애도하다

[2017-05-30]

季世文亡罕見眞 계세문망 한견진 한데
말세에 문장이 끊어져 참 선비 보기 드문데,

碧翁特立燦無塵 벽옹특립 찬무진 이로다
벽사 어르신 홀로 우뚝 섬은 티끌 없이 찬란하도다.

詞章淸雅似流水 사장청아 사류수 하고
문장과 시가는 청아하여 흐르는 물과 같고,

詩韻天然如入神 시운천연 여입신 이라
시의 운치는 자연스러워 신의 경지에 들어갔다네.

都鄙咸悲顚巨擘[2] 도비함비 전거벽 하니
경향에 큰선비가 넘어짐을 모두 슬퍼하니,

山川遠近暗酸春 산천원근 암산춘 이라
원근 산천도 암울하고 스산한 때로구나.

西皐東望願歸去[3] 서고동망 원귀거 러니
동쪽 바라보시며 서고정사로 돌아가시길 원하시더니,

退里今朝送故人[4] 퇴리금조 송고인 이라
오늘 아침 퇴리로 고인을 배웅하네.

---

1) 벽사碧史: 이우성李佑成의 호. 앞 5.36 주) 참조.
2) 거벽巨擘: 학식이나 어떤 전문 분야에서 남달리 뛰어난 사람.
3) 서고西皐: 서고정사西皐精舍로 벽사 선생이 어릴 적에 한학 공부를 매진한 별업.
4) 퇴리退里: 벽사 선생이 태어난 고향인 밀양시 부북면 퇴로리.

5.87. 輓暹人[1]
섬인[이동승 교수]을 애도하다

[2017-05-30]

君去悲音果是眞 군거비음 과시진 고
그대 세상을 버렸다는 슬픈 소식이 과연 이것이 진짜인가?

茫然自失渾傷神 망연자실 혼상신 이라
망연하게 얼이 빠져 사뭇 정신이 멍하네.

長長七十如形影 장장칠십 여형영 한데
장장 70여 년을 나와 몸과 그림자 같았는데,

永遠仙鄉送故人[2] 영원선향 송고인 이라
영원히 신선 사는 곳으로 고인을 떠나보내네.

---

1) 섬인暹人: 이동승李東昇의 호. 앞 5.33 주) 참조.
2) 선향仙鄉: 여기서는 이 세상을 떠난 저세상을 이르는 말.

5.88. 與金聖雲博士[1)]

김성운 박사에게 주다

[2017-06-29]

平倉日暮夜沈沈 평창일모 야침침 하니

평창동에 해 저물고 밤이 깊어지니,

憶昔與君遊此林 억석여군 유차림 이라

자네와 함께 이 숲에서 놀았던 옛날이 기억되네.

萬里別離常遠夢 만리별리 상원몽 하고

만릿길 멀리 떨어졌으니 꿈도 늘 멀기만 하고,

不逢數載更傷心 불봉수재 갱상심 이라

만나지 못한 몇 년간은 더욱 상심하였다네.

余招來訪頻書懇 여초래방 빈서간 이나

나를 불러 주길 바라는 편지 자주 간절하게 썼지만,

君答遷延留恨深 군답천연 유한심 이라

자네 답서는 도착이 늦어 한이 깊어졌다네.

北漢山川今古同 북한산천 금고동 하나

북한산 산천은 지금이나 옛적이 같으나,

清風不共嘆光陰 청풍불공 탄광음 이라

이 맑은 바람 함께 못하니 흘러간 세월이 한탄스럽네.

---

1) 김성운金聖雲: 저자와 서울대학교 물리대학 동기, 고려대학교 교수로 퇴임 후 미국 보스턴으로 이주하였다.

5.89. 安東月映橋[1)]
안동 월영교

[2017-06-29]

長橋月影洛江沈 장교월영 낙강침 하고
긴 월영교의 달그림자는 낙동강에 잠기고,

薄霧半隱松柏林 박무반은 송백림 이라
희미한 안개 속에 송백 숲은 반쯤 숨었구나.

天地鴻濛塵埃絶[2)] 천지홍몽 진애절 한데
홍몽 천지에는 티끌 먼지 붙지 않고,

寺鐘山鳥託清心 사종산조 탁청심 이라
절 범종 소리와 산새들 울음소리에 맑은 마음 맡길 만하네.

1) 월영교月映橋: 안동시 상아동과 성곡동으로 이어진 안동호에 놓인 목제 인도교로, 2003년 개통되었다. 길이 387m, 너비 3.6m로 국내에서 가장 긴 목제 다리로 한가운데에는 월영정月映亭이 있다.

2) 홍몽鴻濛: 천지자연의 크고도 아득한 원기元氣.

제 6 부

蘭社詩集

未發刊

6.1. 偶成
우연히 짓다

[2017-07-21]

宇宙無窮茫又茫 우주무궁 망우망 하여
우주는 끝이 없이 넓어서 망망하고 또 아득하여,

億千萬歲久而長 억천만세 구이장 이라
억천만 년 세월이 지나도록 오래 이어져 왔구나.

許多生物失居處 허다생물 실거처 하고
여러 가지 생물들이 거처할 곳을 잃어버리고,

唯一人間占正央 유일인간 점정앙 이라
유일하게 인간만이 바로 중앙을 차지하고 있구나.

6.2. 紫薇花
자미화

[2017-07-21]

長霖彌不霽 장림 미부제 하고
긴 장마에 오래도록 날은 개지 않고,

夏日蒸炎長 하일 증염장 이라
여름날은 무덥고 불볕 같은 더위가 오래가는구나.

忽見紅花發 홀견 홍화발 하니
홀연히 붉은 자미화 아름답게 피어나니,

心中點一凉 심중 점일량 이라
마음이 조금 시원하여지누나.

6.3. 檄儒林
유림에 보내는 격문

[2017-09-11]

少時余住鄙邊村 소시여주 비변촌 한데
어릴 적에 나는 시골 마을에 살았는데,

無盜無欺不閉門 무도무기 불폐문 이라
도둑도 없고 사기꾼도 없어서 대문도 잠그지 않았다네.

歷代同居成好友 역대동거 성호우 하고
대를 이어 한동네 살아오면서 좋은 이웃을 이루었고,

一家團聚教兒孫 일가단취 교아손 이라
일가친척들은 단체로 모여서 어린 후손들을 가르쳤네.

人亡換作利眞寶 인망환작 이진보 하야
사람 도리는 없어지고 이익만 진짜 보배가 되어,

世遠都忘義本根 세원도망 의본근 이라
세상이 바뀌니 의리가 본바탕이라는 것도 잊는다네.

敢檄斯文回道德 감격사문 회도덕 하노니
감히 유림 선비들에게 격문을 보내노니 도덕성을 회복하라고,

不行知識只空論 불행지식 지공론 이라
지식이 행해지지 않으면 단지 빈 헛소리일 뿐이라고.

6.4. 秋日
가을날

[2017-09-11]

高天藍碧薄雲輕 고천람벽 박운경 한데
 높은 하늘은 쪽빛처럼 푸르고 새털구름 가볍게 떠 있는데,

庭畔菊花頗有情 정반국화 파유정 이라
 정원 한쪽에는 국화가 피어 자못 정이 넘치는구나.

黃葉紅楓呈變色 황엽홍풍 정변색 하고
 노오란 잎, 붉은 단풍 색깔 바꿈 드러내고,

蒼顔白髮感人生 창안백발 감인생 이라
 늙은 얼굴 하얀 머리털은 인생을 느끼게 하는구나.

可娛滿野淸秋至 가오만야 청추지 한데
 온 들판에 맑은 가을 온 걸 즐길 만도 한데,

何故遊人遠國行 하고유인 원국행 이라
 어떻게 노는 사람들 먼 나라까지 나가는가?

閑步翁婆無依杖 한보옹파 무의장 하니
 한가하게 산책하는 두 늙은이 지팡이에 의지함이 없으니,

悠悠百歲度長征 유유백세 도장정 하리라
 유유자적하게 백 세까지 살, 긴 여정에 올라보세나.

6.5. 訪浦項工大
포항공대를 방문하다

[2017-09-11]

千里浦工行 천리 포공행 하니
천 리 길 포항공대를 가니,

卄年懷舊情 입년 회구정 이라
이십 년간 품었던 옛정이 되살아나네.

芝軒初抱負 지헌 초포부 하니
지헌 김호길이 처음 꿈을 펼치던 곳,

眼下展生生 안하 전생생 이라
그 모습이 눈앞에 생생하게 펼쳐지는구나.

6.6. 月映橋秋景[1]
월영교 가을 풍경

[2017-11-07]

此是洛東江一支 차시락동 강일지 요
이곳은 바로 낙동강의 한 지류인데,

我尋霜葉正紅時 아심상엽 정홍시 라
나는 단풍잎 서리를 맞은 때에 마침 찾아왔다네.

江中落畵丹楓樹 강중락화 단풍수 하고
강 가운데 붉은 단풍 비치어 그림과 같은데,

洞口迎人記蹟碑 동구영인 기적비 라
동네 어귀에는 기적 비가 있어 사람을 반겨 주는구나.

月映橋邊傳說奇 월영교변 전설기 하고
월영교 주변에는 기이한 전설 전해지고,

臨淸閣裡義談悲 임청각리 의담비 라
임청각 속에 얽힌 의로운 미담은 슬프기만 하구나.

木棧逶迤高低遠 목잔위이 고저원 한데
나무 잔도는 구불구불 높기도 하고 낮기도 하며 긴데,

騷客閑吟行步遲 소객한음 행보지 라
한가롭게 시 읊는 나그네 발걸음 더디기만 하는구나.

1) 월영교月映橋: 앞 5.89 주) 참조.

6.7. 迎秋歸鄕
가을을 맞이하여 고향에 내려가다

[2017-11-07]

秋聲滿野興難支 추성만야 흥난지 한데

가을 깊어가는 소리, 들판에 가득하니 흥이 일어나 버티기 어려운데,

翼洞丹楓摧誘時 익동단풍 최유시 라

나라골 단풍이 부르는 때로구나.

驅馬飛來千里路 구마비래 천리로 하니

차를 몰고 천 리 길을 날아오듯이 달려오니,

留家歡待一扁碑 유가환대 일편비 라

고향 집에 남은 한 편의 안내판이 반겨 주는구나.

百年老杏迎人笑 백년로행 영인소 하고

백 년 늙은 은행나무는 나를 환영하며 맞아 주나,

十數空房使我悲 십수공방 사아비 라

여남은 칸 비워둔 방은 나로 하여금 슬프게 하네.

依杖探光步後苑 의장탐광 보후원 하니

지팡이 짚고 밝은 구경거리 찾아 후원을 산책하는데,

青松烏竹夕陽遲 청송오죽 석양지 라

푸른 소나무, 검은 대나무에 비치는 저녁 햇살, 더디게 지는 구나.

6.8. 回想登滕王閣[1)]
등왕각에 올랐던 일을 회상하다

[2017-12-12]

舊漢滕王築巨樓 구한등왕 축거루 한데
구한 때 등왕이 커다란 누각을 세웠는데,

以來物換幾春秋 이래물환 기춘추 오
그로부터 세월이 흐르기를 몇 해가 지났던가.

絶倫才子噫溺沒 절륜재자 희닉몰 한데
비할 바 없이 재주 있는 사람 바다에 빠져 죽었으니 탄식할 일이건만,

萬古長江空自流 만고장강 공자류 라
오랜 세월 동안 긴 강은 변함없이 쓸쓸히 흐르는구나.

輒吟瑰偉王勃序 첩음괴위 왕발서 하고
문득 옥같이 아름답고 훌륭한 왕발이 쓴 서문을 읊조리며,

轉觀茫漠白沙洲 전관망막 백사주 라
망망하고 아득한 흰 모래톱 둘러보았네.

回思登閣同行友 회사등각 동행우 하니
그 누각에 함께 올랐던 벗들 돌이켜 생각해보니,

人去星移無盡愁 인거성이 무진수 라
사람들 떠나가고 세월도 지나가 시름을 이길 수 없구나.

---

1) 등왕각滕王閣: 당나라 고조高祖 이연李淵의 아들이자, 태종太宗 이세민의 동생 이원영李元嬰이 등왕滕王으로 봉해져 홍주도독洪州都督으로 지낼 때, 이 누각을 세웠기 때문에 붙여진 이름이다.

6.9. 霜菊
서리 철 국화

[2017-12-12]

青紅百草化塵埃 청홍백초 화진애 한데
푸르고 붉던 숱한 초목들은 티끌과 먼지로 변해가는데,

唯有菊花凌雪開 유유국화 능설개 라
오직 국화만이 눈을 이기려 꽃을 피웠구나.

晝夜可憐長顫顫 주야가련 장전전 하니
밤이나 낮이나 가련하구나! 항상 흔들리며 떨고 있는 모습이,

多情白髮慰邇來 다정백발 위이래 라
다정한 백발 늙은이 너를 위로하러 왔구나.

6.10. 與志殷[1]
지은에게

[2017-12-12]

遠飛天末幾春秋 원비천말 기춘추 오
하늘 끝까지 멀리 날아서 간 것이 몇 해나 지났는가?

汝棹十年如意流 여도십년 여의류 라
네가 십여 년 동안 노를 저어 마음먹은 대로 흘러갔구나.

美玉精金眞可愛 미옥정금 진가애 한데
아름다운 옥같이, 정제된 금쪽같이 정말로 사랑스러운데,

幻然乍別不堪愁 환연사별 불감수 라
꿈같이 만났다가 잠깐 사이 이별하니 섭섭함 견딜 수 없구나.

---

1) 지은志殷: 이지은李志殷(1971~). 저자의 동생 이장우 교수의 딸로 미국 하버드대학에 유학하여 박사학위를 받고, 세인트루이스 워싱턴 대학의 한국학 교수가 되었음.

6.11. 奉呈李基成先生[1]
이기성 선생께 받들어 올림

[2018-01-15]

十年如一走西東 십년여일 주서동 하여
　십 년을 한결같이 동분서주하며 한길을 걸어오면서,

竭力盡心爲奉公 갈력진심 위봉공 이라
　온 마음으로 온 힘을 쏟아 공적인 사업에 매진하셨다네.

訓誨萬人成敎化 훈회만인 성교화 하고
　많은 사람들을 가르치고 깨닫게 하여 교화를 이루었으니,

燦然懿蹟耀無窮 찬연의적 요무궁 이라
　찬란하게 빛나는 훌륭한 업적 끝없이 빛나리라.

---

1) 이기성李基成(1946~): 전 서울고등학교 교장, 박약회 인성교육 추진단의 명 강사.

6.12. 戊戌新正迎日於東海
무술년 신정 동해에서 해돋이를 보다

[2018-01-15]

恍惚紅暾始陟東 황홀홍돈 시척동 하니

황홀하구나! 붉은 아침 해가 동쪽에서 떠오르기 시작함이,

其光遍照萬彙公 기광편조 만휘공 이라

그 황홀한 빛은 세상 만물을 골고루 비추어 주겠구나.

迎暉群容來千里 영휘군용 내천리 하고

빛나는 해돋이 맞으러 온 여러 얼굴들 천 리를 달려와서,

讚嘆喊聲衝碧空 찬탄함성 충벽공 이라

감격의 함성을 지르니 푸른 허공을 찌르고 올라가는구나.

幻變金雲呈極美 환변금운 정극미 하니

환상적으로 변해가는 금빛 구름은 더할 수 없는 아름다움을 드러내 보이고,

依然白浪打無窮 의연백랑 타무궁 이라

변함없이 의연하구나! 하얀 파도는 끊임없이 일렁거리고 있음이.

半千故屋過新舊 반천고옥 과신구 하니

오백 년 된 고향 집에서 신정을 지내니,

拜廟邀陽每世同 배묘요양 매세동 이라

조상님께 사당에서 절하고 해맞이하는 것 매년 똑같구나.

6.13. 持敬[1]
공경함을 지님

[2018-02-13]

人放其心令往歸 인방기심 영왕귀 면
사람이 그 마음을 풀어놓아 멋대로 돌아다니게 한다면,

不知顯暢道心微 부지현창 도심미 라
도심의 정미하고 미묘함을 창달할 길 알 수 없어진다네.

來頭憂慮無時動 내두우려 무시동 하고
미래 걱정은 무시로 일어나고,

前日悲懽自發飛 전일비환 자발비 라
과거의 슬픔 기쁨이 저절로 살아나네.

到處求心堅苦待 도처구심 견고대 하고
이르는 곳마다 마음을 굳게 힘써 붙잡고,

瞬間居敬莫許違 순간거경 막허위 라
매 순간 공경하는 마음 지녀서 어긋남이 없게 해야지.

久而漸覺靈臺泰 구이점각 영대태 리니
오래되어 차츰차츰 터득하게 되면 영혼이 편안하고 자유로워질 것이니,

能脫紅塵又俗衣 능탈홍진 우속의 라
붉은 티끌과 속된 의상을 벗어날 수 있게 되리라.

---

1) 지경持敬: 거경居敬 또는 원줄기 주경主敬이라고도 한다. 경이란 원래 하늘[天]·신神·임금[君]·부모 등에 대한 경건하고 공손한 마음과 태도를 말하는데, 주희朱熹는 이것을 자신에 대한 마음가짐으로 전화轉化시켜 자기 변혁의 수양법으로 확립시켰다. - 한국고전종합 DB 각주정보.

6.14. 老妻九旬
늙은 아내의 90회 생일

[2018-02-13]

羨看雁燕頻回歸 선간안연 빈회귀 하고
기러기와 제비가 자주 오고 가는 것을 부러운 눈으로 바라보며,

長嘆空房一處微 장탄공방 일처미 라
쓸쓸한 방 한쪽 희미한 구석에서 길게 한숨지었겠지요.

竭力事長冀保重 갈력사장 기보중 하고
온 힘을 다하여 어른 모시며 기체 보중하시기를 바랐고,

盡心育子願翔飛 진심육자 원상비 러라
마음을 다하여 자식들 기르며 높이 날게 되기를 원하셨지요.

慢思君勞當然務 만사군로 당연무 러니
그대 힘들게 수고함을 당연한 일이라고 오만하게 생각하였더니,

晩覺吾呆情理違 만각오매 정리위 라
늦게야 나의 어리석음을 알았다네, 인정과 도리로 보아서 틀렸다는 것을.

幸是一堂全眷會 행시일당 전권회 한데
다행히 이 집에서 온 식구 모여서 잔치를 베풀게 되었는데,

孫曾喜見舞斑衣 손증희견 무반의 라
손자, 증손자들이 예쁜 옷 입고 춤추는 것을 흐뭇하게 바라보게 되었다네.

又 또

每歲無違生日歸 매세무위 생일귀 나
해마다 어김없이 생일은 돌아오나,

九旬今夕喜非微 구순금석 희비미 라
구순이 되는 오늘 저녁 기쁨이 적지 않다네.

二男三女爲其母 이남삼녀 위기모 하고
두 아들과 세 딸이 그 어머니를 위하여,

染髮塗脣進彩衣 염발도순 진채의 라
머리 염색하고 얼굴에 연지 바르고 고운 옷 입혀 나오게 하는구나.

6.15. 平昌五輪會
평창 올림픽

[2018-02-13]

卅年奧運再回歸 삽년오운 재회귀 하고
30년 만에 두 번째로 다시 올림픽을 개최하게 되었으니,

開幕稍溫風亦微 개막초온 풍역미 라
개막의 열기는 자못 따뜻한데 바람도 또한 잔잔하구나.

百國青春生氣勃 백국청춘 생기발 하고
백여 국가의 청춘 남녀 생기발랄하고,

萬燈光爀晩天飛 만등광혁 만천비 라
붉게 빛나는 많은 등들이 늦도록 하늘에 빛나고 있구나.

爭鬪優勝毫無讓 쟁투우승 호무양 이나
우승하기 위해서 조금도 양보하지 않고 다투어 싸우나,

嚴守規程寸不違 엄수규정 촌불위 라
규정을 엄숙히 지켜서 조금도 위반하지 않는구나.

環世邦交當傚此 환세방교 당방차 하니
온 세계 여러 나라들이 어울려 교류하는데 마땅히 이와 같음을 본받아야 할 것이니,

五輪旗下解戎衣 오륜기하 해융의 라
올림픽 깃발 아래 전쟁의 무기 내려놓기를 바란다네.

6.16. 雪中往寧海
눈 오는 중에 영해로 가다

[2018-03-12]

乾坤上下又西東 건곤상하 우서동 이나
하늘과 땅에는 상하좌우가 있고 또 동서남북이 있으나,

大雪遍包信至公 대설편포 신지공 이라
많이 내리는 눈은 두루 감싸주니 정말 지극히 공평하구나.

色色物華咸化白 색색물화 함화백 하니
색색의 온갖 만물의 화려함이 모두 흰색으로 변하게 되니,

紛紛世事亦歸空 분분세사 역귀공 이라
분주하고 분주한 세상사 역시 아무 일 없이 돌아가는구나.

落花枯木幻然變 낙화고목 환연변 하고
마른 나무에 떨어지는 꽃 같은 눈은 환상적으로 변화하고,

着玉銀枝妙不窮 착옥은지 묘불궁 이라
은빛 가지가 옥 같은 옷을 입으니 오묘함은 다함이 없어라.

千里驅車長感嘆 천리구거 장감탄 하니
천리 길을 차를 달려가면서 오래도록 감탄하나니,

無邊奇絶始終同 무변기절 시종동 이라
끝없이 기이한 절경 처음부터 끝까지 똑같구나.

6.17. 晉州講演
진주 강연

[2018-03-12]

出門京寓曙紅東 출문경우 서홍동 하니
서울 집에서 문을 나서는데 동쪽에서 붉게 동이 트니,

今日行程亦爲公 금일행정 역위공 이라
오늘 걸음 또한 공사를 위함이라네.

晉大鬱然層廈密 진대울연 층하밀 하고
진주의 대학은 울창하게 층층 건물이 들어찼고,

南江蕩漾矗樓空 남강탕양 촉루공 이라
남강은 출렁출렁 넘실거리는데 촉석루는 비어 있구나.

老夫墾望養人性 노부간망 양인성 하야
늙은 사람이 인성교육을 간절히 바라서,

來衆咸和喜不窮 내중함화 희불궁 이라
모인 청중들 두루 동조하니 더할 수 없이 기쁘구나.

君子遺風尙在此 군자유풍 상재차 하니
군자의 전하는 유풍이 오히려 여기에 남아있으니,

可期發憤作心同 가기발분 작심동 이라
이제부터 발분망식하여 마음을 같이하기를 기약할 수 있겠구나.

6.18. 迎春
봄을 맞이하다

[2018-04-17]

閑日飛車雲路橫 한일비거 운로횡 하니
한가로운 날, 날아가는 듯한 차 타고 구름길을 횡단하니,

訪花隨柳暫離京 방화수류 잠리경 이라
꽃을 찾아 버드나무 따라 잠깐 서울을 떠났다네.

山山谷谷春光滿 산산곡곡 춘광만 하고
산마다 골짜기마다 봄빛이 가득하고,

萬紫千紅催嘆聲 만자천홍 최탄성 이라
여기저기 자줏빛과 붉은 꽃이 탄성을 자아내게 하네.

6.19. 檄全國儒林
전국 유림에게 보내는 격문

[2018-04-17]

四千儒士列縱橫 사천유사 열종횡 하니
사천여 명의 유사들이 가로 세로로 줄을 섰으니,

聚自鄕村又自京 취자향촌 우자경 이라
시골 마을에서도 오고 또 서울에서도 왔구나.

余檄諸公回道德 여격제공 회도덕 하니
내가 여러분들께 도덕성을 회복하자고 격문을 돌리니,

衆和我意讚同聲 중화아의 찬동성 이라
여러 사람이 나의 뜻에 화합하여 한목소리로 찬성하는구나.

良風僅僅繼殘命 양풍근근 계잔명 이나
좋은 풍속은 겨우겨우 가는 목숨을 이어가고 있으나,

洋俗巍巍成巨城 양속외외 성거성 이라
서양 풍속은 높고 높게 거대한 성벽을 이루었구나.

絶莫仰天長歎息 절막앙천 장탄식 하고
절대로 하늘을 우러러 길게 탄식하지 말고,

咸來當作斥邪兵 함래당작 척사병 하세
모두 와서 마땅히 간사한 것 물리치는 병사가 되어야 하리.

6.20. 贈趙賢道

조현도 씨에게 주다

[2018-04-17]

喜從儒事走縱橫 희종유사 주종횡 하니

기쁘게 유림 일 좇아서 종횡무진으로 달리니,

不揆東西鄕與京 불규동서 향여경 이라

동쪽과 서쪽, 서울과 시골을 구별하지 않는구나.

斯學更生爲己任 사학갱생 위기임 하고

이 학문을 다시 일으킴을 자신의 임무로 삼고,

同行叫合得名聲 동행규합 득명성 이라

함께 일할 사람 규합함에 명성을 얻었구나.

無關閑逸興遊處 무관한일 흥유처 하고

한가하고 편안하게 쉬는 곳이나 흥겹게 노는 곳이나 관여하지 않고,

固守丹誠鐵甕城 고수단성 철옹성 이라

일편단심을 철옹성처럼 굳건히 지키고 있구나.

季世依誰能變化 계세의수 능변화 오

쇠잔해지는 세상 누구에 의지하여 능히 변화할 수 있을까?

如君自進鬪如兵 여군자진 투여병 이라

그대와 같이 자진하여 싸우는 병사에게 기대하리.

6.21. 四二七南北會談
4 · 27 남북회담

[2018-05-03]

拘束言行拘束心 구속언행 구속심 하니
말과 행동을 구속당하고 마음도 구속당하니,

北胞可愍饉飢臨 북포가민 근기림 이라
북녘 동포들 민망하구나! 굶주림까지 겹치다니….

鐵拳銃劍守舊權 철권총검 수구권 하니
총과 칼로 철권통치하면서 오래된 권력을 지키려 하니,

核爆飛機僅保今 핵폭비기 근보금 이라
핵폭탄과 미사일로 가까스로 지금까지 버티고 있구나.

持續斷油唯促滅 지속단유 유촉멸 하고
계속해서 기름이 끊기면 오로지 멸망을 재촉할 것이고,

若鬪必敗不能侵 약투필패 불능침 이라
만약 싸우면 반드시 패배할 것이니 침범도 못할 것이다.

收容棄核外無策 수용기핵 외무책 하니
핵 폐기를 수용하는 것밖에 다른 대책이 없으니,

莫許同歌且復吟 막허동가 차부음 하라
또 같은 소리를 읊어대는 것을 다시는 허용하지 말아야 한다.

6.22. 紹修書院春享
소수서원 봄 제사

[2018-05-03]

替花嫩葉繼春心 체화눈엽 계춘심 하고
꽃 지고 어린잎 나니 봄 정취 이어지고,

暖氣香風處處臨 난기향풍 처처림 이라
곳곳마다 따뜻한 공기 향기로운 바람이로구나.

袍帶儒巾長似古 포대유건 장사고 하고
도포와 띠 두르고 유건 씀은 세월이 흘러도 옛과 같고,

彩楹丹柱久猶今 채영단주 구유금 이라
채색 서까래와 붉은 기둥은 오래되어도 여전하구나.

先賢遺訓依然在 선현유훈 의연재 하고
선현들의 남기신 가르침은 옛 그대로 남아있고,

古宇淸芬不可侵 고우청분 불가침 이라
옛 서원의 맑은 향기는 침범할 수가 없구나.

追慕千年當日事 추모천년 당일사 나
천년토록 추모하는 것은 오늘 하루의 일이나,

願爲莫絶聖人吟 원위막절 성인음 이라
바라건대 성인의 말씀이 끊어지지 않도록 해야 하리.

6.23. 試士壇[1)]
시사단

[2018-06-05]

洛東日出散煙霞 낙동일출 산연하 하고
낙동강에 해가 뜨니 안개가 노을처럼 퍼져 나가고,

青麥蒼江數點家 청맥창강 수점가 라
청보리밭 푸른 강가에 집들이 점점이 보이네.

一座古壇談千古 일좌고단 담천고 하니
오래된 시사단에 잠시 자리하고 천고의 옛이야기를 나누니,

當年光景感無涯 당년광경 감무애 라
해마다 맞이하는 아름다운 광경 감개무량하구나.

---

1) 시사단試士壇: 도산서원 앞 낙동강 변에 세워진, 정조 때 도산과陶山科라는 퇴계 선생을 추모하는 특별 과거시험을 치르기 위하여 쌓은 석축과 그 위에 세운 정자. 지금은 그 언저리가 안동댐에 잠기고 그 기단과 그 위에 세운 정자 한 채만 물 위에 남아있음.

6.24. 贈聖幼[1]
성유[이근필]에게 주다

[2018-06-05]

晩歸溪上友煙霞 만귀계상 우연하 하고
늦은 나이에 토계 옆으로 돌아와서 안개와 노을을 벗하고,

承繼大賢守古家 승계대현 수고가 라
큰 성현의 뜻을 받들어 잇고 옛 종갓집을 지키고 있구나.

藹藹和風扶善俗 애애화풍 부선속 하고
온화하고 온화한 모습으로 좋은 풍속 붙들어 주고,

淳淳教化度生涯 순순교화 도생애 라
돈후하고 돈후한 교화로 한평생을 지내왔구나.

天淵臺下望陀石 천연대하 망타석 하고
천연대 아래에서는 반타석 바라보고,

寒水亭邊聞鵲鴉 한수정변 문작아 라
한수정 주변에서는 까치와 까마귀 소리 들린다네.

迎客年年過數萬 영객년년 과수만 이나
해마다 나그네 맞이함은 수만 명도 넘지만,

不忘讀筆植梅花 불망독필 식매화 라
책 읽고 글씨 씀 잊지 않고 매화도 심는다네.

---

1) 성유聖幼: 퇴계 선생의 16대 종손 이근필李根必(1932~) 씨의 자字. 저자인 행파 공의 처남이기도 하며, 젊을 때 외지의 중고등학교 교사로 근무한 적도 있었으나, 종갓집을 지키기 위하여 고향으로 돌아와서 도산초등학교 교장으로 오래 근무하다가 퇴직하였음. 이 시에는 퇴계 선생과 관련된 토계, 천연대, 반타석, 한수정, 매화나무 등이 나오는데, 자세한 것은 이장우 · 장세후 역주 『퇴계잡영』과 『도산잡영』 같은 책 참조 요망.

6.25. 居南北望老人
남한에 살면서 북한을 바라보는 노인

[2018-07-04]

筆舌奈能盡說哀 필설내능 진설애 오
어찌 글과 말로써 이 슬픔을 다 말할 수 있으리오!

夢中只是故鄕廻 몽중지시 고향회 라
꿈속에서도 다만 고향으로 되돌아가고 싶은 마음뿐이리.

生前一見平生願 생전일견 평생원 이니
살아생전에 한번 고향을 가보는 것이 평생의 소원이니,

千萬不當遮往來 천만부당 차왕래 라
천부당만부당 한 일이지, 오고 가는 길을 막아버리는 것이.

6.26. 松石臺月
송석대의 달

[2018-07-04]

人生老境感悲哀 인생로경 감비애 하니
우리 인생 늙음에 들어서서 슬픈 마음을 느끼게 되니,

碧丈霞公永不回 벽장하공 영불회 라
벽사 · 석하 양공은 영원히 돌아오지 않는다네.

澗畔春花流水去 간반춘화 유수거 하고
산골짜기 밭이랑에 핀 봄꽃들은 물에 떠 흘러가고,

江南燕子斷飛來 강남연자 단비래 라
강남 갔던 제비도 날아오지 않는구나.

永年復至中天月 영년부지 중천월 하니
영원토록 해마다 하늘 가운데에 달은 다시 떠올라서,

望夜每迎松石臺 망야매영 송석대 라
보름 때마다 언제나 반겨주는구나 송석대에서.

北漢山空唯月滿 북한산공 유월만 한데
북한산은 쓸쓸하고 오직 달빛만 가득 찬데,

獨登思友想酬杯 독등사우 상수배 라
홀로 송석대에 올라 벗을 생각하며 술잔 기울일 생각해 보네.

6.27. 博約會三十週年憶無垠
박약회 30주년에 무은[김호길 총장]을 생각하다

[2018-08-08]

板蕩塵環汚濁煙 판탕진환 오탁연 하니
어수선하고 먼지 낀 세상 흐린 연기로 더러워졌으니,

無垠憂世常悄然 무은우세 상초연 이라
무은은 세상을 걱정하고 항상 슬퍼하였다네.

移風篤志堅如鐵 이풍독지 견여철 하고
풍조를 바꾸려는 굳은 의지가 단단하기가 쇠와 같았고,

易俗一心衝於天 역속일심 충어천 이라
습속을 바꾸려는 한결같은 마음은 하늘을 찌를 듯하였다네.

獨我來臨東水岸 독아래림 동수안 하니
나 홀로 동해 해안에 와 보니,

懷君遠望不還船 회군원망 불환선 이라
그대 생각이 나서 멀리 바라보나 배는 돌아오지 않는다네.

卅年博會比前盛 삽년박회 비전성 한데
삼십 년 박약회가 이전보다 더 성한데,

不共同參不禁憐 불공동참 불금련 이라
함께 동참하지 못하여 슬픈 마음을 금할 수 없다네.

6.28. 安東朝景
안동의 아침 풍경

[2018-09-10]

余留安東四日爲第五回人文價値論壇.

나는 안동에서 4일을 머물렀는데, 제5회 인문가치 논단 때문이다.

我驚開窓永嘉州[1)]**아경개창 영가주** 하니
창을 열고서 안동의 모습에 깜짝 놀라니,

山川輝恍眼中收 산천휘황 안중수 라
산천이 아름답게 빛나니 황홀하여 눈에 가득 들어오네.

層層碧嶂映陽臥 층층벽장 영양와 하고
층층이 푸르고 높은 산봉우리들에 햇볕이 비스듬히 비치고,

淡淡白雲倒水流 담담백운 도수류 라
맑고 깨끗한 흰 구름이 흐르는 물에 거꾸로 비치네.

草蟋微歌苔砌下 초실미가 태체하 하고
풀벌레 노랫소리 나지막하게 이끼 낀 섬돌 아래에서 들려오고,

飛禽和噪綠林頭 비금화조 녹림두 라
날짐승들은 시끄럽게 화답하며 초록 수풀 위로 날아가네.

自然何奈如斯美 자연하내 여사미 오
자연은 어찌하여 이토록 아름다울 수 있을까!

何似淸風明月秋 하사청풍 명월추 오
청풍명월의 가을 모습은 또 어떠할꼬.

---

1) 영가永嘉: 안동의 옛 이름.

6.29. 歲暮登北漢山
한 해가 저물어 가는 때 북한산에 오르다

[2019-01-14]

春秋賞景夥人游 춘추상경 과인유 한데
봄가을에는 아름다운 풍경을 감상하려는 사람들이 많았는데,

寒冱無人溪獨流 한호무인 계독류 라
날도 차고 얼음 어니, 사람은 없고 계곡만 홀로 흐르는구나.

北漢嵯峨如絶壁 북한차아 여절벽 하고
북한산은 높고 험하여 절벽과 같고,

南山飄渺擬雲丘 남산표묘 의운구 라
남산은 어렴풋하고 아득하게 구름 언덕처럼 보인다네.

暫休苔石醉淸氣 잠휴태석 취청기 하고
잠시 휴식하면서 이끼 낀 돌의 맑은 기운에 취하기도 하고,

馳想遠方羨暑洲 치상원방 선서주 라
먼 나라의 여름 물가를 상상하며 부러워하기도 한다네.

猶幸尙能登後岳 유행상능 등후악 이나
그래도 뒷산에라도 아직 오를 수 있다는 것이 다행스러우나,

一年又去不勝愁 일년우거 불승수 라
한 해가 또 지나간다니 섭섭함을 견딜 수가 없다네.

6.30. 奉呈李睦[1)]

이목 씨에게 삼가 드리다

[2019-01-14]

淸涼鳳凰游 청량 봉황유 하고
　청량산에는 봉황이 놀고,

洛江玉水流 낙강 옥수류 라
　낙동강에는 옥 같은 물이 흐르네.

溫溪冬不凍 온계 동부동 하고
　따뜻한 시내는 겨울에도 얼지 않고,

三栢寒不瘦 삼백 한불수 라
　세 그루 측백나무는 추위에도 푸르르네.

吾友李睦君 오우 이목군 은
　나의 벗 이목 군은,

有志還故丘 유지 환고구 라
　뜻한 바 있어 고향 언덕으로 돌아왔다네.

村里翁與媼 촌리 옹여온 은
　시골 마을의 영감들과 할머니들은,

孤獨皆含愁 고독 개함수 라
　고독하여 모두 시름이 쌓였다네.

晨朝苦耕耘 신조 고경운 하고
　새벽 일찍 힘들게 밭 갈고 김매고,

1) 이목李睦: 이퇴계 선생의 형님인 온계溫溪 이해李瀣(1496~1550) 선생 후손의 종가인 안동 도산의 온혜 마을의 삼백당三栢堂 종손. 이 시에서는, 저자가 구상하는 실천 유학 운동의 일환으로, 이분이 중심이 되어 매일 저녁때, 온 마을의 노인을 한곳에 모아 같이 노래를 부르게 한 일을 습관화시킨 것을 칭찬하고 있음.

每夕病多怨 매석 병다원 이라
저녁마다 병으로 원망이 많다네.

吾君爲此憫 오군 위차민 하여
나의 벗은 이것을 안타깝게 생각하여,

將謀攪長眠 장모 교장면 이라
장차 긴 잠에서 깨어나기를 도모하였다네.

衆論訝成就 중론 아성취 나
여러 사람들이 그 일의 성취를 의심하였으나,

至誠遂感天 지성 수감천 이라
지성이라, 드디어 하늘을 감동하게 했다네.

人漸知幸福 인점 지행복 하고
사람들이 차츰 행복을 느끼고,

隣家互相憐 인가 호상련 이라
이웃집들도 서로 어여삐 여겼다네.

此兆非常事 차조 비상사 나
이러한 조짐은 예사로운 일이 아니니,

據證老可樂 거증 노가락 이라
늙어서도 즐거울 수 있다는 것 증거가 된다네.

傳播隣村里 전파 인촌리 되니
이웃 시골 마을로 전파되니,

村里亦惺覺 촌리 역성각 이라
시골 여러 마을들 또한 각성한다네.

可期十載後 가기 십재후 면
십 년이 지난 후에는 기대하여 볼 수 있겠지,

擧世變樂樂 거세 변락락 을
온 세상이 즐거운 일로 즐거워하게 됨을….

6.31. 奉呈聾翁
귀머거리 어르신께 받들어 올리다

[2019-01-14]

梧村伴鶴游[1] 오촌 반학유 하니
오말에서 학과 짝하여 즐기니,

九十年華流 구십 연화류 라
90년 세월이 화려하게 지나갔다네.

季世還爲聾[2] 계세 환위롱 하니
말세라 도리어 귀머거리 되었으니,

悠然自遠愁 유연 자원수 라
유연하게 저절로 근심과는 멀어졌다네.

---

1) 오촌[오말]梧村: 저자의 고향인 영덕군 창수면의 오촌리. 저자와 일가들의 집성촌인데, 이 마을에 사는 어떤 귀머거리 노인을 노래하고 있음.

2) 계세季世: 말세. 형제의 차례를 이야기할 때, 위로 백伯, 중仲에 이어, 아래로 숙叔과 계季라는 말을 사용하기 때문에, 흔히 쇠란衰亂한 세상을 숙세叔世라 하고, 망하게 된 세상을 계세라 한다.

6.32. 還古家過歲
고향 옛집으로 돌아가서 새해를 맞이하다

[2019-01-14]

去歲元旦東海游 거세원단 동해유 러니
지난해도 새해 아침을 동해 와서 보냈는데,

遽然日月一年流 거연일월 일년류 라
어느새 세월은 흘러 한 해가 다 지나갔다네.

晨朝曙旭射蒼碧 신조서욱 사창벽 하고
이른 아침 떠오르는 해는 푸른 바다에 비치고,

迎冣人波塡白洲 영정인파 전백주 라
해맞이하는 인파가 하얀 모래사장에 가득하다네.

竹馬故友垂鶴髮 죽마고우 수학발 하고
소꿉장난하던 어릴 적 친구는 백발을 늘어뜨리고,

古家松柏翠園丘 고가송백 취원구 라
오랜 집의 소나무와 측백나무는 동산 언덕에 더욱 푸르르구나.

孫曾四代謁先祖 손증사대 알선조 하니
손자, 증손까지 사대가 선조의 사당에 알현하니,

和氣融融散百愁 화기융융 산백수 라
화락하고 화락하여 온갖 근심 사라진다네.

6.33. 濟州過舊正
제주에서 구정을 보내다

[2019-02-11]

耽羅新迎己亥年 탐라신영 기해년 하고
탐라도에서 기해년 새해를 맞이하려고,

飛翔雲路距三千 비상운로 거삼천 이라
구름길을 높이 날아올라 삼천 리를 날아왔다네.

來時亂舞銀粉雪 내시란무 은분설 터니
올 때는 은빛 눈가루 춤추듯이 흩날리더니,

翌日淸明爽快天 익일청명 상쾌천 이라
다음 날은 맑고 밝아서 하늘이 상쾌한 날 되었다네.

鹿類嫌寒林裡息 녹류혐한 임리식 하고
사슴 무리들은 추위를 싫어하여 수풀 속에서 쉬고 있고,

雁群娛冷池中眠 안군오랭 지중면 이라
기러기 무리들은 추위를 즐기며 못 가운데서 자고 있다네.

打球衰老不如意 타구쇠로 불여의 하나
골프 치는 쇠약한 늙은이는 마음먹은 것처럼 쳐지지 않으나,

可樂草原步恍然 가락초원 보황연 이라
푸른 들판이 즐길 만하여 황홀하게 걷고 있다네.

6.34. 渭曾九二生辰[1)]
위증의 92회 생일 [一月三十日]

[2019-02-11]

一

耄壽今月九二年 모수금월 구이년 이나
늙은이 수명이 이번 달에 92세가 되니,

昻藏三萬有三千 앙장삼만 유삼천 이라
헤아려보니 3만 3천여 일을 산 것이라네.

往前婦任比攀岳 왕전부임 비반악 하고
왕년에 며느리의 소임은 높은 산 붙잡고 오르는 것에 비유되었으나,

老後無羈可樂天 노후무기 가락천 이라
늙은 후에는 얽매임 없으니 세상사 즐길 만하다네.

愚夫寡憐纔始覺 우부과련 재시각 하고
이 어리석은 남편이 사랑이 부족하였음을 이제야 겨우 느끼기 시작하여,

憐君多食又甘眠 연군다식 우감면 이라
그대를 아끼노니 많이 드시고 또 잘 주무시구려.

見孫卅一咸來祝 견손삽일 함래축 하니
자손들 31명이 모두 와서 축하를 드리면서,

更權香杯祈晏然 경권향배 기안연 이라
연이어 술잔을 올리면서 편안하시기를 기원하는구나.

---

1) 위증渭曾: 이위증. 저자의 부인 이름.

二

到今九二年 도금 구이년 이나
　지금 92세 생일이 돌아왔으나,
回想如一天 회상 여일천 이라
　돌이켜 생각해보면 꼭 한나절 같다네.
渾忘艱苦事 혼망 간고사 하고
　힘들고 어려웠던 일 사뭇 잊어버리고,
破顔咲欣然 파안 소흔연 하세
　파안대소하며 즐거워하게나.

6.35. 奉呈李相寅兄[1]
이상인 형에게 받들어 드림

[2019-02-11]

好友山南路百千 호우산남 노백천 한데
산 남쪽의 좋은 벗은 백 리 밖에 사는데,

暢望渺漠白雲天 창망묘막 백운천 이라
즐겁게 바라보아도 흰 구름 뜬 하늘만 아득하고 막막하다네.

春燕秋雁每傳信 춘연추안 매전신 한데
봄 제비 가을 기러기 날아올 때마다 매번 소식 전해오는데,

情誼融融更欣然 정의융융 갱흔연 이라
다정한 인정 따뜻하고 따뜻하여 다시 기뻐진다네.

1) 이상인李相寅: 영일 사람으로 박약회 부회장을 지냄.

6.36. 坐松石臺瞑想
송석대에 앉아서 명상하다

[2019-03-11]

今朝爽快迎山風 금조상쾌 영산풍 하니
오늘 아침 상쾌하게 산바람을 맞이하니,

輝恍祥陽又照東 휘황상양 우조동 이라
상서로운 햇살이 또 동쪽에서 비치네.

臺上坐瞑意務斂 대상좌명 의무렴 하니
송석대 위에 앉아서 명상하면서 마음을 수련하는 데 뜻을 모으니,

胸中調息氣順通 흉중조식 기순통 이라
가슴속에 호흡이 조절되고 기가 순하게 통하네.

心馳雲外昇天碧 심치운외 승천벽 하고
마음이 구름 밖으로 내달려 푸른 하늘 끝까지 올라가기도 하고,

想到園中樂花紅 상도원중 낙화홍 이라
생각이 정원 가운데 이르면 붉게 핀 꽃들이 즐거워지는구나.

八十余生何更願 팔십여생 하갱원 이리오
팔십여 생애에 다시 무엇을 원하리오,

自由無礙似飛蓬[1] 자유무애 사비봉 이라
자유자재로 거리낌이 없으니 훨훨 날아다니는 쑥대 같구나.

---

1) 비봉飛蓬: 바람에 날아다니는 쑥대. '봉蓬'은 줄기가 긴 쑥인데, 겨울이 되면 그 긴 줄기가 바람에 부러진 뒤에 둥글게 뭉쳐져서 이리저리 성처 없이 굴러다니기 때문에, 정처 없이 돌아다니는 나그네를 비유하기도 함.

6.37. 待春
봄을 기다리다

[2019-03-11]

慄烈冬寒冱北風 열렬동한 호북풍 하고
겨울 추위가 매섭게 몰아치고 북풍은 차갑게 부는데,

瞻望春息自來東 첨망춘식 자래동 이라
봄소식이 동쪽에서부터 오는가 쳐다보고 있다네.

山中樹裡鳥聲靜 산중수리 조성정 하고
산속의 수풀 속에는 새소리도 고요하고,

石澗氷心水氣通 석간빙심 수기통 이라
바위 사이 산골 물 얼음장 속에도 물기운은 통하는 듯.

裸木深眠枯杪暗 나목심면 고초암 하고
벌거벗은 나무는 가지 끝이 캄캄하니 깊이 잠들어 있고,

庭梅不見蕾萌紅 정매불견 뇌맹홍 이라
정원의 매화는 꽃망울의 붉음 보이지 않는다네.

四時節序是天理 사시절서 시천리 하니
언제나 계절의 순서는 하늘의 도리에 맞는 것이니,

未遠青芝又綠蓬 미원청지 우록봉 하리라
푸른 지초와 푸른 쑥들이 피어날 날 멀지 않으리라.

6.38. 奉呈孫女史
손수란 여사에게 받들어 드림

[2019-03-11]

博約會人性教育之初, 孫秀蘭女史傳播東萊教育廳, 結果頗好. 自此以後, 人性教育進入本軌. 以後十餘年盡力於此事業, 其功至大. 余不勝感荷, 此五言古詩數行, 敬表其意.

박약회 인성교육 초기에, 손수란 여사께서 동래 교육청에 전파하였는데 그 결과가 매우 좋았다. 그 이후로 인성교육이 본궤도에 진입하였다. 이후 10여 년간 이 사업에 전력을 다하여, 그 공이 매우 크다. 나는 그 고마운 마음을 감출 수 없어 오언 고시 몇 수로 그 뜻에 경의를 표하고자 한다.

釜山起新風 부산 기신풍 하니
부산에서 새로운 바람이 일어나니,

清光自來東 청광 자래동 이라
맑은 빛이 동쪽에서부터 왔다네.

慨此炎凉世 개차 염량세 하고
이 염량세태를 개탄하고,

憂此道不通 우차 도불통 이라
이에 도가 통하지 않음을 근심하였다네.

憤起匡世俗 분기 광세속 하고
세상 풍속을 바로잡기 위하여 분노하여 일어나니,

女史熱誠紅 여사 열성홍 이라

손여사의 뜨거운 정성이 붉게 빛난다네.

不拘心身勞 불구 심신로 하고

몸과 마음이 힘들어도 구애되지 않고,

不斷繼積功 부단 계적공 이라

중단하지 않고 공을 쌓기를 계속하였다네.

目睹人性變 목도 인성변 하고

눈앞에서 인성이 변해가는 것을 자세히 보고,

欣然喜心衷 흔연 희심충 이라

흔연히 마음속으로 즐거워하였다네.

今月播善種 금월 파선종 하고

지금 착한 씨를 뿌리면,

他日道德隆 타일 도덕륭 이라

다른 날에 도덕이 성대해지리라.

壯哉孫女史 장재 손여사 여

장하도다! 손여사여,

祈祝福無窮 기축 복무궁 이라

복이 무궁하기를 빌고 기원합니다.

6.39. 步自寒水亭至陶山書院[1]
한수정에서 도산서원까지 걷다

[2019-03-11]

晨朝猶冷冽寒風 신조유랭 열한풍 하고
이른 아침부터 춥고 찬 바람은 맑으니,

不見星辰又曙東 불견성신 우서동 이라
별들도 보이지 않고 동쪽에서 해가 뜨지도 않았다네.

山脅峭危吐納急 산협초위 토납급 하고
산은 높고 가팔라 위험하니 호흡이 급하여지고,

江流無際碧天通 강류무제 벽천통 이라
강물은 끝도 없이 흘러 푸른 하늘까지 통하는구나.

隱霞遠黛向河闊 은하원대 향하활 하고
희미한 안개에 숨은 눈썹 같은 산은 넓은 강으로 향하고,

蹴水群禽向日紅 축수군금 향일홍 이라
물을 차는 날짐승 무리는 붉은 해를 향하여 날아가네.

緬想半千前往事 면상반천 전왕사 하니
아득히 오백 년 전 일을 생각하니,

先生懿蹟意無窮 선생의적 의무궁 이라
선생의 높은 자취 생각할수록 끝이 없네.

---

1) 한수정寒水亭: 토계리 퇴계 종택에 딸린 정자.

6.40. **自作咲**
스스로 웃음 짓다

[2019-04-08]

每起晨朝自作笑 매기신조 자작소 하고
매일 아침 일찍 일어나서 혼자서 웃음을 짓고서,

三呼幸福拂塵愁 삼호행복 불진수 라
세 번 크게 행복하다고 소리치고 나면 속세의 시름을 털어 낸다네.

歡迎融雪春風暖 환영융설 춘풍난 하고
눈 녹고 봄바람 따뜻한 것 반기고,

喜看寒梅新蕾柔 희간한매 신뢰유 라
한매의 어린 봉오리 부드러운 것 기쁘게 바라보네.

團聚全家愈璨玉 단취전가 유찬옥 하고
온 가족이 단란하게 모여 앉으니 빛나는 옥보다 낫고,

和平萬事勝王侯 화평만사 승왕후 라
만사에 화평하니 왕후장상도 부럽지 않다네.

四時光景樂無限 사시광경 낙무한 하니
사계절 풍경 즐거움 끝없어,

高號快哉立後丘 고호쾌재 입후구 라
"유쾌하구나" 소리 높이 지르며 뒷산 언덕에 서네.

6.41. 贈朴鐘一君[1)]

박종일 군에게 보내다

[2019-04-08]

君愛幽居城外丘 군애유거 성외구 하여

그대는 성 밖 언덕에 그윽하게 사는 걸 사랑하여,

閑看雲霧世塵愁 한간운무 세진수 라

한가로이 구름과 안개 세속의 흙먼지와 시름 바라보네.

圖書滿壁好朋友 도서만벽 호붕우 하고

도서는 사방 벽에 가득한데 좋은 친구로 삼고,

不換伊生王又侯 불환이생 왕우후 라

그 삶 왕과 제후의 삶과도 바꾸지 않네.

1) 박종일朴鐘一: 전 삼보컴퓨터 비서실장.

6.42. 與源吾同行尚州[1)]
원오와 동행하여 상주에 가다

[2019-04-08]

早春不見春花咲 조춘불견 춘화소 하고
이른 봄 봄꽃의 미소는 보이지 않고,

長路微塵全蔽丘 장로미진 전폐구 라
긴 여정에 미세먼지가 언덕을 완전히 덮었다네.

非若芝蘭同伴去[2)] 비약지란 동반거 면
만일 지란지교 같은 그대와 동반하여 떠나지 않았다면,

奈何拂盡此塵愁 내하불진 차진수 라
어찌 이 티끌과 시름을 다 떨칠 수 있었으리오!

---

1) 원오源吾: 전 박약회 총무.
2) 지란芝蘭: 영지와 난초. 모두 향초香草임. 상서로운 복초福草인 영지와 향기롭고 고상한 난초를 비유하여, 훌륭한 벗과 사귀는 교제 관계를 지란지교芝蘭之交, 또는 지란지화芝蘭之化라고 함.

6.43. 早春
이른 봄

[2019-04-08]

北漢山家花始笑 북한산가 화시소 하고
　북한산 자락에 있는 내 집에 꽃의 미소가 시작되니,

苦望春至散冬愁 고망춘지 산동수 라
　봄에 이르러 겨울 수심이 다 흩어지기를 몹시 기다린다네.

群禽婥婥鳴聲亮 군금작작 명성량 하고
　새 무리는 짹짹 우는 노랫소리 밝아지고,

枯木微微嫩葉柔 고목미미 눈엽유 라
　마른 나뭇가지에는 희미하게 어린 나뭇잎이 부드럽게 피어 나겠지.

澗水解氷如舞踊 간수해빙 여무용 하면
　골짜기 물 녹는 소리 춤추듯이 흐른다면,

仙翁浸樂勝王侯 선옹침락 승황후 라
　신선 같은 늙은이는 왕과 제후 부럽지 않은 즐거움에 잠기겠네.

乾坤生氣心身感 건곤생기 심신감 하여
　자연의 살아 있는 기운이 몸과 마음에 느껴져서,

倚杖忘歸佇石丘 의장망귀 저석구 라
　지팡이 의지하여 돌아감을 잊고서 바위산 모퉁이에서 머뭇거린다네.

6.44. 遊安養賞花擊球
안양에서 꽃놀이하며 골프 치다

[2019-05-13]

春翁遍至意無偏 춘옹편지 의무편 한데
봄이 온 세상을 덮어 치우침이 없으니,

到處花開穀雨前 도처화개 곡우전 이라
이르는 곳마다 곡우가 오기도 전에 꽃이 피어났다네.

東萼西花充大地 동악서화 충대지 하고
동쪽 꽃받침 서쪽 꽃송이들 대지에 충만하고,

上花下萼滿蒼天 상화하악 만창천 이라
위에는 꽃송이요 아래는 꽃받침 푸른 하늘에 가득하구나.

同行好友是珠玉 동행호우 시주옥 하고
동행한 좋은 벗들은 바로 구슬처럼 귀하고,

長打白球入霧煙 장타백구 입무연 이라
흰 공을 길게 치니 안개 속으로 들어가는구나.

安養遊場粧盡美 안양유장 장진미 하니
안양 골프장에 놀러 온 여인들 화장 기차게 아름다우니,

此非仙景此非仙 차비선경 차비선 이라
이것이 신선 세계의 풍경이 아닌가! 이들이 신선이 아닌가!

6.45. 山居
산에 살다

[2019-05-13]

北漢斷崖地自偏 북한단애 지자편 하고
　북한산의 절벽은 끊어질 듯하고 위치는 저절로 외진데,

開窓無屋在眼前 개창무옥 재안전 이라
　창문을 열어도 아무 집도 눈앞에 보이지 않는구나.

百尋幽谷流淸澗 백심유곡 유청간 하고
　백 길이나 그윽한 골짜기에는 맑은 산골 물 흐르고,

萬丈雙峯聳碧天 만장쌍봉 용벽천 이라
　만장이나 높은 형제봉은 푸른 하늘로 솟아 있구나.

晨鳥宮商成艶樂 신조궁상 성염악 하고
　이른 아침 새들의 지저귀는 소리는 고운 음악을 이루고,

春花紅白帶香煙 춘화홍백 대향연 이라
　붉고 흰 봄 꽃들은 향기로운 안개 띠를 둘렀다네.

問余何事棲山麓 문여하사 서산록 하면
　나에게 어찌 산기슭에 깃들어 사느냐고 묻는다면,

俯仰悠悠不羨仙 부앙유유 불선선 이라
　유유자적하게 우러러봄이 신선이 부럽지 않기 때문이라고 하겠네.

6.46. 輓金貞植會長[1)]
김정식 회장을 위한 만사

[2019-05-13]

白鶴悠然超濁煙 백학유연 초탁연 하여
백학같이 유연하게 흐린 세상을 초월하셔서,

持身高潔處如仙 지신고결 처여선 이라
높은 인품과 바른 몸가짐으로 신선같이 거처하셨다네.

今春相會遊青草 금춘상회 유청초 나
이번 봄에 서로 만나 푸른 초원에서 놀았는데,

揮淚愴悽送遠天 휘루창처 송원천 이라
슬프고 애달프게 눈물 뿌리며 하늘 멀리 떠나보내는구나.

---

1) 김정식金貞植(1929~2019): 서울대학교 전자통신학과 졸, 대덕전자(주) 회장 역임.

6.47. 行冠岳蘭社詩會
관악 난사시회에 가다

[2019-05-13]

冠山道遠地在偏 관산도원 지재편 이나
관악산 호암교수회관 가는 길은 멀고 땅은 한쪽에 치우쳐 있으나,

逢友和詩喜向前 봉우화시 희향전 이라
벗을 만나 화기애애하게 시를 지으려니 기쁘게 나아가네.

芳草替花終冷雪 방초체화 종랭설 하고
아름다운 풀들은 꽃 대신 차가운 눈 치우고,

綠陰喚鳥挽春天 녹음환조 만춘천 이라
녹음 속에 새들은 지저귀니 봄날 불러오네.

軒然南丈畵白鶴 헌연남장 화백학 하고
훤칠한 모습 소남[이종훈]은 흰 학 그림 같고,

雅趣泉翁吟紫煙 아취천옹 음자연 이라
고상한 자태 풍기는 소천[조순] 선생은 자줏빛 노을을 읊으시누나.

余與半農添得席 여여반농 첨득석 하니
나는 반농 아우 장우와 더불어 자리를 함께하니,

喧騷世界効神仙 훤소세계 효신선 이라
떠들썩한 이 세계에서 신선을 본받는 것 같구나.

6.48. 登北漢山靜坐
북한산에 올라 조용히 마음을 모으고 앉다

[2019-06-11]

一

北漢邀余頗有情 북한요여 파유정 하니
북한산은 매우 다정하게 나를 맞이하여 주니,

倚筇喜向古山城 의공희향 고산성 이라
대나무 지팡이에 의지하여 오래된 북한산성을 기쁘게 오르네.

雨添溪澗水聲漲 우첨계간 수성창 하고
비 내려 계곡물 불어 소리 높이며 넘치고,

春盡群峰樹色更 춘진군봉 수색경 이라
봄이 다 가니 산봉우리들 나무 색깔 바뀐다네.

碧嶂白巖行靜坐 벽장백암 행정좌 하니
푸른 절벽 흰 바위에 올라가서 조용히 앉으니,

花香鳴鳥樂心生 화향명조 낙심생 이라
꽃은 향기롭고 새들은 노래하여 마음에 즐거움이 생기는구나!

惺惺收斂堅持敬 성성수렴 견지경 하니
밝고 맑게 심신을 다잡으며 경의 마음 굳건히 잡으니,

雲白天靑無所爭 운백천청 무소쟁 이라
흰 구름 푸른 하늘 다툴 게 없다네.

二

遮斷小些情 차단 소사정 하고
작고 사사로운 정은 막아서 멈추게 하고,

持心如鐵城 지심 여철성 이라
마음을 다잡아서 철옹성처럼 하리라.

雜惟防來襲 잡유 방래습 하고
이것저것 잡생각이 닥쳐옴을 막아야 하고,

主敬勿替更 주경 물체갱 이라
공경함을 주인으로 삼고 다시 바꾸지 말아야 하리.

靜坐人心息 정좌 인심식 하고
고요히 앉으니 사람의 뭇 마음 그치고,

潛思道性生 잠사 도성생 이라
잠겨 있던 생각에서 도의 본성이 생겨나네.

山中長瞑想 산중 장명상 하니
산 가운데서 오래 명상에 잠기니,

可散煩惱爭 가산 번뇌쟁 이라
번뇌와 다툼 사라진다네.

6.49. 庭花
정원의 꽃

[2019-06-11]

庭畔花壇覺有情 정반화단 각유정 한데
정원 밭이랑을 화단으로 바꾸니 다정함이 느껴지는데,

紅花落處白花更 홍화락처 백화갱 이라
붉은 꽃 떨어진 곳에 흰 꽃 다시 피는구나.

風淸月夜將敷席 풍청월야 장부석 하고
맑은 바람 부는 달밤에 마땅히 자리를 펴고,

招友交杯談老生 초우교배 담로생 이라
벗을 초대하여 잔을 주고받으며 늙은이의 삶에 관하여 이야기 나누리라.

6.50. 挽台熙族祖1)
태희 족조님에게 올린 만사

[2019-07-08]

一生弘毅志堅持 일생홍의 지견지 하고
한평생 넓고 굳세게 뜻을 굳건히 지키고,

譽毁不拘全不疑 예훼불구 전불의 라
칭찬과 비방 구애되지 않고 전혀 의심하지 않았다네.

教化村童成德性 교화촌동 성덕성 하고
농촌 아이들을 교화하여 덕스러운 품성을 이루게 하고,

廣分著述播新知 광분저술 파신지 라
저술을 넓게 나누어 새로운 지식을 퍼뜨렸다네.

善行熱意恒無絶 선행열의 항무절 하고
착한 일을 뜨거운 열정으로 행함에 언제나 끊어짐이 없었고,

宗務丹誠暫不離 종무단성 잠불리 라
일가의 일 지극한 정성으로 잠시도 떼어 놓지 않았다네.

昨日數言成永訣 작일수언 성영결 하니
얼마 전 하시던 말 몇 마디가 영원한 이별사가 되었으니,

茫然滿目淚慘悲 망연만목 누참비 라
망연자실하게 두 눈 가득히 비참하게 눈물 흘린다네.

---

1) 족조族祖: 일가의 할아버지 항렬인 사람.

6.51. 輓金泳吉韓東大創立總長[1]
김영길 한동대 창립 총장 만사

[2019-07-08]

韓東君力得維持 한동군력 득유지 하니
한동대는 그대의 힘으로 유지될 수 있었으니,

君信大成毫不疑 군신대성 호불의 라
그대의 신념 크게 이룸에 털끝만큼도 의심이 없었다네.

創學當年人罕問 창학당년 인한문 이나
학교를 창립할 당년에는 물어보는 사람들도 드물었으나,

經營十載世咸知 경영십재 세함지 라
경영한 지 십 년이 되니 세상 사람들이 두루 알게 되었다네.

育修基本達無缺 육수기본 달무결 하고
기본을 닦는 일 가르치는 일 빈틈이 없고,

教習道心存莫離 교습도심 존막리 라
바른 마음을 가르치고 익히는 데 잠시도 떠남이 없었구나.

花裏笑顔如昨日 화리소안 여작일 한데
꽃 가운데 웃는 얼굴 마치 어제와 같은데,

長歸永謝悵然悲 장귀영사 창연비 라
영원히 떠나 저세상으로 돌아간다니 슬픈 마음 더해지는구나.

---

1) 김영길金泳吉(1939~2019): 서울대학교 금속과 졸, 미국 미주리대학 금속공학과 석사, 미국 PRI공대 재료공학 박사, 미국 NASA 루이스 연구소 연구원, 창조과학회장 역임. 포항공대 초대 총장 김호길金浩吉 박사의 아우. 독실한 기독교 신사가 되었음.

6.52. 登山
등산

[2019-07-08]

調登北嶽兩杖持 조등북악 양장지 하니
북한산 봉우리를 두 지팡이에 의지하여 숨 고르며 오르니,
我是神仙寸不疑 아시신선 촌불의 라
내가 바로 신선이로구나, 조금도 의심하지 않는다네.
枕石望雲聽鳥啼 침석망운 청조제 하니
돌을 베고 구름을 바라보며 새들의 노랫소리 들으니,
俗人此樂可何知 속인차락 가하지 오
세상 사람들이 이 즐거움을 어떻게 알아낼 수가 있겠는가!

6.53. 敬工夫 二
경 공부 2

[2019-07-08]

日日時時念敬持 일일시시 염경지 하고
날마다 때때로 경을 견지토록 유념하여,

欲忘俗累棄千疑 욕망속루 기천의 라
속세의 여러 일들을 잊어버리고 많은 의심을 버린다네.

豁然通貫何能得 활연통관 하능득 이나
환하게 통하여 이치를 깨달음, 어찌 얻을 수 있으리오만,

只足心淸樂不離 지족심청 낙불리 라
다만 마음이 맑아지고 즐거움이 떠나지 않는 데 만족한다네.

6.54. 病院行
병원에 가다

[2019-08-12]

夏花滿發我前庭 하화만발 아전정 하고
여름꽃 나의 앞 정원에 만발하였고,

雨歇晨朝百萼醒 우헐신조 백악성 이라
비 그친 이른 아침에 온갖 꽃봉오리들 깨어났구나.

告別園花指院往 고별원화 지원왕 하니
정원의 꽃들에게 이별을 고하고 병원을 향하여 가니,

析癒雅意隔墻聽 석유아의 격장청 이라
쾌유를 비는 아리따운 뜻을 담장 너머로 들을 수 있겠구나.

多年罹恙難堪耐 다년리양 난감내 하니
오랫동안 걸린 병 참고 견디기 어려웠으니,

今日宿疼除去零 금일숙동 제거령 이라
오늘 오래된 아픔을 제거하려네.

莫念老人麻醉害 막념로인 마취해 라
노인이 마취의 해를 입을 것이라고 걱정하지 말게나,

心懷蕩蕩又青青 심회탕탕 우청청 이라
마음속 씩씩하고도 씩씩하고 또 푸르고 푸르다네.

6.55. 憂弟嫂臥病入院
제수씨가 병환으로 입원하여 걱정하다

[2019-08-12]

向院慌忙發戶庭 향원황망 발호정 하니
조급하고 두려워하며 병원을 향하여 정든 집 문 앞을 나서니,

渾忘意識臥無醒 혼망의식 와무성 이라
사뭇 의식을 잃어버리고 눕자 깨어나지 못하시네.

兒孫侍側正難見 아손시측 정난견 하니
아들과 손자 옆에서 시중드는데 차마 보기 어려우니,

只願夢遊楓岳青 지원몽유 풍악청 이라
다만 단풍 든 아름다운 산을 꿈속에서나마 노시게 되셨으면….

6.56. 五男妹會同
다섯 남매가 한곳에 모이다

[2019-08-12]

共卓聯床共舊庭 공탁련상 공구정 하니
밥상 함께하고 잠자리 나란히 하던 옛 뜰에 함께 오니,

如流歲月夢而醒 여류세월 몽이성 이라
물같이 흐르는 세월 문득 꿈과 같구나!

皺顏白髮難行步 추안백발 난행보 하고
주름진 얼굴 흰 머리털 걸어 다니기도 어렵고,

弱肺虛心鈍視聽 약폐허심 둔시청 이라
허약해진 폐와 심장, 보고 듣는 것도 둔해졌다네.

故里山川多變改 고리산천 다변개 하고
고향 산천은 변하고 고쳐짐이 많고,

幼時朋友半推零 유시붕우 반추령 이라
어릴 적 친구들은 절반이나 죽어 나갔다네.

五人同聚如前日 오인동취 여전일 하니
다섯 사람이 한곳에 모였으니 예전과 같이,

祈祝交杯更碧青 기축교배 갱벽청 이라
서로 잔을 주고받으며 다시 짙고 푸르게 되기를 기도하세나.

6.57. 往龍坪四首
용평에 가서 네 수를 짓다

[2019-08-12]

1) 첫째 수

伏炎蒸熱燒門庭 복염증열 소문정 이러니
찌는 듯한 열기와 무더위는 온 집안을 불사를 것 같더니,

乍歇長霖萬象醒 사헐장림 만상성 이라
긴 장마 잠시 그치니 삼라만상이 깨어나네.

全家拂鬱龍坪向 전가불울 용평향 하니
전 가족이 울적함 헤치고 용평으로 향하니,

大關蒼碧草靑靑 대관창벽 초청청 이라
대관령은 하늘 파랗고 초목도 푸르르구나.

2) 둘째 수

白雲碧嶂作前庭 백운벽장 작전정 하고
흰 구름 푸르고 가파른 산은 앞뜰을 이루었고,

群鳥高鳴晨夢醒 군조고명 신몽성 이라
뭇 새들 높은 지저귐에 새벽 꿈에서 깨어나네.

大嶺近天能摘昴 대령근천 능적묘 하고
대관령 고개는 하늘과 가까워서 능히 별도 딸 수 있고,

炎紅遠避樂山靑 염홍원피 낙산청 이라
붉은 무더위 피하여 멀리 왔으니 산 푸르름을 즐길 만하네.

3) 셋째 수 [三靑軒 삼청헌]

靑天寬闊爲雲庭 청천관활 위운정 하고
　푸른 하늘은 넓고 광활하여 구름 정원이 되고,

靑岫任禽睡或醒 청수임금 수혹성 이라
　푸른 산등성이 노는 새들 잠자기도 하고 깨어 있기도 하구나.

靑水綠波迎白鶴 청수록파 영백학 한데
　푸른 물은 녹색 물결로 일렁이고 백학을 맞아주는데,

杏翁閑臥樂三靑 행옹한와 낙삼청 이라
　행파 늙은이 한가로이 누워서 세 가지 푸르름을 즐긴다네.

4) 넷째 수 [골프]

滿眼平平大綠庭 만안평평 대록정 오
　눈에 가득 찬 평평한 큰 녹색의 정원이여!

避廻晝熱早朝醒 피회주열 조조성 이라
　낮의 열기를 피하여 이른 아침에 일어났다네.

直球飛遠敢何願 직구비원 감하원 고
　똑바로 공이 멀리 날아가기를 감히 어찌 원하리오,

行步遲遲樂碧靑 행보지지 낙벽청 하리
　걸음을 천천히 느리게 걸으며 짙고 푸름을 즐기리라.

6.58. 生日有感
생일 유감

[2019-09-09]

長長入出走而徊 장장입출 주이회 하고
오랜 시간 동안 들어갔다가 나왔다가 하면서 달리다가 배회하기도 하고,

時或寖沈或上臺 시혹침침 혹상대 라
때로는 잠기기도 하고 혹은 높이 올라도 갔다네.

已放俗塵名利絶 이방속진 명리절 하니
이미 속세의 티끌은 떨쳐 버리고 명예와 이익은 끊어 버렸는데,

何希難世德風開 하희난세 덕풍개 라
어떻게 이 험한 세상에 덕스러운 풍조가 열리길 바라겠는가!

五人子女相携至 오인자녀 상휴지 하고
다섯 자녀가 서로 이끌며 이르고,

三十孫曾咸集來 삼십손증 함집래 라
삼십여 손자 증손이 함께 모여 왔다네.

幼稚喧聲充滿室 유치훤성 충만실 하고
어린아이들 떠드는 소리 온 집안에 가득하고,

擧杯祝壽喜參陪 거배축수 희참배 라
잔을 들어 만수무강을 기원하니 어울리어 즐거워한다네.

6.59. 初秋
초가을

[2019-09-09]

北山山逕更徘徊 북산산경 갱배회 라가
　북한산 산 오솔길을 다시 배회하다가,

拭汗暫休平石臺 식한잠휴 평석대 라
　땀을 닦으며 평평한 바위 위에서 잠시 휴식한다네.

酷暑漸衰秋氣至 혹서점쇠 추기지 하니
　심한 더위는 점점 시들어지고 가을 기운이 이르니,

長霖乍過碧天開 장림사과 벽천개 라
　긴 장마는 잠시 지나가고 짙푸른 하늘이 열렸다네.

忽聞蟬聲草蟲改 홀문선성 초충개 하고
　문득 매미 소리 들리더니 풀벌레 소리도 바뀌고,

喜見乾川淸水來 희견건천 청수래 라
　마른 시내에 맑은 물 내려오니 즐겁게 바라보네.

悵惘四隣親友去 창망사린 친우거 러니
　사방 이웃들, 친한 친구들 떠나가서 멍하기만 하더니,

今朝登行有從陪 금조등행 유종배 라
　오늘 아침에는 올라가는데 따라오는 사람이 있구나.

6.60. 安東論壇 二
안동 논단 2

[2019-09-09]

佯狂橫行徊 양광 횡행회 하니
미친 것 같은 짓 멋대로 하고 다니니,

德須提高臺 덕수 제고대 라
바른 도덕을 모름지기 높은 곳으로 끌어 올려야 하네.

碩學多參集 석학 다참집 하여
석학들이 많이 참가하고 모여서,

安東論壇開 안동 논단개 라
안동 논단이 개최되었다네.

談討人文學 담토 인문학 하며
이야기 나누며 인문학을 토론하며,

義理欲提來 의리 욕제래 라
의리를 장차 제고하고 싶다네.

千人呼應會 천인 호응회 하니
많은 사람이 호응하여 모이니,

敢希爲世陪 감희 위세배 라
감히 바라노니 온 세상이 모두 동조하였으면….

6.61. 秋夕親忌[1]有感
추석날 아버님 기제사를 지내며 느낌

[2019-10-14]

少時羈束似耕牛 소시기속 사경우 러니
어릴 적에는 밭 가는 소 비슷하게 묶여 있었더니,

老去自由如海鷗 노거자유 여해구 라
늙어 가니 자유로워서 바다 갈매기 같구나.

黃葉始呈花萼落[2] 황엽시정 화악락 하고
누런 잎사귀 처음 나기 시작하니 꽃받침은 떨어지고,

草蟲才盛鳥聲休 초충재성 조성휴 라
풀 벌레 겨우 성하니 새 소리 그치는구나.

侍親昔日詠詩處 시친석일 영시처 에
아버님 모시고 옛날 시를 읊조리던 곳에,

携子今宵再上樓 휴자금소 재상루 라
아들 이끌고 오늘 밤에 다시 그 위층에 올랐다네.

仰見滿天唯月色 앙견만천 유월색 하고
쳐다보니 가득한 하늘에 오로지 달빛만 비치고,

昊天罔極感悲秋[3] 호천망극 감비추 라
그 은혜 하늘처럼 끝이 없어 가을이 슬프게 느껴지는구나.

---

1) 추석친기秋夕親忌: 아버님께서 추석날 돌아가셔서 매년 이날이 아버님의 제삿날이 되었다.

2) 시始, 재才: 모두 대對를 맞추어 쓴, 시간을 나타내는 부사임.

3) 호천망극昊天罔極: 『시경, 육아蓼莪』 "은덕을 갚고자 하여도, 저 하늘처럼 끝이 없어 다 갚을 수가 없네欲報之德, 昊天罔極."

6.62. 哭弟嫂
제수씨의 죽음에 통곡하다

[2019-10-14]

一

一曲薤歌別古樓[1] 일곡해가 별고루 하니
한 가락 장송곡으로 옛 빌딩에서 고별하니,

化煙八十飛如鷗 화연팔십 비여구 라
연기로 화하여 팔십 년 한평생이 갈매기처럼 날아가는구나.

仔仔勉勉無寧日 자자면면 무녕일 하니
자세하고 부지런하여 하루도 편안한 날 없었으니,

祈祝化仙安息休 기축화선 안식휴 라
기도하고 비나니 신선으로 화하여 편안히 쉬시길 바랍니다.

二

西山瞻望淚無休 서산첨망 누무휴 하니
서산을 바라보니 눈물 그치지 않으니,

願往淸魂白玉樓 원왕청혼 백옥루 라
맑은 넋은 옥황상제의 궁전에 가시기를 원합니다.

人世一生何却似 인세일생 하각사 오
인간 세상의 한 일생이 도리어 무엇과 비슷할 수 있을까?

未醒春夢便爲秋 미성춘몽 편위추 라
봄 꿈에서 깨지도 않았는데 곧 가을이 온 것과 같다네.

---

1) 고루古樓: 연세대학 병원 영안실.

三

端雅從容婦德休 단아종용 부덕후 하여
단아하고 침착한 부녀자의 미 따뜻하셔서,

滿堂和氣互春秋 만당화기 호춘추 라
온 집에 화기애애한 기운 봄 같고, 가을 같았다네.

可希老後長長樂 가희로후 장장락 한데
노후 오래오래 즐겁기를 바랄 수가 있었는데,

何認獨歸留寂樓 하인독귀 유적루 라
어찌 믿을 수 있을까! 홀로 돌아가셔서 적막한 집만 남기게 될 줄을!

6.63. 贈金鍾吉[1]
김종길에게 드리다

[2019-11-11]

君好白衣且黑巾 군호백의 차흑건 하고
그대는 흰 한복을 즐겨 입고 또 검은 두건을 쓰고서,

處鄕常樂不憂貧 처향상락 불우빈 이라
고향에 있으며 항상 즐거워하며 가난을 걱정하지 않는다네.

頻開門戶迎賓喜 빈개문호 영빈희 하고
문호를 자주 개방하여 손님을 기뻐하며 맞아 주고,

每備茶筵接客馴 매비다연 접객순 이라
매번 차 자리를 준비하여 손님 접대함을 즐긴다네.

世襲學文承道脈 세습학문 승도맥 하고
학문을 세습하여 도의 줄기를 계승하고,

家傳忠節繼偉人 가전충절 계위인 이라
가계에 전해오는 충성과 절개 위대한 인물을 계승하였구나.

外來塵俗難堪見 외래진속 난감견 하니
밖에서 들어오는 더러운 풍속은 차마 눈으로 보기 어려우니,

可待依君復古新 가대의군 복고신 이라
그대의 힘을 입어 옛것을 새롭게 기대해도 되겠구나.

---

1) 김종길金鍾吉(1941~): 안동 출신, 학봉 김성일 선생의 종손. 삼보컴퓨터 사장을 역임하고, 선비문화수련원 원장으로 재직.

6.64. 奉呈李潤基兄[1]
이윤기 형에게 받들어 드리다

[2019-11-11]

今朝逢好友 금조 봉호우 하니
오늘 아침 좋은 벗을 만나니,

憂世逸儒人 우세 일유인 이라
세상을 걱정하는 숨은 선비라네.

萬丈紅塵裡 만장 홍진리 나
만장이나 되는 붉은 티끌 속이나,

靑芬又更新 청분 우갱신 이라
푸른 향기로움은 또다시 새롭다네.

1) 이윤기李潤基: 전 삼보컴퓨터 사장.

6.65. 東泉金昌會[1)]
동천 김창회

[2019-11-11]

吾友東泉戴黑巾 오우동천 대흑건 하고
나의 벗 동천은 검은 두건을 머리에 쓰고,

悠然常樂不憂貧 유연상락 불우빈 이라
유연하게 항상 즐거워하며 가난을 근심하지 않는다네.

仲秋獨坐懷良友 중추독좌 회양우 하니
추석에 홀로 앉아 아름다운 벗을 생각하니,

千里聞韶有此人[2)] 천리문소 유차인 이라
천리 밖 의성 땅에 이 사람이 있구나.

---

1) 동천東泉 김창회金昌會: 의성 사촌沙村 거주. 경북 유림을 대표하는 선비 중 한 분.

2) 문소聞韶: 의성의 옛 지명.

6.66. 許捲洙教授[1]
허권수 교수

[2019-11-11]

賢子超然富與貧 현자초연 부여빈 하고
　어진 그대는 부와 가난에 초연하고,

腹中萬冊足知人 복중만책 족지인 이라
　가슴속에 만권 책을 간직하여 아는 사람들을 만족시킨다네.

風雷文筆縱橫走 풍뢰문필 종횡주 하고
　바람과 우레 같은 문장과 필체는 종횡무진으로 내달리고,

左右雲隨逐日新 좌우운수 축일신 이라
　좌우에 제자들이 나날이 새로 늘어난다네.

1) 허권수許捲洙(1952~): 성균관대학교 한문학 박사, 경상대학교 한문학과 명예교수. 기억력이 비상하며 장서가 많기로 이름이 높고, 이분의 학문 활동을 지원하는 단체가 결성되기까지 하였음.

6.67. 老懷
늙은 마음

[2019-12-09]

我曾奔走獨紅塵 아증분주 독홍진 하고
나는 일찍이 번거롭고 속된 세상에 홀로 분주히 달렸고,

遠在他鄉歸夢頻 원재타향 귀몽빈 이라
타향에 멀리 있어 꿈속에서 자주 고향에 되돌아갔다네.

昔日高飛無不有 석일고비 무불유 나
지난날에는 높이 날아서 가지지 않은 것이 없었으나,

如今閑臥樂清貧 여금한와 낙청빈 이라
지금은 한가로이 쉬며 맑은 가난을 즐긴다네.

愁聞報道病衰國 수문보도 병쇠국 하고
보도를 근심스럽게 들어 보니 나라는 병들고 쇠약하고,

悶見充街抗議人 민견충가 항의인 이라
거리를 가득 메운 항의하는 사람들을 민망하게 보네.

歷史古來多起伏 역사고래 다기복 하니
역사는 옛날부터 흥하고 망하기를 반복하였으니,

何時可待又逢春 하시가대 우봉춘 을
어느 때에 또 봄날이 오기를 기다릴 수 있을까?

6.68. 章佑[1]
장우

[2019-12-09]

平生不染俗紅塵 평생불염 속홍진 하고
평생 번거롭고 속된 세상에 오염되지 않고,

老去猶娛行敎頻 노거유오 행교빈 이라
늙어 갈수록 오히려 자주 가르치러 다니는 것을 즐긴다네.

酷愛讀書無物慾 혹애독서 무물욕 하며
독서하는 것을 매우 사랑하고 물질에 대한 욕심이 없으며,

時登北岳作仙人 시등북악 작선인 이라
때때로 북한산에 오르니 신선이 된 듯하다네.

---

1) 장우章佑: 저자의 아우. 앞 5.19 주) 참조.

6.69. 少南[1)]
소남[이종훈]

[2019-12-09]

君子修身不染塵 군자수신 불염진 하고
  군자답게 몸을 닦아 티끌에 물들지 아니하고,

經綸超絶積功頻 경륜초절 적공빈 이라
  경륜이 출중하게 뛰어나서 빈번히 공적을 쌓았다네.

德崇業廣可榮適 덕숭업광 가영적 이나
  덕이 높고 사업을 넓혔으니 영화롭게 적응할 수도 있겠으나,

長念家邦秋繼春 장념가방 추계춘 이라
  항상 나랏일 염려하여 가을과 봄을 이었구나.

---
1) 소남少南: 이종훈李宗勳(1935~)의 호.

6.70. 東泉[1]
동천[김창회]

[2019-12-09]

東泉還故遠緇塵 동천환고 원치진 하고
동천은 고향으로 돌아와서 속세의 검은 것을 멀리하고,

沙洞松林閑步頻[2] 사동송림 한보빈 이라
사촌의 소나무 숲길을 빈번히 한가로이 걸었다네.

少壯耽娛窮漢學 소장탐오 궁한학 하고
젊어서는 한학을 궁구하기를 즐거워하였고,

老來自足樂淸貧 노래자족 낙청빈 이라
늙음이 오니 스스로 맑은 가난을 즐기며 만족하였다네.

---

1) 동천東泉: 김창회金昌會. 앞 6.65 주) 참조.
2) 사동沙洞: 사촌沙村으로 의성군과 안동시 접경에 있는 마을.

6.71. 忠武公
충무공

[2020-01-13]

忠武李公稟氣豪 충무리공 품기호 하여
충무 이공은 타고난 기질과 성품이 호걸이어서,

一揮掃蕩刻銘刀 일휘소탕 각명도 라
한번 휘둘러 적을 쓸어 없애버리겠다는 다짐 말을 칼에 새겼다네.

經天緯地理通達 경천위지 이통달 하고
일을 계획적으로 준비하고 다스리니 이치에 통달하셨고,

誓海盟山忠義高 서해맹산 충의고 라
바다에 맹세하고 산에 맹세하니 충성과 절의가 높았더라.

公率十三期死攻 공솔십삼 기사공 하니
공을 따르는 십삼 척의 배는 죽기를 각오하고 공격하니,

敵船百卅敗亡逃 적선백삽 패망도 라
적선 백삼십 척이 패배하여 도망가게 하였다네.

聖雄萬古又誰在 성웅만고 우수재 오
만고에 성웅 이순신이여! 또 누가 있는가?

可惜敵丸貫戰袍 가석적환 관전포 라
애석하도다! 전쟁에서 적의 탄환이 갑옷을 꿰뚫고 말았구나.

刀銘曰: "三尺誓天, 山河動色, 一揮掃蕩, 血染山河."

다짐 말을 칼에 새기기를, "석 자의 칼로 하늘에 맹세하니 산하가 떨고, 한번 휘둘러 쓸어 버리면 산하가 피로 물들

여지리."라고 하였다.

有詩曰: "誓海魚龍動, 盟山草木知, 讐夷如盡滅, 雖死不爲辭."

시에 남기기를, "바다에 맹세하니 어룡이 움직이고, 산에 맹세하니 초목이 느끼는구나. 원수 오랑캐를 멸망시킨다면 비록 죽더라도 마다하지 않겠네."라고 하였다.

6.72. **歲暮**
세모

[2020-01-13]

臘月北風寒氣豪 납월북풍 한기호 하여
설달 북쪽에서 부는 바람은 차가운 기운이 호기로워,

寒風慄烈刺如刀 한풍율렬 자여도 라
추운 바람은 칼로 베는 듯 강하게 떨리게 하네.

無心節序年將盡 무심절서 연장진 하고
무심한 계절의 순서는 해가 장차 다하려 하고,

閑見南窓日漸高 한견남창 일점고 라
한가로이 남쪽 창을 바라보니 해는 점점 높아지는구나.

文債續來無止息 문채속래 무지식 하고
원고 독촉은 계속되어 쉼이 없고,

光陰速走不停逃 광음속주 부정도 라
시간은 빨리 달려서 머무르지 않는다네.

元旦還故省家廟 원단환고 성가묘 하고
새해 아침에 고향에 돌아와서 집의 사당을 살펴보고,

命婦搜巾點道袍 명부수건 점도포 라
아내에게 말하여 두건을 찾고 도포를 점검한다네.

6.73. 元旦迎日
설날 아침 해맞이하다

[2020-01-13]

新正昇陽壯 신정 승양장 하니
　새해 설날 태양이 장엄하게 떠오르니,

人人歡喜高 인인 환희고 라
　사람마다 크게 기뻐하고 환호하네.

家家將福滿 가가 장복만 하고
　집집마다 장차 복이 가득하시고,

萬禍遠亡逃 만화 원망도 라
　많은 재앙은 도망하여 멀어지길 바란다네.

6.74. 讀少泉先生老懷
소천 조순 선생의 『늙은이의 회포』를 읽다

[2020-02-10]

老去是翁閑自寬 노거시옹 한자관 하고
늙어 갈수록 이 늙은이는 저절로 너그러워 한가롭고,

超然往歲累悲歡 초연왕세 누비환 이라
지나간 세월에 쌓인 슬픔과 기쁨에 초연하다네.

少時顯爵足榮譽 소시현작 족영예 하고
젊은 시절의 좋은 벼슬은 영예스러울 만하고,

今日儒巾勝冕冠 금일유건 승면관 이라
오늘날은 선비 모습 면류관 쓴 것보다 낫다네.

漢水洋洋流海碧 한수양양 유해벽 하고
한강 물 힘차게 넘치며 푸른 바다로 흐르고,

岳山嶷嶷聳天寒 악산억억 용천한 이라
관악산은 높고 높이 차가운 하늘에 솟아 있다네.

悠哉矍鑠幽居樂 유재확삭 유거락 하고
아득하여라! 늙은이 기력 정정하여 그윽하게 삶을 즐기고,

塵世輸贏眼下看 진세수영 안하간 이라
번잡한 속세의 승부를 우습게 여기신다네.

6.75. **蘭社月會**
난사회 월 모임

[2020-02-10]

蘭會來參心自寬 난회래참 심자관 하니
난사회 모임에 참석하면 마음이 저절로 너그러워지니,

提詩相面樂交歡 제시상면 낙교환 이라
서로 얼굴 대하고 시를 제출하면서 환담 나눔 즐거워한다네.

驚人珠玉不須索 경인주옥 불수색 이나
사람들 놀라게 하는 주옥같은 글 꼭 찾아야 하는 것 아니니,

秋葉春花足可看 추엽춘화 족가간 이라
가을 낙엽 봄꽃은 족히 볼 만하네.

6.76. 龍坪途中
용평 가는 길에 짓다

[2020-04-13]

天地濛濛暗失暉 천지몽몽 암실휘 나
천지가 흐릿하여 빛을 잃고 어두우나,

驅車千里路依依 구거천리 노의의 라
차 몰고 가는 천리 길은 아련하고도 아련하다.

亂麻世態時時潰 난마세태 시시궤 하고
어지러운 세상 행태 때때로 무너지고,

塗炭民生處處非 도탄민생 처처비 라
도탄에 빠진 백성들의 삶 곳곳에 잘못되었구나.

會集全無來往絶 회집전무 내왕절 하고
모이는 것을 온전히 못하니 가고 오는 것이 끊어지고,

失防病菌四方飛 실방병균 사방비 라
병균 막는 것을 놓치니 사방으로 날아다니는구나.

散消鬱氣向東去 산소울기 향동거 하니
울적한 기분 흩으려고 동쪽으로 향하여 가니,

綠水青山迎我歸 녹수청산 영아귀 라
푸른 산 초록빛 물은 나의 돌아옴을 반겨 주는구나.

6.77. 龍坪閑日
용평 스키 촌의 한가로운 날

[2020-04-13]

窓外望寒暉 창외 망한휘 하고
　창밖의 시원한 빛을 바라보며,

半臥夢依依 반와 몽의의 라
　반쯤 누우니 꿈이 어렴풋하네.

門前絶車馬 문전 절거마 하고
　문 앞에는 차들이 끊어지고,

山中遠是非 산중 원시비 라
　산중에서는 시비 따짐 멀어졌다네.

郊野白雪殘 교야 백설잔 하고
　교외 들판에는 흰 눈이 남아 있고,

江上孤鶴飛 강상 고학비 라
　강가에는 외로운 학 날아가는구나.

我愛山海景 아애 산해경 하여
　나는 산과 바다의 풍경을 사랑하여,

龍坪悅頻歸 용평 열빈귀 라
　용평 자주 돌아옴을 즐기네.

魚蟹足可賞 어해 족가상 하니
　물고기와 게를 맛볼 수 있음과,

更好添芳菲 갱호 첨방비 라
　향기로운 풀도 보니 더욱 좋구나.

翁婆無憂患 옹파 무우환 하니
두 늙은이 근심 걱정 없으니,

九十又何希 구십 우하희 라
구십에 또 무엇을 바라리오!

女兒來相會 여아 내상회 하니
딸아이는 내일 서로 만나기로 하니,

小卓喜共圍 소탁 희공위 라
작은 탁자에 둘러앉아 기뻐한다네.

莫慮前頭事 막려 전두사 하고
다가올 일 염려 말고,

今日昔所祈 금일 석소기 니라
오늘 이만함 예전에 바라던 바이니….

6.78. 登後山
뒷산에 오르다

[2020-05-11]

朝陽穿葉照青苔 조양천엽 조청태 한데
아침 햇살은 나뭇잎 사이를 뚫고 푸른 이끼를 비추는데,

漫步山中詩偶裁 만보산중 시우재 라
되는대로 산중을 걸으며 뜻하지 않게 시를 다듬게 되었네.

每娛野花林裡變 매오야화 임리변 하고
매번 야생 꽃들이 숲속에서 변화함을 즐기고,

時看鳴鳥樹中來 시간명조 수중래 라
간혹 나무 사이 날아와서 우는 새를 보기도 하네.

谷邊聽坐玉琴澗 곡변청좌 옥금간 하고
계곡 주변에 앉아서 듣는 구슬 같은 산골 물소리,

嶺上閑休居敬臺[1] 영상한휴 거경대 라
산봉우리 위 거경대에서 한가로이 쉰다네.

莫想登程難苦役 막상등정 난고역 하라
등산하는 여정을 어렵고 힘든 일이라 생각하지 말라!

求心養氣好機開 구심양기 호기개 라
마음을 구하고 기를 양생하는 좋은 기회가 열리리라.

---

1) 거경대居敬臺: 저자가 임의로 붙인 이름으로 보임.

6.79. 回顧
되돌아보다

[2020-06-08]

一生回想我心驚 일생회상 아심경 한데
일생을 돌이켜 생각하면 나의 마음 놀라게 되는데,

何以卅年買賣營 하이삽년 매매영 이라
어떻게 삼십 년을 사고파는 사업을 하였을까?

歐美遠邦置支局 구미원방 치지국 하고
구미 먼 나라에 지국을 두고,

漢城本社立高旌 한성본사 입고정 이라
서울 본사에는 높이 깃발을 세웠다네.

研究先走無强敵 연구선주 무강적 하고
연구는 앞서 나아가니 강적이 없었고,

製造奔忙不夜城 제조분망 불야성 이라
제조하는 것은 바빠서 밤에도 불이 꺼지지 않았다네.

元是工商非吾事 원시공상 비오사 니
원래 공업과 상업은 나의 일이 아니니,

不如誦讀帶長纓 불여송독 대장영 이라
긴 갓끈 내려뜨리고 옛날 책 외우고 읽는 것만 못하다네.

6.80. 七十五年偕老 75년 함께 늙어가다

[2020-06-08]

倏忽光陰七五年 숙홀광음 칠오년 하나
세월은 훌훌 일흔다섯 해가 지나갔구나,

幻然疑是數三天 환연의시 수삼천 이라
꿈같구나, 아마도 한 사흘밖에 지나지 않은 것 같은데.

世移事換能知萬 세이사환 능지만 하고
세상이 변하고 일이 바뀐 것 만 가지 넘음을 알 수 있게 되었고,

苦樂悲歡可算千 고락비환 가산천 이라
괴로움과 즐거움, 슬픔과 기쁨을 헤아려 보면 천 가지도 넘는다네.

兩老相扶能上麓 양로상부 능상록 하고
두 늙은이 서로 부축하며 산기슭을 오를 수 있고,

子孫咸集可充筵 자손함집 가충연 이라
자손들 모두 모이면 자리 채울 수 있다네.

白首偕老更何願 백수해로 갱하원 오
흰머리로 함께 늙어 가니 다시 무엇을 바라리오!

山水逍遙任自然 산수소요 임자연 이라
산수를 소요하며 자연에 맡기리라.

6.81. 追慕外舅東愚公文
장인어른 동우 공을 추모하는 글

[2020-06-08]

凉山嶷嶷峻 양산 억억준 하고
청량산은 높고 높게 우뚝하고,

洛水遠遠橫 낙수 원원횡 이라
낙동강은 멀리멀리 가로질러 흐르는구나.

土溪流潺緩 토계 유잔완 하고
토계는 졸졸 느리게 흐르고,

陶山淑氣淸 도산 숙기청 이라
도산은 좋은 기운 맑구나.

先賢遺宅古 선현 유택고 하고
선현께서 남기진 집은 오래되었고,

秋月寒水明 추월 한수명 이라
추월 한수정은 밝구나.

山南之闕里 산남 지궐리 요
산 남쪽의 궐리요,

海東之考亭[1] 해동 지고정 이라
해동의 주자 정자라.

悠悠五百載 유유 오백재 에
아득하고 아득히 먼 오백 년 동안에,

綿綿宗統連 면면 종통련 이라
면면히 종가의 줄기를 이어 왔다네.

---

1) 고정考亭: 주자의 정자.

公生歲己酉 공생 세기유 하고
공은 기유년(1909)에 태어나셨고,

十五代承傳 십오 대승전 이라
십오대를 이어서 전하게 되셨다네.

襁褓失慈母 강보 실자모 나
포대기에 싸였을 때 어머니를 잃었으나,

成長性自全 성장 성자전 이라
자라면서 성품이 저절로 온전하게 되셨다네.

穎悟受天品 영오 수천품 하고
빼어나게 총명한 것은 하늘에서 받았고,

無師能自通 무사 능자통 이라
스승 없이 저절로 통할 수 있었다네.

神色如神仙 신색 여신선 하여
풍기는 모습은 신선과 같아서,

秀出萬人中 수출 만인중 이라
많은 사람 중에서 돋보였다네.

胸襟秋霽月 흉금 추제월 하고
가슴속은 가을날 비 갠 뒤의 달과 같고,

氣像春薰風 기상 춘훈풍 이라
기상은 봄바람처럼 훈훈하셨다네.

國亡島夷侵 국망 도이침 하여
나라가 망하고 섬나라 오랑캐가 침범하여,

斷絶出世心 단절 출세심 이라
세상에 나가서 벼슬하려는 마음을 끊었다네.

謹守古家訓 근수 고가훈 하고
오래 내려온 가훈을 삼가 지키며,

閑棲友山林 한서 우산림 이라
한가로이 산림을 벗하며 사셨다네.

天幸國權復 천행 국권복 이나
하늘이 도우사 국권이 회복되었으나,

未幾左右分 미기 좌우분 이라
얼마 되지 않아서 좌익과 우익이 갈라졌다네.

繼起南北戰 계기 남북전 하고
이어서 남과 북의 전쟁이 일어나고,

砲火都村焚 포화 도촌분 이라
포화 속에 도시와 시골이 불타버렸다네.

公又絶俗塵 공우 절속진 하고
공은 또 속세의 티끌을 끊고,

田園耕而耘 전원 경이운 이라
전원에서 밭 갈고 김매셨다네.

任眞不矯高 임진 불교고 하니
천진하고 뽐내지 않았으니,

遠近友人多 원근 우인다 라
가깝고 먼 곳에 벗이 많았다네.

八道伴好友 팔도 반호우 하고
팔도를 좋은 벗들과 작반하여,

名勝頻探過 명승 빈탐과 라
이름난 명승지를 자주 찾으셨다네.

鄕里依山斗 향리 의산두 하고
고향에서는 태산과 북두성같이 의지하고,

士林仰崇峨 사림 앙숭아 라
선비들은 높이 우러러보았다네.

恒憂衰道德 항우 쇠도덕 하고
항상 도덕이 무너진 것을 염려하고,

常念恢善仁 상념 회선인 이라
언제나 착함과 어짊을 넓히기를 생각하셨다네.

淡水尙友會 담수 상우회 에
담수회와 상우회에,

公參開刱人 공참 개창인 이라
공께서 초창기 회원으로 참석하셨다네.

筆勢端而雅 필세 단이아 한데
붓의 기세는 바르고 우아한데,

藏銳毫不驕 장예 호불교 라
날카로움을 감추고 붓끝이 교만하지 않았다네.

詩想多超絶 시상 다초절 하여
시상이 아주 탁월하셔서,

韻律亦逸飄 운률 역일표 라
운율도 역시 멀리 나부끼듯 하였다네.

到處留瓊句 도처 유경구 하고
이르는 곳마다 아름다운 문장을 남기시고,

隨時展淸韶 수시 전청소 라
수시로 맑고 아름다운 글 펼치셨다네.

層侍盡誠孝 층시 진성효 하고
웃어른들 층층이 모시는 데 정성과 효를 다하고,

子姪導自制 자질 도자제 라
자질들 스스로 절제하도록 인도하셨다네.

善養神與身 선양 신여신 하여
정신과 육신을 잘 보살피셔서,

壽超一百歲 수초 일백세 라
수명이 일백 세를 넘기셨다네.

精神終不衰 정신 종불쇠 하고
정신은 마지막까지 쇠하지 않고,

古今記明細 고금 기명세 라
고금의 일을 밝고 자세하게 기억하셨다네.

小子趨門庭 소자 추문정 하여
보잘것없는 이 몸이 귀한 가문에 인연을 맺어,

出入七十年 출입 칠십년 이라
출입한 지가 어언 칠십 년이나 되었다네.

不能辨左右 불능 변좌우 러니
좌우를 분별할 수가 없었으나,

幸蒙提撕恩 행몽 제시은 이라
다행히 끌어 주고 훈계하여 주시는 은혜를 입었다네.

公逝已昔日 공서 이석일 이나
공이 떠나신 것이 이미 옛일이 되었으나,

緬懷如昨天 면회 여작천 이라
지난 일을 생각하면 어제 같구나.

今夕記追慕 금석 기추모 하니
오늘 저녁 추모의 글을 적으니,

嗚呼淚泫然 오호 누현연 이라
아! 슬프도다, 눈물이 줄줄 흐르는구나.

庚子端午外甥李龍兌謹書
경자년 단오에 사위 이용태 삼가 쓰다

6.82. 嘆五男妹老衰
다섯 남매의 노쇠함을 탄식하다

[2020-07-13]

五百多年世業空 오백다년 세업공 하고
오백 년 오랜 세월 지켜오던 터전은 비고,

虛堂人散各西東 허당인산 각서동 이라
큰 집은 비고 사람들은 각기 서쪽 동쪽으로 흩어졌구나.

少時歡喜夢幻裡 소시환희 몽환리 하고
어릴 적 기뻐하던 일은 꿈속의 환상과 같고,

老去憂愁衰病中 노거우수 쇠병중 이라
늙어 가며 근심함은 쇠약하여 병듦이라네.

應是宗孫棲舊廟 응시종손 서구묘 하나
응당 종손인 나는 옛 사당에 살아야 하나,

還爲北漢作飛蓬 환위북한 작비봉 이라
대신 북한산으로 되돌아와, 정처 없이 날아다니는 쑥 넝쿨 되었다네.

五人八十每相會 오인팔십 매상회 에
여든 살 된 다섯 남매 매번 서로 만날 때마다,

來往頻繁希望同 내왕빈번 희망동 이라
자주 만나기를 희망하는 것 다 똑같다네.

6.83. 陶山書院世界文化遺産登載一週年記念祝賀音樂會有感 도산서원 세계문화유산 등재 1주년 기념 축하 음악회에 느낌을 적다

[2020-07-13]

千里驅車大路空 천리구거 대로공 하야
천리 길을 달리니 큰길은 텅 비어,

自京半日到安東 자경반일 도안동 이라
서울부터 안동까지 반나절 만에 도착했다네.

來賓祝意盈庭裡 내빈축의 영정리 하고
오신 손님들 축하의 뜻은 도산서원 정원 안에 가득 차고,

樂士淸音響院中 악사청음 향원중 이라
악사들의 맑은 소리는 서원 안에 가득 울리는구나.

齋室重修成耀殿 재실중수 성요전 이나
재실은 거듭 고쳐 빛나는 전당을 이루었으나,

儒生散盡作飛蓬 유생산진 작비봉 이라
유생들은 모두 흩어져 정처 없이 날아다니는 쑥 넝쿨같이 되었구나.

奈何回復斯文道 내하회복 사문도 오
어찌하여야 이 유학의 바른길을 회복할 수 있을까?

參集人人所願同 참집인인 소원동 이라
참석하러 모인 사람마다 원하는 바는 같으리라.

6.84. 登北漢山
북한산에 오르다

[2020-08-10]

酷炎避暑步山林 혹염피서 보산림 하니
불볕더위를 피하여 숲속을 걸으니,

石逕迤逶叢樹陰 석경이위 총수음 이라
돌 사이 좁은 길은 구불구불하나 숲이 가득하여 그늘을 드리우네.

喜樂鳥聲聽霧濕 희락조성 청무습 하고
기쁘고 즐거워하는 새들 노랫소리 젖은 안개 사이로 들리고,

淨淸澗水鳴溪深 정청간수 명계심 이라
깨끗하고 맑은 산골 물소리 깊은 계곡에 울린다네.

小潭濯足洗流汗 소담탁족 세류한 하고
작은 웅덩이에 발 담그고 흐르는 땀을 씻고,

苔石閑休求放心 태석한휴 구방심 이라
이끼 낀 돌에서 한가로이 쉬며 흩어진 마음을 모아 보네.

脫帽迎風頭散髮 탈모영풍 두산발 하니
모자 벗고 바람맞으니 머리카락 흩날리니,

却歡今俗不纓簪[1] 각환금속 불영잠 이라
도리어 즐겁구나! 지금의 풍속 상투 틀고 갓끈 매지 않음이.

---

1) 영잠纓簪: 갓을 붙잡아 주는 끈과, 상투 머리를 고정하는 비녀. 여자의 비녀는 머리 뒤에 꽂으나, 남자의 비녀는 머리 중앙에 꽂는다.

6.85. 求放心而持敬
흩어진 마음을 모아 경을 지키다

[2020-09-14]

人人頭裡有仙洲 인인두리 유선주 한데
사람마다 머릿속에 신선 마음 있는데,

不覺仙洲在自頭 불각선주 재자두 라
신선 마음이 머릿속에 있다는 것을 느끼지 못하네.

萬想多端恒散放 만상다단 항산방 하고
많은 생각 여러 실마리가 항상 이리저리 흩어지고,

千慮狂亂任奔流 천려광란 임분류 라
많은 생각이 미친 듯 어지러이 되는대로 분주히 흘러간다네.

緩行徐息步山路 완행서식 보산로 하고
느리게 움직이고 편안히 숨 쉬며 산길을 걷고,

瞑目求心喜坐樓 명목구심 희좌루 라
눈을 감고 마음을 다잡으며 누에 앉기를 즐긴다네.

造次不離久成習 조차불리 구성습 하면
잠시도 쉬지 않고 오래 습관 만들면,

心頭仙界滅塵愁 심두선계 멸진수 라
머릿속 신선 마음이 속세의 근심 모두 없앤다네.

6.86. 八九生日
89세 생일

[2020-09-14]

飛過少時全六洲 비과소시 전륙주 하며
　젊을 때는 전 세계 육대주를 날아서 다니면서,

許多創業在先頭 허다창업 재선두 라
　허다한 기업을 세워서 선두에 우뚝 섰다네.

晩年憤發敎人性 만년분발 교인성 하며
　늙어감에 분발하여 인성교육을 하면서,

季世慾防道失流 계세욕방 도실류 라
　말세에 도가 실추되어 흐르는 것을 막고자 하고 있네.

恒念自修持敬意 항념자수 지경의 하고
　항상 스스로 닦고 공경의 뜻을 지닐 것을 생각하고,

時時閑吟坐高樓 시시한음 좌고루 라
　때때로 높은 누각에 앉아서 한가로이 시를 읊기도 한다네.

孫曾滿座獻杯酒 손증만좌 헌배주 하니
　손자 증손들 가득 앉은 자리 앞에서 술잔을 올리니,

長樂無憂忘老愁 장락무우 망로수 라
　오래도록 즐겁고 근심 없어 노후의 시름을 잊어버리네.

제7부

蘭社詩集 外

7.1. **謝珍饋 - 壬申元**

귀한 음식을 보내 줌에 감사하며 - 임신년(1992) 설날

郵夫傳珍饋 우부 전진궤 하니
우체부가 진귀한 음식을 전해주니,

舊情感興多 구정 감흥다 로다
옛정에 많은 감흥이 이는구나.

新年呈祈祝 신년 정기축 하니
새해를 맞아 빌고 축하하노니,

萬福與平和 만복 여평화 라
만복과 평화가 함께하기를….

7.2. 挽芝坡 二
지파[김호길]를 애도하다 2

少小靑雲出故山 소소청운 출고산 하고
젊은 시절 청운의 꿈을 품고 고향을 떠나,

周遊四海久無閑 주유사해 구무한 이라
오랜 세월 쉴 틈 없이 온 세상을 두루 돌아다녔다네.

晩來浦項成奇蹟 만래포항 성기적 하고
늦게서야 포항에서 기적을 이루고,

今日安歸泉石間 금일안귀 천석간 이라
오늘 황천으로 편안히 돌아갔구나.

7.3. 山居雜詠
산속에 살면서 여러 시가를 읊다

[1994-04-26]

一

萬岳千峰黑霧收 만악천봉 흑무수 하고
무수히 많은 일천 봉우리에 검은 안개 걷히고,
紅花黃萼慰閑愁 홍화황악 위한수 라
붉은 꽃 노란 꽃은 한가로운 시름을 위로해주네.
千松帶露如膏沐 천송대로 여고목 하고
많은 소나무 이슬 띠 두르니 기름에 닦은 것 같고,
朝日輝明兄弟頭 조일휘명 형제두 라
아침 해는 형제봉 꼭대기에 찬란하게 밝아오네.

二

前山處處白花濃 전산처처 백화농 하고
앞산 곳곳마다 흰 꽃향기 진하고,
樓上和鳴絃管鐘 누상화명 현관종 이라
지붕 위 새들의 합창은 현·관·종의 악기 소리 울리는 것 같다네.
雨歇雲收春滿洞 우헐운수 춘만동 하고
비 그치고 구름 걷히니 봄은 골짜기마다 가득하고,
來歸群鳥澗邊松 내귀군조 간변송 이라
여울 가의 소나무 가지에 뭇 새들 돌아오네.

三

北漢群峰雲影低 북한군봉 운영저 하고

북한산 많은 산봉우리에 구름 그림자 낮게 머물고,

天寒地冷鳥休啼 천한지랭 조휴제 라

날씨 추워져 땅이 차가워지니 새들이 울음 멈추었다네.

門前不見春華好 문전불견 춘화호 나

문 앞에 봄날 화려했던 아름다움 보이지 않으나,

白雪銀花滿小溪 백설은화 만소계 라

흰 눈 은빛 꽃이 작은 산골짜기를 가득 채웠다네.

7.4. 家菊迎我
집안의 국화가 나를 반기네

[1996-11]

窓前舊菊散黃香 창전구국 산황향 하며
창문 앞에 오랜 국화가 황금 향기 펼치며,

盡意今年滿發黃 진의금년 만발황 이라
올해도 황금빛 국화는 정성을 다해 만발하였네.

走到開門歡迎笑 주도개문 환영소 하고
집에 돌아와 문을 열면 웃으며 환영하고,

花容玉態映太陽 화용옥태 영태양 이라
아름다운 꽃 옥 같은 자태는 태양이 비치는 것 같다네.

7.5. 祝世界大會成功 - 亞洲大洋洲電算國際會議
세계대회 성공을 빌며 - 아시아 태평양 컴퓨터 국제회의

東西好友二千人 동서호우 이천인 이
온 세상 좋은 친구 이천 인이,

談討繁榮四海民 담토번영 사해민 이라
세상 사람들의 번영을 위해 토론한다네.

盡竭三年功無極 진갈삼년 공무극 하니
삼 년의 공들임이 다함 없으니,

臺灣譽讚環球振 대만예찬 환구진 이라
타이완의 공로를 칭찬함이 세계에 울려 퍼지네.

7.6. 惜殘春
얼마 남지 않은 봄을 아쉬워하다

[1997-05-]

白紅昨日吐香傳 백홍작일 토향전 터니
어제는 희고 붉게 향기를 전하더니,

今日飛花却凄然 금일비화 각처연 이라
오늘은 바람에 흩날리는 꽃잎이 도리어 외롭고 쓸쓸하구나.

不作春詩春又過 부작춘시 춘우과 하니
봄의 시 짓지도 못하였는데 봄이 또 지나가려 하니,

良辰虛度値千錢 양신허도 치천전 이라
천금 같은 좋은 계절 헛되이 그저 보내고 있구나.

7.7. 寧海入鄕五百年有感 - 次雲嶽先生韻
영해 입향 5백 년에 느낌이 있어서 - 운악 선생의 시를 차운하다

群峯環作一洞天[1] 군봉환작 일동천 하고
많은 산봉우리로 둘러쳐 한 동천을 만들었고,

忠孝堂中古色全 충효당중 고색전 이라
충효당 안은 예스러운 풍치가 온전하다네.

繼繼承承連五百 계계승승 연오백 에
자손 대대로 이어져 오백 년이나 되었는데,

厚仁積德萬世傳 후인적덕 만세전 이라
인을 두텁게 하며 덕을 쌓아 천만년 세대로 전하리라.

---

1) 동천洞天: 신선이 산다는 별천지.

7.8. 公開軟體會議[1]
소프트웨어 공개 회의

三國官民會一堂 삼국관민 회일당 하여
세 나라의 민관이 한 관청에서 회합하여,

共助公開求妙方 공조공개 구묘방 이라
서로 도와 무료공개의 묘안을 찾고자 한다네.

合心釀成此軟體 합심양성 차연체 면
이 같은 소프트웨어 단체를 합심하여 양성한다면,

億萬東人澤汪汪 억만동인 택왕왕 이라
억만 동양인들에게 혜택이 무궁무진하리라.

1) 연체회의軟體會議: 연체軟體는 소프트웨어의 한자 표현. 무료로 소프트웨어를 쓰게 하는 무료 공개를 의논하는 회의.

7.9. 宿陶山書院有感 - 次退溪先生古詩韻
도산서원에서 자면서 느낌이 있어서 - 퇴계 선생 고시에 차운하다

[2000-09]

身退只三夜 신퇴 지삼야 이나
몸 물러난 지 다만 사흘밖에 되지 않았으나,

惟願浴聖境 유원 욕성경 이라
오직 성인聖人의 터전에서 마음 씻기를 원하고 있다네.

危坐如古士 위좌 여고사 에
옛 선비처럼 몸을 똑바로 하고 앉아서,

七十愧自省 칠십 괴자성 이라
70년 삶을 스스로 반성하며 부끄러워하고 있다네.

7.10. 惜別金永文兄[1]

김영문 형과 석별하다

[2000-11-08]

十年故友至 십년 고우지 하니
 십년지기 고우 이르니,

紅葉盡意開 홍엽 진의개 라
 붉게 물든 단풍잎 마음 끝 되었구나.

將欲萬里去 장욕 만리거 하니
 장차 만릿길 떠나려 하니,

夢魂難往來 몽혼 난왕래 라
 꿈속의 혼도 왕래하기 어렵겠구나.

---

1) 김영문金永文: 전 삼보컴퓨터 부회장.

7.11. 聞隱退奉呈高原會長[1]
다카하라 회장의 은퇴 소식을 듣고 삼가 드리다

[2000-06-10]

高原公, 爲日本協會長, 盡力於亞洲諸國善隣合作. 各國代表, 皆頌其功獻. 高原公, 人格高邁, 恒念他國, 謙讓持身, 人人感佩. 余特蒙知遇, 悅相逢交誼. 先日忽然告隱退, 惜別之懷, 不能盡言, 以四絶短句, 謹表其一端.

다카하라는 일본 협회장이 되어 아시아주 여러 나라의 선린 합작에 진력하였다. 각국 대표들은 그 공헌을 두루 칭송하였다. 다카하라 공은 인격이 고매하며 항상 다른 나라를 걱정하며 겸양하고 태도를 바룰 뿐이어서 사람마다 고마움에 감격하고 존경하였다. 나는 특별히 알아줌을 입었는데, 서로 만나서 우의를 나눔을 즐거워하였다. 지난 어느 날 갑자기 은퇴를 알려와 석별의 감회를 말로 다 할 수 없어 사언四言 절구絶句로, 삼가 그 일단을 밝힌다. - 타이베이[台北]에서

氣宇軒然似古人 기우헌연 사고인 하야
기개와 도량 크고 풍채 좋기가 옛사람 같고,

亞洲欲結作仁鄰 아주욕결 작인린 이라

---

1) 다카하라(高原): 다카하라 토모오(高原友生, 1925~2009). 오카야마현(岡山県) 출신, 일본 육군사관학교 졸업. 태평양전쟁에 미얀마의 연대기수 중대장. 종전 후 도쿄대학 법학부 졸업. 이토츄 상사(伊藤忠商事)에 입사, 상무이사로 중동 총지배인을 거쳐, 주식회사(지금의 CRC 솔루션즈) 사장, 정보 서비스 산업 협회 회장을 오랫동안 맡은 후, 일본・미얀마 상공회의소 비즈니스 협의회 회장을 맡았다. 저서로 『슬픈 제국육군(悲しき帝国陸軍)』(2000), 『상전商戦』(2002)이 있다.

아시아주를 연결하여 어진 이웃 되기를 바랐다네.

驅馳白馬三千里 구치백마 삼천리 하고

백마 빨리 몰아 삼천리를 달리고,

白嶽淸流避世塵 백악청류 피세진 이라

깨끗한 산, 맑은 물에서 세상 먼지 피하시네.

7.12. 十年後再訪上海
10년 후 다시 방문한 상하이

[2001-11-01]

君見浦東否 군견 포동부 아
그대 푸동을 보았던가?

我疑幻夢中 아의 환몽중 이라
내가 꿈속에서 헛 본 것인지 헛갈리네.

萬年農草地 만년 농초지 는
만년토록 농사짓던 곳은,

千廈穿天空 천하 천천공 이라
수많은 빌딩이 하늘을 뚫고 있네.

7.13. 奉呈金井會長[1] - 於廣州陶磁文化研究所
가네이 회장께 삼가 드리다 - 광주도자문화연구소에서

[2002-04-04]

滿野花盡發 만야 화진발 하니
온 들판에 꽃이 활짝 피었으니,

乾坤總是春 건곤 총시춘 이라
온 세상 모두 다 봄이로구나.

天下名磁得 천하 명자득 하니
천하에 이름난 도자기를 만났으니,

一杯洗紅塵 일배 세홍진 이라
한잔하면 번거롭고 속된 세상 씻어진다네.

1) 가네이(金井): 가네이 츠토무(金井務, 1929~2013). 일본 기업 경영인, 히타치제작소(日立製作所) 회장.

7.14. 七十述懷
칠십의 회포를 풀어 내다

家後鶴翼飛翔姿 가후학익 비상자 하고
집 뒷산은 학이 날개 펼쳐 날아가는 모습이고,

樓邊老杏千萬枝 누변로행 천만지 라
대청 곁의 오래된 은행나무 천만 가지 뻗었다네.

世傳文物五百載 세전문물 오백재 에
대대로 문물이 전해진 지 오백 년에,

我何科技覺新奇 아하과기 각신기 라
나는 어찌하여 과학 기술의 신기함을 깨닫게 되었는가?

難世求學非易事 난세구학 비이사 하여
난세에 공부하기가 쉬운 일이 아니어서,

晝學夜敎無不爲 주학야교 무불위 라
낮에 배우고 밤에 가르치며 안 해본 일이 없었다네.

生本弱質身未健 생본약질 신미건 하야
태어나길 본래 약질이라 몸이 건강하지 못하여,

患肺病肝交束羈 환폐병간 교속기 라
폐의 병과 간의 병이 교대로 찾아왔다네.

7.15. 退溪學釜山研究院二十週年
퇴계학 부산연구원 20주년

[2002-12]

卓哉東邦老大賢 탁재동방 노대현 은
우뚝하도다! 동방의 큰 현자시여,

秋天若似月明圓 추천약사 월명원 이라
가을 하늘 높이 뜬 밝고 둥근 달 같도다.

高行志向孔門繼 고행지향 공문계 하고
고상한 행실은 공자의 학문을 이어 나감을 지향하셨고,

篤攻窮修宋學連 독공궁수 송학련 이라
깊이 연구함은 주자학을 잇는 데 몰두하셨다네.

萬國及波其著述 만국급파 기저술 이니
모든 나라에 그 저술의 여파가 미쳤으니,

千年仍誦此管絃 천년잉송 차관현 이라
천년 뒤에도 여전히 이 훌륭한 노래 읊음 이어졌도다.

港都後進咸來集 항도후진 함래집 하야
이 항구 도시의 후학들이 모두 함께 모여서,

遺敎綿綿永遠傳 유교면면 영원전 이라
남기신 가르침 면면히 이어 영원히 전하리라.

7.16. 奉呈薄熙來省長[1]
보시라이 성장께 삼가 드리다

[2003-11]

往見遼寧, 新高速公路, 四通八達, 古巷荒田, 化爲祿地花園. 開發新區, 大廈林立, 可謂天地開闢. 人民生氣躍動, 進取之氣象歷然. 此非省民之相團結, 省長之善爲指導故耶?

랴오닝성을 가보니 새로운 고속도로가 사통팔달이고, 옛 골목과 거친 논밭은 녹지와 화원으로 변하였다. 새로운 특별구역으로 개발되어 규모가 큰 건물과 숲이 들어서니, 가히 천지가 개벽되었다고 할만하다. 인민은 생기가 약동하고 진취적인 기상이 역연하다. 이것은 성민들이 서로 단결하고, 성장이 잘 지도한 때문이 아니겠는가.

開闢遼寧輝五色 개벽요녕 휘오색 하고
개발된 랴오닝성은 오색이 빛나고,

飛翔萬里伸長翼 비상만리 신장익 이라
만리 비상하려 긴 날개 펼쳤다네.

薄公先唱萬人呼 박공선창 만인호 하여
보시라이 공이 선창하고 모든 인민이 호응하여,

走向未來先進國 주향미래 선진국 이라
선진국을 향하여 앞으로 가네.

---

1) 보시라이(薄熙來, 1949~): 중국 정치인. 1979년 북경대학교 역사학과를 졸업하고, 1982년에 중국 사회과학원에서 국제뉴스 전공으로 대학원을 졸업했다. 랴오닝성(遼寧省) 부서기를 거쳐 1992년부터 다롄(大連)시장을 맡았다. 2001년 랴오닝성의 성장省長, 2004년 상무부商務部 부장이 되었다. 충칭(重慶)시 당서기로 재직 시, 2011년 헤이우드 사건과 2011년 왕리쥔 사건으로 2012년 해임되어, 2013년 10월, 산둥성 고급인민법원은 그에게 무기징역을 선고하였다.

7.17. 贈安川英昭會長[1)]

야스가와 히데아키 회장에게 드림

[2003-12]

安川會長, 前日精工舍社長時, 與三寶, 關係至密, 彼我來往頻繁, 余爲特蒙惠顧. 近來數年, 不得相面, 懷鬱之餘. 會長來韓, 不勝欣喜, 而作古風五言一首.

야스가와 회장은 지난날 세이코 회사 사장 시절 삼보와 더불어 매우 가까운 관계로 서로 자주 왕래하여 내가 특별한 은혜를 입었다. 근래 몇 년 동안 서로 만나지 못하여 답답하던 차에 회장이 한국에 오니 기쁨을 이기지 못해 고풍 오언 한 수를 짓는다.

舊友喜相見 구우 희상견 하니
　옛 친구를 서로 기쁘게 만나니,

笑談過夏冬 소담 과하동 이라
　웃으며 지난날을 이야기하네.

去時多來往 거시 다래왕 에
　지난날 왕래가 자주 있을 때,

相助恩莫重 상조 은막중 이라
　나를 도운 은혜가 막중하다네.

---

1) 야스가와 히데아키(安川英昭, 1932~2014): 전 세이코 엡손 사장. 도쿄대학 공학부 정밀공학학과 졸업. '제2 세이코사'에 입사, 오랫동안 손목시계 설계·개발에 참여, 세계적 걸작 '자동감김 손목시계', 1969년 세계 최초의 '수정발진기水晶發振機식 손목시계' 개발, 1985년 '세이코 엡손'으로 개칭 후, 1991년부터 10년간 사장을 맡아 시계의 부품 정밀 가공하는 기술로 잉크젯 프린터 사업을 성장시켜, 회사를 일본 내 선두로 끌어 올렸다.

兩人方閑退 양인 방한퇴 하니

두 사람 바야흐로 은퇴하여 한가로우니,

只問老心胸 지문 노심흉 이라

다만 늙어가는 마음속에 일들을 주고받는다네.

今夕揮手別 금석 휘수별 하며

오늘 저녁 손을 저어 작별하면서,

更期再相逢 갱기 재상봉 이라

다시 서로 만날 날을 재차 기약하네.

7.18. 河內贈巫殷兩友[1)]

하노이에서 무공 은공 두 벗에게 드린다

[2003-11-17]

二千三年十二月，亞洲大洋洲電算產業會議，開催於越南河內．各國代表參集，開創之舊友，巫公殷公兩人，東京之初會後，春秋已過二十載．感歲月之如流，嘆白髮之星星．人來人去，喜悲交至，故此一絶，供兩友一笑．

2003년 12월, 아세아 대양주 컴퓨터 산업회의를 베트남 하노이에서 개최하였다. 각국 대표가 참석했는데 창업 때의 옛 벗인 무공과 은공 두 사람이 도쿄의 첫 회 이후 20년이 지났다. 세월이 물과 같이 흘러서 성성한 백발을 탄식했다. 사람이 오고 또 감에 희비가 교차하여 시 한 수를 지어 두 사람의 한바탕 웃음거리로 제공한다.

亞洲聯會作親隣 아주련회 작친린 하니
아세아 연합회에서 친한 이웃이 되어,

荏苒光陰二十年 임염광음 이십년 이라
흘러온 세월이 20년일세.

更勸一杯君莫辭 갱권일배 군막사 하라
다시 한잔을 권하노니 그대들은 사양치 마시라!

舊朋只是兩三人 구붕지시 양삼인 이라
옛 친구는 이제 다만 우리 두서너 사람뿐이네.

---

1) 무은巫殷: 싱가포르 대표 무기창巫其昌과 대만 대표 은윤중殷允中.

7.19. 宣揚博約
박약회를 선양한다

[2004-05-30]

禮智仁義稟於天 예지인의 품어천 하니
예・지・인・의는 인간이 천성으로 타고났으니,

如鏡重磨始發宣[1] 여경중마 시발선 이라
거울같이 거듭 닦아야 비로소 피어나고 펼쳐진다네.

約禮方行成俊逸 약례예방행 성준일 하고
예법에 따라 몸가짐을 바로하여야 빼어난 인재가 되고,

博文溫習作聖賢 박문온습 작성현 이라
학문을 닦아 지식을 넓혀야 성현이 된다네.

踏尋處處慕先哲 답심처처 모선철 하며
곳곳을 찾아 옛 어진 분들을 사모하며,

會集人人結好緣 회집인인 결호연 이라
사람들마다 모여서 좋은 인연 맺는다네.

再建東邦良俗國 재건동방 양속국 하여
동방에 좋은 풍속 나라를 재건하여,

後孫萬世美風傳 후손만세 미풍전 이라
후손에게 영원토록 아름다운 풍속 전하여 보세.

---

1) 경중마鏡重磨=고경중마古鏡重磨: 고경古鏡은 주자의 「송림희지送林熙之」 시에 "고경을 거듭 밝히려면 고방이 필요하니, 그렇게 하면 안광이 햇빛과 밝음을 다투리古鏡重磨要古方, 眼明偏與日爭光."라고 하였다. 고경은 옛날 거울, 고방古方은 옛날 방법이란 뜻인데 『주자대전차의朱子大全箚義』에서는 "고경은 심心을 가리키고, 고방은 경敬을 가리킨다."라고 하였다. - 한국고전종합 DB 인용.

7.20. 孔令仁女史[1)] 공영인 여사

[2004-07-07]

拜别, 退溪先生誕降, 五百週年典禮後, 已經過三年, 更覺歲月之迅速. 日前李東昇教授訪山東後, 憧審, 孔女史安候. 近來蒸暑, 尊體動止, 如何?
今年甲申, 孔教授尊齡八十, 恭禧無比! 龍兌短文, 謹作祝詩一首, 仰呈哂覽如何? 只祝萬壽無疆, 教導後生, 歡喜有情世界. 博約會孔夫子墓拜謁, 三千年來盛典, 孔教授之周旋感謝不已. 曲阜之會不遠, 餘懷能伸其時. 只此不具備禮, 惟希, 涵照. - 退溪學硏究院

퇴계 선생 탄강 5백 주년 전례에서 배별한 후, 3년이 지났으니 세월 매우 빠름을 더욱 깨우치게 됩니다. 일전에 이동승 교수가 산둥성을 방문한 후, 공여사의 안후 소식을 듣게 되었습니다. 근래 찌는 듯한 더위에 존체의 거동은 어떠하신지요?
올 갑신년(2004)에 공교수의 존령이 80이시니, 삼가 축하하여 마지않습니다. 용태는 짧은 글로서, 삼가 축하 시 한 수를 지어, 삼가 올리니 웃으며 보아주심이 어떠실지요? 다만 만수무강하시어 후생들을 인정이 넘치는 세계를 즐기도록 해주시기를 빕니다. 박약회의 공부자 묘소 배알은, 3천년 이래 성대한 의식입니다. 공교수님의 주선에 감사해 마지않습니다. 곡부의 모임이 머지않으니 남은 회포는 펼 수 있겠습니다. 다만 이로써 예를 다 갖추지 못하오니, 오직 너그러이 살펴 주시기 바랍니다. - 퇴계학연구원에서

1) 공영인孔令仁(1924~2016): 공자 76대 종손 공영이孔令貽의 막내 누이. 대륙에 남아서 산둥대학 경제학 교수 역임.

孔令仁教授八旬壽席

공영인 교수 팔순 헌수 자리에

孔聖嫡孫脈 공성 적손맥 이오
 공부자의 적계 장손의 맥이라,

遠承性命全 원승 성명전 이라
 천성과 천명을 온전히 이으셨다네.

溫古先師學 온고 선사학 이니
 옛것을 익혀 선대의 현인을 배우시고,

知新後世傳 지신 후세전 이라
 새로운 학문을 익혀 후세에 전하신다네.

周遊千萬里 주유 천만리 하며
 온 세상 두루 다니시며,

奉公五十年 봉공 오십년 이라
 사회봉사에 헌신하기 50년이라네.

氷雪心常净[2] 빙설 심상정 하고
 본디 타고난 본성이 항상 깨끗하고,

蘭菊姿如仙 난국 자여선 이라
 난초와 국화 같은 신선이로다.

曲阜春杏鬱 곡부 준행울 하고
 곡부의 은행나무는 울울 황황하고,

陶山秋月圓 도산 추월원 이라
 도산의 가을 달은 둥글게 솟았네요.

---

2) 빙설氷雪: 얼음과 눈을 아울러 이르는 말. 여기서는 본디부터 타고난 마음씨가 결백함을 비유적으로 이르는 말.

勤尋退翁蹟 근심 퇴옹적 하고
부지런히 퇴계 선생 유적을 찾으시고,

洛水累寄船 낙수 누기선 이라
낙동강 물에서는 자주 배를 타기도 하셨다네.

春和常滿面 춘화 상만면 하니
봄날 같은 화기 언제나 얼굴에 가득하시니,

四圍皆欣然 사위 개흔연 이라
주변 사람은 모두 즐거워한다네.

仁壽八十載 인수 팔십재 라
인덕仁德으로 장수하시어 팔십 세가 되신지라,

遠友祝華筵 원우 축화연 이라
멀리 뜻을 함께하는 사람이 수연을 축하드립니다.

7.21. 闕里謁聖廟
궐리에서 공자 사당을 배알하다

[2004-10-25]

檜木千古新 회목 천고신 하고
늙은 회나무는 천고에 새롭고,

洙水萬里連[3] 수수 만리련 이라
수수 만리 밖까지 서로 이어졌다네.

金聲玉振響[4] 금성 옥진향 에
금성으로 시작하고 옥진으로 끝나는 소리에,

俯伏慕當年 부복 모당년 이라
엎드려 공자 계시던 그때를 생각하네.

又 또

韓士六百士 한사 육백사 가
한국 선비 육백의 인사가,

來訪鄒魯鄕[5] 내방 추로향 이라
추로향을 찾았다네.

---

3) 수수洙水: 중국 산동성(山東省)에 있는 두 강인 수수洙水와 사수泗水. 공자가 이 근처에서 제자들을 가르쳤다고 한다. - 한국고전 DB 인용.

4) 금성옥진金聲玉振: '쇠로 만든 악기로 소리를 퍼뜨려 시작하고, 옥으로 만든 악기로 소리를 거두어들여 마무리한다'는 뜻. 음악의 울림과 조화, 또는 학식이 넓고 아는 것이 많으며 재주가 뛰어난 사람에 비유하는 말이다. 특히 공자의 완성된 인격을 기리는 말로 쓰임.

5) 추로향鄒魯鄕: 공자와 맹자의 고향이라는 뜻으로, 예절을 알고 학문이 왕성한 곳을 이르는 말.

欽仰聖人訓 흠앙 성인훈 하니
　성인의 가르침을 공경하여 우러러 사모하니,
淸風動菊香 청풍 동국향 이라
　맑은 바람이 국화 향기를 움직이게 하네.

7.22. 奉呈平松先生[1] - 次西鄕南洲韻[2]

히라마쓰 선생께 받들어 드리다 - 사이고 난슈 시에 차운하다

立志青雲壯又堅 입지청운 장우견 하니

뜻을 세움이 높고 이상理想이 장대하여 견고하니,

產省獻策盡圓全[3] 산성헌책 진원전 이라

경제산업성의 기획에 헌신하여 원만함을 다하였다네.

歸鄕治縣使民富 귀향치현 사민부 하고

고향으로 돌아와 현 다스림은 백성이 부유하게 하고,

身退悠悠樂苑田 신퇴유유 낙원전 이라

일신은 물러나 한적하게 전원을 즐기시네.

---

1) 히라마쓰(平松): 히라마쓰 모리히코(平松守彦, 1924~2016). 일본 정치가로 도쿄대학 법학부 졸업. 경제산업성의 관료를 지냈고, 오이타(大分)현 지사로 '1촌1품一村一品 운동' 제창으로 유명하다. 아시아를 위해 공헌한 사람에게 수여되는 막사이사이상을 수상했다.

2) 사이고 난슈(西鄕南洲): 사이고(西鄕)는 사이고 다카모리(西鄕隆盛, 1827 ~ 1877)이고, 난슈(南洲)는 그의 호이다. 사이고 다카모리는 에도(江戶) 말기에서 메이지(明治) 시대 초기까지 활약한 인물로 메이지 유신의 3걸 중 한 명이다. 그의 고향인 가고시마(鹿児島)현 오시마군(大島郡)에 사이고 난슈 기념관이 있다.

3) 산성產省: 통상산업성通商產業省. 일본의 행정기관으로 우리나라의 산업통상자원부에 해당한다.

7.23. 示日本諸友 - 次西鄕南洲韻
일본 여러 친구에게 보이다 - 사이고 난슈 시에 차운하다

[2005-12]

隣家交誼須圖堅 인가교의 수도견 하나
이웃 나라와 사귀는 정은 마땅히 굳건히 도모하여야 하나,

千載奈何不完全 천재내하 불완전 고
천년 세월 어찌하여 온전치 못한가?

除去隔籬又草棘 제거격리 우초극 하여
막힌 울타리와 가시넝쿨을 제거하고서,

共修花逕共耕田 공수화경 공경전 이라
함께 꽃길 가꾸고 같이 밭을 일구어 보세.

7.24. 成人日戒孫兒
성인의 날에 손자에게 경계한다

一

連綿卄一代[1] 연면 입일대 하여
21대로 이어와서,

五百年長長 오백 연장장 이라
장장 500년이라네.

祖先垂蔭德 조선 수음덕 하고
선조는 음덕을 후손들에게 드리워 주었고,

鄕里崇高堂 향리 숭고당 이라
고향 마을에서는 이 높은 집을 높이 쳐다보았다네.

二

始祖隨仲父[2] 시조 수중부 하사
입향 시조께서는 둘째아버지를 따라와서,

定居寧海鄕 정거 영해향 이라
영해 고장에 정착하여 사셨다네.

遺傳財裕足 유전 재유족 하니
재물을 풍족히 남겨 전하시니,

足裕子孫昌 족유 자손창 이라
풍족하여 자손이 창성하였다네.

---

1) 입일대卄一代: 영해 입향조入鄕祖[현령縣令공 휘諱 애瓔(1480~1561)] 에서 저자의 손자 수빈秀彬까지 21대임.

2) 중부仲父: 둘째아버지 율간栗澗 선생 이중현李仲賢(1449~1508). 1476년 문과에 급제하여 홍문관 부제학副提學에 올랐으며, 1497년에 영해부사로 부임할 때 책실(관아에 보관 중인 서책을 관리하는 사람)로 입향조를 데려왔다고 한다.

三

<u>**雲祖兩大科**</u>[3)4)] 운조 양대과 하고

운악 선조는 대과 급제를 두 번 하셨고,

寧海開文坊 영해 개문방 이라

영해를 학문의 고을로 여셨다네.

壬亂盡報國 임란 진보국 하고

임진왜란 때는 나라를 위하여 충성을 다하시고,

數次救倉皇 수차 구창황 이라

수차 곳간을 풀어 난민을 구원하셨다네.

四

平生爲孫計 평생 위손계 가

평생 자손 위한 계책들이,

竟爲發大光 경위 발대광 이라

마침내 큰 빛을 발하게 되었다네.

累代修仁敬 누대 수인경 하고

여러 대에 인과 경을 닦으시고,

每難救窮荒 매난 구궁황 이라

매번 어려울 때마다 궁하고 어려운 사람 구하셨다네.

五

儉約常不失 검약 상부실 하고

---

3) 운조雲祖: 운악雲嶽 이함李涵(1554~1632) 선생. 영해부 인량리에서 태어나 문과에 급제하고, 임진왜란 중 전란 수습에 다방면으로 참여하였으며, 의령 현감을 지냈다. 저서로 『운악선생문집』이 있으며, 퇴계 학맥을 잇는 존재 이휘일李徽逸, 갈암 이현일李玄逸 선생의 조부이다.

4) 양대과兩大科: 1600년(선조 33, 庚子)에 별시別試[文科]와 1609년(광해 1, 己酉) 증광시增廣試[文科]에 급제하였다. - 한국학중앙연구원, 한국역대인물 시스템 자료에서.

항상 검소하고 절약하여 분수를 잃지 않으시고,

謙讓常不喪 겸양 상불상 이라
항상 겸손과 사양을 잃지 않으셨다네.

今我貽數言 금아 이수언 을
지금 내가 남기신 몇 마디 주노니,

敬受心中藏 경수 심중장 하라
공경하여 받들어 마음속에 간직하여라.

六

堅守宗孫統 견수 종손통 하고
종손의 전통을 굳게 지키고,

家法繼擧揚 가법 계거양 이라
집안 법도를 계승하여 높이 받들어라.

勿失大立志 물실 대립지 하고
뜻을 크게 세우기를 잊지 말고,

堅持心意良 견지 심의양 이라
마음에 뜻을 어질고 견고히 지켜라.

七

勿爲只反應 물위 지반응 하고
오직 반응하지만 말고,

必察總法方 필찰 총법방 이라
반드시 모든 방법을 살펴보아라.

對人易思之 대인 역사지 하고
사람 대할 때는 역지사지易地思之하고,

行義利不妨 행의 이불방 하라
바른 일을 행함에는 이해에 방해받아서는 안 되느니라.

7.25. 述懷
술회

回思七十我經年 회사칠십 아경년 하니
내 지난 70년을 돌이켜 생각하니,

事與心違只愧然 사여심위 지괴연 이라
일은 뜻대로 되지 않아 부끄러울 뿐이라네.

平生所望君知否 평생소망 군지부 오
평생 소망을 그대는 아는가?

先進東邦夢化煙 선진동방 몽화연 이라
우리나라를 선진국으로 만들려던 꿈은 연기처럼 헛되었네.

7.26. 贈暹人於退溪學硏究院[1]
퇴계학연구원에서 섬인에게 지어 줌

[2005-10]

其聲淸亮一堂明 기성청량 일당명 하고
그 음성이 깨끗하고 맑아 연구원을 밝게 하고,

欲振儒風向世鳴 욕진유풍 향세명 이라
유가의 기풍을 세상에 울려 떨치게 하고자 하네.

我亦和唱慷慨意 아역화창 강개의 하니
나 또한 그 강개한 뜻에 합창하고자 하니,

更喜與君渡餘生 갱희여군 도여생 이라
그대와 여생을 더불어 함이 더욱 기쁘다네.

---

1) 섬인暹人: 이동승李東昇. 서울대학교 독문과 교수 역임함. 퇴계학연구원 설립자 이동준 씨의 아우로 퇴직 후 아무 직함도 갖지 않고 매일 연구원에 출근하였음.

7.27. 陪姊兄賞花
자형 모시고 꽃을 완상하다

[2006-06-13]

月前風暖花白日，余往盆唐問病姊兄．兄以腦患，僅起動於室內，余勸兄往賞花，騎坐輪車，徘徊中央公園．時柰花滿發，恰似在白雪中，恍惚若醉，兄亦展愁眉以微笑，談少時之歡，懷寧海之春景，嗟老身之不仁．已矣，體不堪於坐久，樂未盡而還家．後未久而兄辭世，抵今白花在眼，悲痛在心．

월전에 바람은 따뜻하고 꽃피는 청명한 날, 나는 분당 자형께 문병 갔다. 형님은 뇌병으로 실내에서 근근이 몸을 일으키어 움직였는데, 나는 형님께 꽃구경 갈 것을 권하여, 휠체어에 타시고 중앙공원을 거닐었다. 이때는 벚꽃이 만발하여 흡사 흰 눈 속에 있는 것 같아서 황홀경에 취한 것 같고, 형님 역시 참으로 얼굴빛 바꾸고 미소 지으며, 젊었을 때 즐거웠던 일을 말씀하시며, 영해의 봄 경치를 회고하시며, 몸이 늙고 편치 못함을 탄식하셨다. 이윽고 몸소 오래 앉아 있음을 감내하지 못하니 즐거움을 다하지 못하고 집으로 돌아왔다. 그 후 형님은 오래지 않아 세상을 떠나셨다. 지금도 그 흰 꽃이 눈에 삼삼하니 마음이 아프고 몹시 슬프다.

白花盡發無西東 백화진발 무서동 하고
벚꽃이 활짝 다 피니 동서 구분이 없고,

花徑花川四八通 화경화천 사팔통 이라
꽃길 꽃 내가 이리저리 통하네.

往年青春去不還 왕년청춘 거불환 이나
옛날 청춘은 가고 돌아오지 않으나,

今年春花在眼中 금년춘화 재안중 이라
올 봄꽃은 눈 안에 남아 있구나.

姊兄沈祟長蟄居 자형침수 장칩거 한데
자형은 깊은 병에 오래 칩거하셨는데,

余勸坐輪灑花風 여권좌륜 쇄화풍 이라
내가 권하여 휠체어에 앉아 봄 꽃바람 쐬셨다네.

兄嗟此花不再見 형차차화 부재견 이러니
형님은 이 꽃 풍경은 다시 볼 수 없겠구나! 감탄하시더니,

花落時兄辞世同 화락시형 사세동 이라
꽃잎 떨어지는 때 형님도 세상을 떠나셨다네.

7.28. 追慕西厓柳成龍先生
서애 류성룡 선생을 추모하여

[2006-10]

旭日燦然昇海東 욱일찬연 승해동 하니
아침 해가 해동에서 찬연히 솟아나니,

先生儀表此光同 선생의표 차광동 이라
선생의 모습이 이처럼 빛이 나네.

芳名萬世輝青史 방명만세 휘청사 하고
꽃다운 이름 역사에 오랫동안 빛이 나고,

遺德千年振偉風 유덕천년 진위풍 이라
남기신 덕성과 우뚝한 풍모 천년을 떨치도다.

京壤兩亡含忿淚 경양량망 함분루 하나
한양과 평양이 다 무너질 때 분한 눈물 참았으나,

江山再造立鴻功 강산재조 입홍공 이라
강산을 다시 만들어 큰 공을 세우셨다네.

芙蓉臺上秋空遠 부용대상 추공원 한데
부용대 위에 가을 하늘 맑은데,

一帶淸河永不窮 일대청하 영불궁 이라
맑은 강 한 줄기 영원토록 이어지리라.

(저자 국역임)

7.29. 爲世光明人 - 祝金光琳世明大學總長就任[1)]

세상을 밝고 빛나게 할 사람을 위하여

- 김광림 세명대학교 총장 취임 축하

運用電腦如運指 운용전뇌 여운지 하고

컴퓨터를 손가락 놀리듯 운용하고,

能辯外語外人似 능변외어 외인사 라

외국어를 외국인처럼 잘한다네.

攻究專門無不通 공구전문 무불통 하고

전공 연구에 오로지하여 막힘이 없고,

仁足德高至善美 인족덕고 지선미 라

인품이 넉넉하고 덕성이 높아 진선미의 경지에 이르렀다네.

---

1) 김광림金光琳: 세명대학교 제5대 총장으로 취임(2006. 9.)하였다. 서울대학교 행정대학원, 미국 하버드대학교 케네디스쿨 행정학 석사, 경희대학교 대학원 행정학 박사. 특허청장, 재정경제부 차관, 남북경제협력추진위원회 남측위원장 등을 역임.

7.30. 祝吳明博士建大總長就任[1]

오명 박사 건국대학교 총장 취임 축하

縱橫籌策盡分明 종횡주책 진분명 하니
 종횡으로 계획을 세움이 분명함을 다하였고,

快斷繩麻決爲正 쾌단승마 결위정 이라
 엉킨 줄 빨리 끊어내는 데 결단이 정확하였다네.

卓哉經營亘四界[2] 탁재경영 긍사계 하니
 훌륭하도다! 그 경영 능력은 네 분야에 걸쳤으니,

來頭建大一天淸 내두건대 일천청 이라
 앞날 건국대학도 하루아침에 밝아지겠네.

---

1) 오명吳明(1940~): 육군사관학교 졸업, 서울대학교 전자공학 학사와 뉴욕주립대학교 스토니브룩캠퍼스 대학원 전자공학 석・박사. 1980년 청와대 경제비서관, 체신부 차관으로 발탁, 8년여 동안 체신부(정보통신부)에서 일하며 한국 정보통신 혁명의 기틀을 닦았다. 전전자교환기 개발, 전국 전화 자동화 사업, 4메가 D램 반도체 개발 등 정보화 사회에 필요한 모든 기초 작업을 진행했다. 체신부 장관, 건설교통부 장관, 부총리 겸 과학기술부 장관, '93 대전엑스포 조직위원장, 동아일보 사장 등을 역임함. 그는 "건국대학교 총장 재임 기간(제17대[2006. 9.~2010. 8.])이 가장 편안했고 보람 있었고, 가장 행복한 시간이었다."라고 회고하였다.

2) 사계四界: 학계, 관계, 과학 기술계, 언론계.

7.31. 祝吳明博士古稀
오명 박사 고희를 축하하며

宰相三經榮燦輝 재상삼경 영찬휘 하고
부총리에 세 번의 장관 경륜 빛나고 영광스럽고,

言林學界令名徽 언림학계 영명휘 라
언론[동아일보]과 학계에도 이름이 빛났다네.

世人朝望鳳凰出 세인조망 봉황출 한데
세상 사람들은 봉항이 아침에 나오는 듯 바라보는데,

藏翼奈何迎古稀 장익내하 영고희 라
어찌하여 날개 감추고서 고희를 맞이하시는가?

7.32. 浦項工大創立二十周年
포항공대 창립 20주년

黌堂創立二朞回 횡당창립 이기회 니
학교를 세운 지 20년이니,

飛鶴青空萬像開 비학청공 만상개 라
창공에 학이 날고 만물이 열리었구나.

渡海聯襟賢士集 도해련금 현사집 하고
손을 붙잡고 바다를 건너 뛰어난 선비들 모였고,

越山負笈秀才來 월산부급 수재래 라
책 상자를 지고 산을 넘어 수재들도 모였다네.

幾年人事堪辛苦 기년인사 감신고 오
사람이 하는 일에 힘든 일 얼마나 되었던고?

此日天心降祝盃 차일천심 강축배 라
하늘에서 오늘 축배를 내리시네.

學脈綿綿千億歲 학맥면면 천억세 하야
학맥이 면면히 영원히 이어지기를,

淸風長拂校旗臺 청풍장불 교기대 라
맑은 바람에 교기가 오래 휘날리기를….

7.33. 訪問正行寺[1] ― 정행사에 가다 1

久聞正行寺 구문 정행사 나
정행사를 들은 지 오래되었으나,

今始訪九州 금시 방구주 라
오늘 비로소 규슈를 찾았구나.

寺內秋色滿 사내 추색만 하고
사찰 내에는 가을이 무르익어 가고,

淑氣四隣浮 숙기 사린부 라
자연의 맑은 기운 사방에 넘치네.

敬信學林肅[2] 경신 학림숙 하고
경신학림은 엄숙하고,

先生位牌尊 선생 위패존 이라
퇴계 선생의 위패를 높이 모시네.

焚香謹再拜 분향 근재배 하니
향불을 피우고 삼가 재배하니,

感懷可勝言 감회 가승언 이라
감회를 어찌 말로 표현할 수 있으랴?

顯彰碑彌高[3] 현창 비미고 하니
퇴계 선생 현창 비는 더욱 높으니,

---

1) 정행사正行寺: 쇼교지. 일본 불교의 정토종浄土宗 사찰로, 일본 규슈 오이타(大分)현 나카쓰(中津)시에 있다. 퇴계 선생의 동상과 위패를 모시고 비를 세웠으며, 퇴계연구원에서 기증한 한국학도서실이 있다.

2) 경신학림敬信學林: 정행사 내에 있는 퇴계 선생 기념 강당의 이름.

3) 현창비顯彰碑: 정행사 내에 세워진 퇴계 선생의 현창 비.

獻誠雅意敦 헌성 아의돈 라

정성을 바치는 맑은 마음 돈독하네.

慶恩萬卷書[4] 경은 만권서 하니

도서관 경은장에는 만권 서가 있어,

馥郁聖賢魂 복욱 성현혼 이라

성현의 얼로 풍기는 향기가 그윽하다네.

有會學陶山 유회 학도산 이니

퇴계 선생을 배우는 모임이라는 학회가 있어,

十年尋眞源 십년 심진원 이라

십 년 넘게 진리의 근원을 찾고 있다네.

4) 경은慶恩: 경은장은 퇴계 선생 관련 서적을 모은 도서관이다.

7.34. 訪問正行寺 二
정행사에 가다 2

竹原老宗師 죽원 노종사 여
타게하라 늙은 주지 스님이여!

信友泰山望 신우 태산망 이라
신도들 미덥기가 태산같이 우러러본다네.

斯鄕諸衆生 사향 제중생 이
이 고장의 여러 중생이,

好得歸依坊 호득 귀의방 이라
즐겁게 이 절에 귀의함을 얻었구나.

寺傍訪多屋[1] 사방 방다옥 하니
절 곁의 주택 단지 다야를 가서 보니,

正如大同鄕[2] 정여 대동향 이라
마치 대동향 같구나.

四隣皆兄弟 사린 개형제 니
세상 사람 모두 형제이니,

人人帶淸香 인인 대청향 이라
사람마다 맑은 향을 품었다네.

---

1) 다옥多屋: 다야. 신도들의 사옥舍屋.

2) 대동大同: 『예기』「예운」편에 나오는 '천하대동天下大同'이라는 온 세상을 유토피아로 만들려는 희망을 담은 생각.

7.35. 九橋球場[1]
나인브릿지 골프장

九橋秘境隱山間 구교비경 은산간 한데
나인브릿지 골프장 비경은 산속에 숨어 있는데,

十八青氈遊鹿閑[2] 십팔청전 유록한 이라
18홀의 푸른 잔디밭에는 사슴 무리가 한가히 노닌다네.

此外神仙何更在 차외신선 하경재 오
이곳 말고 신선의 세계가 또 어디 있겠는가?

使人夜夜夢飛還 사인야야 몽비환 이라
사람으로 하여금 밤이면 꿈속에 날아들게 만든다네.

---

1) 구교구장九橋球場: 제주도 안덕에 있는 골프장. 나인브릿지(nine bridge). 다리가 8개, 가슴속에 하나 있어 구교라 함.

2) 청전青氈: 선대先代로부터 전해진 귀한 유물. 짐승 털로 만든 푸른 담요. 여기서는 골프장 잔디를 비유하였음.

7.36. 松石臺晩春
송석대의 늦봄

[2008]

紅花黃花與百花 홍화황화 여백화 하고
빨간 꽃, 노란 꽃, 그리고 온갖 꽃이 있고,

軟綠中綠深綠芽 연록중록 심록아 라
연한 녹색, 중간 녹색, 깊은 녹색의 잎이 있네.

滿山鳥聲和石澗 만산조성 화석간 하니
온 산의 새소리는 돌 틈에 흐르는 물소리와 조화를 이루니,

松石晩春樂無涯 송석만춘 낙무애 라
송석대의 늦봄 즐거움 끝이 없어라.

7.37. 柳穆基兄[1]
류목기 형

[2008-08-08]

吾兄神象也彬彬 오형신상 야빈빈 한데
그대의 모습이야말로 정말 빛나고 빛나는데,

水柳洛江生此人 수류낙강 생차인 이라
낙동강 강가의 류씨 가문에서 이러한 사람이 태어났구나.

處世規方無枉屈 처세규방 무왕굴 하니
세상을 사는데 법대로 하여 어긋남이 없으니,

長居商街不染塵 장거상가 불염진 이라
오랫동안 상가에서 지냈지만 오염된 티끌 하나 없다네.

1) 류목기柳穆基: 앞 4.63 주) 참조.

7.38. 敬輓孔聖宗孫孔德成公[1][2]
공자 종손 공덕성 공을 삼가 애도하다

[2008-12]

闕里千年又半千 궐리천년 우반천 을
궐리에서 천년을 잇고 또 반 천년이어서,

聖孫七七繼綿綿 성손칠칠 계면면 이라
공자 후손은 77대로 이어졌다네.

平生八八亭然立 평생팔팔 정연립 하여
88년 평생토록 솟은 모양이 우뚝하고 확고하여,

倚若崇山仰若天 의약숭산 앙약천 이라
높은 산같이 의지하고 하늘처럼 우러러보았다네.

---

1) 공성孔聖: 공자를 성인聖人으로서 일컫는 말.

2) 공덕성孔德成(1920~2008): 공자 77대 직계 자손. 공자의 탄생지로 유명한 산둥성(山東省) 취푸(曲阜)에서 유복자로 태어났다. 공자의 후손으로서 연성공衍聖公이라는 세습 작위를 받았고, 1935년 중화민국 국민정부에 의해 대성지성선사봉사관大成至聖先師奉祀官으로 변경되었다. 국공 내전 이후에 타이완으로 건너와 국립고궁박물원 원장, 중화민국 고시원 원장으로 재임했으며, 국립 타이완대학에서 [예기・금석문] 교수직을 맡기도 했다. 2008년 타이베이현에서 타계하였다.

7.39. 九橋球場與孫兒來遊
나인브릿지 골프장에 손자와 함께 와서 놀다

[2008-10-12]

百年仙翁提幼喜 백년선옹 제유희 하고
백 살 된 신선 늙은이 어린 손자 데리고 오니 즐겁고,

千歲川聲弄石幽 천세천성 농석유 라
천만년 그치지 않는 냇물 소리 돌 사이에 그윽하다네.

兒孫侍老且有序 아손시로 차유서 하니
손자가 노인을 모심 또 질서가 잡혔으니,

和平日月在斯丘 화평일월 재사구 라
기쁘고 평안한 나날이 이 언덕에 머무는구나.

7.40. 夢想深山幽谷村
꿈속에 깊은 산 그윽한 골짜기 마을을 상상한다

[2009-08-10]

窮谷小村三兩家 궁곡소촌 삼량가 는
산속 깊은 골짜기 작은 마을 두세 채의 집은,
俗離累缺絶心焦 속리루결 절심초 라
세속을 떠나고 구속도 없고 애태우는 마음도 없다네.
老人採集山蔘草 노인채집 산삼초 하고
노인은 산삼 뿌리 캐러 다니고,
少女移種田桑苗 소녀이종 전상묘 라
소녀는 밭에 뽕나무 묘목 옮겨 놓는다네.
時或奉親川魚炙 시혹봉친 천어자 하고
때때로 더러 어버이 모시고 냇물 고기 굽고,
夜頻爲子薯根燒 야빈위자 서근소 라
밤이면 자주 자식들을 위해 감자 굽는다네.
君恩歲歲不知曬 군은세세 부지쇄 나
임금님 은혜 해마다 받아 본 일 없지만,
常備年年稅興徭 상비년년 세흥요 라
해마다 항상 세금 낼 것과 부역할 일 준비하고 있다네.

7.41. 巫其昌先生古稀祝詩
Jhonny Moo 선생의 고희 축시

싱가포르에 있는 'Jhonny Moo〔巫其昌〕'라는 친구의 70세 생일에 보낸 축하 시.

星島吾好友 성도 오호우 는
My good friend in Singapore
싱가포르에 있는 나의 좋은 친구,

今日迎稀年 금일 영희년 이라
celebrates his seventieth birthday today.
오늘 고희 생일을 맞았네.

身健心猶强 신건 심유강 하니
His body is healthy and mind is sound,
몸도 건강하고 마음도 건강하니,

絶不稱老焉 절불 칭로언 이라
please do not say he is old.
절대로 늙었다 하지 마오.

紅顔戴白髮 홍안 대백발 하고
His face is bright, hairs are shinning,
홍안은 백발을 드리우고,

笑容似春天 소용 사춘천 이라
and his smile is like a spring sky.
웃음은 봄날과 같은 사람.

少時開信息 소시 개신식 하야
He opened IT industry when he was young,
젊을 때 일찍 정보산업의 문을 열어,

長驅在人先 장구 재인선 이라

and drove it many years ahead of others.

오랫동안 앞장서서 달렸다.

業盛跨四海 업성 고사해 하고

The business has thrived all over the world.

사업은 크게 번져 사해에 걸쳤고,

德高令名全 덕고 영명전 이라

His fame was high for his virtue.

덕 있는 사람으로 이름을 떨쳤다네.

瑣事決然退 쇄사 결연퇴 하고

He retired from daily trifles,

지금은 자자한 일 모두 덜고 물러나,

人生度悠然 인생 도유연 이라

and enjoys graceful life since then.

인생을 유연히 즐기고 있다네.

琴瑟和又美 금슬 화우미 하며

The couple maintains harmony and beauty.

부부 금슬은 화해롭고 아름다우며,

金玉孝且賢 금옥 효차현 이라

The children are wise, and love their parents.

슬하에는 효성스런 착한 자녀 두었다네.

性情仁而厚 성정 인이후 하여

He is a man of good character,

성정은 어질고 후하여,

親朋左右連 친붕 좌우련 이라

so there are many friends around.

친한 벗들이 좌우에 넘쳐 있다.

余幸居其內 여행 거기내 하야
Fortunately, I am one of them.
다행히 나도 그중에 하나 되어,

卄歲常纏綿 입세 상전면 이라
for the last twenty years I was there.
스무 해나 늘 가까이에 있었다.

遠在萬里外 원재 만리외 하야
From thousands miles away,
지금은 만 리 밖 멀리 떠나 있어서,

送賀嘉壽筵 송하 가수연 이라
I now send congratulatory message to the happy party.
즐거운 연회석에 축하의 뜻 시로 적어 보낸다.

祈祝康而樂 기축 강이락 하니
May I wish you healthy and happy,
빌고 또 비나니 건강하고 즐겁게,

百年又百年 백년 우백년 이라
over hundred and hundred years to come.
백년 그리고 또 백년을 누리소서.

李龍兌 Yong-teh Lee
(저자 국역 · 영역임)

7.42. 贈星島諸友
싱가포르 여러 친구에게 줌

[2009-겨울]

星島花園萬里行 성도화원 만리행 하니
싱가포르 화원에 만릿길을 날아가니,

多情故友共來迎 다정고우 공래영 이라
다정한 옛 벗들 함께 환영하러 나왔다네.

追球擧酒遨遊足 추구거주 오유족 하고
공을 쫓고 술을 권하며 놀이에 만족하고,

更喜年年會約成 갱희년년 회약성 이라
해마다 만날 약속 이루어진 것을 더욱 기뻐하네.

7.43. 高昌舜教授
고창순 교수

吾友高教授，新開拓核醫學，醫療情報學等分野於我國．其醫術特出，曾爲大統領主治醫．天性仁慈，好友愛人，周旋許多人士之入院，加療於大學病院．故五十年在職時殆無寧日．高昌舜博士自身罹癌數次，開腹手術三次，塞塡治療無數，以不屈之意，克服難境．際生命危機，不失泰然自若之心．此凡人所不及，眞可謂死生超脫之大凡大度．

나의 친구 고창순 교수는 핵의학, 의료정보학 등의 분야를 우리나라에서 새로 개척하였다. 그 의술이 특출하여, 일찍이 대통령의 주치의가 되었다. 천성이 인자하여 친구를 좋아하고 사람들을 사랑하여 허다한 인사들의 입원을 주선하여 대학병원에서 치료를 받게 해주었다. 그리하여 50년 재직하는 동안 무사하고 편안한 날이 없었다. 고창순 박사 자신은 여러 번 암에 걸려서 개복수술 세 번, 색전塞塡[1] 치료 여러 번으로 불굴의 의지로 난관을 극복하였다. 생명의 위태로운 고비마다 태연자약한 마음을 잃지 않았다. 이는 보통 사람들이 따르지 못하는 바이라, 참으로 삶과 죽음에 세속을 벗어난 대범하고도 큰 도량이라 할 만하다.

天性愛人深 천성 애인심 하고
천성은 남을 사랑함이 깊고,

---

1) 색전塞塡: 암세포가 간으로 들어가는 혈관을 막는 치료.

名醫積厚陰 명의 적후음 이라
　명의로서 후덕과 음덕을 쌓았다네.

病魔來六次 병마 내륙차 하나
　병마가 여섯 번이나 찾아왔으나,

自若不呻吟 자약 불신음 이라
　태연자약하며 신음도 하지 않았다네.

研學如磨玉 연학 여마옥 하고
　학문 연구는 옥을 갈아 놓은 듯하고,

培才似造林 배재 사조림 이라
　인재 양성은 마치 나무 심어 숲을 만든 것 같다네.

芝蘭君子馥2) 지란 군자복 하여
　높고 훌륭한 우정 군자의 향기가 그윽하여,

恒樂每相尋 항락 매상심 이라
　늘 만날 때마다 즐거웠다네.

---

2) 지란芝蘭: 지초와 난초 같은 아름다운 교제[芝蘭之交].

7.44. 高昌舜先生
고창순 선생

人生八十歲 인생 팔십세 에

인생 80세에,

凡山最非凡[1] 범산 최비범 이라

무릇 평범한 산이라고도 하지만 가장 평범하지 않으셨구나.

三開十餘塞 삼개 십여색 한데

여러 군데 막힌 곳을 몇 차례 수술하였는데,

不動心如巖 부동 심여암 이라

마음에 흔들림 없음이 마치 큰 바위 같았다네.

---

1) 범산凡山: 고창순 선생의 호.

7.45. **輓柳公寧夏**[1]
류영하 공을 애도하다

端雅淸秀河上賢 단아청수 하상현 하며
단정 아담하며, 맑고 준수한 하회 마을의 어짊이며,

六百名家善承傳 육백명가 선승전 이라
육백 년 명가를 훌륭하게 이어 전하셨다네.

嶺南儒林仰典範 영남유림 앙전범 한데
영남 유림의 규범으로 경모하였는데,

公去寂寞淚泫然 공거적막 누현연 이라
공이 떠나니 적막하여 눈물이 줄줄 흐르는구나.

1) 류공영하柳公寧夏(1926~2014): 안동 하회 마을 서애 류성룡의 14대 종손.

7.46. 當偕老七十年呈內子
해로 70년을 맞이하여 아내에게 드리다

[2014-03-03]

往年暗暗如夢消 왕년암암 여몽소 하고
지난날은 침침하게 꿈같이 사라지고,

幾回相隔烏鵲橋[1] 기회상격 오작교 오
오작교 사이 두고 몇 번이나 떨어져 있었는가.

余爲學究省多厥 여위학구 성다궐 하고
나는 공부한다고 부모 받듦 소홀함이 많았고,

君奉父祖誠不撓 군봉부조 성불요 라
그대는 어른분들 모심에 흔들림이 없었다네.

翁婆還故懷前日 옹파환고 회전일 하고
할아버지, 할머니 되어 고향으로 돌아가서 지난날을 회상하고,

兒孫隨車祝今宵[2] 아손수거 축금소 라
아들 손자들 수레 따르며 오늘 밤을 축하하네.

庭畔寶梅呈春色 정반보매 정춘색 이고
뜰 가장자리 보석 같은 매화는 봄의 아름다운 빛을 드러내 보이고,

好開珠玉頌親謠 호개주옥 송친요 라
어버이를 위하여 축가 부르니 주옥을 나란히 펼쳐놓은 것 같구나.

---

1) 오작교烏鵲橋: 견우와 직녀 두 별이 부부 사이이면서도 은하를 사이에 두고 떨어져 있다가 1년에 한 번 칠월 칠석에 만나는데, 이때 그들이 은하를 건너올 수 있도록 까치들이 만들어 놓아준다는 다리.

2) 수거隨車: '수거영우隨車靈雨'의 고사가 있다. 당나라의 재상 송경宋璟이 백성을 사랑하는 정사를 펼치자, "그의 발길이 닿는 곳마다, 따뜻한 봄빛이 만물을 비춰 주는 것 같다所至之處, 如陽春煦物也."면서 '유각양춘有脚陽春'이라고 불렀다는 고사가 있다. -『開元天寶遺事 卷下』. 한국고전종합 DB 인용.

7.47. 祝尹先生三樂會長當選[1] [2]
윤선생의 삼락회장 당선을 축하하며

[2014-11]

喜接好消息 희접 호소식 하니
좋은 소식 기쁘게 맞이하니,

迎公衆論同 영공 중론동 이라
그대를 맞이하는 중론은 같았다네.

十年希易俗 십년 희역속 하니
십 년을 풍속이 바뀌기를 바랐더니,

今得一陳風 금득 일진풍 이라
이제 한 줄기 바람을 얻은 것 같다네.

1) 윤선생尹先生: 윤웅섭尹雄燮. 서울고등학교 교장, 문교부(교육인적자원부) 정책실장, 박약회 인성교육 실천추진단장.

2) 삼락회三樂會: 퇴직교원의 모임.

7.48. 祈祝許嘉璐先生健康回復1)
허가로 선생 건강 회복을 빌다

[2016-05]

尼陶好友志相通2) 니도호우 지상통 하여
니산과 도산의 좋은 벗들 뜻이 서로 통하여,

吾道淪喪嘆儀風 오도윤상 탄의풍 이라
우리의 도가 몰락하여 예절 풍속을 탄식한다네.

後已死而仁任重3) 후이사이 인임중 하여
인을 지킬 책임 막중하니 죽을 때까지 힘을 다해 노력하여,

切希携手遠程同 절희휴수 원정동 이라
손잡고 멀고 먼 길 함께하기를 간절히 바란다네.

---

1) 허가로許嘉璐(쉬자루, 1937~): 중국 당대 훈고학자, 언어학자. 북경 사범대학 중문과 졸업, 교수. 제9기 전국인민대표대회 상무위원회 부위원장을 지냈다. 니산 세계문명포럼위원회 주석, 중국인민외교학회, 중국국제우호연락회 고급 고문이다.

2) 니도尼陶: 니산尼山과 도산陶山을 이르는 말. 니산은 공자의 부모가 기도한 뒤 공자를 얻었다는 곳이다. 여기서 이름을 딴 니산포럼은 공자와 중국 유학을 알리는 대규모 국제학술대회로 해마다 열고 있다.

3) 후이사이後已死而 = 사이후이死而後已: '죽어야 그친다'는 뜻으로, 즉 죽을 때까지 있는 힘을 다해 노력함을 이르는 말. -『論語』「泰伯篇」

7.49. 喜逢許主席[1]

허가로 주석을 기쁘게 만나다

情誼如兄弟 정의 여형제 하고

정의가 형제와 같았고,

看雲空夢多 간운 공몽다 라

구름을 보며 그리워하고 빈 꿈속에서나마 만난 일 많았다네.

尼山欣再會 니산 흔재회 하고

니산에서 다시 만나 기쁘고,

談討促平和 담토 촉평화 라

평화를 재촉하는 대화를 나누고 토론하였다네.

1) 허주석許主席: 니산 세계문명포럼위원회 주석 허가로.

7.50. 奉呈殷允中兄[1)]
은윤중 형께 삼가 드리다

[2015-09-13]

亘三十年每見, 吾兄于亞太會議. 然余近來屢次不參會, 聞兄亦不參, 此老故耶? 可嘆.

나와 형은 아태회의에서 빠짐없이 30년을 매년 만났다. 그러나 내가 근래 여러 차례 회의 개최에 참여하지 못하였는데, 형 또한 불참한다니 늙어서 그런가? 안타깝다.

山東丈夫氣軒然 산동장부 기헌연 하고
산동성의 대장부로 기백이 헌칠하고,

卓見正言在人先 탁견정언 재인선 이라
뛰어난 식견과 올바른 말로 다른 사람에 앞섰다네.

三十多年每相會 삼십다년 매상회 이나
삼십 년 오랜 세월 해마다 만났지만,

若兄不至有何人 약형부지 유하인 이오
만약 형이 오지 않으면 어떤 사람이 있겠는가?

---

1) 은윤중殷允中: 타이완 소프트웨어 회장.

7.51. 笑呈李相瀧先生[1)]

웃으며 뽀빠이 이상용 선생께 드린다

[2015]

滿堂盡笑話如神 만당진소 화여신 하고
강당 가득 찬 사람들 모두 웃게 하며 말씀은 귀신과 같고,

必有談中勸善仁 필유담중 권선인 이라
말씀 중에는 반드시 착함과 어짊을 권하고 있다네.

懦弱一聽多奮發 나약일청 다분발 하니
나약한 이도 한번 들으면 많이 분발하니,

短身君是大偉人 단신군시 대위인 이로다
작은 체구의 그대는 바로 위대한 사람이로다.

---

1) 이상용李相瀧(1944~): 방송인으로 '뽀빠이'라는 닉네임으로 잘 알려졌다. 미숙아로 태어나 6세에 걸음마를 간신히 시작하여 12세까지 병마에 시달렸다. 그는 이를 극복하기 위해 보디빌딩을 시작하여, 고려대학교 재학 시절에는 미스터 고려에 선발되기도 했다. 또 ROTC로 임관, 장교로 복무하여 베트남전 참전하기도 했다. 1973년에 MBC의 「유쾌한 청백전」으로 방송에 데뷔하여 많은 프로그램을 진행하였고, 특히 1989년에 MBC 「우정의 무대」 MC로 발탁되어 군인들에게 많은 사랑을 받았다. 자선 사업도 활발하게 진행하였다.

7.52. 生日有感
생일 유감

[2016-08]

八月暴炎烝夏天 팔월폭염 증하천 에
팔월 불볕더위 찌는 듯한 여름철에,

産苦吾母勞萬千 산고오모 노만천 이라
산고를 겪은 우리 어매의 노고는 끝이 없으리.

我心此日悲思母 아심차일 비사모 하나
이날 내 마음은 어머니를 생각하여 슬퍼지나,

兒女不知賀加年 아녀부지 하가년 이라
아들딸들은 모르고서 나이 더하는 것만 축하하는구나.

7.53. 中部高速道路光景
중부고속도로 풍경

[2016-08]

安東往復度一天 안동왕복 도일천 한데
　안동을 왕복하는 데 하루면 충분한데,
直穿貫通岳數千 직천관통 악수천 이라
　굴을 뚫어 바로 길을 낸 것이 수천 곳이나 되는구나.
雨後雲山眞如畵 우후운산 진여화 하여
　비 온 뒤 산에 걸린 구름은 정말 한 폭의 그림 같아서,
洽似飛來太古年 흡사비래 태고년 이라
　흡사 태곳적으로 날아 돌아간 듯하구나.

7.54. 滕王閣追憶[1)] - 詞譜浪淘沙[2) 3)]
등왕각의 추억 - 사보 낭도사

高閣七層樓 고각 칠층루 에
  높은 누각 칠층 누에,

霧散雲收 무산운수 라
  안개 흩어지고 구름 걷혔네.

星移物換度千秋 성이물환 도천추 아
  세월은 흐르고 만물은 바뀌기 천년이 흘렀던가?

帝子詩人都不在 제자시인 도부재 하니
  황제 아들과 시인[왕발]도 모두 사라지고 없으니,

寂寞空幽 적막공유 라
  공허하여 적막하네.

---

1) 등왕각滕王閣: 중국 강서성 남창南昌에 있는 누각이다. 악양루, 황학루와 함께, '강남 3대 누각'으로 불린다. 당나라 때인 653년 당시 홍주도독洪州都督이었던 이원영李元嬰[당 고조의 22번째 아들]에 의해서 지어졌다. 이원영이 등왕으로 봉해져 붙여진 것이 이름의 유래라 한다. 여기서 당나라 초기 문인 왕발王勃이 지은 「등왕각 서序」와 그 서 끝에 붙은 시가 모두 명문인데, 이 시는 왕발의 시에 각운자를 사용하고, 시어도 그 시에서 많이 따다가 지었음.

2) 사보詞譜: 사詞는 송나라 때 크게 유행한 노래로 부를 수 있는, 흔히 장단구로 된 운문의 한 장르이다. 노래의 가락을 일러주는 제목만 보면 글자 수를 몇 자나 쓸지, 각운 자는 평성자를 쓸지 측성자를 쓸지 알 수 있는데, 이러한 가락을 일러주는 지침을 적어 놓은 책을 『사보』라고 함.

3) 낭도사浪淘沙: '물결이 일렁거리면서 모래를 씻겨 갔다'는 뜻인데, 사詞의 가락을 일러주는 제목임. 28자 또는 56자로 적으며 평성 운자를 사용함.

我去自靑丘 아거 자청구 에

한국에서 내가 가서,

詠誦悠悠 영송유유 라

시가를 소리 내어 유유하게 읊으니,

共長天色見江流 공장천색 현강류 라

끝없는 하늘과 같은 색으로 흐르는 강물이 나타나네.

落霞鶩飛今不見 낙하목비 금불견 하니

낮게 드리운 저녁놀에 나는 오리들 지금 볼 수 없으니,

寂寞空幽 적막공유 라

공허하여 적막하네.

7.55. 滕王閣示諸友
등왕각에서 여러 친구에게 보임

– 왕발王勃 시 운각韻脚 사용

長在長江渚 장재 장강저 에
언제나 있었던 긴 강 물가에서,

勃見江悠悠 발견 강유유 라
왕발의 눈에는 강이 유유히 보였다네.

幾度斷歇舞 기도 단헐무 오
춤은 몇 번이나 끊어졌다 쉬었다 하였는가?

悠悠詩千秋 유유 시천추 라
아주 오랜 세월에 걸쳐 시만 전하는구나.

畵棟凌白雲 화동 능백운 하나
용마루 그림은 흰 구름을 능가하나,

童子亦不在 동자 역부재 라
왕발 같은 젊은 시인은 정말 자리에 없구나.

朱簾帶春雨 주렴 대춘우 하니
붉은 발 장식에 봄비가 내리니,

倚檻涕泗流 의함 체사류 라
난간에 기대어 눈물 흘리네.

7.56. 奉呈金宇中會長[1)]

김우중 회장께 삼가 드리다

跨山飛海幾萬千 과산비해 기만천 이오

산 넘고 바다 위 날아다녔던 얼마나 많은 세월이었던가?

盍世大志貫青天[2)] 합세대지 관청천 이오

어찌 세상에 원대한 뜻을 결백으로 관철하지 못하였소?

莫恨孔明未完業[3)] 막한공명 미완업 이나

제갈공명의 미완의 공적을 한탄하지 마시게나,

美雄芳名無窮傳 미웅방명 무궁전 이라

아름답고 뛰어난 그 이름 영원히 전하리라.

---

1) 김우중金宇中(1936~2019): 1967년 대우실업을 창업한 뒤 1981년 대우그룹 회장에 올랐으며, 이후 세계경영을 기치로 내걸고 그룹을 확장하였다. 1998년 급격한 유동성 위기에 빠지면서 1999년 해체되었고, 이후 해외로 도피한 김회장은 분식회계와 사기대출 등의 혐의로 징역 8년 6개월, 추징금 17조 9천억 원을 선고받았다. 이후 2008년 사면을 받은 뒤 베트남 등지에서 거주하다, 2018년 건강 악화로 국내에서 치료를 받다가 타계하였다.

2) 청천青天: 청천백일의 준말로, '맑게 갠 하늘에서 밝게 비추는 해'라는 뜻. 훌륭한 인물은 세상 사람이 다 알아본다는 의미였으나 지금은 아무런 잘못도 없이 결백한 것, 또는 무죄를 가리키는 말로 쓰임.

3) 공명孔明: 제갈량諸葛亮(181~234)의 자字. 후한後漢 말 군웅인 유비를 도와 촉한을 건국하는 제업을 이루었고, 형주 남부 4군을 발판으로 유비의 익천을 도왔다. 227년부터 지속적인 북벌을 일으켜 8년 동안 5번에 걸쳐 위나라의 옹・양주 지역을 공략하였다. 5차 북벌 중 진중에서 54세의 나이로 병사하였다. 중국 역사상 지략과 충의의 전략가로 많은 이들에게 추앙을 받았다. 위나라 토벌을 시작하면서 유선에게 올린 「출사표出師表」가 유명하다.

7.57. 踏雪

눈을 밟으며 걷다

北風凍結野禽呼 북풍동결 야금호 하고
　북풍에 얼어붙으니 산새들이 울부짖고,

寒寺無人獨立孤 한사무인 독립고 라
　인적 없는 쓸쓸한 절에 외롭게 홀로 서 있다네.

騷客依拄何處去[1] **소객의장 하처거** 오
　시인은 지팡이 짚고 어디로 가는가?

尋探松葉變成珠 심탐송엽 변성주 라
　솔에 얼음 얼어 구슬로 변한 것 찾아가는 길이라네.

---

1) 소객騷客: 시인과 문사文士를 통틀어 이르는 말. 중국 초나라의 굴원이 지은 「이소부離騷賦」에서 나온 말이다.

7.58. 生日有感
생일 유감

山家烟景堪觀賞 산가연경 감관상 하며
 산촌 집 안개 피어오르는 경치는 보고 즐길 만하며,

蘭友淸詩足唱吟 난우청시 족창음 이라
 난사회 벗들의 맑은 시 읊고 노래할 만하다네.

盈室兒孫咸祝壽 영실아손 함축수 하고
 집안에 가득한 자손들 모두 축수하고,

滿窓開展月明岑 만창개전 월명잠 이라
 온 창에는 봉우리를 밝히는 달빛이 활짝 펴졌다네.

7.59. 奉呈金容子女史[1] - 祝新刊
김용자 여사께 삼가 드리다 - 신간을 축하하다

頭戴銀白雪 두대 은백설 하고
은빛 백설을 머리에 이고,

咲含和春光 소함 화춘광 이라
웃음 머금으니 봄볕처럼 온화하시네.

文中活況裡 문중 활황리 에
활기 있는 그 글 가운데,

烏川君子香[2] 오천 군자향 이라
오천 군자리의 향기가 풍기는구나.

---

1) 김용자金容子: 경북 안동시 군자리 출신, 수필가.

2) 오천군자烏川君子: 경북 안동시 와룡면 오천리에 있는 집성촌 유적지. 안동시 와룡면 오천리가 군자 마을이며 외내라고 불렀다. 광산김씨光山金氏 농수聾叟 김효로金孝盧(1454~1534)가 정착하면서 형성된 마을이며, 그 시대 외손인 봉화 금씨奉化琴氏가 들어와 현재까지 살아온 마을이다. 당대 도학군자가 나와 당시 안동 부사이던 한강寒岡 정구鄭逑((1543~1620)가 "오천 한 마을에는 군자 아닌 사람이 없다"라고 읍지인 『선성지宣城誌』에 글을 남긴 데서 군자리가 되었다고 한다.

7.60. 新綠有感
신록 유감

朝眠遲遲老無忙 조면지지 노무망 이나
아침잠 더디고 더디니 늙은이 바쁜 일 없는 탓이나,

懶聞盆蘭發郁香 나문분란 발욱향 이라
화분 난초 짙은 냄새 피움은 게으르게 누워서 맡는다네.

巒樹迎春新葉藏 만수영춘 신엽장 하고
산등성이 나무들 봄을 맞아 새잎을 간직하고,

溪松遂日若枝長 계송수일 약지장 이라
골짜기 소나무 날마다 젊은 가지 뻗어나는 것 같네.

病翁嗟嘆看山色 병옹차탄 간산색 하며
피로한 늙은이는 산을 보며 놀라고 감탄하며,

林鳥歡娛呼哢吭 임조환오 호롱항 이라
숲속 새들은 서로 부르며 즐긴다네.

花落荏苒歲序變 화락임염 세서변 하니
꽃은 떨어지고 차츰차츰 세월이 바뀌어 차례로 변하니,

白雲千里憶家鄉 백운천리 억가향 이라
흰 구름, 천 리 밖의 내 고향이 그리워진다네.

7.61. 愛日堂[1)]

애일당

一

江畔一谷作幽鄕 강반일곡 작유향 하고
강가 한 골짜기에 그윽한 마을 세우고,

六百春秋閑夢長 육백춘추 한몽장 이라
6백 년 세월의 아름다운 꿈 길게 이어졌다네.

先賢芬芳聞千古 선현분방 문천고 하니
옛 성현 아름다운 이야기 영원히 들려오니,

回思當年倚此堂 회사당년 의차당 이라
이 마루에 기대어 그 시대를 회상해 본다네.

二

靑壁白雲是仙鄕 청벽백운 시선향 은
푸른 절벽 흰 구름, 이는 신선의 고장,

洛江一曲連天長 낙강일곡 연천장 이라
낙동강 한 구비는 하늘로 이어지듯 길게 흐른다네.

主人喜繼祖先業 주인희계 조선업 하니
주인은 즐겁게 선조들의 업적을 계승하니,

六百淸香愛日堂 육백청향 애일당 이라
6백 년에 맑고 깨끗한 애일당은 향기롭구나.

---

1) 애일당愛日堂: 경북 안동시 도산면에 있는 조선 시대의 누각. 조선 문신이며 학자 농암聾巖 이현보李賢輔의 별당이다. 1512년(중종 7) 농암이 46세 때 부모를 위하여 분강汾江 기슭의 농암聾巖[귀먹은 바위] 위에 처음 지었으며, 그 후에 다시 세웠다. 농암이 당을 짓고 나이 90세를 넘긴 노부의 늙어감을 아쉬워하여 하루하루를 아낀다는 뜻에서 당호堂號를 애일당이라고 하였다. 지금은 그 자리가 안동댐으로 수몰지구가 되어 그 종택과 유적이 낙동강 상류로 옮겨졌다.

7.62. 李毓源總長[1)]
이육원 총장

大夫氣慨自軒然 대부기개 자헌연 한데
대장부 기개는 당당함에서 나왔는데,

與余同途過十年 여여동도 과십년 이라
나와 더불어 같은 길을 십 년 동안 지냈다네.

七十老軀不知老 칠십로구 부지로 하고
칠십 노구에도 늙음을 모르고,

只願人人効先賢 지원인인 효선현 이라
다만 사람들이 선현을 본받기를 바란다네.

---

1) 이육원李毓源: 이퇴계 후손, 박약회 사무총장 역임.

7.63. 尹雄燮先生[1)]
윤웅섭 선생

端重整齊君子顔 단중정제 군자안 하니
단정하며 신중한 군자의 모습이니,

教界人人望泰山 교계인인 망태산 이라
교육계 사람마다 태산을 바라보듯 하네.

移風易俗無寧月 이풍역속 무녕월 하니
풍속을 옮겨 바꾸기에 편안할 때가 없는데,

大事倚公過難艱 대사의공 과난간 이라
큰일을 공에게 부탁하여 어려움을 헤쳐 나가네.

1) 윤웅섭尹雄燮: 앞 7.47 주) 참조.

7.64. 李御寧教授[1]
이어령 교수

胸藏萬卷書 흉장 만권서 하고
가슴속에 만권의 책을 간직하고,

吐出長江水 토출 장강수 라
뱉어내면 긴 강의 물결 같도다.

卓想動神天 탁상 동신천 하니
뛰어난 생각은 귀신과 하늘을 움직이니,

人人罕先此 인인 한선차 라
사람 중에 이보다 앞선 이가 드물도다.

---

1) 이어령李御寧(1934~): 문학평론가, 언론인, 저술가, 대학교수를 지낸 국어국문학자이며, 문화부 장관을 역임하였다.

7.65. 趙勝子先生[1)]

조승자 선생

不屈貧窮立志堅 불굴빈궁 입지견 하여

가난하고 궁핍함에 굴하지 않고 세운 뜻이 굳건하여,

新村運動萬人先 신촌운동 만인선 이라

새마을운동에 만인의 앞장을 섰다네.

精神愛國誰敢比 정신애국 수감비 오

애국정신을 누구와 감히 비교하리오?

啓導人性走十年 계도인성 주십년 이라

인성 계도 교육에 10년을 달려오셨다네.

---

1) 조승자趙勝子: 전 교장, 박약회 인성교육 강사.

7.66. 祉鎔生日 - 贈外外曾孫子
지용의 생일에 - 외외증손자에게 주다

鳳耶麟耶梅耶蓮 봉야린야 매야련 가
봉황인가 기린인가 매화인가 연꽃인가?

翁婆含笑喜聲連 옹파함소 희성련 이라
할아버지 할머니 웃음 머금고 즐거운 소리 이어지네.

今辰親外戚來集 금신친외 함래집 에
오늘 친가 외가 모두 함께 와서,

祈願福樂千萬年 기원복락 천만년 이라
천년만년 복락 누리기를 기원한다네.

7.67. 贈崔善佾[1)]

최선일 씨에게

隔籬相呼如弟兄 격리상호 여제형 한데
울타리를 사이에 두고 서로 호형호제했는데,

一朝漂然東海行 일조표연 동해행 이라
어느 날 아침 아득한 동해로 떠났다네.

遠望白雲十年後 원망백운 십년후 에
멀리 흰 구름만을 쳐다보던 10년이 지난 뒤에,

耽羅夢裡悅舊情 탐라몽리 열구정 이라
제주에서 꿈같이 만나 옛정을 기뻐한다네.

---

1) 최선일崔善佾: 평창동의 이웃 친구.

7.68. 祝黃會長生辰[1)]
부산 퇴계학회 황회장 생신을 축하하며

清秋黃菊美 청추 황국미 한데
맑은 가을 노란 국화가 아름다운데,

白鶴飛悠然 백학 비유연 이라
백학이 한가로이 날고 있다네.

苦樂何須論 고락 하수론 고
고락을 어찌 모름지기 논할 것인가?

怡怡娛此年 이이 오차년 이라
즐겁고 즐겁게 이 해를 즐기노라!

1) 황회장黃會長: 황대윤 부산 퇴계학연구원 이사장.

7.69. 七七會諸友, 邀余感情誼之厚, 草一絶[1]
77회 여러 벗이 나를 맞는 따뜻한 마음 두터움에 절구시 한 수를 적어 보노라

淑明香氣濃於蘭 숙명향기 농어란 하야
숙명의 향기는 난초보다 짙어서,

落木胡風也不乾 낙목호풍 야불간 이라
찬 바람 불어와도 떨어지지도 마르지도 않는데.

莫道人情歸渴盡 막도인정 귀갈진 하라
인정이 사뭇 메말라 간다고 말하지 말라,

吾心今日未知寒 오심금일 미지한 이라
오늘 내 마음은 추운 줄을 모르겠다네.

---

1) 칠칠회제우七七會諸友: 숙명여고 퇴직 교장 동문회 모임.

7.70. 賀素如權五崇八耋[1]

소여 권오숭의 팔순을 축하하며

自適悠悠樂老年 자적유유 낙로년 하고

유유자적하게 노년을 즐기고,

儒風振作在人先 유풍진작 재인선 이라

유풍 진작에는 남보다 앞서 있다네.

曾行曲阜拜宣聖 증행곡부 배선성 하고

일찍이 곡부에 가서 공자께 배례했고,

累訪陶山謁大賢 누방도산 알대현 이라

여러 번 도산에 가서 대현을 알현했다네.

採石閑登千嶂上 채석한등 천장상 하고

돌을 주우려 한가롭게 마냥 산에 오르고,

覓詩頻往百花邊 멱시빈왕 백화변 이라

시를 찾아 꽃 많은 곳에 갔었다네.

博約退研多朋友 박약퇴연 다붕우 하야

박약회와 퇴계 연구원에 좋은 친구 많아서,

共娛咸遊養浩然 공오함유 양호연 이라

함께 즐기고 함께 어울려 호연지기를 기른다네.

(저자 국역임)

---

1) 소여素如 권오숭權五崇(1928~): 박약회 · 퇴계학 부산연구원 이사장.

7.71. 挽故友
옛 친구를 애도하며

遽聞作仙去 거문 작선거 하야
　문득 신선 되어 떠났다는 소식을 듣고,

茫然望遠天 망연 망원천 이라
　망연하게 먼 하늘만 쳐다보았다네.

心中多所懷 심중 다소회 나
　마음속에 하고픈 말 많지만,

何日更相論 하일 갱상론 고
　어느 날 다시 서로 의논할 수 있으리?

7.72. 奉呈雄浩族祖[1)]
웅호 일가 어른께 드림

千里離居五百春 천리리거 오백춘 한데
천 리에 오백 년을 떨어져 살았지만,

紫薇花脈到今新 자미화맥 도금신 이라
자미화의 화수회의 맥은 금년에도 새롭다네.

淸心和氣仙人姿 청심화기 선인자 하고
맑은 마음 화합한 기운 신선의 자태 같고,

白髮紅顔君子身 백발홍안 군자신 이라
백발홍안은 군자의 모습일세.

---

1) 웅호雄浩: 이웅호李雄浩. 기업가, 재령 이씨 대종회 회장.

▣ 번역 후기

이 책의 제1부와 제6부는 남옥주 씨가, 제2부와 제4부 및 제7부의 절반은 제가, 제3부와 제5부 및 제7부의 절반은 이승발 씨가 초역하였고, 전체 교열과 윤문은 이장우 교수님께서 하였는데, 원작자인 행파 선생님도 손수 한두 차례 다시 세심하게 검토해 주셨습니다.

제1부부터 제5부까지의 시는 이미 간행된 난사시집 제1집부터 제5집에 나누어 수록되었던 시들이고, 제6부는 난사시집 제5집이 나온 뒤에 지어진 시들로, 난사시회 총무로 있는 이종훈 선생님에게 부탁하여 받은 시들입니다.

제7부의 시들은 이승발 씨가 이번 한시집 역주 작업과 병행하여 행파 선생님의 모필 초고를 모두 복사하여, 별도의 행파 한시 모필 영인본을 만들고 있는데, 그 정리 과정에서 난사시집에 실리지 않았던 시들을 찾아내어 탈초脫草하여 추가한 것입니다. 주로 잘 알고 지내는 국내외 저명 인사들에게 보낸 축하 인사 시입니다.

이번 한시집 역주 작업은 이메일과 우편은 말할 것도 없고, zoom이라는 영상 강의까지 활용하여 전체 번역 시의 3분의 1 정도는 화면에 올려 토론을 하기도 하였습니다. 행파 선생님과 아우 되시는 이장우 교수님은 물론, 집안과 일가의 몇몇

분이 번역진과 함께 토론을 지속하기도 하였습니다. 그중에서 특히 교수님의 조카 되는 홍림 씨가 좋은 말씀을 많이 해주셨습니다. 그리고 표지 그림과 제자題字에 정성을 다해 주신 묵정 곽영수 화백과 초당 이무호 선생께 감사드립니다.

작년 8월부터 10개월이 넘도록 이 역주 작업을 해오면서, 많은 공부를 한 것을 매우 즐겁게 생각합니다. 이장우 교수님의 영남대학교 제자로서, 이러한 번역 일을 계기로 멀리서나마 교수님의 지도편달을 받을 수 있어서 정말 귀한 시간이었습니다.

남옥주 씨는 행파 선생님의 동향 후학인데, 퇴계학연구원과 성균관에서 한학 공부를 오래 하였다고 하며, 이승발 씨는 행파 선생님의 일가 사람으로 전에는 기차 설계 전문가였으나, 퇴직 후에는 가학인 한문 공부에 매진하고 있다고 합니다. 이번 한시집 공역共譯을 하면서 서로 절차탁마하는 사이가 된 것을 뜻깊게 생각합니다.

또한 항상 높이 쳐다보기만 하던 행파 선생님같이 이 시대의 사표가 되는 분을 자주 가까이에서 뵙고, 말씀도 들으며, 좋은 시까지 읽고 번역하는 행운을 누리게 된 것을 영광으로 생각합니다. 앞으로도 행파 선생님과 이장우 교수님 두 분 모두 이 시대와 이 민족을 위하여 만수무강하시고, 좋은 시 작품도 계속하여 내시고, 좋은 가르침도 주시기를 빕니다.

2021년 6월 30일 대구에서

후학 朱東一 삼가 씀

■ 색 인

■ ㄱ

■ ㄴ

■ ㄷ

▩ ㄹ

▩ ㅁ

▩ ㅂ

■ ㅅ

■ ㅇ

■ ㅈ

행파한시집

초판 인쇄 — 2021년 8월 10일
초판 발행 — 2021년 8월 18일

저 자— 李 龍 兌
공역자 — 李章佑 李升發 朱東一 南玉珠
발행인 — 金 東 求
발행처 — 명 문 당(창립 1923년 10월 1일)
서울시 종로구 윤보선길 61(안국동)
우체국 010579-01-000682
전화 (02) 733-3039, 734-4798
FAX (02) 734-9209
Homepage www.myungmundang.net
E-mail mmdbook1@hanmail.net
등록 1977.11.19. 제1-148호

■

* 낙장 및 파본은 교환해 드립니다.

* 정가 30,000원

ISBN 979-11-91757-17-0 03810